小高　賢編

近代短歌の鑑賞77

新書館

近代短歌の鑑賞77●目次

近代短歌の鑑賞77●五十音順目次

【ア行】
会津八一　あいづ・やいち　74
明石海人　あかし・かいじん　220
新井　洸　あらい・あきら　96
筏井嘉一　いかだい・かいち　216
石川啄木　いしかわ・たくぼく　126
石川信夫　いしかわ・のぶお　234
石榑千亦　いしくれ・ちまた　20
石原　純　いしはら・じゅん　70
伊藤左千夫　いとう・さちお　12
稲森宗太郎　いなもり・そうたろう　222
今井邦子　いまい・くにこ　176
岩谷莫哀　いわや・ばくあい　156
植松壽樹　うえまつ・ひさき　174
大熊信行　おおくま・のぶゆき　186
太田水穂　おおた・みずほ　34
岡　麓　おか・ふもと　44
岡本かの子　おかもと・かのこ　164
岡山　巌　おかやま・いわお　198
小田観螢　おだ・かんけい　142
落合直文　おちあい・なおぶみ　10
尾上柴舟　おのえ・さいしゅう　30
尾山篤二郎　おやま・とくじろう　170
【カ行】
片山広子　かたやま・ひろこ　52
加藤楸邨　かとう・しゅうそん　169
金田千鶴　かなだ・ちづ　228
金子薫園　かねこ・くんえん　32
川田　順　かわだ・じゅん　80
北原白秋　きたはら・はくしゅう　100
木下利玄　きのした・りげん　124
九条武子　くじょう・たけこ　154
窪田空穂　くぼた・うつぼ　46
古泉千樫　こいずみ・ちかし　136
小泉苳三　こいずみ・とうぞう　190
【サ行】
斎藤茂吉　さいとう・もきち　82
佐佐木信綱　ささき・のぶつな　22
四賀光子　しが・みつこ　106
島木赤彦　しまき・あかひこ　38
釈　迢空　しゃく・ちょうくう　146
相馬御風　そうま・ぎょふう　88

【タ行】
高田浪吉　たかた・なみきち　214
高村光太郎　たかむら・こうたろう　117
巽　聖歌　たつみ・せいか　230
茅野雅子　ちの・まさこ　68
土田耕平　つちだ・こうへい　200
土屋文明　つちや・ぶんめい　178
土岐善麿　とき・ぜんまろ　112

【ナ行】
中島　敦　なかじま・あつし　197
長塚　節　ながつか・たかし　60
中原中也　なかはら・ちゅうや　197
中村憲吉　なかむら・けんきち　162
中村正爾　なかむら・しょうじ　212
西村陽吉　にしむら・ようきち　184

【ハ行】
萩原朔太郎　はぎわら・さくたろう　117
橋田東声　はしだ・とうせい　144
橋本徳壽　はしもと・とくじゅ　192
早川幾忠　はやかわ・いくただ　210
原　阿佐緒　はら・あさお　160
半田良平　はんだ・りょうへい　152
平野万里　ひらの・ばんり　110
藤沢古実　ふじさわ・ふるみ　208
穂積　忠　ほづみ・きよし　218

【マ行】
前田夕暮　まえだ・ゆうぐれ　90
正岡子規　まさおか・しき　16
松倉米吉　まつくら・よねきち　204
松田常憲　まつだ・つねのり　202
松村英一　まつむら・えいいち　172
三ヶ島葭子　みかじま・よしこ　134
宮沢賢治　みやざわ・けんじ　169
森　鷗外　もり・おうがい　73

【ヤ行】
矢代東村　やしろ・とうそん　166
柳田国男　やなぎた・くにお　73
柳原白蓮　やなぎはら・びゃくれん　108
山川登美子　やまかわ・とみこ　64
山口茂吉　やまぐち・もきち　224
山下陸奥　やました・むつ　206
結城哀草果　ゆうき・あいそうか　188
与謝野晶子　よさの・あきこ　54
与謝野鉄幹　よさの・てっかん　26
吉井　勇　よしい・いさむ　140
吉植庄亮　よしうえ・しょうりょう　98
吉野秀雄　よしの・ひでお　226

【ワ行】
若山喜志子　わかやま・きしこ　158
若山牧水　わかやま・ぼくすい　118
渡辺順三　わたなべ・じゅんぞう　194
渡辺直己　わたなべ・なおき　232

はしがき

小高　賢

近代短歌とは何か。異論の多出する問いかけであろう。一般的には十九世紀末、落合直文の「あさ（浅）香社」に参集し、その後「新詩社」を興した与謝野鉄幹、あるいは「根岸短歌会」を形成した正岡子規の出現が、近代短歌の嚆矢といわれている。

作品的には、いままでの旧派和歌とことなり、個人という主体を根底に据えた歌のありかたと、特徴づけてもそれほどまちがっていないであろう。「明星」における浪漫も、子規の唱えた写生のいずれも、作者の思いや視線への絶対的信頼からはじまっている。他者と隔たっているという自己意識の共有化が、それまでの和歌を急速に古く感じさせてしまったのではないだろうか。

もうひとつ忘れてはいけないことは、近代短歌ではなによりも視覚が優位に立ったことである。それまでの和歌は聴覚（声）にかなりの比重がおかれていた。ところが明治中頃からのジャーナリズムの発展にともない、短歌は書かれ、活字メディアとして発表される文学に変化した。その結果、いままでの旧派和歌ではありえなかった多くの読者（短歌愛好家）を生み出すことになった。おそらく近代短歌を特徴づける結社制度も、そのことと無関係ではないだろう。

よく知られているように、与謝野晶子『みだれ髪』、若山牧水『別離』、斎藤茂吉『赤光』、北原白秋『桐の花』といった近代短歌史を飾る歌集は、いまよりもずっと大部数が印刷・販売され、膨大な読者に読みつがれていた。その意味において近代短歌は、現代よりも文学全体に対して大きな影響力をもっていたといえるだろう。文学のスタート地点に短歌を据えた小説家・詩人・俳人たちもたくさん存在する。短歌の位置や役割はいまでは想像できないくらい大きかったのである（その一端として、文学者の短歌というコラムを設けた。鷗外、朔太郎、中也などの作品も収録した）。

本書は、さきに刊行された『現代短歌の鑑賞１０１』の姉妹篇として企画されたものである。子規、信綱、鉄幹、晶子、さらに茂吉、白秋、迢空といった巨峰だけでなく、いままであまり取り上げられていなかった歌人たちをふくめ、近代歌人七七人の代表歌を収録した（歌人によって、九〇首、六〇首、三〇首と収録歌数を変えた）。

近代短歌の膨大な領域の渉猟はとうていひとりの手に余る。七七歌人の選考を含めて、親しい友人の大島史洋、草田照子、日高堯子、小紋潤、影山一男、内藤明各氏に、選歌・執筆にご参加・ご協力をいただいた。教科書に載っている著名歌人だけでなく、珠玉のマイナーポエットにも陽を当てたい。しかし、ページ数には制限もある。私以下七人の相互の価値観も、育った短歌的な系譜もちがう。そのなかでの選考であるから、議論は当然のことながら尽きることがなかった。

どんな歌人を選ぶかはアンソロジーの宿命的な悩みである。なぜあの歌人が入っていないかというお叱りもきっとあるにちがいない。選ぶ人が変われば、また異なる七七人になるだろう。さらに収録歌数も大いに議論になった。短歌史的評価につながるからである。なぜ、あの歌人が九〇首で、こちらが三〇首なのか。これもまた数学的正解はない。異論があることは覚悟している。

七七人のなかには、全歌集といったかたちでの資料的整備の出来ていない歌人も少なくない。執筆者によっては個別歌集の収集からはじまるといった例があったと聞いている。このようにそれぞれかなり苦労しての選歌・執筆であった。逆にいえば、そのことが私たちの勉強になったことも事実である。それぞれが近代短歌の奥行きや厚みをあらためて実感した次第である。

現代短歌の一員として、自分たちの系譜の歌人についてはそれなりの知識をもっている。また傑出した歌人の作品はかなり読んでいる。しかし、それ以外の近代短歌については多くを知っているとはいえないだろう。収録された作品や、それに付せた鑑賞エッセイによってあたりをつけて、さらにその歌人の全体像にまですすんでいただければ、編集の甲斐があるというものである。とくに若い世代に読んでもらいたい。

なお、収録歌は、それぞれの担当者の責任によって底本（全集、全歌集、単行歌集）を選択し、ルビその他の表記はそれにしたがった。

最後に本書を編集するにあたり、多くの著作権継承者の方々に収録のご快諾をいただいた。また、写真その他いろいろなことで、多くの歌人の方にご協力いただいた。あつく感謝したい。

二〇〇二年四月十日

近代短歌の鑑賞

落合直文

くもりなきみよの光に影みえて月日もいまやてり増るらん
秋の夜のふけ行くままに岩ばしる水のひびきの空に澄みぬる
袴をば買ひきて今日ははかせ見むわが子よことし五つになりぬ
緋縅の鎧をつけて太刀はきてみばやとぞ思ふ山桜花
大空もひとつ緑に見えにけりわか草もゆるむさし野の原
おのづから梢はなるるきりの葉の今朝目に見えて秋は来にけり
かげあをき月さへてりて屍のかさなる下にこほろぎのなく
ひとつもて君を祝はむ一つもて親を祝はむ二もとある松
ゆく水にしばしながれてとびゆくはたれにうたれしほたるなるらむ
はなちやる籠のうぐひすこの春は父のみはかのうめになかなむ
をさな子が乳にはなれて父と添ひ今宵寝たりと日記にしるさむ
君を思ふ涙とも知れかきくらし日をふらんすの雨のゆふべは
ねもやらでしはぶく己がしはぶきにいくたび妻の目をさますらむ

（『落合直文全歌集』平8）

おちあい　なおぶみ　文久元年陸前国松岩村（現気仙沼市）生まれ。東京大学古典講習科に学ぶ。国語伝習所、早稲田専門学校等の講師を務める。明治三十六年没。歌集に『萩之家歌集』がある。

近代短歌の水脈は幾つかに分かれるが、いわゆる旧派和歌から脱皮し、近代短歌の礎を築いたのが落合直文である。

直文は仙台藩士・鮎貝盛房の次男として生まれたが、伊勢神宮教院に勤めていた落合直亮の養子となり、同院で学んだ後、新設の東京帝国大学古典講習科に入学し国文学を学んだが、歩兵第一連隊に入隊し中退。除隊後に皇典講究所の教師となり、以後国文教師として数々の学校で教鞭をとる中で「於母影」の訳詩や「孝女白菊の歌」「楠公の歌」の作詩、また『日本文学全書』『ことばの泉』の編纂等、多面的な活動を行った。だが、直文の仕事として今日に至るまでその名をとどめるのは、やはり明治二十六年の「あさ香社」の創設による（ちなみに「あさ香社」の名の由来は同年移住した駒込浅嘉町の町名である）。

和歌改良を唱えた「あさ香社」には、鮎貝槐園、与謝野鉄幹、服部躬治、久保猪之吉、金子薫園、尾上柴舟らが加わり、和歌改良の論と実作に励み新しい短歌を模索した。近代短歌の源流といわれる所以である。

「くもりなきみよの光に影みえて月日もいまやてり増るらん」の歌は明治九年、十五歳の歌であり、現存する直文の最初の作品だが、いわゆる旧派の

父君よ今朝はいかにと手をつきて問ふ子を見れば死なれざりけり

霜やけのちひさき手して蜜柑むくわが子しのばゆ風のさむきに

里の子にたちまじりつつ寺の門にとしわかき尼の羽つきてあり

砂の上にわが恋人の名をかけば波のよせきてかげもとどめず

名もしれぬちひさき星をたづねゆきて住まばやと思ふ夜半もありけり

小屏風をさかさまにしてその中にねたるわが子よおきむともせず

おくつきの石を撫でつつひとりごといひてかへりぬ春の夕ぐれ

去年の夏うせし子のことおもひいでてかごの蛍をはなちけるかな

ただひとつひらきそめたる姫百合の花をめぐりて蝶ふたつとぶ

をと女子はつみてくだきて捨てにけりばらの花には罪もあらなくに

さわさわとわが釣りあげし小鱸《をすずき》のしろきあぎとに秋の風ふく

今朝のみはしづかにねぶれ君のために米もとぐべし水もくむべし

わが歌をあはれとおもふ人ひとり見いでて後に死なむとぞおもふ

簪《かざし》もてふかさはかりし少女子のたもとにつきぬ春のあは雪

くれぬとて二人わかれしかのときの夕に似たりむらさきの雲

すててこし石を再び思ひいでて一里戻りぬこゆるぎの里

こがらしよながれゆくへのしづけさのおもかげゆめみいざこの夜ねむ　（辞世歌）

調子である。「緋縅の鎧をつけて太刀はきてみばやとぞ思ふ山桜花」は明治二十五年の作で、直文の初期を代表する歌として知られる。この年、金子元臣の創刊した「歌学」に短歌革新の意図を明らかにし、翌年「あさ香社」を創設する。

「おのづから梢はなるるきりの葉の今朝目に見えて秋は来にけり」はその明治二十六年の作で上句の描写がそれまでの旧派の調子から抜け出ている。「砂の上にわが恋人の名をかけば波のよせきてかげもとどめず」は明治三十三年「明星」創刊号に寄せた歌で、「恋人」の語を短歌で初めて使った作といわれる。いかにも「明星」らしい歌、というよりは、こうした直文の歌が「明星」調を育成していった、といえるだろう。「名もしれぬちひさき星をたづねゆきて住まばやと思ふ夜半もありけり」も「明星」二号の作であり、この二首を見るだけでも、直文が「明星」の若い歌人たちに与えた影響が想像できよう。

直文の歌はその後の短歌に欠かせないテーマの親や子の死、自身の病い等を幅広く歌い、また自然描写にも従来の短歌にはない写実的要素を求め、まさに短歌革新の実践者としての作を多く残した。直文がいなければ、短歌の改革は或いは数年遅れていたかもしれない。　**（影山一男）**

伊藤左千夫

いとう　さちお　元治元年千葉県成東町生まれ。本名幸次郎。明治法律学校中退。のち東京で牛乳搾取業をいとなむ。正岡子規の弟子となり、子規没後、雑誌「アララギ」を創刊。大正二年没。

（『左千夫歌集』、「左千夫全集」第一巻所収）

牛飼《うしかひ》が歌咏《うたよ》む時に世の中のあらたしき歌大《おほ》いに起《おこ》る　（明治三十三年）

うからやから皆《みな》にがしやりて独居《ひとりを》る水《み》づく庵《いほり》に鳴くきりぎりす

亀井戸《かめゐど》の藤《ふぢ》もをはりと雨の日をからかささしてひとり見にこし　（明治三十四年）

池水《いけみづ》は濁りににごり藤浪《ふぢなみ》の影《かげ》もうつらず雨ふりしきる

炉《ろ》にかくれば時《とき》じくたぎる釜《かま》の音《と》は聞かば聞くべし大人《うし》に逢《あ》ひ難《がた》き　（明治三十六年）

天地《あめつち》に神ありといふ否《いな》をかもいくさのやまむ時の知らなく　（明治三十八年）

朝戸出《あさとで》に幼きものを携《たづさへ》て若葉 槐《ゑんじゆ》の下《した》きよめすも

うなゐらが植《うゑ》しほほづきもとつ実《み》は赤らみにたり秋のしるしに

いつしかと蒿雀《あをじ》が来鳴《きな》く梅の木の骨《ほね》あらはれて秋くれんとす

二月《きさらぎ》の望《もち》の夜頃《よごろ》に故郷《ふるさと》に歌つどひすも語りつぐがね　（明治三十九年）

牛飼《うしかひ》の歌人《うたびと》左千夫がおもなりをじやぼんに似《に》ぬと誰《たれ》か云ひたる　（明治四十年）

天然《てんねん》に色は似ずとも君が絵は君が色にて似なくともよし

伊藤左千夫は、ともかく大変なバイタリティーの持ち主だったようだ。農家の生まれであるが、漢詩や漢文を学び、また論争好きで、政治家たらんとした時期もあった。そのために入った明治法律学校は眼病のため中退して帰郷せざるを得なかったが、その後再度上京、牧場などで毎日朝早くから夜遅くまで働き、数年で独立、二十六歳の時には牛乳搾取販売業の経営を始めている。

そして三十七歳のとき、新聞「日本」の第一回募集歌（正岡子規選）に歌が三首載って子規に師事することとなるが、それ以前には新聞紙上で子規に論争をいどんだこともあったようだ。左千夫のほうが子規より三歳年長であり、仕事が順調になってからの左千夫は和歌を習いに行ったり茶道に凝ったりして人との交際もかなり広かったようだから、子規などなにするものぞ、といった気持ちも幾らかはあったのだろう。

しかし明治三十三年、左千夫は子規庵を訪問すると、あらゆる点で自分が子規に及ばないことを知り、二人の師弟関係は決定的なものとなる。以後、左千夫は子規庵での毎月の歌会に出席し、万葉集を積極的に学び、趣味を脱した文学としての作歌を始めることとなる。子規を信奉する左千夫の姿勢には涙ぐましいものがあり、それは、『左

竪川《たてかは》に牛飼ふ家や楓《かへで》萌《も》え木蓮《もくれん》花咲き児牛《こうし》遊べり
九十九里《くじふくり》の磯《いそ》のたひらはあめ地《つち》の四方《よも》の寄合《よりあひ》に雲たむろせり
水やなほ増すやいなやと軒《のき》の戸《と》に目印《めじるし》しつつ胸安からず
　煇《あかがり》を水に濡《ぬら》して風しみるいたきつとめを知らずと思ふな　（明治四十一年）
両親《ふたおや》の四《よ》つの腕《かひな》に七人《ななたり》の子を掻《か》きいだき坂路《さかぢ》登るも
暫《しばら》くを三間《みま》打抜《うちぬ》きて七人《ななたり》の児等《こら》が遊ぶに家《いへ》湧《わ》きかへる
わくらはに淋《さび》しき心湧《わ》くといへど児等《こら》がさやけき声に消《け》につつ
秋の野《ぬ》に花をめでつつ手折《たを》るにも迷ふことあり人といふもの
夜《よる》深く唐辛《たうがらし》煮《に》る静けさや引窓《ひきまど》の空に星の飛ぶ見ゆ
猫《ねこ》の頭撫《あたまな》でて我《わ》が居《を》る世の中のいがみいさかひよそに我《わ》が居《を》る　（明治四十二年）
釜《かま》の煮《に》えのおほに鳴りつつ春とおもふ心はみちぬ夜《よる》のいほりに
人の住む国辺《くにべ》を出でて白波《しらなみ》が大地《だいち》両分《ふたわ》けしはてに来にけり
天地《あめつち》の四方《よも》の寄合《よりあひ》を垣《かき》にせる九十九里《くじふくり》の浜に玉《たま》拾ひ居り
白波やいや遠白に天雲に末辺こもれり日もかすみつつ
高山《たかやま》も低山《ひくやま》もなき地の果《は》ては見る目の前に天《あめ》し垂《た》れたり
白玉《しらたま》の真澄《ますみ》の碗《もひ》に盛《も》る水の清きを願ふ心あれこそ
とりよろふ五百津《いほつ》群山《むらやま》見渡《みわた》しの高み国原《くにはら》人もこもれり

千夫全集』や『子規全集』を読むことによって今でも知ることができる。

　牛飼が歌咏む時に世の中のあらたしき歌大いに起る（明治三十三年）

　左千夫の歌として最もよく知られている歌。牛飼である自分のような者が和歌を詠む、そんな時代こそ、世の中に新しい歌が大いに起こってくるのだ、の意。ここには左千夫の自負が込められている。明治三十三年の作とされているが、正確なところはわからず、子規と会う以前の作ではないかとする説もある。ともかく、初期の左千夫の作としては傑出した一首であり、この時期にどうしてこのような歌が生まれたのか、不思議な気さえする。子規はこの歌に応えて「茶博士《ちやはかせ》をいやしき人と牛飼《うしかひ》をたふとき業《なり》と知る時花咲く」とうたっている。

　明治三十四年の「池水は濁りににごり」の歌は子規の藤の花の歌に触発されてできたと言われる連作十首中の一首。亀戸天神の境内へわざわざ藤を見に行って作ったようだ。左千夫は短歌の連作に関する試論もいくつか書いており、子規が試みた連作風の歌を左千夫なりに押し進めてできた連作の一つがこの藤の花の歌である。抄出した一首は、太宰治が自殺直前のノートに記していたこと

朝露《あさつゆ》にわがこひ来れば山祇《やまつみ》のお花畑《はなばたけ》は雲垣《くもがき》もなく
淋《さび》しさの極《きは》みに堪《たへ》て天地《あめつち》に寄《よ》する命《いのち》をつくづくと思ふ
おくつきの幼《をさ》なみ魂《たま》を慰《なぐさ》めんよすがと植《う》うるけいとぎの花
数《かぞ》へ年《どし》の三《み》つにありしを飯《いひ》の席《むしろ》身を片《かた》よせて姉にゆづりき
古《いにし》への聖々《ひじりひじり》のことはあれど死《しぬ》といふことは思ひ堪《た》へずも
み仏《ほとけ》に救《すく》はれありと思ひ得《え》ば嘆《なげ》きは消《き》えん消えずともよし
五百重山《いほへやま》千重《ちへ》の曇りの奥《おく》知らに深くつつみて夜に背《そむ》くべし
(明治四十三年)

妻子等《つまこら》に背《そむ》きし得《え》ねば八重山《やへやま》の曇りが奥《おく》を恋ひて経《ふ》るかも
禍《わざはひ》の池はうづめて無しと云へど浮藻《うきも》のみだれ目を去らずあり
濁水《にごりみづ》の池を八十《やそ》たび悔《く》いめぐり嘆《なげ》き見しかどはきものも無く
汝《な》をなげくもの外《ほか》になしいきの限り汝《な》を恋ひまもる此《こ》の父と母と
闇《やみ》ながら夜《よ》はふけにつつ水《みづ》の上《うへ》にたすけ呼《よ》ぶこゑ牛叫《うしさけ》ぶこゑ
打破《うちやぶ》りしガラスの屑《くづ》の鋭《と》き屑《くづ》の恐《おそろ》しきこころ人の持ちけり
(明治四十四年)

霜月《しもつき》の冬とふ此《こ》のごろ只曇《ただくも》り今日もくもれり思ふこと多し
ものこほしくありつつもとなあやしくも人厭《ひといと》ふこころ今日もこもれり
裏戸《うらと》出《い》でて見る物もなし寒《さ》むざむと曇る日傾《かたむ》く枯葦《かれあし》の上《うへ》に
よみにありて魂静《たましづ》まれる人らすらも此《こ》の淋《さび》しさに世をこふらむか

からよく知られるようになり、教科書でもしばしば取り上げられている。

明治四十年の「天然に色は似ずとも」の歌は、斎藤茂吉の歌への返し歌として作られた。「君」は茂吉である。

高山《たかやま》も低山《ひくやま》もなき地の果《は》ては見る目の前に天《あめ》し垂《た》れたり(明治四十二年)

故郷の九十九里浜に遊んだ折の歌。左千夫は子規の説く「写生」を信じてこのような歌を作ったが、左千夫らしい大づかみな表現が一首をスケールの大きなものにしている。

左千夫と子規の交流は子規の死によって三年ほどで終わる。その後、左千夫は「馬酔木」「アララギ」といった雑誌を創刊する。門下には島木赤彦・斎藤茂吉・古泉千樫・中村憲吉・土屋文明といった人たちが集い、以後、現在まで子規の系譜が受け継がれてゆくこととなる。

今朝のあさの露ひやびやと秋草や総べて幽けき寂滅の光(大正元年)

死の一年ほど前の作。晩秋の寂しい光景に自分の気持ちを重ねてうたった歌で、左千夫最晩年の歌境を示すものとして高く評価されている。この寂しさの背後には私生活上での不如意や愛する人との別れ、また、深い信仰心などがあると指摘さ

よみにありて人思はずろうつそみの万《よろづ》を忘れひと思はずろ

今の我《わ》れに偽《いつ》はることを許さずば我《わ》が霊《たま》の緒《を》は直《す》ぐにも絶《た》ゆべし

生きてあらん命《いのち》の道に迷ひつつ偽《いつ》はるすらも人は許さず

世に薄《うす》きえにし悲しみ相嘆《あひなげ》き一夜《ひとよ》泣かむと雨の日を来《こ》し

（明治四十五年）

いきの緒《を》のねをいぶかしみ耳寄せて我《わ》が聞けるとにいきのねはなし

（大正元年）

おりたちて今朝《けさ》の寒さを驚きぬ露《つゆ》しとしとと柿《かき》の落葉《おちば》深く

鶏頭《けいとう》のやや立乱《たちみだ》れ今朝《けさ》や露のつめたきまでに園《その》さびにけり

鶏頭の紅《べに》古《ふ》りて来《こ》し秋の末や我《わ》れ四十九の年行かんとす

今朝《けさ》のあさの露《つゆ》ひやびやと秋草《あきくさ》や総《す》べて幽《かそ》けき寂滅《ほろび》の光《ひかり》

年毎《としごと》にくろがねの橋石《はしいし》の橋数《はしかず》を増《ま》しつつ民《たみ》は痩《や》すらん

（大正二年）

民《たみ》を富ます事を思はぬ人々が国守《くにまも》るちふさかしらを説く

もろもろの民《たみ》の命《いのち》の塩《しほ》にだに税を課《くわ》するは恥《は》ぢにあらぬか

児《こ》をあまた生みたる妻のうらなづみ心ゆく思ひなきにしもあらず

九十九里の波の遠鳴《とほな》り日の光り青葉の村を一人《ひとり》来にけり

れているが、この時期、左千夫は弟子の赤彦や茂吉と作歌上の信念をめぐって激しい論争をしており、そうした対立からくる寂しさも込められているとみていいだろう。左千夫は、若い弟子たちの技巧に走ったお話的な歌の作り方に疑問を呈し、歌とは全精神を込めた心の叫び、すなわち純粋な感動の直接的な表現であるべきだと主張したのである。この論争の最中に左千夫は急死し、茂吉は激しい衝撃を受ける。茂吉の歌集『赤光』の巻頭に置かれた「悲報来」という一連は、左千夫の死を電報で知った茂吉が驚いて赤彦の家へ駆け付けるところから始まっている。

左千夫と同時期に子規に入門した歌人に長塚節がいるが、節の冷静な観察眼による歌のほうが子規の写生を直接に受け継いでいる面が多いと言われ、左千夫の歌は、写生を基盤としながらも大づかみなところがあり、感情的な心の動きが声調に強く出ていて、そこに両者の資質的な違いがあるように思われる。

左千夫の歌集は生前には刊行されず、死後に門人の手によって『左千夫歌集』として出された。また、『左千夫全集』全九巻には短歌・評論・小説などを含めたすべてが収録されている。

（大島史洋）

正岡子規

まさおか しき　慶応三年愛媛県松山市生まれ。本名常規《つねのり》。文科大学(現東京大学)中退後、日本新聞社に入社。病床にあって俳句・短歌の革新に取り組んだ。アララギ系の開祖。明治三十五年没。

（『竹乃里歌』昭31）

世の人はさかしらをすと酒飲みぬあれは柿くひて猿にかも似る

（明治三十年）

柿の実のあまきもありぬ柿の実のしぶきもありぬしぶきぞうまき

久方のアメリカ人《びと》のはじめにしベースボールは見れど飽かぬかも

（明治三十一年）

足たたば不盡《ふじ》の高嶺のいただきをいかづちなして踏み鳴らさましを

足たたば北インヂヤのヒマラヤのエヴェレストなる雪くはましを

足たたば新高山《にひたかやま》の山もとにいほり結びてバナナ植ゑましを

吉原の太鼓聞えて更《ふ》くる夜にひとり俳句を分類すわれは

人皆の箱根伊香保と遊ぶ日を庵《いほ》にこもりて蠅殺すわれは

なむあみだ仏《ほとけ》つくりがつくりたる仏見あげて驚くところ

（明治三十二年）

岡の上に黒き人立ち天《あま》の川敵の陣屋に傾くところ

木のもとに臥せる仏をうちかこみ象蛇どもの泣き居《ゐ》るところ

こいまろぶ病《やまひ》の床《とこ》のくるしみの其側《そのかたはら》に牡丹《ぼたん》咲くなり

　正岡子規の歌集『竹乃里歌』は、子規生前に自筆原稿がほぼまとめられていたが、刊行されたのは没後のことであった。この歌集には明治十五年の歌から見られるが、子規が本格的に短歌に取り組み始めたのは明治三十一年ごろからであろう。この年、子規は新聞「日本」に「歌よみに与ふる書」の連載を始め、当時盛んであった旧派和歌を激しく攻撃し、彼らが手本としてきた古今和歌集を全面的に否定した。

　子規は短歌の革新に乗り出す前に俳句の革新を進めており、そうした経験をも踏まえて、表現には写生という姿勢が大切であり、そのためには修辞に凝った古今集などは捨てて万葉集をこそ手本にすべきだと主張したのである。

　子規の根底にある考え方は、頭の中で作りあげた空想や理想といった事柄はその人によほどの才能がないかぎり類型におちいり、平凡なものとなってしまう。そのような弊害から脱するためには外界の自然や事物をよく見て写生し、自分なりの発見を表現すべきだというものであった。

　明治三十二年には、俳句の会のほかに短歌の会も子規庵で始まっており、別に万葉集を読む会も開いている。このような姿勢は弟子の伊藤左千夫や長塚節などに受け継がれ、さらには島木赤彦、

いちはやく牡丹の花は散りにけり我《わ》がいたつきのいまだいえなくに
はたちあまり八つの齢《よはひ》を過ぎざりし君を思へば愧《は》ぢ死ぬわれは
つらなめて百合《ゆり》咲く畑の畑ぬしは根を喰はんとて植ゑにしものを
わが魂《たま》は鳥にもがもや君が行くからの山々見て帰るもの
四年寐《よとせね》て一たびたてば木も草も皆眼の下に花咲きにけり
青空に聳《そび》ゆる庭のかまつかは我にあるけといへるに似たり
柿を守《も》る吝《しわ》き法師が庭にいでてほうほうといひて鴉《からす》追ひけり
首もなく手もなくなりて道のべの仏はもとの石にぞありける
人にして鳥にありせば駿河路や三保の磯辺の松に巣くはな
歌をそしり人をののしる文《ふみ》を見ば猶《なほ》ながらへて世にありと思へ
牛がひく神田祭の花車《はなぐるま》 花がたもゆらぐ人形《ひとがた》もゆらぐ
春の夜の衣桁《いかう》に掛けし錦襴《きんらん》のぬひの孔雀《くじやく》を照《てら》すともし火
詩人去れば歌人座にあり歌人去れば俳人来《きた》り永き日暮れぬ
句つくりに今日《けふ》来《こ》ぬ人は牛島《うしじま》の花の茶店に餅くひ居らん
茶博士《ちやはかせ》をいやしき人と牛飼《うしかひ》をたふとき業《なり》と知る時花咲く
くれなゐの二尺伸びたる薔薇《ばら》の芽の針やはらかに春雨のふる
松の葉の葉毎《はごと》に結ぶ白露《しらつゆ》の置きてはこぼれこぼれては置く

（明治三十三年）

斎藤茂吉、土屋文明といったアララギ派の大きな流れへと発展してゆく。

しかし子規自身が作った歌は、写生という概念にはおさまり切らない、一風変わったおもしろさを持っていたとも言える。空想や想像の歌もかなり多く見られる。それはたぶん、子規の前向きかつ人間好きの姿勢から来ている。写生が単なる外面的な描写だけではなく、人間関係の体温のようなものまでをそこに滲み出させてしまう、そういうことではないのかと私は思っている。

抄出した歌の最初に置いた明治三十年の柿の歌は、天田愚庵から送られた柿を喜んで作ったものである。子規の柿好きは有名で、一度にいくつも食べたと言われている。

明治三十一年に作られた「ベースボール」の歌は全部で九首あり、当時盛んになり始めていた野球を実況中継のようなかたちで表現しようとしたものである。子規の愉快な一面として、ここには最初の一首だけを紹介しておいた。

なむあみだ仏つくりがつくりたる仏見あげて驚くところ（明治三十二年）

「絵あまたひろげ見てつくれる」という詞書のある連作十首中の第一首目の歌。歌の最後に「ところ」という言葉を置いて統一している。この一連

松の葉の葉さきを細み置く露のたまりもあへず白玉《しらたま》散るも
ほととぎす鳴くに首あげガラス戸の外面《とのも》を見ればよき月夜なり
うがひすと夜《よる》の衣《ころも》を脱ぎもあへず端居《はしゐ》の風の秋ちかづきぬ
竪川《たてかは》の流れ溢《あふ》れて君が庵《いほ》の庭の木賊《とくさ》に水はこえずや
真砂《まさご》なす数なき星の其中《そのなか》に吾に向ひて光る星あり
我庵《わがいほ》の硯《すずり》の箱に忘れありし眼鏡《めがね》取りに来《こ》歌よみがてら
夜《よ》にしなれば病みこやる身の熱はあれど歌の手紙を二つ書きたり
年《とし》を経て君し帰らば山陰《やまかげ》のわがおくつきに草むしをらん
瓶《かめ》にさす藤の花ぶさみじかければたたみの上にとどかざりけり

（明治三十四年）

瓶《かめ》にさす藤の花ぶさ一ふさはかさねし書《ふみ》の上に垂れたり
藤なみの花をし見れば奈良のみかど京のみかどの昔こひしも
瓶《かめ》にさす藤の花ぶさ花垂れて病《やまひ》の牀《とこ》に春暮れんとす
裏口の木戸のかたへの竹垣にたばねられたる山吹《やまぶき》の花
歌の会開かんと思ふ日も過ぎて散りがたになる山吹の花
ガラス戸のくもり拭《ぬぐ》へばあきらかに寐《ね》ながら見ゆる山吹の花
佐保神《さほがみ》の別れかなしも来《こ》ん春にふたたび逢はんわれならなくに
いちはつの花咲きいでて我目《わがめ》には今年《ことし》ばかりの春行かんとす

には子規の言う写生の実践と、それを踏まえての趣向のおもしろさがある。後年、斎藤茂吉がこの「ところ」という止め方をまねて、「地獄極楽図」十一首（『赤光』所収）を作ったことはよく知られている。

　明治三十三年の「茶博士を」「竪川の流れ溢れて」「我庵の硯の箱に」の歌などは、牛飼であった弟子の伊藤左千夫に与えたもの。また、「年を経て君し帰らば」の歌の「君」は、友人であった夏目漱石である。この頃、漱石はロンドンに留学中であった。

　瓶にさす藤の花ぶさみじかければたたみの
　　上にとどかざりけり　（明治三十四年）

よく知られている歌の一つ。子規は明治二十九年ごろにカリエスを発病して以来、ほとんど寝たままで過ごしていたからこんな発見も得られた。病床から見ていると、藤の花房が畳に届かないというわずかな空間の幅が一際印象強く目に映ったのであろう。第一句が「瓶にさす」と現在形になっているところも、動作の一瞬をとらえたような緊迫感があり、一首を引き締めている。

　ちなみに、子規は明治二十二年に初めて喀血した。その際、「啼《な》いて血を吐く時鳥《ほととぎす》」の故事をもとに「子規」と号したと言われている。子規は時

病む我をなぐさめがほに開きたる牡丹《ぼたん》の花を見れば悲しも
夕顔の棚《たな》つくらんと思へども秋待ちがてぬ我《わが》いのちかも
若松の芽だちの緑長き日を夕かたまけて熱いでにけり
いたつきの癒《い》ゆる日知らにさ庭べに秋草花の種《たね》を蒔《ま》かしむ
みどり子のおひすゑいはふかしは餅《もち》われもくひけり病癒《やまひい》ゆがに
下総《しもふさ》の結城《ゆふき》の里ゆ送り来《こ》し春の鶉《うづら》をくはん歯もがも
菅《すが》の根の永き一日《ひとひ》を飯《いひ》も食はず知る人も来《こ》ずくらしかねつも
くれなゐの牡丹《ぼたん》の花におほひたるやぶれ小傘《をがさ》に雨のしきふる
下総《しもふさ》のたかしはよき子これの子は虫喰栗《むしくひぐり》をあれにくれし子
くれなゐの梅ちるなべに故郷《ふるさと》につくしつみにし春し思ほゆ
梅の花見るにし飽かず病めりとも手震はずば画《ゑ》にかかましを
やみてあれば庭さへ見ぬを花菫《はなすみれ》我手《わがて》にとりて見らくうれしも
赤羽根《あかばね》のつつみに生《お》ふるつくづくしのびにけらしも摘《つ》む人なしに
つくづくし又つみに来《こ》ん赤羽根の汽車行く路と人に知らゆな

（明治三十五年）

鳥の異名である。

　佐保神の別れかなしも来ん春にふたたび逢はんわれならなくに（明治三十四年）

「佐保神」は、春をつかさどる女神。この歌も藤の花の歌と共に教科書に登場することが多い。きれいにまとめられた一首で、来年の春までは生きられないだろうという気持ちにはやや感傷性も感じられる。子規は、苦しい病床にあっても実に健康的な思考の持ち主であった。冷静で前向きの姿勢を失わず、感傷性とはほど遠いところにあった人だと私は思っている。しかし、晩年の一時期には、ちょっと感傷的な心弱りの歌も見られるような気がする。

　明治三十四年の項の最後の歌「下総のたかし」は長塚節のことである。節の訪問を喜んでこんな歌を作っている。子規にはユーモアのある歌も多く、その一つに「はがき歌」と言われている種類のものがある。子規は、日常的な用件（何日に家へ来いとか、歌を作って送れとかいったこと）を短歌のかたちにして葉書に書き、門人たちにしばしば送ったのである。電話など普及していなかった時代のことであるから、そうした即興的な歌もたくさん現在まで残って来ており、我々の目を楽しませてくれる。

（大島史洋）

石榑千亦

いしくれ ちまた　明治二年、愛媛県新居郡橘村（現・西条市西泉）生まれ。明治三十一年「心の花」を創刊、編集責任者となる。歌集に『潮鳴』『鷗』『海』『潮沫』がある。昭和十七年没。

諸手《もろて》してくるや小舟の櫂《かい》のほにくり出す雪の石狩の山
（『潮鳴』大4）
みちのくは冬いちはやしかけ干せる稲束《はさ》の上に雪のつもれる
高ぶれる津軽のせとの波がしらしづまれとゆまり　まりかくるかな
せとにます大海若《おほわたつみ》にうま酒の初穂ささげてさかづきを取る
船窓のかげにしよればうれしくも波のしぶきのさかづきに入る
今もかも迫戸《せと》の波にや船はのりしさかづきゆれて酒のこぼるる
玉の山に玉の木おひて玉の木に玉の枝さし玉の花さく
煙なす雨靄の中に道現《あ》れて馬あゆみ来る人あゆみ来る
鏡なす夏の真昼の大空に白くひかりて雲のうまるる
心あてにそれかと見ればそれと見えて月にかすかなり故郷の山
畳なはる岩又岩を残りなく蔽ひて散りてかへる波かな
昆布の葉の広葉にのりてゆらゆらにとゆれかくゆれ揺らるる鷗《かもめ》
（『鷗』大10）
よる波に立ちては崩れ立ちては崩れ昆布の広葉のざわめけるかも

石榑千亦は、愛媛県の生まれで正岡子規と同郷である。横井良三郎の二男に生まれ、本名辻五郎。ちなみに千亦は辻＝衢《ちまた》にちなんで名付けられた。香川県琴平の明道学校において神道・国学を学んだ。明治二十二年に経世済民の志を持って上京、ニコライ堂の焼打ちを図るなど偏狭な国粋的思想の持ち主であったが、その排外的思想の非を悟って同年、帝国水難救済会に勤務、水難救護という実務的な世界に就いた。日本は海に囲まれているにもかかわらず、古くから海の歌は少ない。しかし、千亦は「海の歌人」と呼ばれたように海の歌が多いのは、その仕事柄日本全土を航海し、海に接する機会が多かったためもあるが、海の大きさに交わるような千亦の人格の大きさ、抱擁力の大きさでもあった。

歌は、上京後落合直文、正岡子規の添削を受けたが明治二十六年、三歳年下の佐佐木信綱の門下となり、三十一年には信綱の意を受け千亦宅を発行所として「心の花」を創刊、編集責任者となる。門下には安藤寛、前田福太郎などがおり、歌人の五島茂はその三男である。また、水難救済会の常務理事となり五十余年にわたってここに勤めた。ここに新井洸、古泉千樫、飯田莫哀、柳田新太郎ら多くの歌人を職員として招き、公私共に援助し

波にもまれ昆布さわだてばむらむらに乱れ合ひて立つあまたの鷗

岩にかぶさり岩にかぶさりゆさゆさに昆布の広葉は波にゆらぐも

幼《いとけ》なき子どもにかへりまるゆでの玉蜀黍《たうもろこし》にわれうつつなし

白雲のむらがる中におのづから光る雲あり富士にしあるらし

むらむらと沖のかもめは上げ汐におしよせられて河をのぼるも

さみどりのうねりにのりてきらきらと日に光りけり鷗のはねは

ひむがしの山をはなるる日のかげに入江の白帆みな光りけり

（『海』昭9）

大海は広くしありけりむれ鯨潮《うしほ》高吹きゆたに遊べる

朝の海凪《なぎ》をよろしみ遠長に列をつくりて鯨はゆくも

しらけ立つ波はろばろし大海に一つの船も見えずさびしき

船の舳《へ》にわかれとぶ潮のしほ先にぬけいでて飛ぶさきがけ海豚《いるか》

わが船のまはりいささか残しおきて狭霧《さぎり》となりぬ大き海原

海の上に虹はかかれり美しく虹の上に又虹はかかれり

（『潮沫』昭15）

大方はおぼろになりて我眼には白き盃一つ残れる

今にしてつくづく思へばありし世は吾おろそかに思ひてありけり

万《よろづ》のものみなひそまりて天地は一つの不二となりにけるかも

張りし帆にことごとく海の風は満てり吾今さらに思ふことあらず

（未刊歌集より）

たので「歌人救済会」の異名をとった。

歌は速吟をもって鳴り、数万首の歌を残したといわれている。苦吟や推敲には無縁であった。おおらかで、いじましくないのである。第一歌集『潮鳴』の特徴は多行書きである。一行で書かれたものもあるが多くは二行、三行あるいは四行に書き分けられている。字間をあけている作品もある。雑誌初出時には多行書きであった作品が歌集収載時には一行書きに改められ、更に後には一行で表記することになる。ちなみに『潮鳴』と第三歌集『海』の巻頭歌は同じ作品であるが、

諸手してくるや小舟の櫂のほに
くり出す　雪の石狩の山（『潮鳴』）

諸手してくるや小舟の櫂のほにくり出す雪の
石狩の山（『海』）

といった表記になる。この三十首選ではすべて一行で表記した。また、佐佐木信綱は『潮鳴』の序文で千亦の任侠の気に富む誠実な人柄にふれているが、それは生涯変わることはなかった。また、李白を偲ばせるような豪快な酒徒でもあった。

大方はおぼろになりて我眼には白き盃一つ残
れる

はその代表歌であるが歌集には収められていない。

（**小紋 潤**）

佐佐木信綱

ささき のぶつな　明治五年、安濃津県（現三重県）石薬師村（現鈴鹿市）に生まれる。十二歳で東京帝大に入学。三十一年「心の花」を創刊、多くの歌人を育てた。昭和三十八年没。

願はくはわれ春風に身をなして憂《うれひ》ある人の門をとはばや
いささかのよき事なして一つきの酒心地よき此のゆふべかな
幼きは幼きどちのものがたり葡萄のかげに月かたぶきぬ
春の日の夕べさすがに風ありて芝生にゆらぐ鞦韆《ゆさはり》のかげ
大門《だいもん》のいしずゑ苔にうづもれて七堂伽藍《がらん》ただ秋の風
（『思草』明36）

天地は雲にうもれてわが影の外に物なき岩の上の道
酔ひにたりわれゑひにたり真心もこもれる酒にわれ酔ひにたり
山の端に月はのぼりぬわが笛を今こそ吹かめ月はのぼりぬ
一管の筆たづさへて秋風の大江《おほえ》さかのぼるやまと歌人
（『遊清吟藻』昭5）

わが世によき幸《さち》得たり洞庭の湖《うみ》の月夜をよき風にわたる
真白帆によき風みてて月の夜を夜すがら越ゆる洞庭《どうてい》の湖《うみ》
野の末を移住民など行くごときくちなし色の寒き冬の日
蛇遣《つか》ふ若き女は小屋いでて河原におつる赤き日を見る
（『新月』大1）

明治五年六月三日、伊勢国鈴鹿郡石薬師村に生まれた佐佐木信綱は、明治、大正、昭和三代を生きた近代短歌、和歌革新の巨星であった。昭和三十八年に没するまで九十二年の生涯を歌人として、国文学者として生き抜いて来た。その中で特筆されるべきことは二つ。一つは、十二歳で東京帝大に入学してから国文学者としての研究生活に入った万葉集をはじめとする古典和歌と和歌史の研究に厖大な仕事を残したのであるが、特に今日使われている万葉集の本文は、信綱が残した古写本の発見と紹介、校訂によってその基礎が形成された。『梁塵秘抄』『定家所伝本金槐集』などの紹介もそうである。

もう一つは歌人としての仕事である。与謝野鉄幹、正岡子規と共に和歌革新運動の三本柱といわれながら激越な論をひかえ、旧派の歌人たちとも親交があり、中庸な立場にあったので穏健派と目されて来た。子規より五歳年下、鉄幹より一歳年上である。

明治三十一年、石榑千亦を編集者として「心の花」を創刊し、多くの歌人を育てた。たとえば川田順、新井洸、木下利玄、柳原白蓮、九条武子、片山広子、前川佐美雄、斎藤史、五島美代子、栗原潔子、そして最後の弟子である石川不二子など

春の日のゆくらゆくらと山一つあなたへまゐる太郎冠者かな
春の日は手斧に光りちらばれる木屑の中に鶏あそぶ
よき事に終のありといふやうにたいさん木の花がくづるる
ぽつかりと月のぼる時森の家の寂しき顔は戸《と》を閉ざしける
秋さむき唐招提寺《たうせうだいじ》鴟尾《しび》の上に夕日うすれて山鳩の鳴く
ゆく秋の大和の国の薬師寺の塔の上なる一ひらの雲
吾はうたふ、曙の海にまむかひて、吾はうたふ、聴け、波よ鷗《かもめ》よ
（『銀の鞭』昭31）
人の世はめでたし朝の日をうけてすきとほる葉の青きかがやき
（『常盤木』大11）
うぶすなの秋の祭も見にゆかぬ孤独の性《さが》を喜びし父
書とづれば夜《よる》の戸うちし雨の音も間遠になりぬ静かに眠らむ
道の上に残らむ跡はありもあらずもわれ虔《つつし》みてわが道ゆかむ
（『豊旗雲』昭4）
山の上にたてりて久し吾もまた一本《いっぽん》の木の心地するかも
さほろ嶺《ね》の大き岩根にわが居《を》れば傍に近く雲あそぶなり
塔《あららぎ》のそりのめでたさ西の京にわれはありけり此の秋の日を
（『鶯』昭6）
落葉松《からまつ》の林の道にひとりなりこのたか原のあしたを愛す
自転車おり片手額《ひたひ》の汗ふきふき梅の木ゆさぶる此のいたづら児
白雲は空に浮べり谷川の石みな石のおのづからなる

であるが、その影響は孫の佐佐木幸綱や、伊藤一彦、俵万智にも及んでいると思われる。それは、「心の花」が基本理念として掲げた「ひろく、深く、おのがじしに」という言葉に表わされている。それゆえにこそ保守的と見られていた「心の花」において、昭和初期の革新的な新興短歌運動の旗手が多く育つところとなったのである。

　いわゆる「穏健」といわれた信綱の歌は、次のような歌をもって人口に膾炙されたのである。

願はくはわれ春風に身をなして憂ある人の門をとはばや（『思草』）
ゆく秋の大和の国の薬師寺の塔の上なる一ひらの雲（『新月』）
人の世はめでたし朝の日をうけてすきとほる葉の青きかがやき（『常盤木』）
山の上にたてりて久し吾もまた一本の木の心地するかも（『豊旗雲』）
白雲は空に浮べり谷川の石みな石のおのづからなる（『鶯』）
山にありて山の心となりけらしあしたの雲に心はまじる（『椎の木』）
春ここに生るる朝の日をうけて山河草木みな光あり（『山と水と』）

こういった向日性にあふれ、肯定的でかつ大ら

堤おりし二人《ににん》の童子《どうじ》鴉追ふと走せゆきはすれ広き砂原
（『椎の木』昭11）

山にありて山の心となりけらしあしたの雲に心はまじる
二本《もと》の柿の木《こ》の間の夕空の浅黄に暮れて水星《すゐせい》は見ゆ
少女《をとめ》なれば諸頬《もろほ》につけし紅《べに》のいろも額の櫛も可愛《かな》しき埴輪
（『瀬の音』昭15）

遠つ世に知れる二人か知らざりし二人かここに一つ箱にある
たでの花ゆふべの風にゆられをり人の憂は人のものなる
人とほく思はるけし穂薄の秋風わけて高きにのぼる
炉の薪《たきぎ》よきおとたててもゆるなり李太白去りリットン来る
おぢいさんの杖どうして長いのと童子問ふ百日紅《さるすべり》の花に残る夕光《ゆふかげ》
（『黎明』昭20）

どつちにある、こつちといへば片頬《かたほ》笑《ゑ》みひらく掌《たなそこ》の赤きさくらんぼ
春ここに生《うま》るる朝の日をうけて山河草木《さんかさうもく》みな光あり
（『山と水と』昭27）

はつ春の真すみの空にましろなる曙の富士を仰ぎけるかも
心もえて開幕の時刻《とき》を待ちたりき自由劇場のジョン・ガブリエル・ボルクマン
わが心うらさびしもよ五十とせのよき友君をうしなひにける
世を思ひ人を思ひはた我を思ひ涙はこぼるさ夜のくだちに
わが心くもらひ暗《くら》し海は山は昨日のままの海山なるを
かなしきかも身にしみ骨にしみとほる今年の秋の秋風の声

かなリズムを伴った晴の歌が信綱の作品の中核をなすものである。しかし、信綱はその長い生涯において幾多の試行、実験も行なっている。

　信綱三十二歳、明治三十六年に刊行された『思草』は、与謝野鉄幹などに比べれば遅い歌集であった。この歌集の特徴は、一、ファンタジックな作。二、大きな景色、長い時間をうたった歌。三、男性的な世界をうたった作、ないしは男性的なひびきを持つ歌（佐佐木幸綱）であるが、

一、ゆきゆけば朧月夜となりにけり城のひむがし菜の花の村

二、大空に燃ゆる火の山仰ぎ見つ、茅萱《ちがや》わけ行く阿蘇の裾原

三、地《つち》の底三千尺の底にありて片時やめぬつるはしの音

がそうである。『遊清吟藻』は単独歌集ではないが、三十六年、『思草』を携えて中国南部、上海・漢江・揚州・蘇州・杭州等を巡り翌年帰国した記念の作品で、昭和五年刊の現代短歌全集（改造社版）に収められた。

　第二歌集『新月』の刊行は大正元年であるが、この年から翌年にかけて『空穂歌集』『悲しき玩具』『死か芸術か』『桐の花』『赤光』等近代短歌史上欠くことのできぬ名歌集が多く刊行された。

老梅《おいうめ》にかぜたつ日なり浄行の聖者《マハトマ》逝くと伝ふラジオは

思ひは思ひを生み歎きは歎きを積み、ふか夜こほろぎ

渓《たに》の秋は夕日つめたし天地《あめつち》にただ一つなるわが影を見る

山の上にただよふ雲の白雲の色もかなしきあしたなりけり

人いづら吾がかげ一つのこりをりこの山峡《やまかひ》の秋かぜの家

呼べど呼べど遠山彦のかそかなる声はこたへて人かへりこず

山かひのさ霧が中に入りけらしさぎりよ晴れよ妹が姿見む

あはれとのみ思ひて読みきエマニエルをうしなひし後のジイドが日記

うつそみの人の一人が悲しみてあふぐにただに青き空なり

心清くおだしかりつるたらちねのもとにいゆきて安らにあらむ

（『秋の声』昭31）

花がめの泰山木の花ひらきそめ今日の一日の命を強うす

花さきみのらむは知らずいつくしみ猶もちいつく夢の木実《このみ》を

（昭32、歌集未収録）

ありがたし今日の一日もわが命めぐみたまへり天と地と人と

（昭38、歌集未収録）

ゆく秋の大和の国の薬師寺の塔の上なる一ひらの雲

は信綱を代表する作で歌曲として今も唱われている。「国→寺→塔→九輪と大から小へカメラが移行するように視点が動いてゆき（中略）鮮やかな技法で一読忘れられぬ印象を残す歌」（新間進一）である。次の『銀の鞭』という単独歌集はなく、昭和三十一年の全集版『佐佐木信綱歌集』に収められた『新月』から『常盤木』の間の作品集である。

実験的に自在な世界を描いた歌集が『新月』であり、ここには和歌革新運動の揺籃期を経て自己確立を目指す信綱のまだカオス的な試行を全面的に展開した注目すべき歌集である。『常盤木』以降、信綱は肯定的で寛容な世界を展開していく。

『山と水と』は信綱の最終歌集。ここで重要なのは、妻雪子への挽歌「秋風の家」二十首で、「山の上に」から「心清く」までの七首がそれである。窪田空穂の『冬木原』はシベリアの捕虜収容所で死んだ次男茂二郎への挽歌が収められ、会津八一の『寒燈集』所収「山鳩」は身辺の世話をしてくれた養女きい子への挽歌二十一首が収められている。この『山と水と』『冬木原』『寒燈集』の三冊を、戦後の三大挽歌集と呼んでいい。

信綱は偉大な学者で歌人であった。

（小紋　潤）

与謝野鉄幹

よさの てっかん　明治六年、京都に生まれる。本名寛。明治三十三年、「明星」創刊。詩歌集に『東西南北』『鉄幹子』『紫』『相聞』『鴉と雨』などがある。昭和十年没。

韓山《からやま》に、秋かぜ立つや、太刀なでて、われ思ふこと、無きにしもあらず。

萩の葉を、けさ吹く秋の、初かぜは、襟をただして、聞くべかりけり。（『東西南北』明29）

韓《から》にして、いかでか死なむ。われ死なば、をのこの歌ぞ、また廃れなむ。

秋かぜに、驢馬なく声も、さびしきを、夕は雨と、なりにけるかな。

水のんで、歌に枯れたる、我が骨《ほね》を拾ひて叩く、人の子もがな（『天地玄黄』明30）

君が名を石につけむはかしこさにしばし芙蓉と呼びて見るかな

（浜寺にて拾ひける石を登美子の芙蓉とつけければ）（『鉄幹子』明34）

京《きやう》の紅《べに》は君にふさはず我が嚙みし小指《ゆび》の血をばいざ口にせよ（晶子の許へ）

われ男の子意気の子名の子つるぎの子詩の子恋の子あゝもだえの子（『紫』明34）

有常《ありつね》が妻《つま》わかれせしくだりよみ涙せきあへず伊勢物語

同宿《あひやど》に窪田通治の歌をめでて泣く人みたり浪速江の秋

わが歌を悪しと云ふ人世にあるにあしたうれしき夕さびしき

髪さげしむかしの君よ十とせへて相見るゑにし浅しと思ふな

与謝野鉄幹はいまだ十分に論じ尽くされていない歌人ではないか。もちろん、新詩社、そして「明星」創刊は文学史的な事件であり、近代短歌の改革者としての鉄幹はよく知られている。あるいは、与謝野晶子、山川登美子、あるいは啄木、白秋、吉井勇らを指導・育成したことも特筆すべきことであろう。しかし、なぜか短歌を中心とした鉄幹個人の文学は意外にもそれほど多く論じられていない気がする。

なぜなのだろうか。一つは妻である与謝野晶子の陰に隠れてしまう傾向によるだろう。晶子・鉄幹としてまとめられることが少なくない。二つ目に、本来は鉄幹だけではないのだが（子規にもその要素がある）、詩歌の根底にある対外進出的なナショナリズムがなかなかうまく捉えきれないところにあるのではないだろうか。いわゆる「ますらをぶり」が壮士風に歌われ、そこにロマンティシズムが介在した気分的な作品がいまの短歌のなかでうまく位置づけられないのだ。作品にポーズをどうしても感じてしまうからである。

さらに、鉄幹は自分の文学を短歌だけに限定していないことも議論をむずかしくしていよう。一、二の単独歌集をのぞいて、鉄幹は詩歌集というかたちでつねに著作を世に問うている。つまり短歌

（あき子と大坂にて相見し秋）

くれなゐにそのくれなゐを問ふがごと愚かや我の恋をとがむる

人のいふ牡丹はつひに地の花とそれおもしろし諸手《もろて》にだかむ

青雲《あをぐも》にむら山うかび金色《こんじき》の鳶が日を喚ぶ大和高原《たかはら》

（『毒草』明36）

あめつちに一人なる師のみひつぎを星夜《ほしよ》こがらし寒きに守る

大空《おほぞら》の塵《ちり》とはいかが思《おも》ふべき熱《あつ》き涙《なみだ》のながるるものを

（『相聞』明43）

大名牟遅少那彦名《おほなむちすくなひこな》のいにしへもすぐれて好《よ》きは人嫉《ひとねた》みけり

かたはらの瓦《かはら》の硯《すずり》もの云ひぬ主人《あるじ》よすこし疲《つか》れたるかと

子《こ》の四人《よたり》そがなかに寝《ぬ》る我妻《わがつま》の細《ほそ》れる姿《すがた》あはれとぞ思《おも》ふ

あたたかき飯《いひ》に目刺《めざし》の魚添《うをそ》へし親子六人《おやこむたり》の夕《ゆふ》がれひかな

かなしみは破《や》れし芭蕉《ばせう》の葉《は》を越《こ》えて白《しろ》き硝子《がらす》を打ちぬ夕暮《ゆふぐれ》

萩《はぎ》の家《や》のわが師《し》の君《きみ》は過《あやま》ちをとがめ給《たま》はずおほどかなりき

いにしへも我《われ》とひとしき歓《よろこ》びに歌《うた》ひけらしな安見児《やすみこ》得たり

赤《あか》すすき穂向《ほむけ》わわけて雫《しづく》するさまか時雨《しぐれ》に濡《ぬ》れて来《こ》し馬《うま》

光《ひかる》七瀬《なゝせ》秀《しげる》八峰《やつを》といりまじりわが幼児《おさなご》の手《て》をつなぐ遊《あそ》び

かの行《ゆ》くは雁《かり》か鵠《くぐひ》か我弟《わおと》等《ら》はまじりて遊《あそ》ぶ七《なな》の少女《をとめ》に

わが雛《ひな》はみな鳥《とり》となり飛《と》び去《さ》んぬうつろの籠《かご》のさびしきかなや

という場所だけに安住していないのである。

さらに付け加えれば、「明星」創刊直後に出された『文壇照魔鏡』の影響も大きい。「鉄幹は妻を売れり」など、はげしいタッチで強姦・強盗放火詐欺などの罪状を挙げ、具体的に誹謗したこの記事は鉄幹のイメージを大きく損なうことになった。現在までそれは尾を曳いているように思える。鉄幹研究史を眺めると、歌人側からの発言が少ないのはおそらく以上のようなことが、陰に陽に関係しているのではないだろうか。

鉄幹は一八七三（明治六）年、京都の浄土真宗系の僧の四男として生まれた。寺格は高かったが生活は貧しかった。父礼厳は歌人でもあり、大田垣蓮月、橘曙覧、天田愚庵らと親交があったという。鉄幹の詩にあるリズム・口調にどこか御文や釈教歌に近いものを感じるのは、おそらく生育した環境によるものではないだろうか。また幼いころ漢詩の制作に熱中したことは、初期歌集の表現につながっていよう。

大阪への養子、あるいは徳山での教師など各地を転々とするが、結局国文学で身を立てようと上京し、落合直文に師事する。浅香社に参加、そこで金子薫園、尾上柴舟などと交わり、なかでも直文の弟鮎貝槐園との親交が始まる。その影響もあ

長《なが》き壁《かべ》あかく爛《ただ》れし夕焼《ゆふやけ》に一列黒《いちれつくろ》く牛《うし》もだし行《ゆ》く
わが首《くび》を皿《さら》に盛《も》りなばその時《とき》や心《こゝろ》ゆくまで笑《わら》ふこと得《え》む
わが心《こころ》に余れる毒《どく》を吸《す》ひくるる少女《をとめ》の口《くち》を三《み》たび取換《とりか》ふ
われは火《ひ》ぞみづから立《た》つる火《ひ》の柱《はしら》なかに焼《や》かれて死《し》なむと願《ねが》ふ
君《きみ》なきか若狭《わかさ》の登美子《とみこ》しら玉《たま》のあたら君《きみ》さへ砕《くだ》けはつるか
若狭路《わかさぢ》の春《はる》の夕《ゆふ》ぐれ風吹《かぜふ》けばにほへる君《きみ》も花《はな》の如《ごと》く散《ち》る
わが為《た》めに路《みち》ぎよめせし二少女《ふたをとめ》一人《ひとり》は在《あ》りて一人天翔《ひとりあまがけ》る
浪速《なには》にて君《きみ》が二十《はたち》の秋《あき》の日《ひ》のかなしき文《ふみ》は血《ち》もて書《か》かれき
君《きみ》を泣《な》き君《きみ》を思《おも》へば粟田山《あはたやま》そのありあけの霜白《しもしろ》く見《み》ゆ
な告《の》りそと古《ふる》きわかれに云《い》ひしことかの大空《おほぞら》に似《に》たる秘《ひ》めごと
鶏《にはとり》の砂《すな》をば浴《あ》ぶるこころよき我《われ》も求《もと》めてあざけりを浴《あ》ぶ
蜜柑箱《みかんばこ》ふたつ重《かさ》ねてめりんすの赤《あか》き切《きれ》しく我が子等《こら》の雛《ひな》
ぞんざいに荒《あら》き言葉《ことば》を鑢《やすり》とし倦《う》みし心《こゝろ》をがりがりと磨《す》る
男子《をのこ》はも言挙《ことあげ》するはたやすかり伊藤《いとう》の如《ごと》く死《し》ぬは誰《だれ》ぞも
袂より煙草を出だし空を見てまた人竝《ひとなみ》に明日を思へる
かにかくに悲しみ白し三十路《みそぢ》をば越えて早くも老《お》いにけらしな
あやしくも平たき石をならべたるこの横町《よこまち》に入りてつまづく

（『桝之葉』明43）

って、朝鮮への関心が高まり、京城に渡る。

　韓山に、秋かぜ立つや、太刀なでて、われ思ふこと、無きにしもあらず。

いわゆる虎剣調の作品である。「ますらをぶり」は当時の多くの日本人のメンタリティであったのであろう。閔妃《びんび》暗殺事件に槐園が関係していたという説もある。国のために立ち上がる覚悟を新たにしている作品である。当時の若者の感情を大いに刺激したであろう。このような思いはかなり続き、伊藤博文が安重根にハルピン駅頭で暗殺されたとき、「男子《をのこ》はも言挙《ことあげ》するはたやすかり伊藤《いとう》の如《ごと》く死《し》ぬは誰《だれ》ぞも」とも詠む。

　一九〇〇（明治三十三）年、「明星」創刊。短歌だけでなく、文芸・芸術一般を扱い、とりわけ西欧文学の紹介に力を注いでいる。発刊を期に与謝野晶子、山川登美子らと出会う。この三人をめぐるドラマはあらためていうまでもない。

　有常が妻わかれせしくだりよみ涙せきあへず伊勢物語

　王朝風な優美さを積極的に摂取しだす。そこには晶子、登美子らとの切磋琢磨も関係しているだろう。詩・短歌・小説などを収めた詩歌集には、それをとおして歌物語化という意図を読み取ることもできるだろう。当時の若者たちの感傷性に訴

わが性《さが》は女の如しかりそめのひと言にしも目の濡れにけれ
（『鴉と雨』大4）
岡崎やわが家《や》の跡の根葱畑《ねぎはた》に瓦のかけを濡す霧雨
今日にして思へば我の悪しき名もかにかく人の真似がたくなりぬ
東京のあつき八月くちなはの鱗《うろこ》のごとく光る八月
秋のきて病める蠶《かひこ》の透きとほる身の悲しみを我れも知るかな
山城《やましろ》に木《こ》の芽つむ日となりぬれば隠れて母と泣きし夜おもほゆ
わが歌は人嗤《わら》ふべししかれどもこれを歌へばみづからの泣く
わが顔を打撫づる時駱駝をばふと思ひ出でてさびしくなりぬ
許されて我れと萬里《ばんり》とすべり入り拝す最後の先生の顔
（『与謝野寛短歌全集』昭8）
わが子らが白き二階の窓ごとに出だせる顔も月の色する
わが少女人《をとめ》に祝はれ今日嫁《けふとつ》ぐ親が忍びし恋に似ぬかな
寛らも若くして今日の世にあらば問答無用撃てと云はまし
（『与謝野寛遺稿歌集』昭10）
思ふとき必ず見ゆれ微笑みて左の肩を揚ぐる啄木
いたましく妻の病む日は我がこころ岩山のごと冷えて守りぬ
みづからの静かなる死を夢に見て覚めて思ひぬ然かぞ死なまし

えるところが大きかったにちがいない。「明星」は百号によって終刊する。直接には、吉井勇・木下杢太郎・白秋らの脱退によるが、自然主義文学の台頭など、その雑誌の使命が尽きたことを示している。終刊後に出された歌集『相聞《あいぎこえ》』は、浪漫的な描写のほかに、人生的感慨や寂寥感、自嘲、追憶などさまざまなテーマ、素材が多彩な手法で歌われている。寛（鉄幹の号は一九〇五年に廃す）の代表歌集といってもいいだろう。迢空が高く評価していることはよく知られている。

　三十歳後半から次第に歌壇の圏外に立つようになる。パリにいったり、衆議院議員に立候補したり、あるいは慶応義塾大学文学部教授として教壇に立つなどの他、歌人としての活動は少なくなる。しかし、一九三三（昭和八）年の還暦の際に刊行された『与謝野寛短歌全集』、あるいは死後一九三五（昭和十）年に刊行された『与謝野寛遺稿歌集』などによる大正・昭和期の作品を読むと、しみじみとした心境の佳作も少なくない。全国各地への旅行に基づく羇旅《きりょ》詠などを含めた晩年の寛についての考察・研究はこれからであろう。

　みづからの静かなる死を夢に見て覚めて思ひぬ然かぞ死なまし

（小高　賢）

尾上柴舟

おのえ さいしゅう　明治九年岡山県生まれ。東大国文科卒。あさ香社、いかづち会、車前草社を経て「水甕」を創刊。東京女高師他の教授を務め、書家としても一家をなした。昭和三十二年没。

さしわたる葉越しの夕日ちからなし枇杷の花ちるやぶかげの道
（『叙景詩』明33）

むらがりてさわたる小鳥かげ絶えぬ裏のくさやまたゞ秋のかぜ
大砲《おほづゝ》のわだちみだれし野のすゑにゆふべ雨ふりなくほとゝぎす
（『銀鈴』明37）

今の世は来む世の影か影ならば歌はその日の予言ならまし
釣床やハイネに結ぶよき夢を小さき葉守の神よのぞくな
とよめきて悶過ぎたる胸の野やたのしき鳥と眠は来ぬる

なつかしきおもひ湧く日は市に立ちてもの乞ふ子らもしる人のごと
（『静夜』明40）

遠き樹《き》のうへなる雲とわが胸とたまたまあひぬ静なる日や
天地にただ一人なるわれをおきて何処《いづこ》さまよふわが心ぞも
夕靄《ゆふもや》は蒼《あを》く木立をつつみたり思へば今日はやすかりしかな
（『永日』明42）

死はやすきものとしおもふ白白《しらじら》と墓おほく立つ冬草の上
つけ捨てし野火の烟のあか〱と見えゆく頃ぞ山は悲しき
驚かすものぞ待たるゝわが心この寂寥の中に死ぬべし
（『日記の端より』大2）

明治三十三年に刊行された『叙景詩』は、金子薫園と柴舟が編集し、「新声」の投稿歌を中心に編まれたものである。柴舟もそこに五十首を載せている。『叙景詩』は、当時隆盛だった「明星」の歌風と異なった世界が目指され、巻末には「声調流麗、温藉にして雅致なるものは、唯新声歌欄あるのみ」と記されている。繊細、優美に自然をうたって、ある調和感がある。第一歌集『銀鈴』は、西洋の詩の気分を取り入れて時代のロマンティシズムを感じさせる、若々しい抒情歌集である。柴舟のもつ和歌的素養や東西の伝統的教養が、感情のあからさまな表出を押さえているように思えるところもあるが、

　小さなる歌の堡に世と戦ふたゝかひの人われあらたなり

などからは、柴舟のもう一つの顔がうかがえる。

それ以後、柴舟の歌は、『静夜』『永日』と、次第に現実的な様相を見せ、大正二年に刊行された『日記の端より』では、日常の自己凝視の中に、ある倦怠感や幻滅感を露呈させて、自然主義的な世界へ向かおうとする。明治四十三年の「短歌滅亡私論」は、すぐさま啄木に取り上げられて議論を呼ぶが、時代の中で、短歌のもつ可能性の拡充に、柴舟も腐心していたに違いない。

かくてのみ生は続くと割引の札ある朝の電車にぞ居る
何により怒れる心よく澄める空の色さへわれに逆らふ
白堊《ちょーく》をばきゝとひゞかせ一つひく文字のあとより起るさびしみ
おもむろに手こそ額《ぬか》をば支へけれ部屋に人なきしばらくの間も
倒れたる薬の瓶を起すさへさびしき秋になりにけるかな
おほぞらのいろもふかさもかはらねばまたわがなみだおつるなりけり　（『空の色』大8）
かくしつゝ世界は亡びゆくものか煤烟の下に地は悲しめり
昼深し山のくづれの一筋の強く流れて谷はさびしき
堰塞《ゐぜき》越す水のつめたくなりぬらし菜洗ふ音のしみじみ聞こゆ　（『朝ぐもり』大14）
吸ふかぎり春日を吸ひて吐《は》く息に人の面《おも》うつ牡丹の花は
一つ呼べば一つ応へてつひにみな月の夜蛙なき立ちにけり　（『間歩集』昭5）
秋たけて夕冷しるきひそけさや滋賀の大津のともし火の色　（『晴川』昭27）
木は木どち草は草どち作る翳《かげ》ゆすりて雨後を風吹き来る　（『ひとつの火』昭33）
狂ひ出でて欄間を走り壁伝ふ心の中に燃えあまれる火
妻となる娘《こ》の来る近し飲むならば酒は飲め飲め飲むならば今
いくそばく闇をてらすとなけれども我も一つの火をともしつつ
人白う群れて泳げりともし火の光の波のわき立つ中を

その後の柴舟は、和歌的調べの中に、ある典型化を経た「われ」や、哲学的思索を溶かし込んで、調和ある世界を築いていった。古典や書の研究は、こういった柴舟のバックグランドであり、一首におけるさまざまな試みや言葉の斡旋の工夫が重ねられていった。しかし、典雅な趣と、清澄な調べは、近代にあってこの歌人独自のものといってよい。『尾上柴舟全詩歌集』は、訳詩集『ハイネの詩』をはじめ十七冊の詩歌の集を収めており、そこには近代日本の詩の言葉の洗練が刻まれている。

少年期から破綻なく、文学的教養をさまざまに身につけた柴舟は、ある意味では、一生を自己抑制の中に過ごしたといえるかもしれない。しかし、遺歌集「ひとつの火」には今までになかった自由な表現が見られる。そしてそこにおける「火」のイメージは、不気味でさえある。

老いて病む心に今ぞもえ上る幼なかる夜につきにしその火

その幼年期から、柴舟の内部には揺れ動く火の幻影があり、それが初期の代表作「つけ捨てし野火」を経て、ちろりちろりと燃え続けていたといえるかもしれない。

（内藤　明）

金子薫園

かねこ　くんえん　明治九年東京神田生まれ。本名武山雄太郎。母方の金子姓を継ぐ。落合直文に師事。大正七年「光」を創刊。歌集十二冊の他、短歌の啓蒙書を多数著す。昭和二十六年没。

あけがたのそぞろありきにうぐひすのはつ音ききたり藪かげの道
（『片われ月』明34）

鳳仙花照らすゆふ日におのづからその実のわれて秋くれむとす

なにものか胸に入りけむ年ごろの懊悩《なやみ》わするるふゆの夜の月

瓶にさしてつくづく見れど紅梅は姫ともならでさびしきよ春
（『小詩国』明37）

月くらき瑞樹《みづき》のかげにそよとよれば衣《きぬ》につめたき大理石像

秋風の秋を讃ずる野はくれていま歓楽の月わきのぼる

いくさはてて煙さまよふ野のゆふべきらめく星は何の啓示《さとし》ぞ

鳥のかげ窓にうつろふ小春日を木の実こぼるるおとしづかなり

春草《はるくさ》の雨に小さき笛ぬらしわが詩吹く子もあれなと思ふ
（『伶人』明39）

わがおもひ君が思と逢はむ夜は旦《あけ》をさく花紅《べに》おほからむ

天《あめ》の母の足《た》らし乳《ち》なしてくれなゐの薔薇のわか芽に春雨のふる

わがわかきおもひのまへにはなやげる一鳥が音《ね》に春は来にけり
（『わがおもひ』明40）

相倚れるふたりがおもひ流れゆけおもかげ橋に夕月のして

金子薫園は幼少の頃より病弱のため、学齢に達しても小学校に入らず、家で父より『日本外史』や『十八史略』等の素読を受けた。遅れて明治十九年、十歳で神田小学校に入学、後に東京府尋常中学校（後の府立第一中学校）に進学したが、肋膜炎にかかり中退、落合直文の新国文に影響を受け、二十六年「あさ香社」に入り直文に師事した。つまり、直文の最も早い弟子の一人である。

「あけがたのそぞろありきにうぐひすのはつ音ききたり藪かげの道」は第一歌集『片われ月』の巻頭歌で、直文より「歌はかう自然に詠むべきもの」と誉められたという（『歌の作り方』）。第一歌集出版後の薫園は「新声」の和歌欄の選者となり、新進歌人として脚光を浴びる。『片われ月』と第二歌集『小詩国』の刊行の間に、尾上柴舟と共に「新声」の和歌欄より青年の歌を共選し、巻末に柴舟と選者詠五十首を載せた『叙景詩』を刊行し、叙景詩運動を展開する。これは与謝野鉄幹の「明星」の恋愛歌を中心とした浪漫主義に対抗するものであった。

以後、第九歌集の『山河』まで、二、三年ごとに歌集を出版し、その間に『和歌新辞典』や『歌に入る道』等の歌書を出版し、近代短歌隆盛に大きな位置を占めることになる。

風ぐるまめぐる遠野に臥す牛のうへに水みるおらんだの春
蓮の葉やみそ萩ぬらし雨すぎて銀河ながれぬ草市の上に
ゆたかなる春の光の照るところ生れし地《つち》のひろきをおもふ
（『覚めたる歌』明43）

しづやかに梢わたれる風の音をききつつ冷えし乳を啜《すす》りぬ
海越えて安房の国よりひと籠の枇杷ぬれ来る雨そぼふる日
秋風は忙《せは》しき音にまぎらせてあまたくだきぬ無花果の実を
紺青の遠きみさきのうすぐもり重き海気《かいき》を動かせる風
（『山河』明44）

アカシアの葉にわづかなる黄が見ゆれ秋すでに来る街のほとりに
（『草の上』大3）

白き靴児が行く先きの足跡の見ゆるがごとし春の陽《ひ》が照る
見上ぐればダンテの像もねむげなり肘椅子《ひぢいす》に凭りこのまま眠らむ
（『星空』大6）

春の夜の家の秘密をうかがひてゆくらし戸外《そと》の微温《なまぬる》き風
青島陥落に市街《まち》ののどよむ日をひとりしづかに郊外にあり
紫陽花《あぢさゐ》はあつまり咲けど孤独てふいのちさびしき花にしあるかな
（『静まれる樹』大9）

やがてまたいでゆく兵の赤帽のいくつもぬれてつづく春雨
桐の葉はみな黄に染みてそよぎゐる上にはろけき濃藍の空
（『濃藍の空』大12）

ここにしてわが晩年の春秋をおくると思ひ仰ぐ夕ぞら
子らいまだいとけなければ身の老《おい》をおもふ暇《いとま》もあらずはたらく
（『白鷺集』昭12）

薫園の歌は『わがおもひ』までは日常性を題材としながら浪漫的な作風である。その理由の一つに自身の病弱と「亡き母の恋しくなりて日もすがら山のおくつきめぐり見しかな」（『片われ月』）のように十二歳で母を失ったことが挙げられよう。薫園五、六歳の頃に母が『古今集』の歌を子守唄のように口ずさんでいたのを記憶し、それが歌を志す要因となったと後に自身が記す（『金子薫園全集』自筆年譜）ようにこの母への思いは薫園にとって大きなものであった。また、画家竹内栖鳳《せいほう》との交流による絵画的観点も薫園の歌の特色といえるだろう。明治四十四年には栖鳳を京都に訪ね「目ざむれば紹蚊帳の外の青山の山ぎはあかみ京の日は出づ」（『山河』）等の京都の歌を詠み、「竹内栖鳳論」を発表するなどの美術批評を多く執筆している。第五歌集『覚めたる歌』によって薫園は「自然の真の姿に目覚めたる第一声なり」（『金子薫園全集』自筆年譜）というように自然主義の影響を受け、「春草のはてにゆふべの星空がちかぢかとして低くも見ゆれ」（『星空』）等に展開してゆく。昭和期に入ると自由律短歌運動に共鳴し、昭和十八年『朝蜩』を出版するが、薫園の歌壇的役割はやはり明治から大正初期にそのほとんどを終えたと言ってよいだろう。　**（影山一男）**

太田水穂

おおた みずほ　明治九年、長野県原新田村生まれ。本名貞一。長野師範卒。四賀光子と結婚。大正四年「潮音」創刊、日本的象徴を唱える。歌集『つゆ草』『雲鳥』『螺鈿』など。昭和三十年没。

ほつ峯を西に見さけてみすずかる科野のみちに吾ひとり立つ
草を出でて穴にかくるる蛇のおもかげさむきあきのかぜかな
見送ると汽車の外に立つ我が妹の鬢の毛をふく市の春風
小夜ふかく寝息をはかる盗人のみあげし空に星又とびぬ
うるはしき夢に笑むなるをさな子の眉の和毛に小さき神とぶ
（『つゆ草』明35）
野毛山の異人屋敷に小米花《こごめばな》まばらに散りて夏さやかなり
瀬の音の岩にひゞきて岩のうへの椎《しひ》の繁《しげ》りは風絶えにけり
（『雲鳥』大11）
日ざかりの暑さをこめて楢《なら》の木の一山は蝉のこゑとなりけり
なげきありて越ゆる碓氷《うすひ》の峠道《たうげみち》すゝきに寒き冬の雨ふる
あしびきの山のはたけに刈りのこす粟《あは》の素茎《すぐき》を見てすぎにけり
夜をふかく浜辺の家に無く鶏のこゑごゑきこゆ波にまよひて
葦むらをおし靡《なび》けくる秋風の寒さに瞑《つ》むる我がまなこかも
風吹けば風にそよぎて音たつる竹一本に夜はふけにけり

太田水穂という歌人は、その風貌や歌に対する一種求道的な在り方から、まぎれなく信州人を感じさせるところがある。生地は現在の長野県塩尻市。同じ頃、同じ信州に生まれた歌人に、島木赤彦と窪田空穂がいる。

たとえば宮柊二は「詩人の肖像　太田水穂」（『日本の詩歌・7』）のなかで、水穂の特質を「空気」ということばで洗い出しているが、そこで水穂のこのような文章にスポットをあてている。

「幾歳の時であったろうか。母の背に負われて大きな野原を越えて、何処へか行ったことを覚えている。日暮れ時分の原に薄がたくさん光っていたのが眼にある。怖しいほど広い原であったように覚えている。母の郷家は桔梗ヶ原を越して二里ばかり南の方の山の根の村であった。その原には狐なども住んでいた。桔梗ヶ原の玄蕃之丞と言えばこの近辺の狐の中で一番の霊験者とされていた」。

水穂の「生い立ちの記」の冒頭である。宮柊二は、この文章を読むと太田水穂という歌人の空気というものがよくわかるという。水穂はこの空気の中に生まれ、この空気を呼吸して育ち、一生にわたって自分のまわりに漂わせ、終にこの空気が歌人の本質をかたちづくった、というのである。ここにいう「空気」を、風土への感受性といいか

われ行けばわれに随《つ》き来る瀬の音の寂しき山をひとり越えゆく
おのづから歩みをとめて聞くものかすゝきの中の冬川の音
あかあかと日暮るゝ空の風焼《かざやけ》に吹き流されてゆく鴉《からす》あり
をちこちに雲雀あがりていにしへの国府《こふ》趾どころ麦のびにけり
（『冬菜』昭2）
農園の昼のしじまの日のなかに黒き馬一つあらはれにけり
豆の葉の露に月あり野は昼の明るさにして盆唄のこゑ
きりそぎの一枚岩を落としくる瀧のひびきは皆煙なり
けふ秋のくまぐま晴れて澄む草に鉦を鳴らせる武蔵野の寺
秋の日の光りのなかにともる灯の蝋よりうすし鶏頭の冷え
桜さく島のあらしに雲仙《うんぜん》の大嶺《おほね》の曇りよこたはりたり
（『鷺・鵜』昭8）
青き背の海魚《かいぎよ》を裂きし爼板《まないた》にうつりてうごく藤若葉かな
雲ひとひら月の光りをさへぎるはしら鷺よりもさやけかりける
老杉のこずゑを雲のすぐるとき心けどほく思ほゆるかも
髪あげて人のすゞしき瞳かな鉄砲百合の花ひらきたり
玉杯《たまもひ》に盛りこぼれたるなゝ色の酒よりかなしあぢさゐの花
すさまじくみだれて水にちる火の子鵜の執念《しうねん》の青き首みゆ
くゞり出てはづかにあへぐ鵜の首のつぶつぶかなし水にたゞよふ

えることもできるだろう。

　たしかにこの文章は水穂の詩質の特徴をよく物語っている。ある秋の日暮れ、幼い水穂は母に背負われて薄の原を通って行きながら、薄の原の美しさや寂しさに魅せられ、憧れと怖しさが入り交った鮮烈な感情体験をしたのだろう。彼の語る薄の原が神秘性や母性を帯びているのは明らかだが、さらに霊験あらたかな狐が登場してくるくだりには、幻想的なローマン性もはっきりと浮かび上がっている。自然や風土に対するこのような体験を己の短歌の原点として、水穂は生涯にわたって成熟と練達を極めていったといってもいい。

　第一歌集『つゆ草』を出版したのは明治三十五年。島崎藤村の影響を受け、清純なローマン性をもつ作品から水穂は出発した。青年の心情や生活を素直に詠んだ歌も多いなかで、たとえば

　草を出で穴にかくるる蛇のおもかげさむきあきのかぜかな
　うるはしき夢に笑むなるをさな子の眉の和毛に小さき神とぶ

というような作品には、写実とも違った、感覚から象徴化へという独特の表現回路がすでにくっきりとあらわれている。象徴詩への傾向は、その後芭蕉の文芸へ傾倒してゆくにしたがっていよいよ

僧ひとりひる寝してをり方丈の廂のうへのふかき青空
蝉ひとつ曇りにしみて啼き入れば夾竹桃の花もそよがぬ
石竹の一つの花におとろふる日の夕かげのかなかなのこゑ
雷《らい》の音《おと》雲のなかにてとゞろきをり殺生石にあゆみ近づく
硫黄湯の石の河原をときのまに蒼白にして雲のすぎゆく
むらやまの青嶺のおくに天《あめ》の火《ひ》の湖《うみ》ひややかに澄み死ににけり
葉ごもりにかくれてありし柚子の実の一つするどく色をなげくる
朝空のみどりに触るるひとところさくらに風のありとしらるる
暮しばし雲よりもるる日の脚《あし》の太くななめなり海原《うなばら》のうへに
呼ばばそらに君がさやけきこゑさへやきこゆるごとし秋晴るる日は
あかつきの青よこ雲をゆりいでし海の太陽しましうごかず
手に撫《な》づる髪にもしめりあるごとし春となりたるこのあさの風
しろじろと花を盛りあげて庭ざくらおのが光りに暗く曇りをり
白王《はくわう》の牡丹の花の底ひより湧《わ》きあがりくる潮の音きこゆ
とほくにて戦報をいふラヂオありしづかにもえて音なきもみぢ
いつの日の風にかありし茅《ち》の丈《たけ》の疎々《あらあら》と砂をかぶりて枯れゐる
草はみな虫にかなりしあさ風にひとつただよひとなりて流るる

（『螺鈿』昭15）

強くなる。水穂は大正四年に創刊した「潮音」誌上に、自身の歌論「短歌立言」を連載するが、さらにそこに幸田露伴、阿部次郎、安部能成らとはじめた芭蕉俳句研究会の合評をも連載する。芭蕉を精読し、連句の付合《つけあい》を学ぶことが、水穂の象徴性に拍車をかけるのである。

かけめぐる夢の枯原かぜ落ちてしづかに人は眠りましたり
野は花の極楽日和旅日和馬ほくほくとゆくすがた見ゆ

たとえば大正九年に「芭蕉入滅図」と題した一連二十五首をつくっている。芭蕉入滅の絵画を題材に、芭蕉の句のイメージを大胆に取り入れた意欲作である。歌集でいえば『雲鳥』の時代である。「大正九年十月、『芭蕉入滅図』の作が出来ました。『病臥』以後四ケ年に亘った私の自然への親しみ、私自身への自咎自責、どちらかと言へば、さう云ふ我の微弱と我の貧しさとを知る心が、ここへ来て幾分積極的の力となって物を相抱かうとする心になったのを感じます」。『雲鳥』の「あとがき」にこのように記し、芭蕉を摂取することによって自然を積極的に抱き取ろうとする心を語っているが、この一連が「アララギ」の、ことに島木赤彦の批判を呼んだことはよく知られている。

比叡《ひえい》より横川《よがは》へくだる道のべの合歓《ねむ》よりひくし鳰《にほ》の湖《うみ》づら

風吹けば風ひと方に穂になびく薄の上に富士をおく国

光琳の鶴千羽とぶ海の絵のさざなみの果ての一点の紅《あけ》

（『流鶯』昭22）

命ひとつ露にまみれて野をぞゆく涯《はて》なきものを追ふごとくにも

はるけくも白馬《しろうま》晴れて見ゆる日よありかねて野の道に出できぬ

ふるさとにわれより年のたけたるは一人もあらずあはれ一人も

（『双飛燕』昭26）

鉢伏の山に尺ほど立ちそむる雲のちからを神かと思ひき

みんみんの尻声くづれゆく際のこころ安さを思ひききをり

日の道の低くなりゆくことすらや命にかけて寂しまるなり

岫《くき》にかへる雲のこゝろか老いぬればたゞゐて心静かなるなり

もの忘れまたうちわすれかくしつゝ生命《いのち》をさへや明日は忘れむ

牧水がのこしてゆきしうす藍の毛糸帽子をかむりてねむる

（『老蘇の森』昭30）

鉢盛は朝餉《あさげ》まつ山鉢伏は夕めし終へて月をまつ山

芭蕉を根底に置いた水穂の象徴は、その後『冬菜』『鷺・鵜』の歌集において意欲的な展開をつづけ、「日本的象徴」という独自の歌風を打ち立てていく。だがその間に、たとえば子規の写生論をめぐって、あるいは良寛の歌一首をめぐって、また昭和に入ってからは斎藤茂吉の「よひよひの露ひえまさるこの原に病雁おちてしばしだに居よ」の一首をめぐっての「病雁論争」など、激しい論争を展開した。水穂はそのような論争を通して、「明星」のロマンチシズムとも、牧水、夕暮のナチュラリズムとも違い、「アララギ」の写実とも異なる、「万有愛」にもとづく「日本的象徴」という己の歌の立場を確立していったといっていい。「万有愛」とは「万有の生命と愛」にもとづく歌ということである。水穂の生涯のテーマというべきものだが、たとえば「愛の心の上に立った写生」「愛の心の上に立った客観的態度」という歌の立脚点をめぐって、アララギと執拗に論争を繰り返したのである。水穂は、「万有愛」の心とは「直ちに宗教の心であり、道徳の心である」と説く。人間と草木を同一に見、人類社会の動乱を「一つの悲壮なる生命の流れ」と見るような宗教性や倫理性を帯びた愛を根底にして、己の歌を完成させたのである。

（日高堯子）

島木赤彦

しまき あかひこ　明治九年長野県生まれ。「比牟呂《ひむろ》」創刊。「アララギ」編集・発行人。歌集『馬鈴薯の花』『切火』『氷魚』『太虚集』歌書『歌道小見』と『赤彦全集』等。大正十五年没。

森深く鳥鳴きやみてたそがるる木の間の水のほの明りかも
（『馬鈴薯の花』大2）
げんげ田に寝ころぶしつつ行く雲のとほちの人を思ひたのしむ
いとつよき日ざしに照らふ丹《に》の頰を草の深みにあひ見つるかな
この森の奥どにこもる丹《に》の花のとはにさくらん森のおくどに
たまたまに汽車とどまれば冬さびの山の駅《うまや》に人の音すも
一つの赤ぬり馬車に春の雪の重くうつくしく走りて行くよ
疲れつつ眠り入りたる子のそばに帯をほどきぬあはれなる妻は
あはれなる我身を見じとする心火鉢の灰に唾吐きにけり
ま寂しく生れたる身は山かげに赤き船浮く湖を見にけり
青海のもなかにゐつつ昼久し錦絵ならべ見居りけるかも
（『切火』大4）
天《あめ》と水の光りのなかに立ちてゐる我が影ばかり寂しきはなし
月の下の光さびしみ踊り子のからだくるりとまはりけるかも
椿の蔭をんな音なく来りけり白き布団を乾《ほ》しにけるかも

島木赤彦は、師範学校在学中から島崎藤村の影響を受けて新体詩を書いていた。そのころの作品は浪漫的な色合いが濃く、写実の系統にゆくとは思われないほどだ。同窓の太田水穂とは、のちに合同詩歌集『山上湖上』を出している。

赤彦が長野県で教師となったことで、「アララギ」への道筋はできていたというのは、森山汀川《ていせん》だ。長野県の教育界では、当時「日本」という新聞がもっとも読まれていた。その「日本」に、正岡子規が「歌よみに与ふる書」を書いていて赤彦が歌を投じているうちに、次第に伊藤左千夫や長塚節、平福百穂らと交流が生まれていったというのである。その後、長野県の教師たちと「アララギ」の関係が深まってゆくのは、いうまでもなく赤彦の影響であった。『信州の教師像』（信濃毎日新聞社編）には次のような一節があって興味深い。

――ともかくアララギの歌風は信州教師の世界を久しく風靡し、いくたの歌人を生んだが、それよりむしろ『鍛錬道』を標榜して文芸活動と人間形成との相即を力説した点で教育的感動を広く呼びおこした。

――アララギ流の歌を作り、西田哲学に傾注する教師、それをささえに教職に『生きがい』を見出す人々が多かった。

夕焼空焦げきはまれる下にして氷らんとする湖の静けさ
たかだかと藺の荷車を押す人の足の光りも氷らんとする
まばらなる冬木林《ふゆきばやし》にかんかんと響かんとする青空のいろ
藁の上に並べて下駄の乾してあり小さき赤緒も氷りたるかも
この父の顔見ゆるかとむごきこと問ふと思ひて問ひにけるかも
妻も我も生きの心の疲れはて朝けの床に眼ざめけるかも
日の下に妻が立つとき咽喉《のど》長く家のくだかけは鳴きゐたりけり
幼な手に赤き銭《ぜに》ひとつやりたるはすべなかりける我が心かも
梅雨明《つゆあか》り松の木の間の深うして雀のつるむ愛《かな》しかりけり
燈《ひ》の下にそろばん持てる妻の顔こらへられねば寝なとこそいへ
寝られねば水甕《みづがめ》にゆきて飲みにけりあな冷たよと夜半《よは》にいひつる
桑畑の桑価《くはね》は立たず三右衛門泣くかはり唄をうたひけるかも
丘の上に白き馬ひく人見えず白き馬行く夏草の中を
遠き村にどうづきすらし山なかの湖の空気に澄みてしきこゆ
明かあかと雪隠《せつゐん》の屋根に南瓜《かぼちや》咲き中に子どもの唄のこゑおこる
雪隠に豈はからむやわが子ども乃木大将の唄うたひ居り
山の窪に伐り倒されし杉の木にすなはち騒ぐ一むれの吹雪

（『氷魚』大9）

赤彦の一つの転機は、教員として現在の塩尻市広丘に単身赴任していたときの、若い女教師との恋愛であろう。すでに三十四歳で、妻と三男三女の父であったが、赤彦にとってはほとんど初めての恋愛であった。その大きな喜びと悩みが、さらに赤彦の歌と人生を大きく変えてゆくことになる。

そのころ、古泉千樫が中心になっていた「アララギ」の発行は絶えず遅延し、休刊していた。見かねた赤彦は、その「アララギ」の編集をするために、また恋愛問題で行き詰まった人生を切り開くために、信濃での教員生活をうちきって上京を決意する。

日の下に妻が立つとき咽喉長く家のくだかけは鳴きゐたりけり

いよいよ上京することになって家を出るときの作品だ。「咽喉長く」まで続く上句が、一首を読んでゆくとき、妻の形容のような感じがある。よその女性に心を引かれて苦しんでいる夫が、その女性の許に行くわけではないとはいえ、家を出てゆくのを送り出す妻の心情を思うと、よけいに深いかなしみに空を仰ぐ、その咽喉の長さがイメージさせられるのだ。よく読めば、実は、声長く鳴くのはくだかけ、すなわち鶏なのだが、それがわ

眠りたる女《め》の童子《わらはご》の眉の毛をさすりて父は歎きこそすれ
瘠せたりとこのごろ思ふわが足を布団のなかに動かして見るも
嵐の湖揺りゆる栗樹《くり》の青いがに燕の雛の群れてゐる見ゆ
青葭原《あをよしはら》嵐ひまなし氷室《ひむろ》より氷積みたる車は行くも
夜《よる》ふけて茶を欲しくなり焚火たく心寂しも妻を起さず
子どもらが鬼ごとをして去りしより日ぐれに遠しさるすべりの花
睾丸を切りおとしたる次ぐの日の暁どきに眼ざめ我が居り
眼のまへに汝れの赤子は生れ出で心おどろき歓び居らむ
時の往きひまなきものか一つ木の雪のなかなる幽《かそ》けき光
うつり来て未《いま》だ解かざる荷の前に夕飯《ゆふいひ》たべぬ子どもと並びて
わが病癒えずと知らば歎くべみ夜ふけて妻に告げにけるかも
悲しみていく夜も寝ざるわが妻をあはれと思ひ物言はずをり
月の夜の霜白く降れり窓の外に駅の名呼びてとほる沓音《くつおと》
足袋買ひて子に穿かしめぬ木枯の落葉吹き下《おろ》す坂下の街に
むらぎもの心しづまりて聞くものかわれの子どもの息《いき》終るおとを
硝子戸の外のもに星は照り満てりたちまちにして我が子はあらぬ
田舎の帽子かぶりて来《こ》し汝《な》れをあはれに思ひおもかげに消えず

かったあとでも、長い鳴き声を放つのは妻であったかのような印象として心に残る。

　赤彦の弟子の一人である高田浪吉は、この時期の赤彦の苦悩を思わせる作品の多い『切火』によって、その作風が歌壇に認められるに至ったという。しかし、一方で「世間は驚いてはゐなかつた。むしろ『赤光』の歌に驚異の眼を向けてゐた」ともいっている。意欲的でそれなりに認められはしたが、赤彦にとってはのぞみ通りではなかったかもしれない。赤彦自身もたぶん、その辺のことをよくわかっていただろう。

——作者の強き実感と、作歌との間に間隙甚だ少きにあり。換言すれば作者の歌は直ちに作者の声なり。真情流露誇衒なく虚飾なし。歌を見て人を想はしむる我が茂吉君の如きは尠し——

——斎藤茂吉君の歌何時も新し——

——今の処斎藤の歌は天馬空を馳るの概がある一体夕暮白秋茂吉三人には共通点がある濃くて烈しくてけば〳〵しい所が似て居る（中略）茂吉のは二人に比して一番純で一番感情が高調に入つてゐて他人が近寄れないといふ威力をもつてゐるけれども矢張深さが足らぬ——

　赤彦は茂吉の才能を認め、彼に対する称賛をいつも惜しむことがなかった。自らの歌も、歌壇的

子をまもる夜のあかときは静かなればものを言ひたりわが妻とわれと
中村は病み齋藤は忙《いそが》しみ君が歌さへアララギになし
田のなかの湯は土くさし真昼来て我の子どもの體《からだ》を洗ふ
一つ室《ま》にわかもの二人我れ一人ふたりは寝ねて鼾の音す
痏癪を堪らへおほせぬ居睡りゐる木曽馬吉の頭《あたま》を見つめて
故さとの草家《くさいへ》のうちに子どもらの怠りを叱り安き心あり
今日うけし試験危しと来て告ぐる子どもの顔は親しきものを
あな愛《かな》しおたまじやくしの一つびとつ命をもちて動きつつあり
遠き沖の氷をたたく漁槌《つち》の音槌におくれて響きつつあり
この村につひにかへり住む時あらむ立ちつつぞ見る氷れる湖を
いく日《にち》もつづきて晴るる湖《みづうみ》の氷を切りて冬田に積めり
氷《ひ》の湖《うみ》の沖に大きなる穴あけり雲の動きのすみやかになりて
わが友の命をぞ思ふ海山のはたてにありて幾とせ経つる
長崎の低山並《ひくやまな》みにはさまれる海遠白《とほじろ》し明けそめにけり
この道や遠く寂しく照れれどもい行き至れる人かつてなし
益良夫《ますらお》は言《こと》にいはねども幼な子を船の上より顧みにけり
腹のものを反《かへ》し哺《はぐ》む親鳩のふるまひかなし生けるものゆゑ

（『太虚集』大13）

な位置も知っていて、その悲しみが、「アララギ」を編集し、歌を作るときのエネルギーになっていたのかもしれない。大正三年春ごろに三百部どまりだった「アララギ」は、赤彦が豪語したとおり五年には発行部数千部となったのである。

そして、この大正五、六年を境に赤彦の歌論に猛烈な外部批判が加わってくる。これについて、上田三四二は、写生論を短歌の実践原理として確立したことと、「アララギ」の編集発行人になったことをあげている。他を攻撃し、排他的になってゆくとき、「アララギ」のみならず、「アララギ」が主流であった時代の短歌文学の狭隘性にもつながっていった。赤彦は昭和という時代を生きることはなかったが、戦後、「アララギ」批判の矢面に立たされることになる。

　明かあかと雪隠の屋根に南瓜咲き中に子どもの唄のこゑおこる

大正六年、赤彦は病弱だった十八歳の長男を亡くしている。その挽歌をなかなか発表しなかったために、迢空に「赤彦の敬虔な臆病の為」と書かれた。結局、一年後に「アララギ」に作品は発表されたが、「生ま」になりやすいこと、感傷的になりやすいことを極度に警戒した挽歌は、あまり成功しているとはいえない。

親雀しきりに啼きて自《し》が子ろをはぐくむ聞けば歎くに似たり
　扉《とびら》ひらけばすなはち光流るなり眼《まなこ》のまへの御仏の像
冬の日の光明るむ籠のなかに寂しきものか小鳥のまなこ
高槻《たかつき》のこずゑにありて頬白のさへづる春となりにけるかも
春はまだ土踏む足の冷たからむ草履がくしを子らのして居り
火のなかに母と妹《いもと》を失ひてありけむものかその火の中に
みづうみの氷は解けてなほ寒し三日月の影波にうつろふ
軒《のき》の氷柱《つらら》障子に明《あ》かく影をして昼の飯食《いひく》ふこころとなりけり
亡《な》きがらを一夜《ひとよ》抱《いだ》きて寝《ね》しこともなほ飽き足らず永久《とは》に思はむ
凍りたる湖《うみ》の向うの森にして入相《いりあひ》の鐘をつく音聞ゆ
踊《をど》り止みて静かなる夜となりにけり町を流るる木曽川の音
仏法僧鳥《ぶつぽふそう》一声を聞かむ福島の町の夜空に黒きは山なり
霧はるる岩より岩にあな寂し傾きざまに橋をかけたり
山人《やまびと》は蕨を折りて岩が根の細径《ほそみち》をのぼり帰りゆくなり
谷川の早湍《はやせ》のひびき小夜ふけて慈悲心鳥《じひしんてう》は啼きわたるなり
二つゐて郭公《くわくこう》どりの啼《な》く聞けば谺《こだま》のごとしかはるがはるに
子どもらが湯にのこしたる木《こ》の葉舟《はぶね》口をすぼめて我は吹きをり

（『柿蔭集』大15）

ただ、不思議なことに、この時代の赤彦の子ども歌は心に染みるものが多い。子どもがトイレで歌っているのは、乃木大将の歌らしいことが一連のなかで歌われている。トイレの屋根に咲いている大きな黄色い南瓜の花は、その子どもの歌声の象徴でもあるかのように明るい。時折、帰省するのみだった赤彦にとって、子どもたちとの触れ合いは、失った何ものかを取り戻させていたのではないだろうか。

赤彦は次第に、「アララギ」の編集のために上京するほかは、諏訪での生活に移ってゆく。ふるさとへと回帰していったのである。

　みづうみの氷は解けてなほ寒し三日月の影
　波にうつろふ

赤彦が生涯を終えた諏訪の家柿蔭山房《しいんさんぼう》は、大きな広がりをもつ諏訪湖が近い。昔は、庭から足下に湖水が見えたと赤彦は書いている。諏訪湖は、赤彦にとってふるさとそのものであり、折にふれ詠まれてきた。「ま寂しく生れたる身は山かげに赤き船浮く湖を見にけり」という初期の作品から、「夕焼空焦げきはまれる下にして氷らんとする湖の静けさ」を経て、湖の歌の最高とされているのがこの掲出の作品である。

湖の氷は解けた。だが、まだまだ寒い。春はな

白蘿《をがせ》垂《た》る木のたたずまひ皆古《ふ》りて心に響く滝落つるなり
をちこちの谷より出でて合《あ》ふ水の光寂しきみちのくに来《こ》し
生《い》き乍《なが》ら痩せはてにけるみ仏を己《おの》れみづから拝《をろが》みまをす
或る日わが庭のくるみに囀りし小雀《こがら》来らず冴え返りつつ
隣室に書《ふみ》よむ子らの声聞けば心に沁みて生《い》きたかりけり
信濃路《しなのぢ》はいつ春にならん夕づく日入りてしまらく黄なる空のいろ
信濃路に帰り来りてうれしけれ黄に透《とほ》りたる漬菜《つけな》の色は
魂《たましひ》はいづれの空に行くならん我に用なきことを思《も》ひ居り
我が家の犬はいづこにゆきぬらむ今宵も思ひいでて眠れる

歌の道は、決して、面白をかしく歩むべきものではありません。人麿赤人の通つた道も、実朝の通つた道も、芭蕉（これは歌人ではありませんが）の通つた道も、良寛、元義、子規等の通つた道も、粛《つつ》ましく寂しい一筋の道であります。この道を面白をかしく歩かうとするのは、風流に堕し、感傷に甘えんとする儕《ともがら》でありまして、堕する所いよいよ甚しければ、しまひには詞《ことば》の洒灑《しやれ》や虚仮《こけ》おどしなどを喜ぶ遊戯文学になつてしまふのであります。私は、歌の道にある人々に向つて、濫作《らんさく》は勿論、多作をも勧めません。

（「歌道小見」大正十三年）

かなかやっては来ない。ほとんど上句だけでできてしまっているといってもよい。下句の三日月はどちらかといえばおとなしいが、取り合わせとしては格調が高く、美しい。ある日、ある時の風景の切り取りでありながら、どこか永遠に続く時間が流れているかのようだ。静謐でなつかしい感じさえする。

信濃路はいつ春にならん夕づく日入りてしまらく黄なる空の色

赤彦が胃癌の診断を受けたのは、大正十五年一月。すでに末期であった。寝たきりで過ごすようになっていた赤彦は、もう湖を見ることもできず、家族から村の様子を聞くばかりであった。夕焼け空は、たぶん、寝ているところからも眺めることができたのだろう。いや、それこそが、唯一、病床の赤彦の接することができる自然だったのかもしれない。それゆえであろうか、「信濃路はいつ春にならん」と詠みだされるこの歌は、まるで遠い昔の若き赤彦のような浪漫的な響きをもっていて、作品の大きな生命となっている。

赤彦は「アララギ」のなかで、歌の抒情性を削いでいったが、赤彦になお残っていた浪漫性は、生涯の最後の作品群をとても豊かにしている。

（草田照子）

岡　麓

おか　ふもと　明治十年東京生まれ。佐佐木信綱、正岡子規に歌を学び、「アララギ」に所属。書家。歌集に『庭苔』『朝雲』『涌井』『冬空』『雪間草』『岡麓全歌集』など。昭和二十六年没。

梧桐《あをぎり》は幹《みき》をみる木と窓ちかく植ゑし嗜好《このみ》もありけるものを　（『庭苔』大15）

秋されどまだつる蚊帳《かや》に髪《かみ》かりてかしらかろくもこよひねにけり

外《と》に行くと病み臥す母に告げにけり春の雨夜《あまよ》の宵しづかなる

崖下《がけした》の長屋の人のこみあげて咳《しはぶき》するが夜どほしきこゆ

十九にもなれるわが児をいましむる父の心に深き悔《くい》あり

池水にうかびて泳ぐいろくづのちひさきものはむれなしてをり

みどり児は立ちてあゆめりゐみはやす母のわかければわれはかなしき

弟は口ごたへしてにくけれどうはべしたがふ兄にまされり

悔《く》いて泣く心にあらず泣きつつもなほいたづらをしつづけにけり　（『小笹生』昭12）

孫すらに愛憎の念つのりゆくわれをきびしくいましめたまへ

はなれては朝夕おもふをさな孫いつまで今のままのよき子ぞ

墨をする間《あひだ》ひたすらやすらかにこころしづめむ濃くならむまで　（『朝雲』昭11）

神の木とあがめて人をいましめし人の心におもひいたらな

岡麓はその晩年、一枚の写真の裏に次のように書いていたという。「岡麓　通称三郎　明治十年三月三日生　三谷《さんこく》ともいへり　はじめ傘谷《さんこく》といふ歌を詠み書を教へて一生を　をはる」。

傘谷は俳句、三谷は書の雅号であったが、ほとんどは麓で通したという。芸術院会員となったのも歌人としての麓であった。この、みずから記した簡潔な略歴は、あるいは墓碑を想定したものでもあったのだろうか。

麓は、徳川幕府奥医師で、江戸の切り絵図にものっている由緒ある家に生まれた。秋山加代著『山々の雨——歌人・岡麓』には、おもしろいエピソードが紹介されている。麓十七歳、香取秀真《はずま》二十歳の時のこと。麓が秀真に、ともに国学の勉強をしようと誘いに行くのだが、「交際するのはこれまで自宅を訪問した人だけだった。こうして自分から訪《おとな》うのは初めてだ」と言ったというのである。秋山はまた、津田青楓の「岡さんは財産を蕩尽して成った芸」という言葉を紹介している。

　ここに住みわが身終《を》へむとねがへりし心たがひぬいつまで生きなむ

昭和二十年四月、空襲を逃れるために麓は、信濃のアララギの歌友をたよって、安曇野へ疎開することになった。六十八年住んだ東京から、神経

いきもののすこやかなるを見まくほりことしの夏は日高飼《か》ひたり
はしりがきつづけ字かきし事なくてしづかに過ぎし一代《ひとよ》なりけり
まじはりをひろくもとめぬ心をば改《あらた》めかねてわれ老いにけり
（『宿墨詠草』未完）

老《お》いらくの心安さに就《つ》きてよりやうやく妻はわれをあがむる
わがいのち何に帰依《きえ》してゆくぞともたしかならねば文字《もじ》書き習ふ
ここに住みわが身終《を》へむとねがへりし心たがひぬいつまで生きなむ
（『涌井』昭23）

日のささぬ宿の二階のこもり居にバスのとほるを待つは何ゆゑ
戦死せし一月後《ひとつきのち》の今日知るをうとかりけりと思ひ悔《く》いめや
雪の日に幼き孫が持ち出《だ》せば涙ぐましき江戸名所図絵
針木《はりのき》はあれか烏帽子はどの山か一二度ききて今におぼえず
（『冬空』昭25）

湯にひたりギブスベットを離れ寝《ぬ》る今宵吾児のあかねさす顔
めざめして眼をあけず聴く幽《かそ》けさは時雨の雨のふり出《い》でぬらむ
香の高きセロリは前の家畠《いへばたけ》こちらには飼ふ七面鳥を
鶸《ひわ》のこゑ鵙《もず》のこゑ日中あたたかに漬菜洗ふ人大根洗ふ人
信濃にてつひに名所《めいしよ》も見ざりけるいく月日のただに病みたりき
不孝者家《いへ》つぶしたる身のはては中風病《ちゅうふうやみ》と今なりにけり
つれだちて逝けりとならばいとせめてなぐさまましをわが妻わが子
（『雪間草』昭27）

痛で腰の立たないのを、人に助けられつつの信濃入りであった。昭和二十年代の七十歳近くということは、現代に比べればかなりの老人である。しかも、東京から離れて生活をしたことがなかった。その東京を離れるという悲しみはの大きさは、いかばかりであったか。「いつまで生きなむ」という結句はまことに哀切で、作者の思いの丈がここに凝縮されている。

最後の歌集『雪間草』には、「信濃をあとにせむとして」という詞書の一連もある。しかし、麓はついに生きて東京へ帰ることはなかった。

二十一年、同居していた最愛の三女愛子が脊髄カリエスになり、二十六年二月には愛子と麓を看ていた妻はるが急逝。同じ年の四月、三十五歳の愛子を亡くす。精神的にも極度に追い詰められた麓は、持病の高血圧と糖尿病に尿毒症を併発した。悲惨な中で、愛子の死から半年もしない九月に死去したのである。

厳しい時代のなかで家族を愛し、東京へ思いを馳せつつなお、麓が信濃の自然を楽しむ余裕があったのは、生まれとも関係があろう。どのような場面でも花鳥風月を大切にする心と大らかさは、麓のもって生まれたものであり、環境によって育まれたものだったと思われる。　**（草田照子）**

窪田空穂

くぼた うつぼ　明治十年、長野県和田村生まれ。「明星」から出発し、二十三冊の歌集と多くの研究・評釈の書を残す。『窪田空穂全集』（全二十八巻）がある。昭和四十二年没。

夏に見る大天地《おほあめつち》はあをき壺われはこぼれて閃く雫
憧憬《あこがれ》やある夜おもかげ変らせてわれに白歯の寒きを見せぬ
雲よむかし初めてこゝの野に立ちて草刈りし人にかくも照りしか
（『まひる野』明38）

夢くらき夜半や小窓をおし開き星のひとつに顔照らさしむ
鉦鳴らし信濃の国を行き行かばありしながらの母見るらむか
われや母のまな子なりしと思ふにぞ倦みし生命《いのち》も甦り来る
我がおもひ言葉となるか秋の日の木犀《もくせい》に染みて香とかをる時
（『明暗』明39）

百人《ひやくにん》の一時《いちじ》に見ゆる市にゐてあゝ我れ人を信じも得ずば
我れ君が胸に伝はる永劫の生命《いのち》覚えぬ唇《くち》触れし時
くらやみのとある路より蹌踉と酔ひたる男あらはれきたる。
（『空穂歌集』明45）

濁りたるベースの音よりつと生まれ、澄みて鳴りゆくクラリオネット。
忘却の界《よ》にや朽ちけんものどもの、よみがへり来て我に呟く。
蒸れくさる蚕糞《こじり》のにほひ、ものうげの馬の嘶き、村は夜に入る。

空穂が短歌を作り始めたのは、大学を中退して一時故郷で代用教員をしていた明治三十二年頃かといわれる。それから昭和四十二年に没するまで、常に現役として短歌を作り続けた。『窪田空穂全歌集』（昭和五十六年短歌新聞社刊）は、第一詩歌集『まひる野』から遺歌集『清明の節』までの二十三歌集と補遺作品、一万四千四百四十七首（三十三篇の新体詩も含まれる）を収める。ある意味で、空穂は近代の短歌の歴史をそのまま背負っている歌人といえる。

第一詩歌集『まひる野』は、二十代の終わり、明治三十八年の刊行である。ここには、次の二首のように、一方でロマンチックなあこがれの歌があり、一方で夢から覚めた苦さをうたった歌が多く載せられている。

たとふれば明くる皐月《さつき》の遠空にほのかに見えむ白鴿《しらはと》か君
夢追ひて春をたどりし路に似ぬと雁よ嘆くか翅《はね》もやつれて

空穂は明治二十年代、「文学界」などに惹かれて文学を志した。そして三十三年、「文庫」の投稿歌が与謝野鉄幹に認められ、「自我の詩」を主張する「新詩社」、「明星」に参加する。しかし、「新詩社」が「与謝野氏の主として功名——志士

労働の世界のうちに隠されし、かのよろこびを掴《つか》みね、わが手。

わが重きこころの上によろこびのまぼろしなして燕《つばめ》飛べるも
つばくらめ飛ぶかとみれば消え去りて空あをあをとはるかなるかな
もの言へばおのが上のみ言ひ出でつあはれよろしや信濃の一茶
銭なきは銭のことといひさみしきはさみしきことを言ひにけるかな
（『濁れる川』大4）

げにわれは我執の国の小さき王胸おびゆるに肩そびやかす
この谷の栂《とが》の大樹《たいじゅ》とかの谷の栂の大樹と枝さしかはす
いやならばいやと言へよとわが太郎遊び仲間といふ声高し
槍が岳そのいただきの岩にすがり天《あめ》の真中《まなか》に立ちたり我は
（『鳥声集』大5）

笑ふより外はえ知らぬをさな子のあな笑ふぞよ死なんとしつつ
生《は》えずとてうれへし歯はもかはゆきが灰にまじりてありといはずやも
この父を怠けものとぞなしはててわが子のなつ子墓に隠るる
そのやうに飯《いひ》をこぼすなぢぢさまは米をつくると汗ながしましき
湧きいづる泉の水の盛《も》りあがりくづるとすれやなほ盛りあがる
かへり見て我に附き来る妻子《つまこ》らを春の大路に見つつさびしき
（『泉のほとり』大7）

手童《たわらは》の乳《ち》を含みつつ、母が顔見あぐる如く、大き瞳我れに据ゑては、しみじみと眺むる程に、静かにも涙湧き来て、頬《ほ》を伝ひ流れたりける、懐かしき妻が面

としての対社会的の感懐を詠まうとする新傾向と、晶子氏の奔放な恋愛を詠まうとする」二つの傾向になり、その両者に共鳴出来ず、また与謝野氏が、「私などから見ると、微旨を歌ひ得た、心にくい作だと思ふ物も、『男子の歌ぢや無い』と」否定するようになったことなどから、翌年にはそこから離れる（「短歌を作り初めた頃の思ひ出」）。

信州の農民の血を引き、すでに人生における何度かの挫折の体験を積んでいた空穂は、その基底に豊かなロマンティシズムを持つとともに、現実を凝視し、それを引き受けようとする傾向をもっていた。それは自然主義が台頭してくる時代の潮流でもあるが、『まひる野』は、その両者が混在しながら、一つの抒情世界を作っている。そういう中から育まれてきた、右にいわれている、微かな心の揺るぎや、ちょっとした小景に心を動かす「微旨」への指向は、空穂短歌の一つの特色をあらわすものといってよいだろう。強や大や剛を求めるのでない、空穂の一つの方向である。

そして、三十代の空穂は、小説を書き、批評を書き、自然主義の文学に触れながら、都市のデラシネである自らのありのままの現実を歌にしようとしていく。当時その歌は、日常生活の些事ばかりであるとか、歌でなく散文的である、などの批

影、眼間《まなかひ》につとも懸りて、さながらに見ゆとはすれど、見つむればおぼろとなりて、悲しめばもとな隠れて、十年《ととせ》見し其面影の、怪しくも未《いま》だ見ぬ如思ほゆるかも。（長歌）　（『土を眺めて』大7）

逢ふ期《ご》なき妻にしあるをそのかみの処女《をとめ》となりて我を恋はしむ
人呼ぶと妻が名呼べり幾度《いくたび》をかかる過ちするらむ我れは
美しく来む世は生まれ君が妻《め》とならめ復もと云ひし人はも
其子等に捕へられむと母が魂《たま》蛍と成りて夜を来たるらし
白埴《しらはに》の瓶《かめ》にわが飼ふ鈴虫は暗き廊下に啼き出でにけり　（『朴の葉』大9）
米《こめ》高く買ひはかぬなり我が子等は大河の辺《べ》に行きて水飲め
我が身にし飽く日はあれど見つつ向ふこの大空は飽くといはなくに　（『青水沫』大10）
よきところ一つある人は稀なるをさな求めそといはしきわが父　（『鏡葉』大15）
いつの時か今宵の如くわが前の紫檀の卓に電灯照りき
わが齢四十六ともなりにけり笑《ゑ》ましたまふやたらちねの母
雲海《うんかい》のはたてに浮ぶ焼岳の細き煙《けむり》を空にしあぐる
明《あ》け昏《ぐ》れの空明らめば雲海《うんかい》の雲打光り光りつつ崩る
地はすべて赤き熾火《おき》なりこの下《した》に甥のありとも我がいかにせむ
新聞紙腰にまとへるまはだかの女あゆめり眼に人を見ぬ

判を受けるが、それを論駁する。後年空穂は、第四歌集『濁れる川』を回想して、

　実感を誘った境そのものだけが意味あるものに見えて来るのであった。従って私は、取材その物の歌に適すか否かの選択をせず、苟くも実感を誘った物は、それが即ちその瞬間の自分の全体であると信じて、すべて歌としようとするようになったのである。

と述べている。ここには、強い自己肯定と、ある文学意識があるといってよいだろう。『濁れる川』には、「げにわれは我執の国の小さき王胸おびゆるに肩そびやかす」といった自己の姿を直接見つめていこうとする態度があり、また一方、

　天地《あめつち》に照りわたりたる秋の日の光うごかし風の吹けるも

のように、景の表出をもって、心の微動を微妙に表現していこうとする方向が模索されている。右の歌の「天地」の語は空穂の歌によく出てくるが、現実の我やさまざまな事象への執着を、「天地」といった世界の中に解放しつつ、しかしそれへの愛着をうたっていこうとするところに、空穂の求める「微旨」「微動」のありようがうかがえる。空穂の基本的な歌の作りようが、この頃形をなしたといえよう。

星満つる今宵の空の深緑《ふかみどり》かさなる星の深さ知られず

ペリカンの食はむ泥鰌を、盗み取る小さ白鷺、その蓑毛ゆるがしつつも、細き嘴《はし》に捉ふる見れば、いや更に盗めとぞ思ふ、ペリカンの泥鰌。（長歌）
（『青朽葉』昭4）

覚めて見る一つの夢やさざれ水庭に流るる軒低き家
（『さざれ水』昭9）

言ひぬべき何のあらむや一にこれ我が性格を遂げしめしなり

許さるる限りは軍服着ずといひてさみしく笑ふ士官のありしを

兄弟《きやうだい》は他人《たにん》のもとといひし人いかに嘆きていひにけむかも

わが父のちんどん屋にておはしなば悲しからむとちんどん屋見つ
（『郷愁』昭12）

三界の首枷といふ子を持ちて心定まれりわが首枷よ
（『冬日ざし』昭16）

咲くやがてこぼるる萩の白き花石にたまりて空曇りたり

空襲のサイレン鳴るに白菊のかがよひ奇《く》しく深まりきたる
（『明闇』昭20）

塩漬のからきを添へて信濃びと飲む茶のながし囲炉裏のほとり

心はやるわが若人《わかうど》に落ちつけよしばしといひて涙ぐましも

かよわきを憐める子の茂《しげ》二郎兵となるべく召賜れる

民族の生きむ命の無量《むりやう》をば頼まむ時の来たりにけるか
（『冬木原』昭26）

東京へ帰るとわれは冬木原《ふゆきはら》つらぬく路の深き霜踏む

隠者ぞとおもふにたのしかくしあらば老のこころに翅《つばさ》の生ひむ

また、空穂は中年以後、日本アルプスの縦走を幾たびか試み、山岳を舞台とした多くの歌や著書を残す。地を離れた世界とでもいうべきものへの参入は、空穂の世界に大きな広がりを見せていった。「槍が岳そのいただきの岩にすがり天《あめ》の真中《まなか》に立ちたり我は」といった山岳詠、そして、「我が身にし飽く日はあれど見つつ向ふこの大空は飽くといはなくに」といった空を見上げる歌には、空穂らしい眼差しがうかがえる。

『鳥声集』、『土を眺めて』はそれぞれ、亡子、亡妻の挽歌集ともいえる。とくに後者では長歌が多く見られる。ここでは短い一首を載せるだけだが、全歌集には百四十一首の長歌が載せられている。空穂の長歌は万葉のそれにならった跡があるが、旋頭歌（五七七五七七）の制作もふくめ、さまざまな形式の試みをなしたところに、散文や古典の世界へも深く入り込んだ空穂の特色があらわれているといえよう。

ところで、空穂の歌には、しばしば親子や肉親の結びつきへの強い思いが示される。「兄弟《きやうだい》は他《た》人《にん》のもとといひし人いかに嘆きていひにけむかも」といった歌がしばしば取り上げられ、時にはそこに常識や煩わしさも感じられる。しかしそこに見られる屈折もふくめて、空穂の肉親への思い

親といへば我ひとりなり茂二郎生きをるわれを悲しませ居よ
老い痴《し》れてただに目《ま》たたきして過す我とはなりぬあるか無きかに
湧きあがる悲しみに身をうち浸しすがりむさぼるその悲しみを
ひよつこりと皆帰りたり帰り来む必ずと聞くに親はおろかに
わが写真乞ひ来しからに送りにき身に添へもちて葬《はふ》られにけむ
文五郎が手にささへられ静御前《しづかごぜん》われを見つめて訴《うた》へ泣き入る
（『卓上の灯』昭30）

秋日ざし明るき町のこころよし何れの路に曲りて行かむ
天地《あめつち》はすべて雨なりむらさきの花びら垂れてかきつばた咲く
命一つ身にとどまりて天地《あめつち》のひろくさびしき中にし息《いき》す
（『丘陵地』昭32）

夏の月のぼるがままに暗緑《あんりよく》の空うるほひて光帯びつつ
性格は命がもてる色にあれば命ある間《ま》をありて離れず
秋くればわれは富人《とみびと》食《は》めど尽きぬめでたき果実《このみ》置きならべたり
（『老槻の下』昭35）

平安のをとこをんなの詠める歌をんなはやさしきものにあらず
はらはらと黄の冬ばらの崩れ去るかりそめならぬことの如くに
体験をとほして信ず心よりの愛あるところ自由はあらず
もの言はぬ木草《きぐさ》と居《を》ればこころ足り老い痴《し》れし身を忘れし如き
もの言へぬ幼子《をさなご》が目を見ひらきて見つむるごとき草の花かも
（『木草と共に』昭39）

は、母に対する強い憧憬を根本に、多くの苦渋とニヒリズムを背景にした、倫理というよりいわば祈りのようなものといってよいだろう。二十代はじめの結局は離縁することになる養家の妻との関係、子や妻の死、中年期の離婚など、人生上のさまざまな苦悩が空穂の歌の深層にあり、またその主題をなしている。

　戦後にあっては、空穂はシベリアに抑留されていた次男をそこで亡くす。『冬木原』に収められている長大な挽歌は、息子の死の様子を聞き、極寒の地の状況を想像して、親の悲しみの情を極めたものであり、長歌史上特筆されるものだろう。空穂は「人情」という言葉を嫌った。一人一人の心の中に異なったものとしてある感情を、どのようにして歌に形象化していくか、そしてそこにどのようにして味わいを出していくか。空穂の歌は現実の生活に即しながらも、そのありのままの表出を目的としているわけではない。

　さて、空穂の世界は、その老年に大きなピークを迎えた。

　命一つ身にとどまりて天地のひろくさびしき
　　中にし息す

　七十代にはいっての作だが、人間を「命」という生命力が「身」に宿っているものとしてとらえ、

じんましん怠けてくれよ病みやすき老の心の暗くなれるを
闘志なき我ぞと人言ふ闘志をば我に向くればはてしあらぬを
いぶかしき生命《いのち》なるかも暫くをわが身に宿り立ち去りぬべき
漂泊《さすらひ》の信濃びとわれ東京のこの地に生きて世を終へむとす
かりそめの感と思はず今日を在る我の命の頂点なるを

（『去年の雪』昭42）

老ふたり互に空気となり合ひて有るには忘れ無きを思はず
しきりにも瞬《まばた》きをする翁ゐて鏡の中より我を見おこす
寒つばき深紅《しんく》に咲ける小《ち》さき花冬木の庭の瞳《ひとみ》のごとき
天も地も真青き五月ふかみゆく今日のこころよ翳《かげ》りのあるな
わが吐けるシガーのけむり光帯び新しき年周辺にあり

（『清明の節』昭43）

最終の息する時まで生きむかな生きたしと人は思ふべきなり
桜花ひとときに散るありさまを見てゐるごときおもひといはむ
わかき源氏をさなき紫をかくまひし殿の庭なる紅梅の花
顔を刺すひかりを感じて目覚むれば枕元の梅みなひらきたり
四月七日午後の日広くまぶしかりゆれゆく如くゆれ来る如し
まつはただ意志あるのみの今日なれど眼つぶればまぶたの重し

その生が「天地」という広大で寂しい世界の中に息づいているのを、「息す」というおのずからなる行為であらわしている。人間の実存を静かに見つめた歌といってよいだろう。先に述べたように、「天地」は空穂の愛語であるが、青年時代に受洗したキリスト教をはじめ、禅宗や日本の古来の自然観や人間観など、さまざまなものが、空穂の精神世界の中には流れているといえるだろう。

そして人間の命と自然とを両者の一体の中にとらえ、その躍動と滅びを見つめていく歌は、空穂の絶唱を生んでいく。

桜花ひとときに散るありさまを見てゐるごときおもひといはむ

四月七日午後の日広くまぶしかりゆれゆく如くゆれ来る如し

遺歌集『清明の節』の歌だが、前者では情と景とが不可分となって、滅びの艶とでもいうべきものを思わせるものとなっている。また後者では、光としてやってくる世界自体の揺るぎが感覚的にとらえられている。死を前にした歌だが、そこには写生といった方法とは違ったところに自らの歌のありようを求めた空穂短歌の、一つの結実があるように思われる。

（内藤　明）

片山広子

かたやま ひろこ　明治十一年、東京麻布生まれ。佐佐木信綱に師事。松村みね子名でアイルランド文学を翻訳。歌集に『翡翠』『野に住みて』がある。昭和三十二年没。

くしけづる此黒髪の一筋もわが身の物とあはれみにけり
やぶ陰のしげみが中の白き花わがみほとけにたてまつらばや
人の世の掟は人ぞつくりたる君を思はむ我がさまたげに
つばめ来ぬ山の若葉に埋もれ住む遠方人のゆめ使かも
いづくにか別れむ路にいたるまで共に行かんと思ひ定めき
ひまあればすこしあれたる指さきもにほひ油のしろきをぬりつ
（『翡翠』大5）

あきらかに心の汚れあきらめてかたゐの子にもぬかたれて恥づ
限りなく疲れたる眼にながめけり我がつまさきのなでしこの花
吾子がめづる土の子犬のかはゆさよ同じ顔していつも我を見る
よろこびかのぞみか我にふと来る翡翠の羽のかろきはばたき
東北に子の住む家を見にくれば白き仔猫が鈴ふりゐたり
（『野に住みて』昭29）

いをくづの泳ぎいきづく世界などわれの知らざる世とは思はず
物ともしき秋ともいはじみちのくの鳴子《なるご》の山の栗たまひけり

大正五年、詩人のヨネ・ノグチ（野口米次郎）と佐佐木信綱の序文に飾られて刊行された『翡翠』は歌壇に好評をもって迎えられた。その作品は透徹した理智的な作風で、清韻を帯びたものである。また自分自身に潔癖であり、一方では観念的で自我に執着した歌も見られる。

片山広子は東京麻布三河台に生まれた。父は吉田二郎で、慶応二年から明治元年までフランスに留学、外交官となった。元旗本屋敷に西洋館が建てられ、幼少を不自由なく育った広子は、ミッションスクール東洋英和女学校に学んだ。二十一年、二十一歳でのちに日銀理事となる片山貞次郎と結婚、一男一女をもうけた。こういった恵まれた環境にあって、冷静で怜悧な歌を作った。

同年生まれの与謝野晶子が「明星」に拠り、自由奔放に青春の情熱と人間讃歌を歌った『みだれ髪』で世に登場し、官能的な絢爛たる言葉と物語性で注目を集めたのと反対であった。それゆえに、広子の歌は永く、上流婦人の教養に満ちた優美な作風と思われてきたが、自己や社会に対して冷徹でさえあった。

九条武子、柳原白蓮など信綱門下の多くの閨秀歌人の中でも、広子は抜きん出て理智的であった。

くしけづる此黒髪の一筋もわが身の物とあ

来む春も生きてあらむと頼みつつわれ小松菜と蕪のたねまく
待つといふ一つのことを教へられわれ髪しろき老に入るなり
動物は孤食すと聞けり年ながくひとり住みつつ一人ものを食へり
死をつれて歩くごとしと友いへりその影をわれもまぢかに感ず
秋の日の三崎のみなと海に向く家家の窓みなひらきたり
髪のいろやや変りゆく母ながら汝が母をあまり心にかくるな
かぜ立ちてまだ春わかきわが庭もいちごは白き花もちてゐる
砂糖ほしくりんごも欲しく粉もほしとわが持たぬ物をかぞへつつをる
人にいふごとく物いひ白猫のしろきのど毛をかき撫でてゐる
わらべ三人春日を浴びてならび行く左の端が一ばん大きい
野のひろさ吾をかこめり人の世の人なることのいまは悲しも
夢とほく散歩に行けどうつそみはひとりの家にわが飯を食す
わが側に人ゐるならねどゐるやうに一つのりんご卓の上に置く
まつすぐに素朴にいつも生きて来し吾をみじめと思ふことあり
すばらしき好運われに来し如し大きデリツシヤスを二つ買ひたり
宵浅くあかり明るき卓の上に皿のりんごはいきいきとある
三つの子が年うへの子と遊びつつ背《せい》のびすればかなし三つの子は

はれみにけり
人の世の掟は人ぞつくりたる君を思はむ我
がさまたげに

『翡翠』刊行後、広子は短歌から遠ざかり、鈴木大拙夫人ビアトリス女史の指導でアイルランド文学の研究に入り、イエーツやシングを翻訳した。タゴールの詩を初めて紹介した人でもある。この頃のことを前川佐美雄は「竹柏会の女流歌人としては、僕はこの人（片山広子）を第一番に挙げる。今日の女流歌人中での詠み手だと信じるからである。けれども歌壇的にはそれほど有名でもなければ、従ってその真価を知る程のものはまことに少い」と述べている。

また、芥川龍之介、堀辰雄、室生犀星らと交遊があり、辰雄の『聖家族』に描かれた女性像は、彼が尊敬していた広子であるといわれている。

昭和二十九年、『野に住みて』を刊行して歌壇に復活した。四十二歳で夫を失い、鎌倉から杉並区浜田山に転居したが、多くは別荘のある軽井沢に住んだようで、軽井沢における辰雄や犀星らとの交遊もこの歌集には描かれている。ここにはまた、戦中、戦後における寡婦の生活、息子の死など、老いてゆく自らを見すえ、時代に耐えて生きぬいた孤独な様子が歌われている。（**小紋　潤**）

与謝野晶子

よさの　あきこ　明治十一年、大阪府堺市生まれ。旧姓鳳。本名志よう。鉄幹と結婚。三十四年『みだれ髪』を出版、以後浪漫派の旗手となる。二十数集の歌集の他、著書多数。昭和十七年没。

夜の帳《ちやう》にささめき尽きし星の今を下界《げかい》の人の鬢のほつれよ
髪《かみ》五尺ときなば水にやはらかき少女《をとめ》ごころを秘めて放たじ
その子二十《はたち》櫛にながるる黒髪のおごりの春のうつくしきかな
清水《きよみづ》へ祇園《ぎをん》をよぎる桜月夜《さくらづきよ》こよひ逢ふ人みなうつくしき
経《きやう》はにがし春のゆふべを奥の院の二十五菩薩歌うけたまへ
やは肌のあつき血潮にふれも見でさびしからずや道を説く君
みだれごこちまどひごこちぞ頻なる百合ふむ神に乳《ちゝ》おほひあへず
狂ひの子われに焔の翅《はね》かろき百三十里あわただしの旅
ほととぎす嵯峨へは一里京へ三里水の清滝《きよたき》夜の明けやすき
乳《ち》ぶさおさへ神秘のとばりそとけりぬここなる花の紅《くれなゐ》ぞ濃き
なにとなく君に待たるるここちして出でし花野の夕月夜かな
ゆあみして泉を出でしやははだにふるるはつらき人の世のきぬ
うすものの二尺のたもとすべりおちて蛍ながるる夜風《よかぜ》の青き

（『みだれ髪』明34）

一九〇一（明治三十四）年、今から百年あまり前の八月、与謝野晶子の第一歌集『みだれ髪』が東京新詩社より出版された。この時のペンネームはまだ旧姓の鳳晶子であった。彼女はこの『みだれ髪』一冊をもって、自らの名を不滅のものとした。

夜の帳にささめき尽きし星の今を下界の人の鬢のほつれよ

その子二十櫛にながるる黒髪のおごりの春のうつくしきかな

晶子のこのような歌を誰でも一度は目や耳にしたことがあるだろう。一首目は『みだれ髪』の名高い巻頭歌。天上で星たちの交歓がつきた今、下界の人間たちはなやましく物思う、と歌う。星の棲む天界と人間の棲む下界とを対比させたスケールの大きさと、やや堅い性急な表現、さらにローマン的な雰囲気とがきわだち、晶子の歌の特徴がすでにはっきりとあらわれている。晶子たち明星派の歌人は星菫派と呼ばれた。また自分たちも互いを「星の子」と呼び合い、選ばれた人間という自意識をもっていた。そのような晶子にしてみれば、天界と下界という二つの界は全く断絶しているものではなかっただろう。「鬢のほつれ」ということばには、それゆえに、下界の人間の生の重たさや苦悩を上まわって、官能性やローマン性が

春三月柱《みつきぢ》おかぬ琴に音たてぬふれしそぞろの宵の乱れ髪
ひとつ篋《はこ》にひひなをさめて蓋《ふた》とぢて何となき息《いき》桃にはばかる
ゆふぐれを籠へ鳥よぶいもうとの爪先《つまさき》ぬらす海棠の雨
おもひおもふ今のこころに分ち分かず君やしら萩われやしろ百合
夕ぐれを花にかくるる小狐のにこ毛にひびく北嵯峨の鐘
下京《しもぎやう》や紅屋《べにや》が門《かど》をくぐりたる男かはゆし春の夜の月
くろ髪の千すぢの髪のみだれかみかつおもひみだれおもひみだるる
春みじかし何に不滅《ふめつ》の命ぞとちからある乳を手にさぐらせぬ
きのふをば千とせの前の世とも思ひ御手なほ肩に有りとも思ふ
道を云はず後を思はず名を問はずここに恋ひ恋ふ君と我と見る
かたちの子春の子血の子ほのほの子いまを自在の翅《はね》なからずや
罪おほき男こらせと肌きよく黒髪ながくつくられし我れ
きけな神恋はすみれの紫にゆふべの春の讃嘆《さんたん》のこゑ
病みませるうなじに繊《ほそ》きかひな捲きて熱にかわける御口《みくち》を吸はむ
われと歌をわれといのちを忌むに似たり恋の小車《をぐるま》絃《いと》さらに巻け

（『小扇』明37）

したしむは定家《ていか》が撰りし歌の御代式子《しきし》の内親王《みこ》は古りしおん姉
春曙抄《しゆんじよせう》に伊勢をかさねてかさ足らぬ枕はやがてくづれけるかな

（『恋衣』明38）

色濃くにじんで見える。

次の歌に「黒髪のおごりの春」とあるように、『みだれ髪』のなかで晶子の若い官能は、多く「髪」に象徴された。この歌では、「その子二十」と切り口上に切って落とされたことばが、流れを下るように一気に「うつくしきかな」まで迸り、作者の若さへの自己陶酔がそのままことばの陶酔感となっている。韻律感の秀れた絶唱である。

このほかにも『みだれ髪』にはおびただしい数の髪が歌われ、それらが靡き、流れ、溢れ、ほつれ、もつれ、乱れ、というように多彩な変容を見せる。黒髪は時に一種の野生味さえも発散させながら、晶子の自我と肉体のシンボルとして歌われているのである。

　　春みじかし何に不滅の命ぞとちからある乳
　　　を手にさぐらせぬ

近代短歌にはじめて乳房が歌われたのがこの一首。百年たった現在読んでもなお大胆、刺激的な歌である。初句六音の重く激しく言い切った初句切れと、「何に不滅の命ぞと」という漢語のまじった語調の強さ。晶子独特の文体をもって、若い生命のみなぎる「ちからある乳」を歌う。それまでの女歌の伝統的な情緒の形などやすやすと突破した野放図で挑発的な、しかし毅然とした肉体の

海恋し潮《しほ》の遠鳴りかぞへては少女《をとめ》となりし父母《ちちはは》の家
鎌倉や御仏《みほとけ》なれど釈迦牟尼は美男《びなん》におはす夏木立かな
ほととぎす治承寿永《ちしやうじゆえい》のおん国母《こくも》三十にして経《きやう》よます寺
髪に挿せばかくやくと射る夏の日や王者《わうしや》の花のこがねひぐるま
眉つくるちさき盥に水くみて兎あらふを見にきまさぬか
金色《こんじき》のちひさき鳥のかたちして銀杏ちるなり夕日の岡に
朝に夜《よ》に白檀《ひやくだん》かをるわが息を吸ひたまふゆゑうつくしき君　（『舞姫』明39）
春雨やわがおち髪を巣にあみてそだちし雛《ひな》の鶯の啼く
高き家《や》に君とのぼれば春の国河遠白《かはとほじろ》し朝の鐘なる
夏のかぜ山よりきたり三百の牧の若馬耳ふかれけり
君かへらぬこの家ひと夜《や》に寺とせよ紅梅どもは根こじて放《はふ》れ
秋の風きたる十方玲瓏《じふばうれいろう》に空と山野の人と水とに
おそろしき恋ざめごころ何を見るわが眼とらへむ牢舎《ひとや》は無きや　（『夢之華』明39）
夏の水雪の入江の鴨の羽の青き色して草こえ来たる
たちばなの香《かぐ》の樹蔭《こかげ》をゆかねども皐月《さつき》は恋し遠居《とほゐ》る人よ
地《ち》はひとつ大白蓮《だいびやくれん》の花と見ぬ雪の中より日ののぼる時
わが肩に春の世界のもの一つくづれ来《こ》しやと御手《みて》を思ひし

賛歌である。この、いわば自我をもった肉体の歌の誕生こそ『みだれ髪』の意義であったといってもいい。晶子はこうして旧態の和歌を近代という新しい時代の新しい歌に身をもって蘇らせたのである。そこには明治という時代の青春と歌人自身の青春とが、ぴたりと重なった幸運が輝いているともいえるだろう。

晶子は一八七八（明治十一）年に、現在の堺市の菓子の老舗・駿河屋に生まれた。本名は志よう。母は後妻で、異母の姉二人と、同母の兄秀太郎、弟籌三郎、妹の里がいる。幼くして漢学塾に入り『論語』や漢詩の素養をつけ、八八年に堺女学校に入学。ここを卒業した後は、家事手伝いのかたわら古典や新しい文学などを読みあさり、九六年に堺敷島短歌会に、九九年に浪華青年文学会に入会、歌や新体詩を鳳小舟というペンネームで発表するようになる。

晶子が与謝野寛（鉄幹）とはじめて出会ったのは、一九〇〇年八月四日のことであった。晶子はそれ以前にすでに「明星」に作品を発表していたが、この日来阪した寛を訪ね、翌日の文学講話を聞く。さらに六日には寛を中心とする数名と浜寺、住吉を巡り、歌をつくり合い、忘れがたい時間を過ごすなかで急速に寛に心を奪われていく。この

ほととぎす東雲《しのゝめ》どきの乱声《らんじやう》に湖水《こすゐ》は白き波たつらしも
ある宵のあさましかりしふしどころ思ひぞいづる馬追《うまおひ》啼けば
（『常夏』明41）

冬きたる大き赤城《あかぎ》の山腹の雲おひおとす木がらしの風
君がため菜摘み米《よね》とぎ冬の日は井縄《いなは》の白く凍りたる家
（『佐保姫』明42）

背とわれと死にたる人と三人《みたり》して甕《もたひ》の中に封じつること
挽歌《ひきうた》の中に一つのただならぬことをまじふる友をとがむな
一人《いちにん》はなほよしものを思へるが二人《ふたり》あるより悲しきはなし
（『春泥集』明44）

男をも灰の中より拾ひつる釘のたぐひに思ひなすこと
ひんがしに月の出づれば一人《いちにん》の秋の男は帆ばしらを攀《よ》づ
男行くわれ捨ててゆく巴里《パリ》へ行く悲しむ如くかなしまぬ如く
男をば罵《ののし》る彼等子を生まず命を賭《か》けず暇《いとま》あるかな
（『青海波』明45）

産屋《うぶや》なるわが枕辺に白く立つ大逆囚《たいぎやくしう》の十二の柩《ひつぎ》
ねがはくば君かへるまで石としてわれ眠らしめメヅサの神よ
三千里わが恋人のかたはらに柳の絮《わた》の散る日に来《きた》る
（『夏より秋へ』大3）

ああ皐月《さつき》仏蘭西《フランス》の野は火の色す君も雛罌粟《コクリコ》われも雛罌粟
物売にわれもならまし初夏のシヤンゼリゼエの青き木《こ》のもと
生きて世にまた見んことの難《かた》からば悲しからまし暮れゆく巴里《パリイ》

日同行したなかの一人に、生涯のライバルともいえる山川登美子がいた。

同年十一月に寛、晶子、登美子は京都永観堂の紅葉を見に行き、粟田山に一泊。三人でひそかな一夜を明かす。晶子と登美子は友情で結ばれながらも、ともに寛に魅かれ、寛をめぐって互いに複雑な心情ももっていた。だが、登美子は郷里での結婚を決意して若狭へ帰り、それ以後、晶子の寛への思いは一層切迫してくる。

　一日もはやく。まことにくるしくて〳〵。この二三日のうちに、なにごとかあらば何とせむ。まことにくるしくて〳〵。あすはまたなほ何となる御こと、、われくるしく候かな。君、まことにいかにしてもいのり〳〵まつり候ふ。一週間ものびむなどのことあらば、われよく魂たえべしとおもふ程、まして神とは云はじ、いのり〳〵まつり候。

このようなかき口説くような口調で手紙を幾度か交わした後、一九〇一年六月、晶子はひそかに家を出て、東京渋谷村の新詩社の寛のもとに走った。そして八月、『みだれ髪』を出版、文壇に大きな波紋を巻き起こし、十月に寛との結婚が成立する。だが、それにしても、晶子の歌のしらべの太い、ことばの力の強い文体と比べて、手紙の文

手を伸《のば》す水の少女《をとめ》か一むらの濃き緑より睡蓮の咲く
海底《うなぞこ》の砂に横たふ魚《うを》の如身の衰へて旅寝するかな
欧羅巴《ユウロプ》の光の中を行きながら飽くこと知らで泣く女《をんな》われ
子を思ひ一人かへるとほめられぬ苦しきことを賞めたまふかな
この頃のものの苗よりやはらかに心は君をおもへるものを
（『さくら草』大4）
小鳥きて少女《をとめ》のやうに身を洗ふ木かげの秋の水だまりかな
せつなかる愛欲おぼゆ手に触れしおのれの髪のやはらかさより
女には懺悔《ざんげ》を聞きて更に得る病ありとは知らざりしかな
（『朱葉集』大5）
劫初《ごふしよ》よりつくりいとなむ殿堂にわれも黄金《こがね》の釘一つ打つ
今するはつひに天馬の走《は》せ入りし雲の中なる寂しさにして
（『草の夢』大11）
御空よりなかばはつづく明きみちなかばはくらき流星のみち
恋と云ふ身に沁むことを正月の七日ばかりは思はずもがな
（『流星の道』大13）
我が倚るはすべて人語《じんご》の聞こえこぬところに立てる白樺にして
青空のもとに楓のひろがりて君亡き夏の初まれるかな
いつとても帰り来給ふ用意ある心を抱き老いて死ぬらん
（『心の遠景』昭3）
人の世に君帰らずば堪へがたしかかる日すでに三十五日
源氏をば一人となりて後に書く紫女年若くわれは然らず
（『白桜集』昭17）

章は何と連綿とくねっていることか。二つの文体を見比べるとき、その趣の違いが興味深い。

さて、「明星」という場を得た晶子は、寛の歌論に導かれながら、また女流歌人との競争のなかで磨かれながら、自身の歌の個性を一気に花開いていった。晶子はそもそもは敷島短歌会の旧派の短歌から出発したのであったが、同時に島崎藤村や薄田泣菫らの新体詩にも早くから目を向け、その影響を敏感に受けていた。それが「明星」の寛の傍らで西洋の思潮や詩や絵画の知識を得るようになって、いよいよ奔放な華麗な感性として羽ばたきはじめたといっていい。少女時代から親しんできた古典文学や和歌の地盤の上に、新しいイメージや表現や思想を根づかせ、若い生命の官能と屈折した内面とを、ローマン性豊かな華麗なことばで歌いあげて見せたのである。晶子の初期の歌の特徴がここにある。そして、その歌の根源に、恋愛（ラブ）があった。それはいわゆる色恋とは違う、近代的な自我をもった男と女による対等な関係としての恋愛であり、一つの思想であったといってもいい。

背とわれと死にたる人と三人して甕の中に
封じつること

一九〇九年四月に、山川登美子が病死したとき

云ふべくもあらぬ寂しき身のはてにわれ仰ぐなり霧かかる山
雨去りてまた水の音あらはるるしづかなる世の山の秋かな
ありし日に覚えたる無と今日の無とさらに似ぬこそ哀れなりけれ
いづくへか帰る日近きここちしてこの世のもののなつかしきころ
君とまた逢ふよしもがな目のはてに雲取山《くもとりやま》はありもあらずも
わが閨に水明かりのみ射し入れど全面《ぜんめん》朱なり男体の山
初めより命と云へる悩ましきものを持たざる霧の消え行く
木の間なる染井吉野の白ほどのはかなき命抱く春かな
梟よ尾花の谷の月明に鳴きし昔を皆とりかへせ

作家に由つて歌に「写生」とか「叙景」とか云う種類があつて、其れが「叙情」と区別される物だと考へて居られるやうですが、私はさうは考へません。歌はすべて叙情詩だと信じて居ます。或歌の中に果物《くだもの》や花の固有名詞があり、山や森が詠み込まれて居たからと云つて、其れは静物の写生でも、景色の模写でも無く、他の恋の歌と同じく作者の実感を表現したものに外ならないのです。唯だ人間に由つて起つた実感か、静物や自然に由つて起つた実感かの相違はあつても、要するに作者の内に生じた実感を主として表現するのですから、いかなる歌も出来上つたものは皆叙情詩です。

（「歌の作りやう」大正四年）

に晶子はこのような一首をつくっている。三人とはいうまでもなく、寛と晶子と登美子である。挽歌ともいえないような謎めいた歌だが、ここには思想としての愛と、現実生活のなかでの愛との確執に苦しむ晶子の心が映し出されている。子供の養育と文筆とに追われる中年期の晶子の、愛の屈折を見ることができる。

人の世に君帰らずば堪へがたしかかる日すでに三十五日

梟よ尾花の谷の月明に鳴きし昔を皆とりかへせ

一九四二（昭和十七）年に刊行された晶子の最後の歌集『白桜集』には、先に亡くなった夫鉄幹（寛）への挽歌が多く収められ、哀傷の深い、静かな声の充ちた、孤独な一世界がつくられている。虚飾のない述志の歌でありながら、その孤独の表情にはやはり晶子独特の艶がある。また自然が多く詠まれ、自然の相を通して生と死、この世とかの世の言問いがなされていることも特徴である。

時の政治や婦人問題など、社会に対しても行動力のあった晶子の文学を、決して愛のみで括ることはできない。だが、その歌の行動力の源には、深く内向する愛がつねに涸れることなく湛えられていたことを知るのである。

（日高堯子）

長塚 節

ながつか たかし　明治十二年茨城県国生《こっしょう》村生まれ。中学校に進学後病気で中退。明治三十三年正岡子規に入門。子規没後は伊藤左千夫と共に「アララギ」に拠った。大正四年福岡の病院にて没。

『長塚節歌集』

歌人《うたびと》の竹の里人《さとびと》おとなへばやまひの床《とこ》に絵をかきてあり　（明治三十三年）

人の家にさへづる雀ガラス戸の外《そと》に来て鳴け病む人のために

ささぐべき栗のここだも掻きあつめ吾はせしかど人ぞいまさぬ　（明治三十五年）

春雨の露おきむすぶ梅の木に日のさすほどのおもしろき朝　（明治三十六年）

みみずみみず頭もなきとをもなきと蕗《ふき》の葉蔭《はかげ》を二わかれ行く

干竿《ほしざを》にあらひかけほす白妙《しろたへ》のころものすそのたち葵《あふひ》の花　（明治三十七年）

鬼怒川《きぬがは》の堤《つつみ》におふる水蝋樹《いぼたのき》はなにさきけりやまべとる頃

連枷《からさを》のとどろとどろにほこり立て麦うつ庭の日ぐるまの花

籠《こも》り居《ゐ》る黍《きび》の小床《をどこ》にこほろぎの夜《よ》すがら鳴かばいかにかも聞く

垂乳根《たらちね》の母がます国もとつ国うまし八洲《やしま》はまさきくて見よ

我《わ》がさとの秋告げやらむ女郎花下葉《をみなえししたば》はかれぬ花もしをれぬ

麦《むぎ》まくと畑《はた》打つ人の曳きこじてたばにつかねし茄子古幹《なすびふるから》

　長塚節は茨城県の豪農の家に長男として生まれた。父は県会議長をつとめるなどその地域の実力者であったから、節も後継者として期待されていたのだろう。しかし、節は茨城県尋常中学校（のちの水戸中）四年のとき神経衰弱のため中退することとなる。この頃より和歌を作りはじめ、親の期待した人生とは別の道を歩みはじめる。

　明治三十一年、新聞「日本」に正岡子規の「歌よみに与ふる書」「人々に答ふ」「百中十首」などが載り、それに感動して三十三年には子規を訪ね、弟子となる。時に二十一歳であった。

　最初にあげた明治三十三年の二首は、節が初めて子規の根岸庵を訪ねた折に子規からその場で詠めと言われて作った十首中の歌である。この歌を見ると、節は最初から作歌のコツを知っていたのではないかと思われるほど自然ないい歌である。

　この時以後、節はしばしば上京して子規庵の歌会に出席し、万葉集などを勉強するようになる。

　ところが、万葉集を勉強するようになった節の歌は、それなりに緻密でよくできているのではあるが、どうもいま一つ魅力にとぼしく、最初の歌に見るような伸びやかな良さが感じられなくなってくる。そうした苦しみを乗り越えて、節らしい写生の歌が見られるようになるのは明治三十七年

秋の野に豆曳《ひ》くあとにひきのこる莠《はぐさ》がなかのこほろぎの声
鬼怒川《きぬがは》の蓼《たで》かれがれのみぎはには枸杞《くこ》の実《み》赤く冬さりにけり
朴《ほほ》の木の葉はみな落ちて蓄《たくは》への梨《なし》の汗ふく冬は来にけり
かぶら菜に霜を防《ふせ》ぐと掻きつめし栗の落葉はいがながら敷く（明治三十八年）
豇豆《ささげ》干す庭の筵《むしろ》に森の木のかげるゆふべを飛ぶ赤蜻蛉《あかあきつ》
薦《こも》かけて桶《をけ》の深きに入れおける蛸《たこ》もこほらむ寒きこの夜《よ》は（明治三十九年）
蒼雲《あをぐも》を天《あめ》のほがらにいただきて大き歌よまば生ける験《しるし》あり（明治四十年）
小夜深《さよふけ》にさきて散るとふ稗草《ひえくさ》のひそやかにして秋さりぬらむ
植草《うゑくさ》ののこぎり草の茂《さう》り葉のいやこまやかに渡る秋かも
馬追虫《うまおひ》の髭《ひげ》のそよろに来る秋はまなこを閉ぢて想《おも》ひ見るべし
おしなべて木草《きくさ》に露を置かむとぞ夜空は近く相迫《あひせま》り見ゆ
芋《いも》がらを壁に吊《つる》せば秋の日のかげり又さしこまやかに射《さ》す
ゆゆしくも見ゆる霧かも倒《さかさま》に相馬《さうま》が嶽《たけ》ゆ揺《ゆ》りおろし来ぬ（明治四十一年）
はろばろに匂へる秋の草原《くさはら》を浪の偃《は》ふごと霧せまり来も
うべしこそ海とも海と湛《たた》へ来る天《あま》つ霧には今日《けふ》逢《あ》ひにけり
相馬嶺《さうまね》は己《おのれ》吐きしかば天《あま》つ霧おり居《ゐ》へだたりふたたびも見ず
葉鶏頭《かまつか》の八尺《やさか》のあけの燃ゆる時庭の夕《ゆふべ》はいや大《おほい》なり

ごろからであろうか。

明治三十五年の「ささぐべき栗のここだも」の歌は子規の死を悲しんで作られた一首。節は毎年子規に栗を送っていたようで、子規の明治三十四年の歌に「下総《しもふさ》のたかしはよき子これの子は虫喰《むしくひ》栗《ぐり》をあれにくれし子」とある。節と同時期に子規に入門した伊藤左千夫は、子規と節との間に生じていた細やかな交流を見て、節を子規の「理想的愛子」と言っている。子規のめざした「写生」という作風の上からも、子規を素直に継いでいるのは左千夫よりも節のほうであろう。

ゆゆしくも見ゆる霧かも倒に相馬が嶽ゆ揺り
おろし来ぬ（明治四十一年）

群馬県の榛名山に登った折の作。「濃霧の歌」と題する連作十五首として発表され、節の力強い自然詠として高く評価されている。節は山が好きで明治四十四年には乗鞍岳の歌も作っている。

明治四十五年以後になると急に病気の悲しみをうたった歌が多くなってくる。喉頭結核という病気にかかってしまったからである。それは最初は「病中雑詠」というかたちでうたわれ、大正三年には「鍼《はり》の如く」（其一から其五まで）という大連作として病気の歌がたくさん作られている。

白埴の瓶こそよけれ霧ながら朝はつめたき水

落葉松《からまつ》の渓《たに》に鵙《もず》鳴く浅山《あさやま》ゆ見し乗鞍《のりくら》は天《あめ》にはるかなりき　（明治四十四年）

鵙《もず》のこゑ透《とほ》りてひびく秋の空にとがりて白き乗鞍を見し

我《わ》が攀《よ》ぢし草の低山《ひくやま》木を絶えて乗鞍岳をつばらかにせり

生きも死にも天《あめ》のまにまにと平らけく思ひたりしは常の時なりき　（明治四十五年）

我《わ》が命《いのち》惜しと悲しといはまくを恥ぢて思ひしはみな昔なり　（大正元年）

往《ゆ》きかひのしげき街《ちまた》の人みなを冬木《ふゆき》のごともさびしらに見つ

四十雀《しじふから》なにさはいそぐここにある松が枝にはしばしだに居《ゐ》よ

鬼怒川《きぬがは》の岸のつゆ草打ち浸りささやくことは我《われ》はきけども

つゆ草の花を思へばうなかぶし我《われ》には見えし其《そ》の人おもほゆ

我《わ》が病《やまひ》いえなばうれし癒《い》えて去《い》なばいづべの方《かた》にあが人を待たむ

我病《わがや》めば母は嘆きぬ我《わ》が母のなげきは人にありこすなゆめ

いささかのゆがめる障子引き立ててなに見ておはす母が目に見ゆ

ゆくりなく拗切《ちぎ》りてみつる蚕豆《そらまめ》の青臭くして懐《なつか》しきかも

日に干せば日向《ひなた》臭しと母のいひし衾《ふすま》はうれし軟《やはら》かにして

白埴《しらはに》の瓶《かめ》こそよけれ霧ながら朝はつめたき水くみにけり　（大正三年）

芝栗の青きはあましかにかくに一つ二つは口もてぞむく

春雨にぬれてとどけば見すまじき手紙の糊《のり》もはげて居にけり

くみにけり（大正三年）

「鍼の如く」巻頭の一首。画家の平福百穂が描いた秋海棠の絵に寄せて作られた歌である。節が理想としていた「冴え」と「気品」を込めた一首として、見舞いに訪れた斎藤茂吉や島木赤彦に示した作だと言われている。左千夫没後の「アララギ」において、節の存在は大きかった。

「霧ながら朝は」のところ、微妙なニュアンスを込めているが、霧のたちこめる朝にと取るのが自然であろう。

白銀の鍼打つごときりぎりす幾夜はへなば涼しかるらむ（大正三年）

「鍼の如く」其四に見られる歌。この歌も、節の「冴え」と「気品」を示す典型としてよく知られ、「白埴の」の歌と共に教科書にもよく取り上げられている。細くしみとおるようなキリギリスの鳴き声を「白銀の鍼打つごとき」と表現したところなど見事である。また、「幾夜はへなば」（幾晩くらい過ぎたなら）という言い方も繊細で、節の到達した歌境の深さをよく示している。

この歌と、節の小説『白瓜と青瓜』（明治四十五年作）に見られる文章との類似が指摘されているが、節の場合、小説に描いた或る場面が歌にもうたわれているといったケースはかなり見られる

朝ごとに一つ二つと減り行くになにが残らむ矢ぐるまの花

小夜《さよ》ふけてあいろもわかず悶《もだ》ゆれば明日《あす》は疲れてまた眠るらむ

おそろしき鏡の中のわが目などおもひうかべぬ眠られぬ夜は

ゆくりなく手もておもてを掩《おほ》へればあな煩《わづら》はし我《わ》が手なれども

垂乳根《たらちね》の母が釣《つ》りたる青蚊帳《あをがや》をすがしといねつたるみたれども

単衣《ひとへ》きてこころほがらかになりにけり夏は必ず我《わ》れ死なざらむ

低く吊《つ》る蟵《かや》のつり手の二隅《ふたすみ》は我《わ》がつりかへぬよひよひ毎《ごと》に

小夜《さよ》ふけて竊《ひそか》に蚊帳《かや》にさす月をねむれる人は皆《みな》知らざらむ

牛の乳《ちち》をのみてほしたる罎《びん》ならで挿《さ》すものもなき撫子《なでしこ》の花

白銀《しろがね》の鍼《はり》打つごとききりぎりす幾夜《いくよ》はへなば涼しかるらむ

手枕《たまくら》に畳《たたみ》のあとのこちたきに幾とききわれは眠りたるらむ

とこしへに慰《なぐさ》もる人もあらなくに枕《まくら》に潮《しほ》のをらぶ夜は憂《う》し

蝕《むし》ばみてほほづき赤き草むらに朝は嗽《うが》ひの水すてにけり

いささかは肌はひゆとも単衣《ひとへ》きて秋海棠《しうかいだう》はみるべかるらし

ようである。

　節は明治三十九年ごろから小説を書きはじめるが、これは、子規が唱えた写生文の流れを汲むものである。明治四十三年には東京朝日新聞に小説『土』の連載を始めるが、そんなこともあって作歌のほうはおろそかとなり、この時期の歌は、歌集で見るかぎり無いようである。

　喉頭結核と診断された節は各地の病院を転々とするが、九州大学付属病院には何度も訪ね、この病気の治療の権威であった久保猪之吉《いのきち》（歌人でもある）の診察を受けている。九州への道すがら各地を旅行しているが、歌はできなかったようだ。

　病気になってからの節の作に見え隠れする人恋しさのようなものは、ようやくまとまりかけた結婚話が発病によって取り消しになってしまうといったこととも大きく関係している。「病中雑詠」によって作歌の気力を奮い立たせた節であるが、その後は一年ほど作品がない。

　節の休詠を惜しんだ茂吉たちの熱心なすすめによって作り始めたのが「鍼の如く」であるが、多くの人たちの絶賛するところとなり、思わぬ大作となったのであった。

　節に生前の歌集はなく、没後に古泉千樫によって『長塚節歌集』が編まれた。　（**大島史洋**）

山川登美子

やまかわ　とみこ　明治十二年福井県生まれ。「明星」で鳳（与謝野）晶子とともに並び称される。三十八年晶子、増田雅子と『恋衣』を刊行。明治四十二年没。『山川登美子全集』がある。

髪ながき少女とうまれしろ百合に額《ぬか》は伏せつつ君をこそ思へ
（『恋衣』明38）
そは夢かあらずまぼろし目をとぢて色うつくしき靄にまかれぬ
手もふれぬ琴柱《ことぢ》たふれてうらめしき音をたてわたる秋の夕かぜ
この塚のぬしを語るな名を問ふなただすみれぐさひとむら植ゑませ
またの世は魔神《まがみ》の右手の鞭うばひ美くしき恋みながら打たむ
わすれじなわすれたまはじさはいへど常のさびしき道ゆかむ身か
狂へりや世ぞうらめしきのろはしき髪ときさばき風にむかはむ
をみなへしをとこへし唯うらぶれて恨みあへるを京の秋に見し
さらば君氷にさける花の室《むろ》恋なき恋をうるはしと云へ
とことはに覚むなと蝶のささやきし花野の夢のなつかしきかな
われ病みぬふたりが恋ふる君ゆゑに姉をねたむと身をはかなむと
かがやかに燭《しょく》よびたまふ夜《よ》の牡丹ねたむ一人《ひとり》のうらわかきかな
誰がために摘めりともなし百合の花聖書にのせて禱てやまむ

「君なきか若狭の登美子しら玉のあたら君さへ砕けはつるか」――与謝野鉄幹は、山川登美子の死をこう詠んで悲しんだ。登美子の死は二十九歳。生前に登美子が残した歌集は、与謝野晶子、増田雅子との共著『恋衣』ただ一冊である。鉄幹の創刊した「明星」は、互いにあね、いもうとと呼び合い、さらに晶子は白萩、雅子は白梅、登美子は白百合などと花の名で呼び合った。鉄幹を中心に、一種独特の世界が作られていた。

「山川登美子は、挽歌を詠むために生まれてきたような歌人だと思う」と、竹西寛子は『山川登美子――「明星」の歌人』を書きはじめている。二十三歳で夫を亡くし、二十九歳で父を、そしてそれから一年もしないうちに、死の床にあってみずからのための挽歌を詠んでいるからである。

　それとなく紅き花みな友にゆづりそむきて泣きて忘れ草つむ

　明治三十三年秋の京都粟田山での出会いは、鉄幹をめぐる晶子と登美子の恋愛関係の発端となった。歌人としても、また女性としても、登美子にとって、生涯にかかわる出来事であった。しかし、登美子にはすでに、親の決めた婚約者がいた。夫が発病し、病死して二年足らずで結婚生活は終わるのだが、帰省に際して、つまり明治三十三年秋

いもうとの憂髪《うきがみ》かざる百合を見よ風にやつれし露にやつれし
木屋街は火《ほ》かげ祇園は花のかげ小雨に暮るゝ京やはらかき
利鎌《とがま》もて刈らるともよし君が背の小草のかずにせめてにほはむ
いかならむ遠きむくいかにくしみか生れて幸《さち》に折らむ指なき
虹もまた消えゆくものかわがためにこの地この空恋は残るに
待つにあらず待たぬにあらぬ夕かげに人の御車《みぐるま》ただなつかしむ
今の我に世なく神なくほとけなし運命《さだめ》するどき斧ふるひ来よ
帰り来む御魂と聞かば凍る夜の千夜《ちよ》も御墓の石いだかまし
あたらしくひらきましたる詩の道に君が名讃《たゝ》へ死なむとぞ思ふ
ほほゑみて火焔《ほのほ》も踏まむ矢も受けむ安きねむりの二人《ふたり》いざ見よ
それとなく紅き花みな友にゆづりそむきて泣きて忘れ草つむ
見じ聞かじさてはたのまじあこがれじ秋ふく風に秋たつ虹に
扇なす彩羽《あやは》の孔雀鳥の王おごりの塵を吹く春のかぜ
大原女《おはらめ》のものうるこゑや京の町ねむりさそひて花に雨ふる
幸《さち》はいま靄《もや》にうかびぬ夢はまたしづかに降《お》りて君と会ひにけり
地にわが影空《そら》に愁の雲のかげ鳩よいづこへ秋の日往ぬる
虹の輪の空《そら》にながきをたぐりませ捲かれて往なむこの二人《ふたり》なり

に詠まれたのがこの歌であった。

登美子が身を引いたのは、敗北かもしれない。しかし、「それとなく」「ゆづり」という言葉選びには、分別をわきまえたような冷静さと、少しばかりの余裕と優越感に似たものが感じられる。リアルタイムでこの作品を発表し、事態を明らかにすること自体、「それとなく」という言葉からは遠い意思表明だったのではないだろうか。そうではあっても、別れの悲しみは変わらない。下句の直截な表現は、けっしてポーズではないだろう。

明治三十五年十二月、夫に死なれた登美子は、三十七年に日本女子大入学のために上京する。この年に『恋衣』が企画され、学校で問題になったが結局、翌年に刊行された。年代的には婚前の作品であるこの歌が、『恋衣』の中で、「晶子の君と住の江に遊びて」という詞書はそのまま、夫の挽歌よりも後に置かれているのは、読者にとって興味深いところである。

明治三十八年秋、急性腎臓炎（のちに結核性の胸部疾患に移行）で入院した登美子は、一旦、大学へ戻ったものの、翌年の夏は京都の姉の嫁ぎ先で療養生活をおくり、四十一年の父の死で大学を中退した（病気は夫から感染していたのではないかともいわれる）。この最初の入院のときに、「人

戸によりてうらみ泣く夜のやつれ髪この子が秋を詩に問ふや誰
ゆふばえやくれなゐにほひむら山に天《あめ》の火が書く君得しわが名
おもひでを又はなやぎてかざらばや指さす人に歌ひ興ぜむ
あなかしこなみだのおくにひそませしいのちはつよき声にいらへぬ
鳥籠をしづ枝にかけて永き日を桃の花がず《ママ》かぞへてぞ見る

（『恋衣』拾遺）

母君のうつしゐ抱きて昨夜《よべ》もねぬたのしきものよ故郷《ふるさと》の夢
画筆《ゑふで》うばひ歌筆《うたふで》折らせ子《こ》の幸《さち》と御親《みおや》のなさけ嗚呼あなかしこ
京の宿にのこれる我名なつかしきなどそれもちて消えて往なざりし
みずや君もゆるくちびるつけてよりそのしら蓮につゆのわき出ぬ
歌やいのち涙やいのち力あるいたみを胸は秘めて悶えぬ

（『恋衣』以後）

人知れず終りの歌は書きてあり病いよいよ良からずもあれ
をみなにて又も来む世ぞ生れまし花もなつかし月もなつかし
窓にさすこがねの色の夕映《ゆふばえ》をえも見ず額《ぬか》に氷するかな
果《み》は蒔《ま》きぬ天上《てんじやう》にして花と咲き君と陰《かげ》ふむ日の有りや無し
斯くしつつ死ねとか人のかたじけな痩せて泣く日はわれを讃《たゝ》へぬ
しら珠の珠数屋町《じゆずやまち》とはいづかたぞ中京《なかぎやう》こえて人に問はまし
わが死なむ日にも斯く降れ京の山しら雪たかし黒谷の塔

知れず終りの歌は書きてあり病いよいよ良からずもあれ」と詠んでおり、かなり早い段階で死の予感をもったようだ。『恋衣』以後の作品は、恋の歌から始まってはいるが、数としてはごくわずかである。登美子は恋よりもさらに大きな、生と死の苦しみと闘わなくてはならなかったからである。その中には、当然のことながら、恋の歌に優る作品が多い。歌集としては『恋衣』一冊しか持てなかったが、それ以後の作品の重さは、もっと評価されていいだろう。

　しづかなる病の床にいつはらぬ我なるものを神と知るかな

　女子大の前、大阪のミッションスクール梅花女学校に学んだ登美子が、死というものを考えるとき、最も自然で身近だったのは、仏ではなく神だったのだろう。いつごろから、自分が胸の病と知っていたのか明らかではないが、この歌を読むと、「病の床」は、「死の床」であることを覚悟していたのだろう。「生き乍ら痩せはてにけるみ仏を己れみづから拝《をろが》みまをす」と詠んだのは島木赤彦であった。赤彦は、痩せはてた自分の体をいいつつ、仏と重ね、さらに結句で「拝みまをす」と表現して、生の極みの悲しみを出している。一方、登美子の方はもう少し内面的であると同時に、「いつ

しづかなる病の床にいつはらぬ我なるものを神と知るかな

おぼろかに黒き影ひき枕べに来ゐる使《つかひ》や熱き息ふく

行くべきや蟒蛇《をろち》は暗き谷間よりこひしき母の声してぞ喚ぶ

雲居《くもゐ》にぞ待ちませ父よこの子をも神は召します共に往なまし

わが胸も白木《しらき》にひとし釘《くぎ》づけよ御柩《みひつぎ》とづる真夜中のおと

胸たたき死ねと苛《さいな》む嘴《はし》ぶとの鉛《なまり》の鳥ぞ空《そら》掩ひ来る

おつとせい氷に眠るさいはひを我も今知るおもしろきかな

死の御手へいとやすらかに身を捧ぐ心うるほし涙わく時

わかき身のかかる歎きに世を去ると思はで経にし日も遠きかな

後世《ごせ》は猶今生《こんじやう》だにも願はざるわがふところにさくら来てちる

矢のごとく地獄におつる躓《つまづ》きの石とも知らず拾ひ見しかな

わが柩まもる人なく行く野辺のさびしさ見えつ霞たなびく

わらぬ我なるもの」イコール「神」である。かすかではあるが苦悩のなかの、一筋の光のような安らかさが、この歌のポイントだろう。

　おつとせい氷に眠るさいはひを我も今知る
　おもしろきかな

　オットセイは、広辞苑では「(アイヌ語のオンネウの中国での音訳)の臍の意」とあるから、北海道では早くから知られた動物だったのだろう。しかし、一般的になったのは、多分、動物園ができてからだろう。とすれば、この作品のオットセイは、歌に現れた最初かもしれない。歌の素材としてとても新しい感じで、現代短歌の中においても、おそらく明治という古さを感じさせないだろう。病床詠で、白々とした雪景色と、熱を冷やすための氷枕などから、オットセイの眠る氷原を連想したのだろうか。陸上でのオットセイの動きを考えてみると、その姿も病人にはピッタリだったのかもしれない。こんな様を幸いと思う自分を自嘲し、笑うしかないといったような「おもしろきかな」だろうとは思いつつ、また、オットセイがハーレムを形成することもよく知られている。登美子の中で、そのことと新詩社という世界がまったく関係なかったともいえないのではないかと思うのだが、考えすぎだろうか。

（**草田照子**）

茅野雅子

ちの まさこ　明治十三年、大阪府大阪市生まれ。旧姓増田。本名まさ。明治三十八年、与謝野晶子、山川登美子との共著歌集『恋衣』を出版。他に歌集『金沙集』など。昭和二十一年没。

しら梅の衣《きぬ》にかをると見しまでよ君とは云はじ春の夜の夢
恋やさだめ歌やさだめとわづらひぬおぼろごごちの春の夜の人
飛ぶ鳥かわがあこがれの或るものかひかり野にすと思ふに消えぬ
あすこむと告げたる姉を門《かど》の戸にまちて二日《ふつか》の日も暮れにけり
髪ときて秋の清水にひたらまし燃ゆる思の身にしるきかな
わが面《おも》の母に肖《に》るよと人のいへばなげし鏡のすてられぬかな
京の春に桃われゆへるしばらくをよき水ながせまろき山々
なにとなきとなり垣根の草の名も知らばやゆかし春雨の宿
山かげの柴戸をもれししはぶきに朝こぼれたりしら梅の花
桃さくらなかゆく川の小板橋《こいたばし》春かぜ吹きぬ傘と袂に
君待たせてわれおくれこし木下路《こしたぢ》ときのふの蔭の花をながめぬ
うつつなき春のなごりの夕雨にしづれてちりぬむらさきの藤
心とはそれより細き光なり柳がくれに流れにし蛍

（『恋衣』明38）

茅野雅子（増田まさ）は、一八八〇（明治十三）年五月六日に大阪市道修町《どしょうまち》、いわゆる船場の薬種問屋の次女として生まれた。五歳の時に生母と死別する。相愛高等女学校を中途退学した後、文芸誌「文庫」に短歌を投稿していたが、一九〇〇年に新詩社入社、増田雅子の名で「明星」に投稿しはじめ、与謝野晶子、山川登美子につづく歌人としてしだいに存在を認められるようになる。「しら梅の君」という愛称で呼ばれる。当時「明星」の女歌人たちは、白萩（与謝野晶子）白百合（山川登美子）などと花になぞらえてたがいを呼び交わしていたのである。雅子の面影には白梅に通じるものがあったのだろうか、晶子の命名という。

　しら梅の衣《きぬ》にかをると見しまでよ君とは云はじ春の夜の夢

『恋衣』の中の雅子の第一首目は、その愛称「しら梅」の名乗りをするようにはじまっている。『恋衣』は一九〇五（明治三十八）年に晶子、登美子、雅子の共著歌集として刊行され、同じ関西出身の白萩、白百合、白梅の三女流が歌を競い合うかたちとなった。雅子はこれより先、入学した日本女子大学で同学の山川登美子と親しくなっていたが、『恋衣』の出版によって二人は停学処分となる。この前年に日露戦争が勃発し、時局をわ

ゆく春をひとりしづけき思かな花の木間《このま》に淡き富士見ゆ
わが歌は鴿《はと》にやや似るつばさなり母ある空へ羽搏《はう》ち帰れと
若葦の根にくちづけて行く水の如く寂しく物をこそ思へ
うつくしき謎のやうにも眼の前にびろうど色の緋のだりやさく
だりやだりや心知りてか此の朝《あした》まつ赤にさけり唇づけてまし
恋といふ薄きはかなきもの一つ命と思ふあはれなるかな
なつかしき橋の名などを二つ三つ口走るまで恋し大阪
らんまんと桜さきたり君が子の母なることも何か寂しき
なつかしく二人の子等が肩よせて何かささやく春の夕ぐれ
ほろほろと鬱金いろの花ちりぬ五人囃子の鼓の上に
くら闇の底より来る物の音もなつかしまるる春は来にけり
あきらめて物を思はぬ我が前にうすくゆらめく白罌粟の花
我等より見る天地の外をゆく星に等しと男《をのこ》をおもふ
幾度か刺さむとしたる胸の上に我が額おき寐る夜となりぬ
ふと飽かばふと遁れむと用意せる君が翼を切らむ術なし
漸やくに明るき方とこの母を見しりそめたる子のゐまひかな
をさな児の遊びの如く美しく真実こめて世に生きてまし

（『金沙集』大6）


きまえない出版と批判されたのであった。

　雅子の歌を「明星」の清怨派と評したのは与謝野鉄幹である。晶子、登美子と比べると歌い口は穏やかで平明であり、純一な哀憐の抒情がひそやかだが、勁さを秘めた歌の魅力となっている。『恋衣』を出版した後、雅子は同じ「明星」の歌人茅野蕭々と結婚。三歳年下の蕭々との相愛の夫婦であったこともよく知られている。

　一九一七（大正六）年、三十七歳の時に詩歌集『金沙集』を出版。「明星」の浪漫性から一歩抜け出した壮年の雅子の感情と思想が、いいかえれば、明治・大正期を生きる女の内面が率直さや深さを増したことばで歌われている。

　　くら闇の底より来る物の音もなつかしまる
　　　る春は来にけり
　　をさな児の遊びの如く美しく真実こめて世
　　　に生きてまし

　中でも子供を歌った秀歌が多く、記憶に残る。そこには幼くして失った母への幻も逆照射されているようだ。雅子は『金沙集』において、理知と情感とが溶け合い、ふっくらと温雅な抒情質を、自分の歌風として成熟させたといっていい。

　雅子は昭和二十一年九月二日、蕭々に遅れること四日にして自らの生涯を終えた。　**（日高堯子）**

石原　純

いしはら　じゅん　明治十四年東京の本郷生まれ。本名純《あつし》。東京帝大理科大学で理論物理学を専攻。「アララギ」創刊に参加。のち「日光」に加わり、自由律短歌理論を唱える。昭和二十二年没。

雨降れば
機械油《あぶら》のたちこめて
実験室のただにひそまる。

眼を披《ひら》きもの見ざりけり。
我《わ》れはいま
電子《でんし》のまはる様《さま》想ひゐる。

美《いつ》くしき
数式《すうしき》があまたならびたり。
その尊とさになみだ滲《にじ》みぬ。

我《わ》がいのち易く滅びず。
あり続《つ》ぐ日
努《つと》め堪《た》へなむねがひを捧《ささ》ぐ。

（『靉日』大11）

山の家《いへ》に
いまは去《い》なむといふひとの
さびしきおもひ慰めかねつ。

鉄瓶《てつびん》に煮《に》えのこる湯を
茶にいれて鹹味《からみ》おぼゆる
雨の日なりけり。

ひとり病めば、
この宿びとをたよりつつ、
氷 枕《こほりまくら》を更《か》ふるよひかも。

わが病めば、
こころかなしく来《こ》しひとを
われを離れてかへすべからず。

石原純の名前が取り上げられるとき、作品そのものの評価というよりは別の面から話題になることが多い。一つは石原がアインシュタインの相対性理論を日本に紹介し、その啓蒙に力を尽くしたということ。もう一つは同門の原阿佐緒との恋のために東北大学教授の職を辞したということ。二人の恋愛は「アララギ」の人間関係にも波紋を及ぼしたので、さまざまに論じられて来ている。

石原は第一高等学校時代に正岡子規の「歌よみに与ふる書」を読んで短歌に興味を抱き、伊藤左千夫に入門。初期「アララギ」の主要同人となった。研究者としては長岡半太郎などに学び、明治末から大正初年にかけてドイツに留学、アインシュタインの講義を受けたりもしている。

帰国後の大正十年、阿佐緒との恋愛が新聞に報道されたことから大学を辞職し、「アララギ」からも離れ、大正十三年には反アララギ的な歌人集団が創刊した「日光」に加わる。「日光」解散後は、いくつかの雑誌を創刊して新短歌運動の理論家として活躍。短歌の音数律は作者に内在している短歌意識によって決定されなければならないとする論を展開した。

歌集は『靉日』一冊しかなく、明治四十四年から大正十年までの作品が収められている。この歌

味淡《あは》きばいかるのうみの青魚《あをうを》を
我《わ》が食《を》しにけり。
ろしやびとのなかに。

つち赭《あか》き山脈《さんみやく》みゆる駅にして、
宝石売りの男見にけり。

夏すぎて我《わ》がかなしかり。
偶然《ふと》いで遇《あ》ふ
人のこころは我《あ》に関《かか》はらず。

あるぷすの深山奥《ふかやまおく》に、
我《わ》れを待つ
孤《ひと》つの家《いへ》のありと思へや。

真昼まのひかりあふるる空の青み、
眼に生き生きと浸《し》みとほるかな。

物置蔵《ものおき》が家《いへ》かげにありき。
新らしき牛酪《ぎうらく》のにほひ
充《み》ちゐけるかも。

山羊《やぎ》の子は食塩《しほ》をもとむと、
飼女《かひめ》らは掌《て》をなめしめぬ。
愛《かな》しきゆゑに。

壁に貼《は》る土耳古《トルコ》更紗《ざらさ》の模様さへ
慣れて異《あや》しまず。
めざめたる眼に。

諸々《もろもろ》のくに人すめり。
朝ゆふを
相《あひ》いであへるしたしみごころ。

集の第一の特徴は、「アララギ」に発表した一行書きの短歌をすべて三行書きあるいは二行書きにし、かつ句読点を付けるといった表記法にあらためていることであろう。のちの自由律短歌への萌芽がすでに見られるわけである。

　歌集の前半には研究生活をうたった歌も少し見られるが、あとは病気の歌、自然詠などが中心であり、分かち書きによる調べも特に際立ったところは見られない。歌集の後半は留学したヨーロッパでの体験や往復の際に乗ったシベリア鉄道での見聞をうたっている。海外詠の早い時期の例と言えるのかもしれない。こちらでは、分かち書きの表記法が比較的有効に働いている。

　　世を絶えてあり得《え》ぬひとにいま逢ひて、／うれしき思ひ湧くも。／ひたすら。（『靉日』）

アインシュタインに会った折の歌である。上句の表現から石原の喜びが伝わってくる。三首続けて同じ時の歌を抄出したが、「部屋のなか」の歌では「我があふぐひとの息にいるべく」という空気のとらえ方に傑出したものが感じられる。

　『靉日』以後の自由律の歌を何首かあげておいたが、こちらは少しの歌しか目にすることができなかった。石原の歌がなかなか取り上げられない一因でもあるだろう。

（**大島史洋**）

世を絶えてあり得《え》ぬひとにいま逢ひて、
うれしき思ひ湧くも。
ひたすら。

まろき眼はひかりてありぬ。
その瞳《ひとみ》我《わ》れに向きつつ
和《なご》みたりしか。

部屋のなか
空気ふるひて流れたりぬ。
我《わ》があふぐひとの息《いき》にいるべく。

わが寝むと
脱ぎける靴を室《しつ》の扉《と》の外《そと》に置きけり。
更《ふ》くる夜《よ》過ぎて。

おほぞらを愛《かな》しみおもひ、
霧ぬちのひかりなき陽《ひ》をみまもる。
我《わ》れは。

霧ふかきこの朝、
ひとは樅《もみ》の枝《え》を曳《ひ》きて
家居《いへゐ》にかへりゆくなれ。

おほいなる聖堂のまへに
我《わ》が佇《た》ちて、
霧にかくるる屋瓦《をくぐわ》をみるも。

霧はれし丘べをゆきて
ましろなる山羊《やぎ》の子をみる。
うつくしきくにに。

しろい薬湯《やくたう》に身をひたして、
せめてわたしは解《と》けがたい
矛盾の人生を見よう。

（『霙日』以後）

しろい鶏《とり》が
日だまりに
頻《しき》りに明日《あす》の卵を胎《はら》むらしい
短い冬の午後。

ふしぎな
四次元の世界を想描《さうべう》する。
しづかな
ひとりの書斎である。

太陽が歪《ゆが》んでゐる。
春のちまたに、
ひとりの青年学徒はその幻《まぼろし》を遺失した。
戒厳地帯のくろい構想に脅《おびや》かされる。
重い体液は鈍《にぶ》くながれる。

文学者の短歌

森鷗外

もり おうがい 一八六二（文久二）年石見国（島根県）津和野に生まれる。小説家、評論家、翻訳家、陸軍軍医。『舞姫』『阿部一族』『澀江抽斎』のほか、『即興詩人』といった翻訳や西欧文学の紹介という業績もよく知られている。観潮楼歌会を興し、佐佐木信綱、与謝野晶子、伊藤左千夫、石川啄木、吉井勇などに刺激を与えた。『鷗外全集』第十九巻より抽出。一九二二（大正十一）年没。

綴ぶみに金の薄《はく》してあらぬ名を貼《お》したる如し或人見れば
我《われ》といふ大海の波汝《なれ》といふ動かぬ岸を打てども打てども
処女《しよぢよ》はげにきよらなるものまだ售《う》れぬ荒物店の旆《はいき》のごとく
我詩皆けしき臟物《ざうもつ》ならざるはなしと人云ふ或は然らむ
わがひとり旅寝するまに妻とをる露伴はまたも子をうませつとや
富む黄菊清きしらぎくまごころの色に咲けるは赤き此菊
日一日けふも事なしこもりゐて何ともわかぬ壁の色見る
黄金《わうごん》の像は眩《まばゆ》し古寺《ふるでら》は外《と》に立ちてこし見るべかりけれ
ひたすらに普通選挙の両刃《もろは》をや奇《く》しき剣とたふとびけらし
ゆくりなく初雁きさつはく太刀のはがねの鞘に露おく夜頃
ちりぼへる文の上ゆく小鼠を寝たるふりしてしばしまもりぬ

柳田国男

やなぎた くにお 一八七五（明治八）年兵庫県に生まれる。民俗学者。『遠野物語』『民間伝承論』『雪国の春』など膨大な著書がある。父の影響のもと、幼いころより短歌に親しむ。東上後、桂園派の松浦辰男に歌を学ぶ。新派短歌への不信や不満は晩年まで持続した。『柳田国男全集』第二十二巻の他、来嶋靖生『柳田国男と短歌』所収の「柳田国男全短歌」より抽出。一九六二（昭和三十七）年没。

おのれから山にすみてもむささびの夜半にかなしき声たてつなり
利根川の夜ふねのうちに相見つるかとりをとめはいかにしつらん
おむおむろに室のすみれもかをり来てしばし日なたの風は春なり
をさな名を人によばるるふるさとは昔にかへるここちこそすれ
さへのかみくなどの神もたちふさぎ老のさかひに我をとどめよ
おきなさび飛ばず鳴かざるをちかたの森のふくろふ笑ふらむかも
ももとせの後の人こそゆかしけれ今の此世を何と見るらん
三十年のむかしの家のにはざくらひとりかへりて見るがさびしき
さまざまの人のこころのくまを見つうしとは旅をなげかざらまし
みみづくの昼のねざめのわびしさをなぐさめ顔のつばめむくどり
君が家のもみの老樹はもの言はばとひたきことの多くもあるかな

会津八一

あいづ やいち　雅号秋艸道人《しゅうそうどうじん》。明治十四年八月一日新潟生まれ。早稲田大学で英文学を学び、後に東洋美術史を講じる。戦争末期新潟に疎開し、昭和三十一年没。『会津八一全集』がある。

かすがの　に　おしてる　つき　の　ほがらかに　あき　の　ゆふべ　と　な
り　に　ける　かも（春日野にて）
かすがの　の　みくさ　をり　しき　ふす　しか　の　つの　さへ　さやに
てる　つくよ　かも
（『鹿鳴集』昭15）
つの　かる　と　しか　おふ　ひと　は　おほてら　の　むね　ふき　やぶる
かぜ　に　かも　にる
こがくれて　あらそふ　らしき　さをしか　の　つの　の　ひびき　に　よは
くだち　つつ
うらみ　わび　たち　あかしたる　さをしか　の　もゆる　まなこ　に　あき
の　かぜ　ふく
くわんおん　の　しろき　ひたひ　に　やうらく　の　かげ　うごかして　か
ぜ　わたる　みゆ（帝室博物館にて）
くわんおん　の　せ　に　そふ　あし　の　ひともと　の　あさき　みどり

会津八一は第一歌集『南京新唱』の自序で、

　もし歌は約束をもて詠むべしといはば、われ歌を詠むべからず。もし流行に順ひて詠むべしといふも、われまた歌を詠むべからず。われは世に歌あるを知らず。世の人またわれに歌あるを知らず。しかもわれまたわが歌の果してよき歌なりや否やを知らざるなり。

と記している。郷土越後の先達で、歌人の歌、書家の書を嫌ったと言われる良寛の面影が彷彿とされるが、ここには何ものにもわずらわされることのない自由人たる面目と、末期の言葉として「会津八一を知らないか」が伝えられているような、その大いなるプライドがうかがえよう。

　八一は、その歌とともに、美術史研究や古美術品の蒐集、また独自の世界をもった書など、多学多芸の人として知られている。少年時代は俳句に志し、大学では英国ロマン派の詩人キーツを研究し、それは八一にギリシャへの憧憬を深めさせることともなった。それぞれの対象は、ある懐古的な心情を促すことにおいて共通するが、それは日本の急速な近代化がもたらした軋みのようなものに対する、ひとつの抵抗を示しているとみることもできるだろう。八一の短歌は、大和の古寺・古

に　はる　たつ　らし　も

ほほゑみて　うつつごころ　に　あり　たたす　くだらぼとけ　に　しく　もの　ぞ　なき

はつなつ　の　かぜ　と　なりぬ　と　みほとけ　は　をゆび　の　うれ　に　ほの　しらす　らし

たびびと　に　ひらく　みだう　の　しとみ　より　めきらが　たち　に　あさひ　さしたり（新薬師寺の金堂にて）

みほとけ　の　うつらまなこ　に　いにしへ　の　やまとくにはら　かすみて　ある　らし（香薬師を拝して）

ちかづきて　あふぎ　みれども　みほとけ　の　みそなはす　とも　あらぬ　さびしさ

おほらかに　もろて　の　ゆび　を　ひらかせて　おほき　ほとけ　は　あまたらしたり（東大寺にて）

びるばくしゃ　まゆね　よせたる　まなざし　を　まなこ　に　み　つつ　あき　の　の　を　ゆく（戒壇院をいでて）

じやうるり　の　な　を　なつかしみ　みゆき　ふる　はる　の　やまべ　を　ひとり　ゆく　なり（浄瑠璃寺にて）

仏を、おおらかな万葉調で詠んだものとして広く知られ、多くの愛好者をもつが、そこには滅んでしまったものへの郷愁と、また時代を越えて生きつづけるものへの、祈りのような憧憬がある。そしてその異空間が、読者を強くその世界へ誘うのである。

　大和の諸寺・諸仏を詠んだ八一の歌の背後には、その学識と古代への愛着があるが、八一の最初の大和行は失恋の痛手を慰めるためだったとも言われている。度重なる探訪は、古都への愛着と古美術の造詣を深めさせるが、歌の基調には近代人である八一の情念やまなざしもうかがえる。ところどころにうかがえるエロチシズムについては古くから指摘があるが、枯淡の中にかつての極彩を見、仏像と向き合いながら個の孤独を感じているところなどには、八一の一面が出ていよう。しかしそれは、近代短歌が指向してきた現実の生活や人間関係をベースとした個の自己表出とは性格を異にする。また万葉調を根幹に据えながら、その歌には繊細優美なところがあり、序詞などの技巧も用いられている。だが、それが、百年の近代短歌の中で異彩を放ち、今日においても独自の魅力を失っていないのである。

　ところで、八一のひらがな、分かち書きのスタ

ふぢはら の おほき きさき を うつしみ に あひみる ごとく あかき くちびる（法華寺本尊十一面観音）

からふろ の ゆげ の おぼろ に ししむら を ひと に すはせし ほとけ あやし も（法華寺温室懐古）

おほてら の まろき はしら の つきかげ を つち に ふみ つつ もの を こそ おもへ（唐招提寺にて）

せんだん の ほとけ ほの てる ともしび の ゆらら ゆららに まつ の かぜ ふく

すゐえん の あま つ をとめ が ころもで の ひま にも すめる あき の そら かな（薬師寺東塔）

あめつち に われ ひとり ゐて たつ ごとき この さびしさ を きみ は ほほゑむ（夢殿の救世観音に）

やまとぢ の るり の みそら に たつ くも は いづれ の てら の うへ に か も あらむ（汽車中）

かぎり なき みそら の はて を ゆく くも の いかに かなしき こころ なる らむ（山中高歌）

いにしへ の ヘラス の くに の おほがみ を あふぐ が ごとき

イルは、最初からのものではない。八一は大正十三年に、明治四十一年以来の歌を集めた『南京新唱』を刊行し、その後『南京余唱』などの私家版を出し、それを包含する形で昭和十五年に『鹿鳴集』が刊行された。その後十九年に『山光集』、二十二年に『寒燈集』が刊行される。それらはほとんど仮名文字によって表記されているが、単語を区切る分かち書きはなされておらず、『南京新唱』では多少の漢字を交えている。掲載歌のような表記がとられたのは、二十六年の『会津八一全歌集』からである。その「例言」に八一は、

いやしくも日本語にて歌を詠まんほどのものが、音声を以て耳より聴取するに最も便利なるべき仮名書きを疎んずるの風あるを見て、解しがたしとするものなり。欧米の詩もいはば仮名書きにあらずや。

と述べ、また「一字一字の間隔を均一にせば、欧亜諸国の文章よりも、遙かに読み下しにく」いので分かち書きの方法を取ったとしている。大和言葉の音声、歌の調べを重視し、仮名書きの美しさを求める八一の立場が明確に示されているといえよう。それと同時に、仮名表記は自ずから読者が一首一首を読むスピードを落とさしめる。音から言葉を浮かび上がらせ、時に言葉の意味を越え

くも の まはしら

こころ なき おい が いろどる はにざる の まなこ いかりて よ の ひと を みる（木葉村にて）

みよしの の むだ の かはべ の あゆすし の しほ くちひびく はる の さむき に（吉野北六田の茶店にて）

たなごころ うたた つめたき ガラスど の くだらぼとけ に たち つくす かな（奈良博物館即興）

あせたる を ひと は よし とふ びんばくわ の ほとけ の くち は もゆ べき もの を

かたむきて うちねむり ゆく あき の よ の ゆめ にも たたす わが ほとけ たち（奈良に向ふ汽車の中にて）

をとめら は かかる さびしき あき の の を ゐみ かたまけて ものがたり ゆく（春日野にて）

びしやもん の おもき かかと に まろび ふす おに の もだえ も ちとせ へ に けむ（三月堂にて）

このごろ は もの いひ さして なにごと か きうくわんてう の たかわらひ す も（斎居）

（『山光集』昭19）

て、ゆっくりと味わい、思索する時間を読者に与える働きも、この表記はなしている。

　さて、『鹿鳴集』の後半からは、古都を舞台とする歌から、日常身辺に材をとった歌が増えてくる。現代（近代）短歌との関わりも想定され、その評価は分かれるが、妻帯をせず、趣味人的な自由さをもった生活自体が、八一の日常をうたった歌を、ユニークで味わいのあるものとしているといえよう。また、戦災によって家屋、蔵書を失い、故郷に疎開した敗戦前後の作は、私的な色合いが強い。十四年にわたって、八一の家にあり、新潟へもともに疎開した養女キイ子の死をいたむ「山鳩」の一連、観音堂の寓居や、昔その父も寄寓した丹呉家での作など、切々たる哀韻がある。重ねてきた自らの歌の様式を失わず、古語の調べを生かし、良寛などへの追慕もふかめながら、そこには八一が晩年に至って得た境涯的な抒情が展開されているといってよいだろう。

　なお、ここでは作品理解の一助として、歌集に付けられている小題や詞書きを付した。八一には『渾斎随筆』『自註鹿鳴集』といった自注もある。また八一の分かち書きは、『全歌集』以後も自らの手などによる改変が試みられている。ここでは原則として『会津八一全集』の表記によった。（**内藤　明**）

しよくだう の あした の まど に ひとむら の あけ の かまづか ぬれ たてる かも（雁来紅）
あきくさ の な に おふ やど と つくり こし ももくさ は あれど かまづか われ は
くもり ある わが まなぞこ を うかがふ と わかき はかせ の こらす いき かな（溷濁）
あさ に け に つく べき かね に こもりたる とほき ひびき を きか ざる な ゆめ（鐘楼）
けふ も また いくたり たちて なげき けむ あじゆら が まゆ の あさき ひかげ に（阿修羅の像に）
ねむり きて けふ を いくひ の あかつき を ゆめ の ごとく に かゆ くらひ をり（病間）
いろづきし したば とぼしみ つゆじも に ぬれ たつ ばら の とげ あらは なり（霜余）
おほい なる ひばち いだきて いにしへ の ふみ は よむ べし ながき ながよ を（火鉢）
おほい なる ひばち の そこ に かすか なる ひだね を ひとり われ は ふき をり
やねうら の ねずみ しば なく くちなは の うかがひ よる か あけ やすき よ を（閑庭）
ひともと の かさ つゑつきて あかき ひ に もえ たつ やど を のがれける かも（焦土）
よみ さして おきたる きぞ の ふみ さへ も つち の ぬくみ と もえさり に けり
みやこべ を のがれ きたれば ねもごろに しほ うちよする ふるさと の はま（雲際）
いとのきて けさ を くるし と かすか なる その ひとこと の せむ すべ ぞ なき（山鳩）
やまばと の とよもす やど の しづもり に なれ は も ゆく か ねむる ごとく に
あひ しれる ひと なき さと に やみ ふして いくひ きき けむ やまばと の こゑ
ひとのよ に ひと なき ごとく たかぶれる まづしき われ を まもり こし かも

（『寒燈集』昭22）

ひかり なき とこよ の のべ の はて にして なほ か きく らむ やまばと の こゑ
くわんおん の だう の いたま に かみ しきて うどん の かび を ひとり ほし をり（観音堂）

のきした に たちたる くさ の たかだかと はな さき いでぬ ひとり すめれば

ひそみ きて た が うつ かね ぞ さよ ふけて ほとけ も ゆめ に いり たまふ ころ

ふるさと の ほた の ほなか に おもほゆる うらわかき ひ の ちち の おもかげ（爐辺）

わが こゑ の ちち に にたり と なつかしむ おい も いまさず かへり きたれば

いづく に か したたる みづ の きこえ きて ゐろり は さびし ゆきて はや ねむ（榾の火）

すべ も なく やぶれし くに の なかぞら を わたらふ かぜ の おと ぞ かなしき（松濤）

みこしぢ の はて なる たゐ に やどり して くに の まほら の あやに こほし も

もえ のこる ほた の ほかげ に さしのべし わが あし くらし みゆき ふる よ を（幽暗）

わたつみ の そこ ゆく うを の ひれ に さへ ひびけ この かね のり の みため に（鐘銘）

（『寒燈集』以後）

川田 順

かわだ じゅん　明治十五年東京下谷に生まれる。東京帝大法科卒。住友総本店に入社。常務理事まで勤める。歌集に『陽炎』『伎芸天』『山海経』『鷲』『東帰』など多数。昭和四十一年没。

ちちこ草ははこ草枯れし冬の野のみなしご草のわが身なりけり　（『陽炎』大10）

いにしへの恋の曾根崎蜆橋夜霧のなかの人どほりかな

うつし世にそはれぬ二人よりそひてしばし影みる山の井の水　（『伎芸天』大7）

われは母に母は仏に嘆かひぬもらはれ行きしいもうとのこと

大阪の南はづれに家借りて秋は野の虫を悲しみにけり

国見すとのぼればこれの低山も目路ひらけたりあはれ佐保山　（『山海経』大11）

山もとの当麻の村の夕けぶり野道を行くにいつまでも見ゆ

風空を動いて雲のゆきければあとよりあとより押し簇り来

ぬばたまの夜をゆく山の小石みち小石のなかに螢は光る　（『青淵』昭5）

萩が花咲けばかつ散り散れば咲きこの頃やうやく散りしまひたり　（『立秋』昭8）

照り深き真日のしじまを掻き乱し丹頂の鶴一声《ひとこゑ》啼きたり

鳴きつれて夕凪ぎ空をわたる雁街の子供も見て居るらむか　（『旅雁』昭10）

立山が後立山《うしろたてやま》に影うつす夕日の時の大きしづかさ　（『鷲』昭15）

「心の花」の先輩歌人である川田順について、佐佐木幸綱は次の三点を特徴として挙げ、作品基底部を構成していると指摘している。一つは漢学者川田甕江の庶子として生まれた出生の事情。東京帝大法科出身の有能な実業人（住友本社のエリート）。関西で生活する東京下町生まれの情緒。

その大柄な歌風の背景に存在しているかなしさは、幼児期の生活が少なからず関係しているだろう。振幅のはげしい、好悪の情の濃い作品は自分を恃むところからきているのではないか。戦争中の愛国歌人としてのふるまいも、そのあたりに要因をもっているような気がする。わがままでありながら、まわりに嫌われない性格。おそらく下町特有の人なつっこさのようなものが発露しているからだろう。

　立山が後立山に影うつす夕日の時の大きしづかさ

川田順というと必ず思い出す一首である。スケールが大きい。鳥瞰的である。このような堂々とした、俯瞰するような作品は他にも多く、しかもみないい歌になっている。他に類例を見ない川田順という歌人の個性といっても過言ではない。身のまわりのなかに生活のもつ真実を発見したのが近代短歌というならば、川田順はそのちまちまし

海抜一万尺の山の上なればこの風は夜々吹くものか考へて居り
山空をひとすじに行く大鷲の翼の張りの澄みも澄みたる
紫禁城を仰ぎて行けば陽《ひ》は澄めり一線《いつせん》の上《へ》に次の門次の門
秋真昼八達嶺《はつたつれい》を下りて来る駱駝の列にあひにけるかも
いづこまで擴がりて行く戦争《いくさ》かと妻の問ふかもわれは知らぬを
いかなる女なりしかその夫《つま》にいのち終りて知られたるはや
倒れたる妻を見し時いま思《も》へばおちつき過ぎてわれやありけむ
（『妻』昭17）

ちちのみの父の子にして漢《から》ふみは幾らも知らずわれ老いむとす
老びとの英霊のうしろ黙行くは父にちがひなし吾が拝むなり
この駅よりさらに支線を乗り換へて田舎に還る英霊かなしも
（『史歌大東亜戦』昭19）

大比叡や横川の杉の朝あらし一つの鷹を高く翔ばしむ
馬の革につつむといふは昔にて還る屍《かばね》もなきいくさなり
（『吉野之落葉』昭20）

われら今かくぞありけるこの時もあはれ日本《やまと》の春の鳥啼く
月を観る貧しき国の民にして心はじめてしづかなるかな
かさなりて朽つる落葉は数知れぬ人のむくろを見るごと寒し
（『寒林集』昭22）

山家集に一首すぐれし恋のうた君に見せむと栞《しをり》を挿む
田居にして二人ばかりの年立らぬこの楽しさを妻もうべなふや
（『東帰』昭27）

た側面を意識して捨て去った。そこにエリートの矜持のようなものが陰に陽に働いているといったらいいすぎだろうか。

庶子という自己認識。加えて青年期における徳川慶喜の五女国子との悲恋。そのような自分が被ってしまった宿命を自力で突破しようという強い意志が、文科から法科へ転科させ、実業人としての活動につながる。また作品だけでなく、古典研究などへの取組みなどの旺盛なエネルギーに結晶したのだと思える。

自己変革への志向は自分に対する自信をともない、人生の岐路において突然の変化となってあらわれる。知られているように、住友総支配人就任間近での辞職、戦時下の高揚した作品群、戦後の鈴鹿俊子との許されぬ恋、自殺未遂というようなカーブの急な切り方は、なかなか分かりにくい。しかし、川田順という人間から見ると、実は自然なのであろう。

作品を通読すると古代人のような浪漫性を強く感じる。雲や鳥にこころを託し、風や季節の移り変わりにこころ動かす。恵まれた資質にもかかわらず、いつも何かを希求する少年のような純粋さが生涯を貫いている。しかも、かなしさも作品の背後から聞こえてくる。

（小高　賢）

斎藤茂吉

さいとう もきち　明治十五年山形県金瓶村生まれ。東京帝大医科大学卒。精神科医。伊藤左千夫に師事し、四十一年「アララギ」創刊に参加。近代短歌に大きな業績を残した。昭和二十八年没。

ひた走るわが道暗ししんしんと堪《こら》へかねたるわが道くらし（『赤光』大2）
めん雞ら砂あび居たれひつそりと剃刀研人《かみそりとぎ》は過ぎ行きにけり
死に近き母に添寝《そひね》のしんしんと遠田《とほた》のかはづ天《てん》に聞《きこ》ゆる
のど赤き玄鳥《つばくらめ》ふたつ屋梁《はり》にゐて足乳《たらち》ねの母は死にたまふなり
わが母を焼かねばならぬ火を持てり天《あま》つ空には見るものもなし
どくだみも薊《あざみ》の花も焼けゐたり人葬所《ひとはふりど》の天《あめ》明けぬれば
ゴオガンの自画像みればみちのくに山蚕《やまこ》殺ししその日おもほゆ
赤茄子の腐れてゐたるところより幾程《いくほど》もなき歩みなりけり
とほき世のかりようびんのわたくし児田螺《ごたにし》はぬるきみづ恋ひにけり
木のもとに梅はめば酸《す》しをさな妻ひとにさにづらふ時たちにけり
あかあかと一本《いつぽん》の道とほりたりたまきはる我が命《いのち》なりけり（『あらたま』大10）
草《くさ》づたふ朝の蛍よみじかかるわれのいのちを死なしむなゆめ
あが母の吾《あ》を生ましけむうらわかきかなしき力《ちから》おもはざらめや

斎藤茂吉ほど多くの人々に読まれ、論じられてきた近代歌人はほかにはいないだろう。その魅力を言葉によって説明することはなかなか難しい。
内容的にはそれほど複雑なことを言おうとしているわけではないのだが、一首の表現のポイントや韻律の流れからにじみ出てくる不思議な魅力によって読む側の想像力がさまざまに刺激される、そんな快楽があるようだ。
茂吉は、山形県で農業を営む守谷家の三男として生まれ、十四歳のとき、親戚の医師斎藤紀一をたよって上京する。大変な秀才で、絵も字もうまかったようだ。のちには、斎藤家の娘てる子と結婚し婿養子となった。上京後、開成中学校から第一高等学校へと進むが、その間に正岡子規の遺歌集『竹の里歌』を読み、作歌に興味を持つようになる。そして、子規の弟子であった伊藤左千夫を知り、左千夫が出していた雑誌「馬酔木」に歌を発表、ついで明治四十一年、左千夫に従って「アララギ」の創刊に参加、生涯を「アララギ」と共に過ごすこととなる。

　ひた走るわが道暗ししんしんと堪《こら》へかねたるわが道くらし（『赤光』）

これは、歌集巻頭に置かれた歌。信州諏訪に滞在中電報によって伊藤左千夫の死を知り、島木赤

まかがよふ昼のなぎさに燃ゆる火の澄み透《とほ》るまのいろの寂しさ
朝あけて船より鳴れる太笛《ふとぶえ》のこだまはながし並《な》みよろふ山
海のべの唐津《からつ》のやどりしばしばも噛みあつる飯《いひ》の砂のかなしさ
（『つゆじも』昭21）

山ふかき林のなかのしづけさに鳥に追はれて落つる蝉あり
ルウヴルの中にはひりて魂《たましひ》もいたきばかりに去りあへぬかも
ゆたかなる河のうへより見て過ぎむ岸の青野《あをの》は牛群れにけり
（『遠遊』昭和22）

静厳《せいげん》なる臨終なりしと伝《でん》しありて薬のそばに珈琲茶碗ひとつ
はるかなる国とおもふに狭間《はざま》には木精《こだま》おこしてゐる童子あり
（『遍歴』昭23）

汗にあえつつわれは思へりいとけなき瞿曇《くどん》も辛き飯食《いひ》ひにけむ
かへりこし家にあかつきのちやぶ台に火焔《ほのほ》の香《か》する沢庵を食《は》む
München《ミユンヘン》にわが居りしとき夜《よる》ふけて陰《ほと》の白毛《しらげ》を切りて棄てにき
（『ともしび』昭25）

さ夜ふけて慈悲心鳥のこゑ聞けば光にむかふこゑならなくに
おのづから寂しくもあるかゆふぐれて雲は大きく谿にしづみぬ
ひる過ぎてくもれる空となりにけり馬おそふ虻《あぶ》は山こえて飛ぶ
よひよひの露ひえまさるこの原に病雁《やむかり》おちてしばしだに居よ
（『たかはら』昭25）

この身なまなまとなりて惨死《ざんし》せむおそれは遂に識閾《しきいき》のうへにのぼらず
電信隊浄水池《じやうすゐち》女子大学刑務所射撃場塹壕《ざんがう》赤羽《あかばね》の鉄橋隅田川品川湾

彦の家に駆けつける場面がうたわれている。

　赤茄子の腐れてゐたるところより幾程もなき歩みなりけり（『赤光』）

赤茄子はトマトのこと。意味としては、トマトが熟れて腐っている所をいま歩いて過ぎて来たことだよ、くらいにしかとれないが、当時、新しい感覚を表現した歌として評判になった。作者の意識下にどのような気持ちがあったのかさまざまに解釈されているが、それはなんであっても構わないと、茂吉自身は言っている。『赤光』は茂吉の青春歌集として特異な感覚表現が評判となり、茂吉と「アララギ」の存在を一躍有名にした。

義父のあとを継いで精神科医となった茂吉は、大正六年、長崎医専の教授として赴任。同十年にはドイツに留学する。結婚後、長崎に赴任するまでを収めたのが第二歌集『あらたま』である。

　あかあかと一本《いつぽん》の道とほりたりたまきはる我が命《いのち》なりけり（『あらたま』）

茂吉の代表歌としてよく知られている一首。東京の代々木の野原での作とされ、赤々と夕陽に染まっている一本の道を見つめている茂吉の視線には何か痛切なものが感じられる。上句の印象鮮明な光景に対して、茫漠としてはいるがどこか力強い下句の主観的な表現が、いかにも茂吉らしい。

ふりさけて峠を見ればうつせみは低きに據《よ》りて山を越えにき
松かぜのおと聞くときはいにしへの聖《ひじり》のごとくわれは寂しむ
石亀《いしがめ》の生める卵をくちなはが待ちわびながら呑むとこそ聞け
あらがねの香《か》のする水に面《おも》あらふ支那千山《せんざん》のひとつあかつき
（『連山』昭25）

松花江《スンガリイ》の空にひびかふ音を聞く氷《こほ》らむとして流るる音を
赤楝蛇《やまかがし》みづをわたれるときのまはものより逃げむさまならなくに
（『石泉』昭26）

コスモポリイはさもあらばあれ心もえて直《ただ》に一国《いつこく》を憂ふるものぞ
おほつぴらに軍服を著て侵入し来《きた》るものを何《なに》とおもはねばならぬか
春の雲かたよりゆきし昼つかたとほき真菰《まこも》に雁《がん》しづまりぬ
（『白桃』昭17）

民族のエミグラチオはいにしへも国のさかひをつひに越えにき
マルクス死後五十余年になれるまに幾度《いくど》にも幾度にもなりて渡来したり
あはれあはれ電《でん》のごとくにひらめきてわが子等《こら》すらをにくむことあり
谷汲《たにぐみ》はしづかなる寺くれなゐの梅干《うめぼし》ほしぬ日のくるるまで
ただひとつ惜しみて置きし白桃《しろもも》のゆたけきを吾《われ》は食ひをはりけり
あやしみて人はおもふな年老《としお》いしシヨオペンハウエル笛《ふえ》ふきしかど
陸奥《みちのく》をふたわけざまに聳《そび》えたまふ蔵王《ざわう》の山の雲の中に立つ
休息の静けさに似てあかあかと水上《すゐじやう》警察の右に日は落つ
（『暁紅』昭15）

第三歌集『つゆじも』は、主に長崎時代の歌。次の『遠遊』『遍歴』にはヨーロッパ留学時代の歌群が収められている。上に抄出した歌の歌集発行年を見ていただけばおわかりのように、この頃から茂吉の歌の制作時と歌集編纂時とのギャップが非常に激しくなってくる。それぞれの歌集に収録されている歌がいったいいつ作られたのかという問題が謎解きのような面白さも秘めていて、これが茂吉研究の一つの分野になっていると言っても過言ではないだろう。そしてまた、茂吉の歌そのものにもそうした詮索を誘うような魅力が漂っていることも確かである。留学時代の歌の評価は一般的にはそれほど高くはないが、折々に茂吉らしい光った歌も見られる。それらのいくつかは上にあげておいた。

大正十四年、茂吉はヨーロッパから帰国する。その帰国の途中で、義父の経営する青山脳病院が全焼、多大な損害が茂吉の肩にかかってくることとなった。『ともしび』は、そのような悲しみと苦しみの歌から始まっている。茂吉は帰国後も医学の研究を続けたいと考えていたが、そうした希望も絶たれ、四十歳代の後半は病院再建のために苦しむこととなる。

その次に来るのが『白桃』『暁紅』『寒雲』の時

ガレージへトラックひとつ入らむとす少しためらひ入りて行きたり
「陣没《ぢんぼつ》したる大学生等の書簡」が落命の順に配列せられけり
富み足《た》りて清きをとめとねむることなべての人に許すことなし
青葉くらきその下かげのあはれさは「女囚携帯乳児墓《ぢよしうけいたいにゆうじのはか》」
山なかに心かなしみてわが落す涙を舐《な》むる獅子《しし》さへもなし
もろごゑを張りあげ叫ぶエクスタジアを心つめたく吾は見て居り
口籠《くつこ》して馬はいななくこともなし馬いななかばこえ伝はらむ
行《おこな》ひのペルヴエルジヨを否定して彼女《かのぢよ》しづかに腰おろしたり
リユクルゴスの回帰讃《たた》ふるこころにもなり得ず吾は子にむかひ居り
（『寒雲』昭15）

鼠の巣片づけながらいふこゑは「ああそれなのにそれなのにねえ」
おびただしき軍馬上陸のさまを見て私《わたくし》の熱き涙せきあへず
おろかなる日々過ごせども世の常の迷路《ラビリントス》に吾は立たずも
むらさきの葡萄《ぶだう》のたねはとほき世のアナクレオンの咽《のど》を塞ぎき
寒《かん》の夜《よ》はいまだあさきに洟《はなみづ》はWinckelmann《ウインケルマン》のうへにおちたり
日本産狐は肉を食ひをはり平安の顔をしたる時の間《ま》
（『のぼり路』昭18）

孫太郎虫《まごたらうむし》の成虫《せいちゆう》が源五郎虫《げんごらうむし》にしてまのあたりするどき形態あはれ
とどろきは海《わた》の中なる濤《なみ》にしてゆふぐれむとする沙《すな》に降るあめ
（『霜』昭26）

代で、歌人茂吉の業績を考える上で重要な壮年期の時代である。茂吉のなしとげた仕事は、大きく見て三つの時期に分けることができる。第一は『赤光』『あらたま』という青春時代のピークであり、次がこの『白桃』以下の時期、そして第三が『小園』『白き山』という第二次世界大戦の末期から戦後にかけての時期で、茂吉の老年期のピークである。『白桃』は昭和八年の歌から始まっている。

ただひとつ惜しみて置きし白桃《しろもも》のゆたけきを吾《われ》は食ひをはりけり（『白桃』）

茂吉の食べ物に対する愛着心がよく出ている一首。どこか官能的ですらある。茂吉の好きな食べ物としては鰻が有名だが、食物に対する執着が茂吉にかなりの歌を作らせているとも言える。

ついでに記せば、茂吉はノミやダニに好かれる特異な体質の人であったらしく、これらを含む昆虫をうたった歌もかなり多い。ダニとの戦いをうたった歌なども見られる。

『白桃』『暁紅』『寒雲』の時代を、茂吉の精神的な苦悩が秘められている時代ととらえる見方が一般的である。多くの研究者の努力によって茂吉の私生活がかなり詳しい部分まで知り得るようになったからである。また、『斎藤茂吉全集』には日記や手帳の類までも活字化して収められている。

わたつみに向ひてゐたる乳牛《ちちうし》が前脚《まへあし》折りてひざまづく見ゆ
あまのはら冷ゆらむときにおのづから柘榴《ざくろ》は割れてそのくれなゐよ
隣《とな》り間《ま》に噦《しやくり》して居《ゐ》るをとめごよ汝《な》が父親はそれを聞き居《ゐ》る

（『小園』昭24）

のがれ来て一時間にもなりたるか壕《がう》のなかにて銀杏《ぎんなん》を食《は》む
よわき歯に噛《か》みて味《あぢ》はふ鮎《あゆ》ふたつ山の川浪くぐりしものぞ
このくにの空を飛ぶとき悲しめよ南へむかふ雨夜《あまよ》かりがね
くやしまむ言《こと》も絶えたり爐《ろ》のなかに炎《ほのほ》のあそぶ冬のゆふぐれ
沈黙のわれに見よとぞ百房《ひやくふさ》の黒き葡萄《ぶだう》に雨ふりそそぐ
こゑひくき帰還兵士のものがたり焚火《たきび》を継がむまへにをはりぬ
松かぜのつたふる音《おと》を聞きしかどその源《みなもと》はいづこなるべき
秋晴のひかりとなりて楽しくも実《みの》りに入らむ栗も胡桃《くるみ》も
灰塵《くわいじん》の中より吾もフエニキスとなりてし飛ばむ小《ち》ひさけれども
最上川の上空《じやうくう》にして残れるはいまだうつくしき虹《にじ》の断片《だんぺん》

（『白き山』昭24）

かりがねも既にわたらずあまの原かぎりも知らに雪ふりみだる
最上川逆白波《さかしらなみ》のたつまでにふぶくゆふべとなりにけるかも
蝋燭《らふそく》を消せば心は氷《ひ》のごとく現身《うつそみ》のする計らひをせず
短歌ほろべ短歌ほろべといふ声す明治末期のごとくひびきて

詳しくは研究書などを見ていただくしかないが、一つは妻てる子を含む上流婦人たちのダンスホールなどでの交際が新聞種にまでなったこと。これによって茂吉は妻と別居生活を送ることとなる。もう一つは、永井ふさ子との恋愛である。これもある時期までは一部の門人だけが知るところであったが、永井が自分宛の茂吉書簡を公開したりして多くの人の知るところとなった。

しかし、こうした生活上の問題と共に、この時期には柿本人麿の研究など大部の著作も次々と刊行しており、研究者茂吉の最も充実した時期とも言える。それはまた歌人としての歌柄の大きさにも反映していて、格調の高い、堂々とした調べの歌が作られている。この時期の茂吉は今後も研究され、新しい見解も出されることだろう。

『寒雲』を高く評価する人も多い。この歌集は作歌時期としては茂吉の第十二番目の歌集に当たるが、刊行は昭和十五年。なんと『赤光』『あらたま』の刊行以後二十年ぶりに出された第三番目の歌集でもあるわけで、刊行当時、多くの人の期待と注目を集めたとも言われている。『寒雲』には昭和十二年から十四年までの作品が収められており、日華事変その他に取材した戦争の歌も見られる。この時期くらいまでの茂吉の戦争詠は、もっ

道のべに蓖麻《ひま》の花咲きたりしこと何か罪ふかき感じのごとく

くらがりの中におちいる罪ふかき世紀にゐたる吾もひとりぞ

オリーヴのあぶらの如き悲しみを彼《か》の使徒《しと》もつねに持ちてゐたりや

最上川の流《ながれ》のうへに浮びゆけ行方《ゆくへ》なきわれのこころの貧困

天際《てんさい》に触れたりといふうらわかき女媧氏《ぢよくわし》の顔を思はばいかに

ひと老いて何のいのりぞ鰻《うなぎ》すらあぶら濃過《こす》ぐと言はむとぞする

わが生《せい》はかくのごとけむおのがため納豆《なつとう》買ひて帰るゆふぐれ

暁《あかつき》の薄明《はくめい》に死をおもふことあり除外例なき死といへるもの

茫々《ばうばう》としたるこころの中にゐてゆくへも知らぬ遠《とほ》のこがらし

（『つきかげ』昭29）

僕の説では、歌つくりとしての態度は、ただ念々『写生』を忘れなければいいとか云ふのである。写生した一首が象徴的になつてゐるか、深秘の境に到達してゐるか、それは『写生』を実行した一首の歌について吟味すべきであつて、歌つくりの覚悟として、はじめより、象徴、深秘を狙ふのはあぶないと思ふのである。あぶないといふよりも不謹慎だといふのである。歌つくりとしての僕の覚悟は、一念十念乃至百念、つねに『写生』を念ずればいい。写生を念じ、写生を実行して、出来あがつたものの奈何はこれを神明に任せるより途はない。

（「短歌一家言」大正十四年）

と高く評価されてもいいと私は思っている。

次に『小園』『白き山』の時代を見てみよう。一つ前の『霜』の時期から言えることだが、これらの歌集には茂吉の戦時下での生活と、その後の郷里での疎開生活の歌、さらには大石田での戦後生活詠などが収められている。また、この時期の茂吉には他にも未刊歌集が何冊かあり、それらには多くの戦争詠が収められる予定であったが、敗戦により刊行されなかった。現在、それらの歌群については全集の「短歌拾遺」によって大体の様子を知ることができる。

『小園』には敗戦による茂吉の傷心が痛切にうたわれているが、一方、新しい時代への希望の歌も見られ、この両者が混在しているところに茂吉の特色があるとも言える。抄出した『小園』の歌からもそれはわかることと思う。『白き山』は昭和二十一、二年の大石田疎開時代の作を集めたもので、晩年のピークをなす歌集。最上川の歌などがよく知られており、茂吉の傷心が新しい歌の境地へと開かれてゆく時期である。

『つきかげ』は東京へ戻ってから死去するまでの歌で、奔放かつ不思議な老境の世界が展開している。この歌集は茂吉の死後に刊行された。

（大島史洋）

相馬御風

そうま　ぎょふう　明治十六年新潟県生まれ。早稲田大学卒業。「白百合」を創刊。大正五年郷里に帰り、良寛研究に専念。短歌会「木陰会」を興す。歌集『睡蓮』等四冊。昭和二十五年没。

そよ風やねざめすずしき朝姿蓮きる君と香たくわれと

（『睡蓮』明38）

かくてただあこがれ行かば野の末に美しき子に遇はむとぞおもふ

信濃より今日も若葉の嶺越えて母なき軒をなくほととぎす

愁人《しうじん》の胸にも似たる灰いろの空のなかばを雁なきわたる

（『御風詩集』明41）

春の磯二人あゆめば夕映えは砂に黄金《こがね》色の道つくりけり

わが指を乳吸ふごとく吸ひながらねむる子の顔見つつ酒飲む

（『御風歌集』大15）

ころげよといへば裸の子どもらは波うちぎはをころがるころがる

わが投げしにはとりのむくろいづくぞと見れども見えずくらき波間に

風まぜに雪はふり来ぬいざ妻よこよひは早く戸をさしてねむ

そのかみの国上の山の禅師《ぜし》がことわけてしぬばゆ雪のふる夜は

息たえし二た時前を窓の外のとんぼをほしといひにけらずや

今日もまた女芝居のふれ太鼓が吹雪の中に鳴るよかそけく

宵に咲きあしたにしぼむ北うみの砂山かげの月見草の花

相馬御風は高田中学校在学中に歌作を始め竹柏会、「新声」に投稿し、後に新詩社に発表の場を移すが、明治三十六年新詩社を脱会し、岩野泡鳴らと「白百合」を発刊する。第一歌集『睡蓮』は「白百合」時代の歌を収めるが、同時代の窪田空穂や与謝野晶子らと比べると、御風独自の歌といった強いインパクトに欠ける。早稲田大学を卒業した御風は島村抱月の下で「早稲田文学」の編集に携わり、評論、小説、翻訳、口語詩に力を入れ、作歌からは遠ざかり「白百合」も明治四十年に廃刊する。『御風詩集』はこの時期のもので巻末に九十五首の歌を収めるのみである。この頃の仕事として、現在まで残っているものといえば早稲田大学校歌「都の西北」の作詩であろう。

　大正五年、御風は郷里に戻り、良寛研究に打ち込むことになるが、御風にとっての短歌は「歌は私の最も純真な表現だからである。歌をよむのを私は私の仕事とは思つてゐない。時々よまずに居られないからよむ。そしてそれが私には貴い歓びなのである」（『御風歌集』はしがき）と自ら言うように、いわゆる専門歌人としての意識はなく、従って作品も身辺や雪国の暮らしを平明に詠んだものが多い。その中で末の子を亡くした「息たえし」の歌や自然と同一化した「大そらを」の歌な

夕ぐれのちまたの雪にのこりたる牛の血の痕踏みにけるかも
大そらを静に白き雲はゆくしづかにわれも生くべくありけり
家ぬちによべまで鳴きしこほろぎの今宵は鳴かず死にけむかも
さびしさのきはまる底ゆほのぼのと眠しづかに湧き来たるらし
そらの雪のうごきやまねばみづうみの水の面しきりにてりかげりつつ　（『月見ぐさ』昭5）
わが若き夢のいくつも捨て置きし雑司ケ谷あたりの秋はこほしも
うら畑の妻有野《つまりぬ》百合は咲きにたれあはれやわれは妻無しにして　（「木かげ」昭3〜16）
いま五日たたば召されていでゆかむ父にだかれて旗振るよ子は
屋根なりにまろみをもちて盛り上がり雪が限れる青空の色
灯火管制下の静けさにゐて聞きとめぬ生きのこり鳴く虫のありしを
海越えて能登のあなたへ沈む日は越の雪山に光のこせり
暮れのこる屋根なる雪の白さにもしみて寂しきわが命かも　（「野を歩む者」昭17〜25）
みすずかる信濃の山にうちしとふ山鳥の目は閉ぢて濡れたり
ただひとり冬咲く花にむかひゐてしづむ思をいたはらむとす　（「御風詠草」昭19〜25）
くれなづむ雪の高山見てあれば寒行僧の鈴の音きこゆ
雪深くうづもれてゐる庭くまのおい木のごともわがこもるなる
老いて病む身を嘆くことも稀になり戦後派小説をこたつに読むも

どに、御風の心の有り様が窺われる。

『月見ぐさ』は短歌会「木陰会」を興した御風が「木かげ叢書」の第一編として編んだものだが、『御風歌集』以後の一年間の作百七首を収める小歌集で、信州への旅等、御風としては珍しく旅の歌が多いが、やはり御風独自の歌風といった特色に欠ける。以後、「木かげ」は昭和十七年まで発行されるが、それと並行して散文を主とした個人雑誌「野を歩む者」を昭和五年から没年まで発行する。この間の作品は歌集として纏められることなく、従って短歌史の中でも御風は忘れられた存在となってゆく。また作品自体も各時代の新風にまみえることなく終始平明な日常を歌い続ける。さすがに戦後の作は、敗戦の衝撃を受けた老いの身の嘆きが心を打つが、斎藤茂吉や釈迢空等の歌と比べると一歩譲らざるを得ない。

結局のところ御風にとっての短歌は、明治の青年の多くがそうであったように近代文学への入口であり、「早稲田文学」時代の時代を先取するような多方面にわたる文学活動からの挫折、そして帰郷して後の良寛研究への没頭の中で、日常の精神の記憶を書きとどめるための手段であった、と言えよう。なお、『月見ぐさ』以降の歌は『定本相馬御風歌集』（昭和五十八年）によった。（**影山一男**）

前田夕暮

まえだ　ゆうぐれ　明治十六年神奈川県生まれ。本名洋造。白日社を興し「詩歌」を創刊、主宰。歌集に『収穫』『水源地帯』等十七冊、『前田夕暮全集』全五冊がある。昭和二十六年没。

馬といふけものは悲し闇深き巷《ちまた》の路にうなだれて居ぬ
（『哀樂』第壹、明40）

春深し山には山の花咲きぬ人うらわかき母とはなりて
（『哀樂』第貳、明41）

大鳥よ空わたるとき何思ふ春の光を双の眼にして
魂よいづくへ行くや見のこししうら若き日の夢に別れて
秋の朝卓の上なる食器《うつは》らにうすら冷たき悲しみぞ這《は》ふ
（『収穫』明43）

君ねむるあはれ女の魂のなげいだされしうつくしさかな
秋の夜のつめたき床にめざめけり孤独は水の如くしたしも
木に花咲き君わが妻とならむ日の四月なかなか遠くもあるかな
わがふるさと相模に君とかへる日の春近うして水仙の咲く
風暗き都会の冬は来りけり帰りて牛乳《ちち》のつめたきを飲む
別れ来て電車に乗れば君が家の障子に夜の霧ふるがみゆ
初夏の雨にぬれたるわが家の白き名札のさびしかりけり
（『陰影』大1）

赤く錆《さ》びし小ひさき鍵を袂にし妻とあかるき夜の町に行く

前田夕暮ほど生涯に作風が変遷した歌人は、近代短歌を見渡しても少ない。初期の「明星」調から自然主義的歌風を経て、ヨーロッパの絵画の影響を受けた外光派的歌風へ、そして自由律短歌へと転身し、また定型短歌へと回帰する。こうした変遷を夕暮自身は「再出発」、「内部革新」としているが、いったい何がこうした変遷をもたらしたのだろうか。

初期の夕暮は当時の文学青年の多くがそうであったように与謝野晶子の『みだれ髪』に強く影響を受けたが、上京し尾上柴舟の「車前草社」に入ると独自の歌境を切り開き始める。同時期に柴舟門で頭角を現していたのが、若山牧水であった。

明治三十九年、夕暮は「白日社」を興し雑誌「向日葵」を発行するが二号で廃刊し、「哀樂」第壹、第貳をパンフレット歌集として刊行するが、夕暮の評価は実質的な処女歌集『収穫』によって定まる。牧水の『別離』とほぼ同時に刊行されたこの歌集によって、いわゆる「牧水・夕暮時代」と呼ばれる「明星」以降の一時代が築かれた。

夕暮は二十四歳の時受洗するが、それが青年期の夕暮の精神形成に多大な影響を与えたであろうことは想像するに難くない。自然主義は当時の文壇の流行でもあるが、夕暮の自然主義にはキリス

曇り日の青草を藉《し》けば冷たかり自愛のこころかなしくもわく
壁立《へきりつ》せる断層面の暗緑の草をながるる晩夏《ばんか》のひかり
工場《こうば》の隅紙型《しけい》の上におかれたる石竹《せきちく》の花の赤きが悲し
代赭色《たいしやいろ》の地がひろびろと連れり絶望に似てかなしみ来たる
三四人そがひになりて苅草を日にちらすなり秋風のなか
摘《つ》みとればはやくろぐろと枯れそめぬ冬磯山の名も知らぬ草
雪のうへに空がうつりてうす青しわがかなしみぞしづかに燃ゆなる（『生くる日に』大3）
粗《あら》き日の光りのもとに監獄ぞあらはに立てる、煉瓦塀ながし
狂人《きちがひ》のにほひからだにしみにけり狂病院《きやうびやうゐん》の廊下は暗し
きちがひの眠れる部屋にあかあかと狐のかみそり一面に生えよ
樹に風鳴り樹に太陽《ひ》は近くかがやけりわれ青き樹にならばやと思ふ
腹白き巨口《きよこう》の魚を背に負ひて汐川口《しほかはぐち》をいゆくわかもの
日蓮の生れし国の海岸《うみぎし》に大魚《おほな》かなしや地にまみれたり
夕日のなかに着物ぬぎゐる蜑少女《あまをとめ》海にむかひてまはだかとなる
向日葵《ひまはり》は金の油を身にあびてゆらりと高し日のちひささよ
冬の日のまあかく空にしづむころ白き印度の孔雀《くじやく》をみたり
（『深林』大5）
はだら雪はだらにかきて夕あかりわが児を葬《は》ふる檜葉《ひば》の木かげに

ト教の影響があり、また、父久治が自由民権運動に関わり、自由党員として県議会や村長などを勤めたこととも関連するだろう。

夕暮の自然主義の評価を高めた『収穫』にはさまざまな歌が混在する。その一つは夕暮自身が「神秘的色彩」（『哀樂』第貳・序）と言う類の歌で「魂よいづくへ行くや見のこしうら若き日の夢に別れて」等がその代表歌であろう。また、自然主義の代表としては「風暗き都会の冬は来りけり帰りて牛乳のつめたきを飲む」が挙げられよう。だが筆者は、やはり「木に花咲き君わが妻とならむ日の四月なかなか遠くもあるかな」に代表される相聞歌が『収穫』の白眉と思う。この時期の夕暮の歌を牧水は「いかにも清々しい、すつきりした歌が多い。（略）そして歌が固い。（略）僕は常にこの固き所に謂ひ知らぬ新味を感ずるのだ。（略）誰かよく君の如く冷やかに自己の恋愛を解剖し得たであらう」と言っている。この「冷やかに自己の恋愛を解剖」というあたりが、牧水の『別離』のセンチメンタルなまでの抒情性を思うと両者の違いがよく分かる。現代の私達からみればさほどの違いはないように思われるが、当時の青年としては、自分をみつめる自我の目が、新鮮であったのであろう。

をみなごのほのかにあかき児の顔の今は凍らめ雪のしたにて
太陽はほのぎらひつつのぼりけり、馬、円《えん》をゑがく雪光る野に
春あさみ射的場《しやてきば》の土手のたんぽぽの色もうすらに咲きいでにけり
児を抱きしゆゑにいささか反身《そりみ》なる妻を愛《かな》しむ木蓮しろし
まんまんと無色透明ほの光る湯ぞたたへたれ吾が児のために
鉱石を運ぶ索道のバケットのはろばろと来たる雪空のもとを　（『原生林』大14）
山原に人家居《ひといへゐ》して子をなして老いゆくみればいのちいとほし
洪水川《でみづがは》あからにごりてながれたり地《つち》より虹の湧き立ちにけり
わが子よよくぞ生れしよき子にて汝《な》はありにけり父はうれしも
床のうへからうつすらと黒い男体《なんたい》のいただきが見え夜があけてゐる　（『虹』昭3）
青空とすれすれに高く五千尺の山の尾根にも木を植うるなれ　（『天然更新の歌』大12）
原生林伐採あとの曠野原《あらのはら》にほつりほつりと植うる杉苗
ほそぼそと空に揺れゐる梢みれば夕日ごもりに木を伐るらしも　（『風』大13〜昭4、未刊）
ふとぶとと送電線のまたぎたる奥荒川に日がかげりたり
うしろにずりさがる地面の衝動から、ふわりと離陸する。午前の日の影　（『水源地帯』昭7）
自然がずんずん体のなかを通過する——山、山、山
一途《いちづ》に雲の上を飛びながら、青空の寂しさを初めて知る

『収穫』の恋愛歌の主な対象となった栢野繁子と明治四十三年結婚した夕暮は、白日社を再興し翌年「詩歌」を創刊し、旺盛な作歌活動を行い『陰影』を刊行する。「曇り日の青草を藉けば冷たかり自愛のこころかなしくもわく」の自我意識、「壁立せる断層面の暗緑の草を流るる晩夏のひかり」の浪漫性を秘めた自然観照に『陰影』の特質が見られる。

大正期に入ると「白樺」等の影響を受けゴッホ、ゴーギャンに傾倒し、自然主義からの脱皮を図った『生くる日に』を刊行する。「向日葵は金の油を身にあびてゆらりと高し日のちひささよ」のような外光派的作品や、また、中野の東京監獄を見に行き「粗き日の光りのもとに監獄ぞあらはに立てる、煉瓦塀ながし」等の歌を作ったり、斎藤茂吉のいた巣鴨精神病院を訪れ「きちがひの眠れる部屋にあかあかと狐のかみそり一面に生えよ」等の作品があるのも後期印象派の画家たちの影響を受けたものと思われる。また、「日蓮の生れし国の海岸に大魚かなしや血にまみれたり」のような日蓮に関心を寄せた歌等、『生くる日に』には第二の転換期にふさわしいさまざまな作品が混在している。これは、牧水が『みなかみ』に収められた口語破調の歌を作ったり、北原白秋の『桐の花』、

野は青い一枚の木皿——吾等を中心にして遥かにあかるく廻転する

空はるかに、いつか夜あけた。木の花しろじろ咲きみちてゐた

（『青樫は歌ふ』昭15）

沼はあとから私について来た。背なかが青くそまるのを感じた

雪のうへのうす青い翳《かげ》。窓をあけて、しづかにまた窓をしめる

私は雪の上にゐる。四方に分裂した自分が風の速度で帰つてくる

冬が来た、私の器官がむき出しになり、木木のきしみ寂しい音《ね》をたてる

バスからおりて歩き出さうとした時、曇天にずしんとあたまをうたれた

来た来た、むかふからよたよたと木炭バスが来た、咳をして咳をして

（『烈風』昭18）

冬が来た冬が来たと川が流れてゐる、鉄塔のある荒川流域に来た

夜なかの暗い路面で、唯ひとことかはした言葉の誰であつたか知らぬ

雪あらぬ富士の全面に翳はなし粗放厖大《ばうだい》にして立ちはだかれり

（『富士を歌ふ』昭18）

目測千米《メートル》にあまる横雲の速度烈しくして富士を移動せしむ

裏富士のかげりふかくして旗たつる家あり兵のいでたるならむ

あいあいと人の子の泣く声ひびきみなかみ青き麦畑のみゆ

（『耕土』昭21）

天《あま》づたふ日は迴《はる》かなり水上《みなかみ》の焼山畑《やきやまはた》を耕す吾は

戦ひに敗れてここに日をへたりはじめて大き欠伸《あくび》をなしぬ

チモールに病めるわが子を歎かへる吾ならなくに坂道くだる

斎藤茂吉の『赤光』の刊行等の同時代の躍動が多大な影響を与えたと前田透は『評伝前田夕暮』で述べている。続く『深林』までが、夕暮の前期として括られ、大正七年の「詩歌」休刊から大正十二年の「天然更新の歌」の発表まで、歌壇的活動から離れ、山林事業に従事する。『原生林』の「鉱石を運ぶ索道のバケツトのはろばろと来たる雪空のもとを」等の歌にその足跡が見られる。

　大正十三年「日光」創刊に参加した夕暮は、その交友の中で自由詩や口語歌の実践に触れ、昭和三年「詩歌」を復刊し口語自由律運動を推進する。とくにその大きな契機となったのが、昭和四年の「自然がずんずん体のなかを通過する——山、山、山」に代表される飛行吟である。これは東京朝日新聞の企画で、当時朝日新聞にいた土岐善麿が斎藤茂吉、夕暮、それに吉植庄亮を加え実行したもので、当時の斬新なニュースであった。因みに北原白秋もこれとは別に飛行機に乗り、多くの歌を残している。現代の我々でいえば宇宙飛行をして歌を作るようなものであろうか。この飛行吟を含む『水源地帯』以降「沼はあとから私について来た。背なかが青くそまるのを感じた」のような『青樫は歌ふ』、「来た来た、むかふからよたよたと木炭バスが来た、咳をして咳をして」のような

山蔭に人をいたぶる声きこゆその声石の泣くがに悲し
山原は荒れ寂びにけり稗稈の日に干されたるひそけさをみよ
涸谷《かれだに》を日のさす方に歩みつつ生きたるものをみたしと思ふ
（『埴土地帯』昭22）
生くること悲しと思ふ山峡《やまかひ》ははだら雪ふり月照りにけり
老いづきて妻を愛《かな》しと思ふなり妻もしかあらむ雪のあしたは
ほつりほつり豆は播《ま》きたり南よりはるばる還るわが子こほしも
石の上に眠りてありし時のまにうつろひにけむわがうつし世は
空をみて歩める人はまれまれなり多くは地《つち》を見て歩みけり
（『夕暮遺歌集』昭26）
いつしかによどみうつろふ肉体の秋のゆふべを土にほふなり
雪の上に今か死にたる青鳩のふくだめる胸に吾は手ふるる
寂しさにたへつつあれば雪あかり向ふ谷より凍《し》みとほりくる
雪にゐがくセガンチーニの哀しみは雪の上に残る風の形あり
かつてわが肉体を通過せし山々に辛夷《こぶし》花咲き春ならむとす
新しき首途《かどで》をなさむ幾たびか新しき首途をなしたるあとに
耳そぎしゴツホの顔が我顔のそばにある如し夜をいねずをる
雪の上に焚火をすればものみなはかげを喪《うしな》ふうすあかりして
わが内臓に自然の翳《かげ》うつりて日毎に褪化する咳をする

戦時下の情景を詠んだ『烈風』まで自由律短歌が作られる。自由律短歌は、プロレタリア文学運動と深く関連して作られたが、多くの自由律短歌はプロレタリア文学（短歌）の終焉とともに消滅していった。夕暮ひとりが、戦時下もこうした自由律短歌を作り続けたのは、基本的にプロレタリア文学とは一線を画していたためであろう。

『烈風』と同じ昭和十八年に刊行された『富士を歌ふ』で定型回帰するが、その理由を夕暮は「歌は内在律たるべし、内在律は新定型たるべし」とするが、その理由は筆者にはよく分からない。しかし、この戦中の定型回帰が戦後の夕暮への批判の一つの要因とされるのは皮肉な結果といえよう。

昭和二十年の戦争末期、夕暮は埼玉県秩父郡入川谷に疎開する。「あいあいと人の子の泣く声ひびきみなかみ青き麦畑のみゆ」の荒寥とした自然の歌や、長男透がチモール島で健在なことを知った「チモールに病めるわが子を歎かへる吾ならなくに坂道くだる」のような『耕土』の歌や、単独歌集としては未刊であるが、河出書房の『現代歌集』（昭和二十二年刊）に収められた「涸谷を日のさす方に歩みつつ生きたるものをみたしと思ふ」「老いづきて妻を愛しと思ふなり妻もしかあらむ雪のあしたは」「石の上に眠りてありし時の

再びは高啼くこともなかるべしうらぶれうらぶれて衰へぬ

鵯《ひよどり》よおまへはほんとにさみしい鳥だな冬の日をひとり

ともしびをかかげてみもる人々の瞳はそそげわが死に顔に

みづからもすがしと思ふ清らかに洗ひ浄められしわが死顔を

生涯を生き足りし人の自然死に似たる死顔を人々はみむ

一枚の木の葉のやうに新しきさむしろにおくわが亡骸《なきがら》は

枕べに一羽のしとど鳴かしめて草に臥《こ》やれりわが生けるがに

雪の上に春の木の花散り匂ふすがしさにあらむわが死顔は

左様なら幼子よわが妻よ生き足りし者の最後の言葉

　短歌とは何ぞや、といふ人々は却つて短歌に比較的理解をもつてゐる人である。ほんたうの短歌とは青空のやうなものである。5・7・5・7・7はその形式であるが、その形式が短歌そのものではない。さういふ固定化したものには新しい詩精神はない。随つてほんたうの短歌精神はみられぬ。短歌精神の充たされてゐない形式はほんたうの明日の短歌ではない。形式の固定化を忌避して散文化的表現をなす人々の作品に、却つて詩精神の閃くのは事実である。それは戸障子を破つて部屋からとび出した時、暗い空の向うにチカリと青空が見えるのと同じだ。

（「詩精神」昭和十一年）

まにうつろひにけむわがうつし世は」のような『埴土地帯』の戦後の悲哀を秘めた歌が生まれる。これらの歌は斎藤茂吉や、釈迢空の敗戦後の歌に比べると取り上げられることが少ないが、いま読み返すともう少し、再評価されてよい作品ではなかろうか。

　戦後の夕暮は戦前の大家がそうであったように戦争責任の批判を受け、一人ひっそりと歌を作り続ける。その批判の一因が先に挙げた定型回帰が反動的ととられたことは不幸であったといえよう。しかし、晩年の夕暮は孤独な生活の中で多くの秀歌を生み出す。その秀歌は夕暮の人生の回顧でもある。「かつてわが肉体を通過せし山々に辛夷花咲き春ならむとす」はあの飛行吟の回想であり、「新しき首途をなさむ幾たびか新しき首途をなしたるあとに」は幾多の転換の回顧であり、「耳そぎしゴッホの顔が我顔のそばにある如し夜をいねずをる」は、晩年の夕暮がみた外光派時代のあるいは幻影であったかもしれない。そして遺稿となった「ともしびをかかげてみもる人々の瞳はそそげわが死に顔に」をはじめとする遺稿「わが死顔」の一連は、あたかも近代短歌最後の光芒のように、現在でも愛唱され続けている。

（影山一男）

新井　洸

あらい　あきら　明治十六年、東京日本橋生まれ。佐佐木信綱に師事。川田順、木下利玄と共に「心の花」の若手三羽鴉と称された。歌集に『微明』『新井洸歌集』がある。大正十四年没。

目瞑《と》づれば忽ち暗き夜の底にひえびえと啼く虫の声かも

錦木はか細けれどもくれなゐをいのちの限りこらしたらずや

悲し小禽つぐみがとはに閉ぢし眼に天のさ霧は触れむとすらむ

うつつなく流れただよふ夕明り仏足石を見せたまひけり

月読みのあかり露けき中空に鴟尾《しび》の甍《いらか》のまさやかに見ゆ

やや白む窓の玻璃《がらす》のうすじめり旅寝の朝の眼にすがしもよ

水ふかき神居《かむゐ》古潭《こたん》に靄立てば牙より白き二日月かも

をさならが窓のそともの騒《さや》ぎにも君とあるこころ乱れ苦しき

ひたひたと夜《よる》のうしほの満ち潮《しほ》のひたすに濡れぬ君がひとみに

人間のいのちの奥のはづかしさ滲《し》み来るかもよ君に対《むか》へば

もの深きこの落つきゆ一人行く道のすがらに涙こぼるる

君に逢ひて今帰りつつ行方なくしかも惑へるこの愁ひはも

沈める水の深みのほの明りこころのさびれまなうらに見ゆ

（『微明』大5）

新井洸は明治十六年十月九日、東京日本橋に生まれ、肺を病んで大正十四年十月二十三日、牛込市ヶ谷田町で死亡。四十二年の短い生涯の間、東京を離れることはなかった。つまり、その一生は東京っ子としての頑固さを持ちながら薄倖で病弱でもあった。東京府立一中を経て東京美術学校を中途退学、石榑千亦の推薦によって明治四十一年より帝国水難救済会に勤めた。同僚に古泉千樫がいた。歌は三十年、十五歳の時に佐佐木信綱門に入り、師事した。千亦、川田順、木下利玄と共に、初期「心の花」の中心的な歌人として活躍した。

また、十代の頃には洋画家を志して藤島武二に師事したが挫折、青年時代には尾崎紅葉の門に入って小説家を志し、戯曲も書こうとしたらしいが、こうした希望が果たされることはなかった。

その歌風は、繊細な感覚の中に都会人としての鋭敏で近代的な深い内省を湛えたものである。その清新で完成された珠玉の作品は、多く名工の彫琢に喩えられる。しかし、生前、大正五年に刊行された唯一の歌集『微明』にはわずか二百十三首しか収められず、没後七年目、昭和六年に刊行された全歌集というべき『新井洸歌集』でさえも三百九十三首しか収められていない。三十年弱の歌歴を持ちながら、これはいかにも少ない。作歌に

ややあをき頬にかかれる髪もあれきれ長《なが》まみの俯目《ふしめ》かなしも
いねがてに冷え切りし手を額《ぬか》におく涙ながれてとどまらぬかな
秋の夜の水のさむけさ糊《のり》白き衾《ふすま》にしみ来ともし灯消さむ
じりじりに思ふおもひのしみうつりいかにか人に我がつらからむ
菊の花灯かげに白く夜を寒み君が素足《すあし》のいとほしきかな
君が母の打ちとけて我《あ》を待ちたまふ憂き恋故に悲しかりけり
冬ぬるむ初夜のしじまにこもり居て息づきぬとも知る人はなし
合歓の葉はしぼみはてしを灯《ひ》ともさず端居《はしゐ》に見ればすずしき君が目
雲白き夏のゆふべのあかるさに我のみ見たる君がゐまひか
はつ冬の空すみあかき宵月に並木広葉はかぐろかりけり
病院を訪《と》はむとしつつ衢《まち》に見し紅屋《べにや》の旗は日に麗《うら》らなり
病室の日のあらはなれば君が頬にさすくれなゐをすべなくも見し
心のまづしき日なり濡れたをるしみじみと目にあてにけるかも
（『新井洸歌集』昭6）
ふか渓の河原石床冬日さし明るきからに行きのさびしゐ
さわさわと風になびかふ若葉のなか牡丹ざくらはもまれてありけり
堤のかげ川より低き家の門の連翹の花は風に揉まれず
すゑのものの壷の花瓶はな挿さず今朝この部屋になべてうつろなり

おいては、つねに刻苦、苦吟したといわれるが、その生涯に残した歌の少なさは近代歌人中随一であると思われる。三十首選の「をさならが」から「雲白き」までの十五首は、相聞歌篇「合歓の葉」五十首中のものだが、ういういしく、かつ内省的で孤独感を漂わせており、特に「人間のいのちの奥のはづかしさ滲《し》み来るかもよ君に対《むか》へば」は、はじらいを持った内向的な青年の恋心を歌い、近代短歌の中で最も愛唱性に豊んだものである。また、庶民感覚で東京の下町を活写した歌として、

　から梅雨《つゆ》の風吹きわたり大河の波の騒立《さわだ》ち閃《ひらめ》けるかも
　夕潮に乗り来る船の舳《へ》目くるめく我が鳩尾《みずおち》にあへて迫るも
　街のとよみひたと途絶《とだ》えし真夜中にまことほつつり覚めにけらしも
　骨立ちて既に掘られし枕木にいかに冷《つめ》たき夜の霜ならむ

などがある。最初の二首は大河、現在の隅田川に取材したものである。巻末の一連に「霜ぐもりさびしく寒しかかる日は我がおくつきの水かへに来《こ》ね」という歌がある。霜が降ろうとして霧のような曇りのさびしく寒い日には、私の墓の水を替えに来てほしい、という意味である。

（小紋　潤）

吉植庄亮

よしうえ しょうりょう　明治十七年千葉県生まれ。「橄欖」を創刊。「日光」にも参加。歌集『寂光』『くさはら』『開墾』『風景』『霜ぶすま』など。昭和三十三年没。

子供等の凧《たこ》あげなづむ山日和《やまひより》外套《ぐわいとう》うるさくおもひつつ歩む
（『寂光』大10）

夕餉《ゆふげ》にと子供らかへる頭《あたま》のうへあとよりあとより雁の列《つら》見ゆ

板敷にトマトころがれり白玉のきやべつの露にトマトぬれつつ

相見れば口なしの花の吾妹子《わぎもこ》が手紙あはれに書きておこせり

あぢきなく自棄《じき》にうつそ身まかせつつ旅ゆく心母にしらゆな

篁の中に仰げば螢より青き日輪見えにけるかな
（『くさはら』昭3）

見てゐつつかしこきものはほのぼのと光をはなつ童《わらは》べの魔羅《まら》

焼けつつも親子死にせるあはれなり親の腕《かひな》に子は抱《いだ》かれて

ことわりのとほれる者は勝つべしと思へるわれや幼稚《いとけ》なかりし

土間に来てまた叱られてゐる仔馬のわれを見上げしその幼なさや

人肌のこのみ仏の寂しさようつし世人の唇《くち》もちたまふ
（『煙霞集』昭3）

毛物守《も》る人も毛物ももろともに群りて空に入りゆかむとす
（『大陸巡遊吟』昭14）

塩びきの鮭に茶漬をかき込みて開墾業《わざ》は腹減りにけり
（『開墾』昭16）

年譜によると、吉植庄亮は幼少のころ、あまり丈夫ではなかったらしい。長ずるにしたがって、気性の強さが目立つようになり、帝大時代から文芸とともに剣道にも打ち込むようになった。『開墾』という歌集を編んでいるように、中央新聞を退職後の四十代以降は、千葉県印旛沼周辺の開墾事業を推進、衆議院議員の期間も含め、農業にその生涯をささげた。

わが心とどこほる時いでて見る青田三十六町歩うちひびくなり

大正十五年の四町二反から、昭和二年十六町歩、三年二十六町歩、四年三十六町歩とみずから開いた水田が広がってゆく。そして開墾五年にして、日本一の面積を誇る水田自作農となる。その間には、「塩びきの鮭に茶漬をかき込みて開墾業《わざ》は腹減りにけり」とか、「いささかの傷には土をなすりつけて百姓われの恙《つつが》もあらず」といった荒っぽく土にまみれる生活が続いた。

三十六町歩が、具体的にどのくらいの面積か見当もつかないが、視界一面に、あおあおとした稲の打ちなびく様は爽快にちがいない。しかも、自分の手で開いた田に、みずから田植えしているのである。「青田三十六町歩」には、その田への誇りの大きさがうかがわれる。また、「うちひびく」

書《ふみ》よめる机のそばに跳ねて来ておもちやのごとし山羊の若麻呂
わが心とどこほる時いでて見る青田三十六町歩うちひびくなり
出来秋の安値の底に売る米のよく出来にけるがむしろさぶしき
赤く書きて差押へ威す葉書通知老配達夫笑みつつ示す
おのれ喰《くら》ふ米は無きかなや国内《くにぬち》にわれらの穫りし米はあふれゐて
みなぎらふ田作が声にえらばれてかたじけなくも衆議院議員われ
山の兎つどひ来りてま夜ふかくとまる自動車《くるま》の燈にをどるちふ
（『風景』昭18）

病人のからく食らふ米をあますのみ麦ばかりにて命生くる村
狐らが火あそびをする彼岸花濃きくれなゐを野山にともす
（『光の如し』昭19）

月光は人をたのしくす牛車隊この小夜ふけを稲はこび居り
しづかなる性慾こうふんをまもりつつ老に順《したが》ふ心さやかに
（『霜ぶすま』昭33）

骨肉の愛情を拒み来たまへる父なりしかな死にたまふなり
ほろりほろり来れる酔とひれふりて来れる鮎ともろともにゆたか
老を知る齢ながらの父母のいますに事《つか》へわれや童べ
春のもつ気品の一つあかねさす夕の空に雁がねの列《つら》
白き手の自《し》をへりくだれ白き手に生《な》る米ならば叫びてを取れ
停電はわれに恵みて部屋のなかにあふるる月の光をおくる

という表現の壮大さも、誇りと同時に自然のもつ底力のようなものを感じさせる。

この歌のすぐ後に、その青田が「われの心養う」とも詠んでいる。しかし、青田が「うちひびく」といった先の作品と比べると弱い。この場合は、情景だけをたくましく描写したことで十分だった。

吉植は『開墾』（甲鳥書林）のあとがきに「わたしはいつも怡しかった」と書き、農村問題への関心が、政治への熱意を湧き上がらせたと記している。そして、このように、スケールの大きな作品を詠む一方で子どもや、仔馬、仔山羊、ひよこなど幼いものに絶えず目を向けて詠んでいるのも特徴的だ。それは、あるいは子どもを持つことのなかった境遇からも来ているのかもしれない。また、一面そうした弱いもの、小さきものに心を慰められ、また励まされていたのかもしれない。開墾し、小さな種を蒔き、苗から育ててゆく農業は、生命への愛着でもある。青田へ向ける目も、子どもたちに向ける目も共通した愛情に支えられていると見ていいだろう。

春のもつ気品の一つあかねさす夕の空に雁がねの列

吉植は、開墾や農業の歌に自負をもっていた。

（草田照子）

北原白秋

きたはら はくしゅう　明治十八年、福岡県生まれ。本名隆吉。詩集『邪宗門』『思ひ出』、歌集『桐の花』により浪漫主義の新風を築く。昭和十年「多磨」を創刊。昭和十七年没。

春の鳥な鳴きそ鳴きそあかあかと外《と》の面《も》の草に日の入る夕
ヒヤシンス薄紫に咲きにけりはじめて心顫ひそめし日
あまりりす息もふかげに燃ゆるときふと唇《くちびる》はさしあてしかな
病める児はハモニカを吹き夜に入りぬもろこし畑《ばた》の黄なる月の出
日の光金糸雀《カナリヤ》のごとく顫ふとき硝子に凭《よ》れば人のこひしき
日も暮れて櫨《はじ》の実採《とり》のかへるころ廓《くるわ》の裏をゆけばかなしき
手にとれば桐の反射の薄青き新聞紙こそ泣かまほしけれ
草わかば色鉛筆の赤き粉のちるがいとしく寝《ね》て削るなり
きさくなる蜜蜂《みつばち》飼《か》養《ひ》者が赤帯の露西亜の地主《ぢぬし》に似たる初夏
「春」はまたとんぼがへりをする児らの悲しき頬のみ見つつかへるや
かはたれのロウデンバッハ芥子の花ほのかに過ぎし夏はなつかし
新らしき野菜畑のほとときす背広着て啼け雨の霽《は》れ間《ま》を
クリスチナ・ロセチが頭巾かぶせまし秋のはじめの母の横顔

（『桐の花』大2）

北原白秋といえば、短歌のみならず詩、童謡、民謡など現在でも多くの人に親しまれ、口ずさまれる作品を残した「国民的詩人」として他の歌人とは一線を画す存在であろう。高野公彦は「たとえて言えば、詩を一つの焦点とし、短歌をもう一つの焦点とした大きな楕円――それが北原白秋だと言っていいかもしれない」（岩波文庫『北原白秋歌集』解説）とその特質を述べている。

白秋は福岡県山門郡沖端村（現・柳川市）の旧家に生まれ、早くから文学を志し早稲田大学在学中に、若山牧水、土岐善麿らと交友を深め、与謝野鉄幹の「明星」に投稿し、本格的な文学活動をスタートした。

大正二年、第一歌集『桐の花』を刊行。すでに詩集『邪宗門』『思ひ出』を刊行し、新進の詩人として知られていたが、この『桐の花』によってそれまでの「明星」調の作風から脱し、独自の歌境を築きあげた。「春の鳥な鳴きそ鳴きそあかあかと外の面の草に日の入る夕」は『桐の花』巻頭をかざる歌であり、もっともよく知られた一首だろう。

『桐の花』は青春の甘美さと、明治の青年特有の西洋への憧憬に満ちた青春歌集の典型であり、以後多くの青春歌集の先駆的歌集である。「ヒヤシ

ひいやりと剃刀《かみそり》ひとつ落ちてあり鶏頭の花黄なる初秋
常盤津の連弾《つれびき》の撥いちやうに白く光りて夜のふけにけり
君かへす朝の舗石《しきいし》さくさくと雪よ林檎の香のごとくふれ
歎けとていまはた目白僧園の夕《ゆふべ》の鐘も鳴りいでにけむ
どくだみの花のにほひを思ふとき青みて迫る君がまなざし
吾が心よ夕さりくれば蠟燭に火の点《つ》くごとしひもじかりけり
煌々《くわうくわう》と光りて動く山ひとつ押し傾《かたぶ》けて来《く》る力はも

（『雲母集』大4）

大きなる手があらはれて昼深し上から卵をつかみけるかも
大鴉一羽渚に黙《もだ》ふかしうしろにうごく漣の列
不尽《ふじ》の山れいろうとしてひさかたの天《てん》の一方におはしけるかも
かき抱けば本望安堵の笑ひごゑ立てて目つぶるわが妻なれば
深々と人間笑ふ声すなり谷一面の白百合の花
寂しさに海を覗けばあはれあはれ章魚《たこ》逃げてゆく真昼の光
石崖に子ども七人腰かけて河豚を釣り居り夕焼小焼
大きなる足が地面《ぢべた》を踏みつけゆく力あふるる人間の足が
三日の月ほそくきらめく黍畑《きびばたけ》黍は黍とし目の醒めてゐつ
闇の夜に猫のうぶごゑ聴くものは金環《きんくわん》ほそきついたちの月

ンス薄紫に咲きにけりはじめて心顫ひそめし日」「あまりりす息もふかげに燃ゆるときふと唇はさしあてしかな」のように現代の青春にも通ずる甘美な恋の歌がある。また、「かはたれのロウデンバッハ芥子の花ほのかに過ぎし夏はなつかし」や「クリスチナ・ロセチが頭巾かぶせまし秋のはじめの母の横顔」のような西洋への憧憬は、木下杢太郎らと結成した「パンの会」の青年芸術家たちの当時の共通する憧憬を作品化した歌である。かと思うと「常盤津の連弾の撥いちやうに白く光りて夜のふけにけり」のような江戸趣味に満ちた日本の伝統風俗への強い関心を作品化した歌も見られ、白秋の多才を集約している。それは若さがもたらす抑えがたい自らの才能の噴出でもあろう。ともあれ『桐の花』は斎藤茂吉の『赤光』と並んで、近代短歌の第一歌集の双璧と言えるだろう。

　だが、『桐の花』には青春の甘美さだけではなく、大きな苦悩が込められている。「君かへす朝の舗石さくさくと雪よ林檎の香のごとくふれ」この人口に膾炙した相聞歌の代表作といえる一首がその苦悩の始まりであることは、ある意味で皮肉である。人生の苦悩が優れた作品を生み出すことは文学上、あまたの事例が見られる。白秋もまた例外ではなかった。人妻、松下俊子との恋愛事件

網の目に閻浮檀金《えんぶだごん》の仏ゐて光りかがやく秋の夕ぐれ
見桃寺冬さりくればあかあかと日にけに寂し夕焼けにつつ
寂しさに秋成が書《ふみ》読みさして庭に出でたり白菊の花
薄野《すすきの》に白くかぼそく立つ煙あはれなれども消すよしもなし
（『雀の卵』大10）

この山はたださうさうと音すなり松には松の風椎には椎の風
昼ながら幽かに光る蛍一つ孟宗の藪を出でて消えたり
日の盛り細くするどき萱の秀《ほ》に蜻蛉とまらむとして翅《はね》かがやかす
華やかにさびしき秋や千町田《ちまちだ》の穂波が末をむら雀立つ
おのづから水のながれの寒竹の下ゆくときは声立つるなり
いそがしく濡羽《ぬれば》つくろふ雀ゐて夕かげり早し四五本の竹
女犯戒《にょぼんかい》犯し果てけりこまごまとこの暁《あけ》ちかく雪つもる音
鞠もちて遊ぶ子供を鞠もたぬ子供見惚るる山ざくら花
雉子《きじ》ぐるま雉子は啼かねど日もすがら父母恋し雉子の尾ぐるま
花樫《はながし》に月の大きくかがやけば眼ひらく木菟《づく》かほうほうと啼けり
（『風隠集』昭19）

篁に牝牛草食む音きけばさだかに地震《なゐ》ははてにけらしも
草深野月押し照れり咲く花の今宵の莟《ふふ》み満ちにけらしも
水うちて赤き火星を待つ夜さや父は大き椅子に子は小さき椅子に

である。白秋は俊子の夫から「姦通罪」で告訴され獄舎に繋がれることとなった。この事件はその後の白秋の人生に大きな影を落とすこととなるが、俊子との恋愛によって生み出された「歎けとていまはた目白僧園の夕の鐘も鳴りいでにけむ」「どくだみの花のにほひを思ふとき青みて迫る君がまなざし」などの歌は現在でも相聞歌のベスト選に入る作であり、白秋の人気の永続する大きな要因となっていよう。

『桐の花』刊行後の大正二年五月、俊子とともに神奈川県三崎町に移住した白秋はこの地で新生を求める。短歌ではないが歌謡「城ヶ島の雨」は現代の若い人々でも多くが知っているだろう。この三崎の地で詠まれた第二歌集『雲母集』は『桐の花』の青春歌から一変した作品が展開する。

「煌々と光りて動く山ひとつ押し傾けて来る力はも」「寂しさに海を覗けばあはれあはれ章魚逃げてゆく真昼の光」のような自然の大いなる力を見据え、力強く歌いあげる一方、「大きなる手があらはれて昼深し上から卵をつかみけるかも」や「深々と人間笑ふ声すなり谷一面の白百合の花」のようなシュールレアリスムに通ずる現実の中の非現実を見つめる作品である。こうした多面性は『桐の花』『雲母集』の特色であり、他の歌人には

春まひる向つ山腹《やまはら》に猛る火の火中《ほなか》に生るるいろの清《さや》けさ
影面《かげとも》の棚田の狭霧うらがなしこのごろきけば刈りつぎにけり
あの光るのは千曲川ですと指さした山高帽の野菜くさい手
（『海阪』昭24）

不二ケ嶺はいただき白く積む雪の雪炎《せつえん》たてり真澄む後空《あとぞら》
碓氷嶺《うすひね》の南おもてとなりにけりくだりつつ思ふ春のふかきを
黄金虫《こがねむし》飛ぶ音きけば深山木《みやまぎ》の若葉の真洞春ふかむらし
深山路はおどろきやすし家鳥の白き鶏《かけろ》に我遇《あ》ひにけり
空晴れて鐘の音美《くは》し苜蓿《つめぐさ》の受胎の真昼近づきにけり
まなかひに落ち来る濤の後濤《あとなみ》の立ちきほひたる峯のゆゆしさ
移り来てまだ住みつかず白藤のこの垂り房もみじかかりけり
（『白南風』昭9）

朴《ほほ》の花白くむらがる夜明がたひむがしの空に雷《らい》はとどろく
髄《すね》立ててこほろぎ歩む畳には砂糖のこなも灯《ひ》に光り沁む
かぎろひの夕月映《ゆふつくばえ》の下びにはすでに暮れたる木の群が見ゆ
下《お》り尽す一夜《ひとよ》の霜やこの暁《あけ》をほろんちょちょちょと澄む鳥のこゑ
風の夜は暗くおぎろなし降るがごとき赤き棗を幻覚すわれは
白南風《しらはえ》の光葉《てりは》の野薔薇過ぎにけりかはづのこゑも田にしめりつつ
驟雨の後日《あと》の照り来《きた》る草野原におびただしく笑ふ光を感ず
（『夢殿』昭14）

一冊の歌集の中であまり見ることのない、白秋固有のものであろう。こうした多面性が、短歌のみならず、詩、民謡、童謡といった白秋の文学のさまざまなジャンルでの活躍に繋がっているのは明らかである。

『雲母集』以後、白秋は俊子と離別、江口章子と結婚し、転居を繰り返す。その間、短歌雑誌「ザンボア」、鈴木三重吉と児童向けの雑誌「赤い鳥」を創刊するなど精力的な文学活動を続ける。短歌作品としては、『雀の卵』の松尾芭蕉の「さび」に通じる心境や、大正十年に佐藤キクと三度目の結婚をし、長男隆太郎が生まれ穏やかな生活を得た時期の『風隠集』、口語自由律を取り入れた『海阪』などがあるが、この時期の歌は『桐の花』や『雲母集』に比べるとやや低迷しているように思われる。

壮年期の白秋を代表する歌集としては『白南風《しらはえ》』を待たなくてはならない。『白南風』は白秋四十一歳から四十九歳の作品を収め、心身共に充実した時期である。「朴の花白くむらがる夜明がたひむがしの空に雷はとどろく」「下り尽す一夜の霜やこの暁をほろんちょちょちょと澄む鳥のこゑ」「白南風の光葉の野薔薇過ぎにけりかはづのこゑも田にしめりつつ」など掲出歌にみられるように

我が飛翔《かけり》しきりにかなし女子《をみなご》の小峡の水浴《みあみ》夏は見にけり
鳥頭《とりがしら》　漆《うるしの》　胡瓶《こへい》かすかなりしろがねの鏁《くさり》うつつにぞ曳く
行く水の目にとどまらぬ青水沫《あをみなわ》鶺鴒の尾は触れにたりけり
（『渓流唱』昭18）

山川《やまがは》に砂金さぐると挙《こぞ》り来て山窩《さんくわ》の群は餓ゑにたりけり
水底《みなぞこ》とつひに沈まむみ湯どころ小河内《をがうち》の村に一夜寝にけり
青梅街道の裏山つたふ霜の暁風は裸線を素引《すび》きたりけり
牡丹花に車ひびかふ春ま昼風塵の中にわれも思はむ
（『橡』昭18）

池水に病《やま》ふ緋鯉の死ぬときは音立てて跳ねてただち息停《いきと》む
物の葉やあそぶ蜆蝶《しじみ》はすずしくてみなあはれなり風に逸《そ》れゆく
虫の音の繁《しげ》かるかなとしろがねの箸そろへをり苑の秋ぐさ
もみぢ葉を月の光にながめゐてはららきしからに我はおどろく
照る月の冷《ひえ》さだかなるあかり戸に眼は凝《こ》らしつつ盲《し》ひてゆくなり
（『黒檜』昭15）

ニコライ堂この夜《よ》揺りかへり鳴る鐘の大きあり小さきあり小さきあり大きあり
冬雑木《ざふき》こずゑほそきに照りいでて鏡の如く月坐《ま》せりとふ
観音の千手の中《なか》に筆もたすみ手一つありき涙す我は
黒き檜《ひ》の沈静にして現《うつ》しけき、花をさまりて後《のち》にこそ観め
我が眼はや今はたとへば食甚《しょくじん》に秒はつかなる月のごときか

明るい気分に満ちた伸びやかな作風で、歌集名の白南風（梅雨明け頃に吹く爽やかな南風）にふさわしい歌が収められている。『白南風』刊行の翌昭和十年に、それまで幾つかの短歌雑誌を創刊してきた白秋の最後の主宰誌となった「多磨」を創刊するが、『白南風』はその「多磨」創刊への決意を固める契機となった歌集といえるだろう。

　その「多磨」創刊の直前の昭和十年三月に「短歌研究」に発表した「行く水の目にとどまらぬ青水沫鶺鴒の尾は触れにたりけり」は白秋自身が「此の『渓流唱』の一連こそ、後の多磨歌風の先声を成すものであった」と言うように、いわゆる「新幽玄体」を提唱した白秋の実践の代表作である。「新幽玄体」とは、アララギ的リアリズム全盛であった当時の歌壇で、「明星」以来、途絶えつつあった象徴主義の見直しを「多磨」によって行おうとした白秋の旗印となった言葉であり、その実践をまとめた歌集が『橡』である。「物の葉やあそぶ蜆蝶はすずしくてみなあはれなり風に逸れゆく」は「行く水の」の歌と並ぶその代表作である。こうした「新幽玄体」の作品を見て、白秋には社会性がない、との批判もあるが小河内ダムに沈む村を訪れて詠んだ「水底とつひに沈まむみ湯どころ小河内の村に一夜寝にけり」を含む連作は、そうした

須賀川の牡丹の木《ぼく》のめでたきを炉にくべよちふ雪ふる夜半に
秋の日の白光《びやくくわう》にしも我が澄みて思《おもひ》ふかきは為すなきごとし
金色堂み雪ふりつむ鞘堂の内《なか》幽かにか黄金《こがね》ひびらぐ
ほつねんと花に坐れる我が姿生《な》しのままなる盲目《めしひ》とも見む
雲は垂り行遥けかる道のすゑ渾沌として物ひびくなし
颱風の中なる凪を飛ぶ蜻蛉《あきつ》朱《しゆ》のあざやかに列《つら》しばしあり
青萱に朝の日さしてつややけき庭の一部を涼しみ瞻《まも》る
秋の蚊の耳もとちかくつぶやくにまたとりいでて蟵《かや》を吊らしむ

（『牡丹の木』昭18）

詩人にとつては、音こそは言葉こそは至宝であると思へる。音は振動して韻を織り、言葉は流動して律をうねらす。詩人の感覚感情のみならず、その思想を織らうとするには、その音に聴きその韻に触れその律にその神を託すべきである。正しい節奏のないところに詩人の真の思想は隠約さるべきではない。思想ありとする詩ならば、如何なる形体の不備をも韻律の未整をも許し得るとする向きがあるとしよう。かかる人は真の詩歌を知らざる甚しいと言つてよい。（中略）眼で文字のみ観ることは禍である。ことに詩歌においてはおそろしい。耳で聴け。

（「律動生々論」昭和十年）

批判の声に応える注目すべき作品といえよう。

五十代に入った白秋は腎臓病、糖尿病に苦しみやがて、視力が低下してゆく。『黒檜』『牡丹の木』には晩年の白秋のその身体の苦しみから生み出された秀歌が収められている。顧みれば『桐の花』で人妻との恋に苦しむなかで、今も愛唱される相聞歌を歌った白秋が、晩年に至って身体の苦しみから歌を生み出したという事実は、短歌形式がもつある種の悲劇性を如実に示す典型と言えよう。

「照る月の冷さだかなるあかり戸に眼は凝らしつつ盲ひてゆくなり」のように一種の諦観したような心境に到達する一方で、「ニコライ堂この夜揺りかへり鳴る鐘の大きあり小さきあり小さきあり大きあり」「我が眼はや今はたとへば食甚に秒はつかなる月のごときか」などのように感覚はますます研ぎ澄まされてゆく。

「秋の蚊の耳もとちかくつぶやくにまたとりいでて蟵を吊らしむ」は死を直前にした白秋の諦念にも似た穏やかな心境が、穏やかな韻律を醸し出した絶詠である。

白秋の六十年に満たない、現在から見れば短い生涯を通観するとき、やはりそのスタートとゴールに白秋の本質と特色がもっともよく現れているといえよう。

（影山一男）

四賀光子

しが みつこ　明治十八年長野県生まれ。「この花会」「創作」を経て太田水穂と「潮音」を創刊。歌集『藤の実』『朝月』『白き湾』他『定本四賀光子全歌集』等。昭和五十一年没。

やはらかにわが黒髪も匂ふなりさくらさく夜の湯帰りの道
（『藤の実』以前）

別れ来て静かになりし官能にほのぼのひびく恋のめろでい

石はこぶ人の姿はうらさぶし時雨《しぐれ》の雨に濡れつつゆけり
（『藤の実』大13）

童児《わらはべ》が愛《を》しみていねしほたるかご光りてありぬその枕辺に

をちかたに人焼けてゐる闇の夜の土にしづけきこほろぎの声

つつましく口を噤《つぐ》みて向きあへるラッシュアワーの顔の表情
（『朝月』昭13）

火山岩の不毛の土地にもの蒔きて生くるさびしき生命を見たり

強敵を仮想におきて作りたるよき飛行機の鋭さに触る

一列に出窓ならびて谷あひにぎつしり食《く》ひ入る坑夫住宅

子を抱きて子守娘も吹かれをり陸橋の上の夕やけの空

花のみか幹さへ根さへ紅梅の髄《しん》も紅しときくがかなしさ

一谷にひびくとぞ思ふもみぢばにふた粒三粒時雨あたれば
（『麻ぎぬ』昭23）

よもすがら一つかはづの闇に啼くあはれは秋の蟲におとらず

四賀光子は、昭和五十一年九十二歳で死去するまで歌を作り続けた。長野県諏訪市に生まれ、教職の父、という出自とのちの教員生活、さらに太田水穂を夫に持ち、安定した生活のなかで歌を作った光子は女性としても、歌人としても恵まれていた。ほぼ同時代の信濃出身の若山喜志子や、今井邦子が実生活において悪戦苦闘せざるを得なかったのと対照的である。少し年長の与謝野晶子や、またやや年下の岡本かの子をみても、比べものにならない。

　警報のとどろくなかも筆おかぬまなこの澄みを時におどろく（『麻ぎぬ』）

昭和十九年の秋の作品。すでに戦争は激しさを増し、空襲警報が昼夜の区別なく出されていたころのこと。水穂は『日本和歌史論』を執筆中だった。警報が鳴っても筆をおくこともなく、しかもその目が驚くほど澄んでいたというところに、命がけの男の姿が見える。同時に、夫に対する作者の畏怖の念も明らかだ。第二歌集『朝月』の巻末記に「いかなる闘争の相も万有愛の高処から見れば、これも亦大地化育の営みの中にあると云ふ信念の下に」という一節がある。水穂の提唱した「万有愛」と係わる部分だが、作品中の水穂はまさにこの言葉を体現しているようだ。

ひぐらしの一声高く啼きたてばをさなきものも淋しとぞいふ
わが家や立ちても居ても一ひらの海のひかりのつきてまぶしき
みいくさに幾人征きてゐる村ぞ春はしづけき田蛙の声
警報のとどろくなかも筆おかぬまなこの澄みを時におどろく
ベルリン封鎖を告ぐるニュースなり自律はすでに許されぬ民
（『双飛燕』昭26）
街上の批判を超えてわれはただ七つの死《しに》に荘厳を知る
ただ一人ゆく砂はまの一歩一歩われみづからの作りゆく道
毛虫青虫こはがることなきこの子らの感覚は知識の裏づけをもつ
（『白き湾』昭32）
浮浪者と聞きたる時に走りしは救はれがたき卑俗なりしよ
天のごとく太陽のごとくわが上に輝き居たるたましひ衰ふ
さし入りし初日のなかにしろぎぬの亡き骸《がら》すがし死に給ひしか
何一つ不実の記憶なき夫が死後に残せり一つの恋文
黒松の防風林をふちとして一湾は銀の氷《ひ》を充たしたり
たそがれの冬野を走る貨物車は戸口なくして只黒き箱
（『青き谷』昭44）
すこし痩せて妻と歩めば平凡な市民にすぎずニキタ・フルシチョフ
月下美人　朝までわたしつきあへぬ満開見とどけ老女は眠る
（『遠汐騒』昭51）
貫ひたる天津甘栗誰にもやらず一人たのしむ九十歳姥

　すこし痩せて妻と歩めば平凡な市民にすぎずニキタ・フルシチョフ（『青き谷』）

関東大震災や、太平洋戦争を生き抜いた光子は、政治や社会的なことに触れて詠んだ作品が多い。この歌のフルシチョフは昭和三十九年に失脚。「平凡な市民にすぎず」という言い切りは、いかにもきっぱりとしていて、背後に「あのフルシチョフも」という思いが強い。一方、共通の時代を生きた者同士の親近感のようなものも感じられるところが、味わいともなっている。

伊東悦子は、いくつかの四賀光子論を書いているが次のような注目すべき指摘をしている。つまり、光子は日常家庭詠が少なく、人間的寂しさや悲しさを自然の風物に寄せて象徴的な感情表現として歌う、水穂の「日本的象徴」の主張を実践する。しかし、自分の負の部分をあからさまにしなかったことは、結果的に時代とともに生きる生身の人間味を欠くことになった——。

光子の代表歌集は『白き湾』であるが、『朝月』『麻ぎぬ』の時代にすでに歌風は完成されていた。年齢を重ねて、自在にしかも知性的であって尖らず、最後まで歌にかけた明治の女性の矜持。それが、水穂なきあとの「潮音」を長く率いた力となったのに違いない。

（**草田照子**）

柳原白蓮

やなぎはら　びゃくれん　明治十八年東京府生まれ。本名燁子。伯爵柳原前光の次女。炭鉱王・伊藤伝右衛門と離婚後、宮崎龍介と結婚。佐佐木信綱に師事。歌集『踏絵』など。昭和四十二年没。

われはここに神はいづくにましますや星のまたたき寂しき夜なり
われといふ小さきものを天地の中に生みける不可思議おもふ
踏絵もてためさるる日の来しごとも歌反故いだき立てる火の前
けふの日もなほ呼吸《いき》するやふとしたるあやまちにより成りしこの躯
美しう君に背くといふ事もいつか覚えし悲しき誇
何を怨む何を悲しむ黒髪は夜半の寝ざめにさめざめと泣く
誰か似る鳴けようたへとあやさるる緋房の籠の美しき鳥
朝化粧五月となれば京紅の青き光もなつかしきかな
御夢に入るわが影の清かれと手燭とらせて鏡にむかふ
大わたつ海夕日の色のあか〳〵と燃ゆるさ中に身を投げてまし
寂しさのありのすさびに唯ひとり狂乱を舞ふ冷たき部屋に
ゆくにあらず帰るあらず居るにあらで生けるかこの身死せるかこの身
心にはたたへてぞゐしその人を口にはいたくそしりてぞゐし

（『踏絵』大4）

柳原白蓮は、九条武子、原阿佐緒と並んで、その名が華やかに異彩を放った大正期のスター的歌人である。白蓮は一八八五（明治十八）年に伯爵柳原前光《さきみつ》の次女燁子として生まれる。生母は芸妓・お良。十五歳で北小路資武と結婚、男子を産むが五年で離婚する。その後、一九一一（明治四十四）年に九州の炭鉱王・伊藤伝右衛門に嫁ぎ、その歌集『踏絵』『幻の華』など次々に刊行し、その情熱的な作品と美貌によって、筑紫の女王の名をほしいままにした。

　誰か似る鳴けようたへとあやさるる緋房の
　籠の美しき鳥

「緋房の籠の美しき鳥」とはいかにも分かりやすい、大衆受けする自画像だが、そのような自己の像を、けだるい憂愁をまとわせて投げ出すように歌っている。ローマン的なナルシシズムと、シニカルな知性を特徴として見ることができるだろう。

　寂しさのありのすさびに唯ひとり狂乱を舞
　ふ冷たき部屋に

しかし、大富豪と美貌を二つながらに享受する筑紫の女王は、囚われの鳥のような生活に決して満足していたわけではない。この歌では、ことばの華麗な演技性と挑発性の奥に、白蓮の深い焦燥

今日もまた髪ととのへて紅つけてただおとなしう暮らしけるかな
緋桃咲く夕べは恋し吾が夫も吾を妖婦と罵りし子も
何を待つ誰待つ時を待つとても心足る日のなしと知る知る
美しき恋の牢獄《ひとや》の手ぐさりに昔の人もおとしゝなみだ
執念は白骨となりて足りぬべきその日を待つかいのちつきなば
さめざめと泣きてありにし部屋を出で事なきさまに紅茶をすゝる
百人の男の心破りなばこの悲しみも忘れはてむか
わたつ海の沖に火もゆる火の国に我あり誰そ思はれ人は
（『幻の華』大8）
摩訶不思議噂の生みし我といふ魔性の女いくたりか棲む
髪長く恨みも深き罪の身の何を彩るこの裳裾かも
今更のやうにかたへに眠る子をひれふすごときおもひして見る
（『紫の梅』大14）
秋風や京のみ寺のいらかにもふれて来しやと夕雲を見る
思ひきや月も流転のかみぞかしわがこしかたに何をなげかむ
（『流転』昭3）
隣よりかくれ遊びに来る子らの肩に袂に萩こぼれ散る
戦ひはかくなりはてなほ吾子は死なねばならぬ命なりしか
（『流転』以後）
焼跡に芽ぶく木のありかくのごと吾子の命のかへらぬものか
地球上の一角におこる戦乱に悲しき母を思ひこそやれ

が潜んでいることを明らかに示している。

　果たして彼女の内面は、筑紫の女王としてだけでは収まらなかった。年下の恋人宮崎龍介と恋愛し、一九二一（大正十）年には伊藤家を出奔し、夫への絶縁状を「朝日新聞」に発表するというスキャンダラスな事件を起こすのである。白蓮が高貴な血筋をもつ大富豪の美貌の妻であり、加えて龍介が思想家宮崎滔天の息子であったことから、この恋愛事件は広く世間を騒がせ、白蓮の名をいよいよ流布することになるのである。歌人白蓮といえば、このスキャンダラスな風貌が、作品よりも先に思い起こされるといってもいい。いわば女の稀有な生の軌跡と歌とが一つになった形である。

　龍介と結婚後の白蓮は、新しい生命を得たように夫の無産運動を助け、自身は婦妓解放運動に尽力しながら歌集や自伝的小説を出版し、歌誌「ことたま」を創刊、主宰する。龍介との間にできた息子を戦死させ、晩年は失明するという不幸に見舞われながらも毅然と生き、八十一歳の長寿をまっとうした。「籠の鳥」から自由を求めて自己実現に突き進んだ白蓮の生き方は、女性史的な視点からのとらえ方もなされている。

（日高堯子）

平野万里

ひらの　ばんり　明治十八年、埼玉に生まれ東京で育つ。新詩社に入り「明星」で活躍し、歌集『わかき日』を刊行。以後「昴」、第二次「明星」、「冬柏」などの発刊に携わる。昭和二十二年没。

小安貝底つ岩根の新室《にひむろ》に波の音《おと》きく春は来《きた》りぬ。

春の海、わかき鷗は夢のごと遠鳴《とほな》る音《おと》に心を寄せぬ。

鳥は枝《えだ》に、靄は木《こ》の葉に、夕月のけしきおぼえてたそがれにけり。

君と入り、あらむ千年《ちとせ》の火の室《むろ》とエトナの山はむらさきにして。

夢のごとあまねく香《かをり》ひろごれる野にして君の手を執《と》りしかな。

心なき男が耳をやぶらむと、君はひねもすよく語りける。

涙あるかぎりを泣きぬ、火なりせばすでにすべてを焼きつくしけむ。

山ゆけば牛等よりきぬ、牛具して雲に入らばや神の代を見む。

鉦《かね》たたき、秋はかなしき鉦たたき、たたきてあれな、山枯るるまで。

我《われ》はひとり、君はかしこの少女らと榛《はしばみ》の実を拾ひし夕《ゆふべ》。

このままに枯るる世を見る、しろがねの寒月《かんげつ》われを凍《こほ》らしむべく。

ともすれば、笑《ゑ》まれ、ひそかによろこばる、たとへば君に思はれしごと。

おもかげや、遠くはなれて君を恋ひ、ひと日ひと日を逢ふ日に削《けづ》る。

（『わかき日』明40）

『わかき日』は、平野万里の唯一の歌集で、明治三十七年から三十九年までの三年間の作を収めている。作者二十歳前後の作ということになる。万里は最初「弔影」と号していたが、鉄幹の勧めで「万里」にしたという。

高村光太郎、石川啄木、萩原朔太郎、茅野蕭々、さらに、北原白秋、吉井勇ら「明星」を舞台として短歌を発表していた若い男性作家の中で、最も早くまとめられ、世に出た歌集がこの『わかき日』である（窪田空穂や相馬御風ははやく「明星」を去っている）。

万里は「序」で、この集の最初の頃の作に触れて、「年少夢を逐ひし当時、その対象は美しき少女と美しき神と靄もて掩はれし天地との外あることなきころ」の作で改作をしたと述べている。一巻は、ある詩的雰囲気を求めて漂泊する浪漫的精神に導かれているといえ、それは二年前に刊行された啄木の詩集『あこがれ』をも思いおこさせる。使われている言葉や作られたシーンに、「明星」とその時代の憧憬のありようを見てとることができよう。時代の青年を酔わせた恋を恋する若さや甘味さや煩悶がそこにある。

しかしこの集は、恋の切実や苦しみをうたい、心の微妙なたゆたいや葛藤を、自他の関係性の中

浅みどり、やはらかき日の麦の穂に、蝶とかくれて君を待つべき。

『なにゆゑに啼くか、雲雀よ。』『人ふたり、さはなにゆゑに草にねむるか。』

春の日の燃ゆるが中を往かしめよ、二人やかれて花の上に死なむ。

夜《よる》の路、前《まへ》に人あり領巾《ひれ》振りぬ、月より来しといふかたちして。

月ふけて桜は夜眼《よめ》に白かりき、初めて君を吸ひし日思ふ。

ふと君を忘れぬ、君が名を問はむ、束《つか》の間《ま》君を見ざりし故に。

そのわかき、罪なき、まろき頬をよせて眠るあひだに天へか具せむ。

君は得つ、膚《はだへ》は山の白百合に、眼《め》なる真珠《しんじゅ》の光は海に。

ゆきたまへ、鬼界が島へ、蓬莱へ、百千年《ひやくせんねん》も帰りたまふな。

君に会《あ》ひその日早くも思ひぬと、ふといつはりを語りけるかな。

われさびし、沼《ぬま》べに、遠き人おもひ、小萱枯るるをながめし日《ひ》より。

我を捉《と》る黒き瞳のわが前にあるをかなしみ、あらぬをうれふ。

わだつみを夢みぬ、いとも大いなる潮《しほ》みつ胸に君を包むと。

濃き藍の湖に見る、いにしへの雲いにしへの日輪《にちりん》を吐く。

黒瞳、なかにあるなるパライソオ、邪《よこしま》ならぬ心容《い》るるや。

秋の野の薄《すすき》の如《ごと》く井オリンの弓こそなびけ、楽《がく》の風吹く。

我がうれひ、君を誘《いざな》ひ、北極の氷の上にあひ見て泣きぬ。

に映しだしていく歌をも生み出している。すべての歌に句読点が付されているが、その中には、ある屈折したリズムをもって、作者の抒情や思考の屈折を示す効果をなしているものもある。恋を契機に、自己のある部分が見つめられているともいえよう。また、「わだつみを夢みぬ…」「濃き藍の湖に見る…」といった、ある太く、おおらかな世界もが見えはじめていることも注目される。

　さて、この『わかき日』における相聞の相手として、新詩社で活躍した玉野花子が知られている。二人は結ばれるが、花子はこの集が刊行された翌年に亡くなっている。万里は「明星」に「前後の記」を書き、また「久方の天をくだりて我妹子のおくつきの上につもる白雪」といった挽歌を残している。「明星」という場が、観念の上でも、また現実においても、恋を育み、それを言葉に昇華させたといってよいだろう。

　万里はその後、技師としてドイツに留学したり、会社や役所に務める傍ら、与謝野夫妻を支えて雑誌を刊行し、執筆活動も続ける。この若き日の歌によって人々の記憶に残るが、以後四千首近い歌を残しており、平成十六年『平野萬里全歌集』が刊行された。

（**内藤　明**）

土岐善麿

ときぜんまろ　明治十八年東京生まれ。青年時代の号は哀果。早稲田大学英文科卒。啄木と交遊し、その後、新聞社に勤務しながら「生活と芸術」を創刊。昭和五十五年没。

見まもればさゆらぐ百合のしら花に移らんほどの魂《たま》とこそおもへ

（『はつ恋』）

Ishidatami, koborete utsuru Mizakura wo
Hirou ga gotoshi! ——
Omoiizuru wa

（『NAKIWARAI』明43）

Waga gotoki Yonotsunebito wa,
modae sezu,
Metorite, umite, oite, shinubeshi!

指をもて遠く辿《たど》れば、水いろの、
ヴォルガの河の
なつかしきかな。

（『黄昏に』明45）

藤原俊成は九十一歳まで生きたが、近代にあっても、土屋文明（百歳）、佐佐木信綱（九十一歳）、窪田空穂（九十一歳）など、亡くなるまで現役として旺盛に活動した歌人を多くあげることができる。土岐善麿も生まれは白秋や牧水と同じ明治十八年だが、没年は昭和五十五年。九十四歳の長寿を全うしており、実に八十年に及ぶ歌歴をもつ。それだけでなく、善麿はそれぞれの時代において、その時代の前線で自らの歌風を切り開いてきた歌人といってよい。善麿の中に、その時々に「現代」を指向してきた近代短歌の一つの姿をみることができよう。

善麿は、中学時代、金子薫園選の「新声」歌壇に投稿し、その白菊会に入る。また早大英文科時代、牧水との交流や空穂の第一詩歌集『まひる野』などから影響を受けて、短歌の抒情性をベースに日常現実への注視を深めていく。後に編集された『はつ恋』はその出発点の浪漫性をよく示しているが、第一歌集としての『NAKIWARAI』（明治四十三年）は、ロマンチックな感傷性の上に、覚めた現実認識を示している。またこの歌集は、ヘボン式ローマ字綴りによるもので、長くローマ字運動に携わる善麿の初志が反映されてもいる。掲出歌を漢字・仮名に改めると、「甃、こぼれてう

日本《にほん》に住《す》み、
日本《にほん》の国《くに》のことばもて言ふは危《あや》ふし
　わが思ふ事。

手の白き労働者こそ哀しけれ。
　国禁の書を、
　涙して読めり。

ドアを出づ、——
　秋風の街へ、
ぱつと開《あ》けたる巨人の口に飛び入るごとく。

焼趾《やけあと》の煉瓦《れんぐわ》のうへに、
小便をすれば、しみじみ、
　秋の気がする。

りんてん機、今こそ響け。
　うれしくも、
東京版に、雪のふりいづ。

（『不平なく』大2）

労働をよろこぶ心を、ころすなかれ、——
　夏の街路に、
　口ぶえをふく。

京橋の、アカシアの樹の、
八月の、青葉の埃、
　なつかしき埃。

やはらかに、ゆげののぼれる
　金だらひ
もろ手を、しばし、ひたしたりけり。

けふぞはじめて
われはわが身の愛すべきあるじにありけり、
日はおほぞらに。

（『佇みて』大2）

一歩、一歩
この国境の大江の
鉄橋のうへを踏みてゆくかな。

かんらん、かんらん、……
汽鑵車の鐘が耳につき、草が青く、
　ゆふ日が赤し。
わが知れる青年は、みな貧し、
　かれも、かれも、
わが知れる青年はみな貧し、冬。
諦《あきら》めて、諦めて、
ただ諦めて、不平も言はず、
　何にも知らず。
（『街上不平』大4）

石川はえらかったな、と
　おちつけば、
　しみじみとして思ふなり、今も。

なれの父の
この臆病に似るなかれ
　このあきらめをまぬること莫れ。
（『土岐哀果集』大6）

かれ遂に何をなさむやといふ声の中にひそまり、ひそかに努む。
（『雑音の中』大5）

せめてわが自由になるものを自由にせむ、自由になるものの三つか二つを。
槍投げて大学生の遊ぶ見ゆ、大いなるかなこの楡の樹は。
（『緑の地平』大7）

しらじらと光をおとすまひるまのあら野の夏のひとすぢの虹。
ゆふ雲のひかりのもとにちらばりて、また寄りて、牛は帰らんとせず。
新しき仕事の中に身をおくと、まづ卓上の塵をはらひぬ。
かき探《さく》る長櫃《ながひつ》のなかの闇深くたちまちあかるく焔は近し
（『緑の斜面』大13）

つる実桜を／拾うがごとし！／思い出づるは」「わがごとき世のつねびとは、／もだえせず／めとりて、うみて、老いて、死ぬべし！」となるが、各々に、和歌的なものに揺さぶりをかけて独自の韻律と世界を作ろうとする善麿の意欲がうかがえよう。

　さて、第二歌集『黄昏に』（明治四十五年）は明治の末に親交をもった啄木への献辞が添えられている。啄木は、この集に収められている、「焼趾の煉瓦のうへに、／小便をすれば、しみじみ、／秋の気がする」の「鋭い実感」を雑誌発表当時に評価していた。ロシアの文学や風土、また革命への憧憬、都会の風景や都市的な感性、労働への思いなど、明治末年の時代状況を背後にした若い世代の指向を、これら三行書きの歌は言葉にしているといえよう。口語的な表現、現代語の導入などを通して、新しい都市生活者の歌が試みられており、社会主義や社会的な関心をも深めながら、都会出身の知識人、「手の白き労働者」としての自らが、時に軽やかに、時に自嘲をこめて歌われている。この基調は、これに続くいくつかの歌集に引き継がれていく。

　しかし、『緑の地平』（大正七年）の北海道詠をはじめ、そのまなざしは次第に大きな自然の姿に

うしろより声をもかけず殺したるその卑怯さを語りつぐべし
わがものといふべきもののひとつはあれ杉の丸太の椅子をつくりぬ
なかぞらの風にひた対ふ一点の紙鳶の張りこそ手につたひくれ
身は軽くよこ木を越えて宙に浮くこの一瞬やもの思ひなし
（『空を仰ぐ』大14）

歌といへばみそひともじのみじかければたれもつくれどおのが歌つくれ
僕によるあなたの心理の変化、それがあなたの姿にも現れて来た
あなたをこの時代に生かしたいためばかりなのだ、あなたを痛痛しく攻めてゐるのは
自分のあたまの真上を飛んだと皆思つてゐる、グラフ・ツェペリンをふり仰ぎながら
上舵、上舵、上舵ばかりとつてゐるぞ、あふむけに無限の空へ
いきなり窓へ太陽が飛び込む、銀翼の左から下から右から
（『新歌集作品１』昭８）

そつと寄りそつて腋《わき》のしたへ無言のピストルをさし向けさうな男の間を通る
（『新歌集作品２・近詠』昭13）

はじめより憂欝なる時代に生きたりしかば然かも感ぜずといふ人のわれよりも若き
眼の前の事実を歴史の中におくことによりてわれらが宿命を見極めむとす
われを指《ゆび》さすおほきなる手を常に感ず闇のなかよりひかりの中より
かかる時に遭ひたるものはいまだかつてあらざるゆゑの世相に直面す
時局のもとに離合集散する党人のごとくなり得ば容易なるべし
人と人の愛するよりほかなきことを国と国との間《あひだ》に実証す
（『六月』昭15）

も向けられ、のびやかさやおおらかさを加えていく。また『佇みて』（大正二年）は朝鮮・中国での作であり、『緑の斜面』（大正十三年）は関東大震災が歌われている。「うしろより…」は友人の無政府主義者大杉栄の虐殺を詠んだものだが、時代をとらえて短歌で現実をドキュメントしていくところは善麿の歌の一つの方向を示すものといってよい。またスポーツ詠や欧米での海外詠も、はやくからこの作者によって開拓されたものである。

さて、昭和初期は短歌の新たな革新がいわれた時代である。『新歌集作品１』（昭和八年）の「僕による…」「あなたを…」などは、短歌そのものを擬人化してその相手に口語で呼びかけているふうの作である。また、茂吉・夕暮などとともに飛行機に乗った時の作である「上舵・上舵…」「いきなり窓へ…」などでは、口語自由律が試みられており、「そつと寄りそつて…」はニューヨークでの作である。短歌とは何かということを問うこの時代の動きは、再び明治末期の革新を善麿に思い起こさせるものだったろう。

だが、やがて来る軍部の台頭と中国との戦争の拡大は、善麿に苦悩をもたらす。『新歌集作品２・近詠』（昭和十三年）『六月』（昭和十五年）は、字余りや破調を多用しながら、その時代にお

賢きは市《いち》に隠れてもの言はず憤《いきど》ほろしもおろかにわれは
遺棄死体数百《すうひやく》といひ数千《すうせん》といふいのちをふたつもちしものなし
ここにありてわが立ち嘆くさきたまの秋晴の野は遠くあかるし
（『秋晴』昭20）

おほみわざ今はた遂に成らずともあじやは起れ相睦みつつ
ふるき日本の自壊自滅しゆくすがたを眼の前にして生けるしるしあり
（『夏草』昭21）

鉄かぶと鍋に鋳直したく粥のふつふつ湧ける朝のしづけさ
あなたは勝つものとおもつてゐましたかと老いたる妻のさびしげにいふ
朝顔の花さきいでて仮小屋にけさ迎ふわれらの八月十五日
（『冬凪』昭22）

われも世に生きゆくすべはありぬべし朝顔の花のしろき一輪
わが歌を愧ぢずおそれずあらしめよ世にありてわれはかくのごとしと
春の夜のともしび消してねむるときひとりの名をば母に告げたり
（『遠隣集』昭26）

老いて青春の友情を語るたのしさはたまたまよき煙草を味ふごとし
桜ちれば五月となりやがて夏とならむ自然よわれも孤独にあらず
太陽が照れば塵さへかがやくといみじく老いてゲーテは言ひし
清忙のかくて老いゆく楽しさや　朝の落葉ははや掃かれたり
（『若葉抄』昭39）

春のひかり千里を照らす空のもと　われは一隅に　身を守るべし
中陰のひと日ひと日の香煙に　さきて散りゆく花の静けさ
（『寿塔』昭54）

ける知識人の内的葛藤を示しており、『六月』は時局批判として攻撃もされる。善麿自身、時代の赴くところに危惧をもちながら、戦争に抗していくことはできなかったが、その屈折した文体や物言いは時代のある証言ともいえよう。

さて、敗戦後、善麿はいち早く歌集を出し、新たに出発した日本を詠んでいく。そこに、時代の流れを察知し、常に前向きに事に処していく善麿が居るともいえる。新聞社は退職していたが、善麿は戦後三十数年にわたって、さまざまな文化的活動をしながら歌を作り続けていく。掲出はできなかったが、『歴史の中の生活者』（昭和三十三年）における「倭建抄」「大海人抄」など、連作をもって短歌における叙事と抒情の融合を試みた大作もある。新作能の制作や杜甫をはじめとした漢詩の訳など、その広い文学活動も、短歌にさまざまな反映をなしている。おのずからそこからは、和歌的な枯淡とはことなった、ある充実した、向日的な老いの歌が生まれている。

善麿は、一生涯結社や師弟関係と無縁であった。近代歌人にはめずらしく、都市の中で育まれ、広い視野をもって現代に敏感に反応した。時代の中で揺れ動きながらも、「おのが歌」を頑固に作り続けた歌人といってよいだろう。

（内藤　明）

高村光太郎

たかむら こうたろう　一八八三（明治十六）年東京に生まれる。詩人、彫刻家。詩集『道程』『智恵子抄』『典型』のほか、『ロダンの言葉』などがある。東京美術学校時代に与謝野鉄幹の新詩社に入社。「明星」に短歌、詩などを発表。同人として重んじられる。しかし、その後は詩に重心がおかれる。しかし、短歌も晩年までときおり作っていた。一九五六（昭和三十一）年没。『高村光太郎全集』（筑摩書房）第十一巻より抽出。

野がへりの親は親馬子は子馬乗鞍おろし雪はさそふな
酔ひて泣く杜甫が背に笑む李太白ふたり歩めば京《みやこ》の震撼《ゆる》
堂の昼蝿を障子に追ひつめて九年の達磨ほほゑみおはす
鳴きをはるとすぐに飛び立ちみんみんは夕日のたまにぶつかりにけり
生きの身のきたなきところどこにもなく乾きてかろきこの油蝉
はだか身のやもりのからだ透きとほり窓のがらすに月かたぶきぬ
気ちがひといふおどろしき言葉もて人は智恵子をよばむとすなり
高きものいやしきをうつあめつちの神いくさなり勝たざらめやも
太田村山口山の山かげに稗をくらひて蝉彫るわれは
わが前にとんぼがへりをして遊ぶ鼠の来ずて夜を吹雪くなり
おのづから雲こごりきて夏の夜《よ》の明神嶽の屋根をはなれず

萩原朔太郎

はぎわら さくたろう　一八八六（明治十九）年前橋市に生まれる。詩人。詩集『月に吠える』『青猫』『純情小曲集』のほか、『郷愁の詩人与謝蕪村』『詩の原理』などがある。文学的出発は「明星」「文庫」などへの短歌投稿からはじまる。短歌への発言も多い。断続的であるが、大正初期まで作歌を続ける。一九四二（昭和十七）年没。『萩原朔太郎全集』（筑摩書房）第三巻より抽出。

しら露におもひ消ぬべき心地して母なぐさめて摘む秋の草
夕月のさせば武蔵の母もきてありしむかしの夢さそふ夜や
大坂やわれをさなうて伯母上が肩にすがりし木遣《きやり》街かな
夕さればそぞろありきす銃器屋のまへに立ちてはピストルをみる
死なんとて踏切近く来しときに汽車の煙をみて逃げ出しき
幼き日パン買ひに行きし店先の額のイエスをいまも忘れず
行く春の淡き悲しみいそつぷの蛙のはらの破れたる音
しののめのまだきに起きて人妻と汽車の窓よりみたるひるがほ
夏くれば君が矢車みづいろの浴衣の肩ににほふ新月《にひづき》
材木の上に腰かけ疲れたる心がしみじみと欠伸せるなり
吉原のおはぐろ溝《どぶ》のほの暗き中に光れる櫛の片割《かたわれ》

若山牧水

わかやま　ぼくすい　明治十八年、宮崎県東郷村に生まれ、昭和三年、沼津市に没した。本名繁。早大卒。北原白秋、土岐善麿とは同級であった。歌集『別離』で名声を博す。「創作」主宰。

真昼日のひかりのなかに燃えさかる炎か哀しわが若さ燃ゆ

白鳥《しらとり》はかなしからずや空の青海のあをにも染まずただよふ

みな人にそむきてひとりわれゆかむわが悲しみはひとにゆるさじ

ああ接吻《くちづけ》海そのままに日は行かず鳥翔《ま》ひながら死《う》せはてよいま

山を見よ山に日は照る海を見よ海に日は照るいざ唇《くち》を君

ともすれば君口無しになりたまふ海な眺めそ海にとられむ

君かりにかのわだつみに思はれて言ひよられなばいかにしたまふ

雲見れば雲に木見れば木に草にあな悲しみのかげ燃えわたる

朝地震《あさなゐ》す空はかすかに嵐して一山《いちざん》白き山ざくらかな

水の音《ね》に似て啼く鳥よ山ざくら松にまじれる深山の昼を

雲ふたつ合はむとしてはまた遠く分れて消えぬ春の青ぞら

けふもまたこころの鉦《かね》をうち鳴《なら》しうち鳴しつつあくがれて行く

幾山河《いくやまかは》越えさり行かば寂しさの終《は》てなむ国ぞ今日《けふ》も旅ゆく

（『海の声』明41）

若山牧水は明治十八年八月二十四日、宮崎県北部の東臼杵郡東郷村坪谷に生まれた。三人の姉がいたが男子は牧水一人である。本名は繁。祖父、父共に医師であった。延岡中学を経て早稲田大学文学部英文科を卒業、一時期新聞記者となったこともあるが、その生涯を自由な歌人として送った。昭和三年九月十七日、静岡県沼津市の自宅で没した。四十三歳であった。

　中学時代から作歌に熱中し、「中学世界」「秀才文壇」「新声」「文庫」など様ざまな新聞や雑誌に短歌や俳句、散文を投稿した。当時は、歌壇を風靡していた新詩社の強い影響を受けた。

　明治三十七年、早稲田大学入学のため上京、「新声」歌壇の選者であった尾上柴舟を訪ねて師事した。翌年柴舟を中心に前田夕暮、正富汪洋の四人で車前草社を起こし「新声」誌上に作品を発表した。のち、有本芳水、三木露風もこれに加わった。夕暮とは柴舟を通じて知ったのだが、早稲田の同級生に北原白秋、土岐善麿がおり、白秋とは共に九州出身ということもあり一時は下宿を共にした。また石川啄木とも善麿を通じて知り合っている。

　四十年六月二十二日、在学中の牧水は帰途につき、中国山脈沿いに岡山から広島、下関と旅行し

とろとろと琥珀《こはく》の清水津の国の銘酒白鶴瓶《はくづるへい》あふれ出づ
いざ行《ゆ》かむ行きてまだ見ぬ山を見むこのさびしさに君は耐《た》ふるや
（『独り歌へる』明42）
父の髪母の髪みな白み来ぬ子はまた遠く旅をおもへる
わが恋の終りゆくころとりどりに初なつの花咲きいでにけり
吾木香《われもこう》すすきかるかや秋くさのさびしききはみ君におくらむ
山ねむる山のふもとに海ねむるかなしき春の国を旅ゆく
栗の木の木ずゑに栗のなる如き寂しき恋を我等遂げぬる
（『別離』明43）
春白昼《はるまひる》ここの港に寄りもせず岬を過ぎて行く船のあり
海底《うなそこ》に眼《め》のなき魚の棲《す》むといふ眼の無き魚の恋しかりけり
（『路上』明44）
たぽたぽと樽《たる》に満ちたる酒は鳴るさびしき心うちつれて鳴る
ゆふぐれの雪降るまへのあたたかさ街のはづれの群集《ぐんじゅ》の往来《ゆきき》
かたはらに秋ぐさの花かたるらくほろびしものはなつかしきかな
白玉《しらたま》の歯にしみとほる秋の夜の酒はしづかに飲むべかりけり
けふもまた独りこもればゆふまぐれいつかさびしく点る電燈
虚無党の一死刑囚死ぬきはに我の『別離』を読みゐしときく
多摩川の砂にたんぽぽ咲くころは我にもおもふ人のあれかし
美しく縞のある蚊の肌に来てわが血を吸ふもさびしや五月《ごぐわつ》

て七月帰省。この秋、文学をもって身を立てる決意を固めた。ちなみに、近代短歌の中で最も愛誦されている作品の一つである、

幾山河越えさり行かば寂しさの終てなむ国ぞ今日も旅ゆく

はこの旅の途中、岡山県哲西町から投函された葉書に書かれている。このように在学中から秀歌が生みだされていたのである。また、この年、園田小枝子との恋愛感情は深まり、十二月には共に千葉県外房根本海岸に十日余り滞在する。

ああ接吻海そのままに日は行かず鳥翔ひながら死せはてよいま

を含む四首の作品がその時作られた歌である。

翌四十一年、早稲田大学卒業直後、柴舟の援助を得て第一歌集『海の声』が刊行された。ここに、

白鳥はかなしからずや空の青海のあをにも染まずただよふ

といった愛誦性に富む歌も収められている。青春に思い描く遠い憧れと孤愁がやわらかなリズムに乗って歌われている。しかし、この白鳥は、空を飛んでいるのか、海に浮いて漂っているのかで、読者が持つイメージは違ってくるだろうし、またそれだけ幅広い解釈が可能だということである。

けふもまたこころの鉦をうち鳴しうち鳴し

わが家に三いろふたいろ咲きたりし夏くさの花も散り終りけり
（『死か芸術か』大1）

秋かぜや日本《やまと》の国の稲の穂の酒のあぢはひ日にまさり来《く》れ

水無月《みなつき》の崎のみなとの午前九時赤き切手を買ふよ旅びと

かんがへて飲みはじめたる一合の二合の酒の夏のゆふぐれ

夏の樹にひかりのごとく鳥ぞ啼く呼吸《いき》あるものは死ねよとぞ啼く

ふるさとの尾鈴の山のかなしさよ秋もかすみのたなびきて居り

母が飼ふ秋蚕《あきご》の匂ひたちまよふ家の片すみに置きぬ机を
（『みなかみ』大2）

納戸の隅に折から一挺の大鎌あり、汝が意志をまぐるなといふが如くに

飽くなき自己虐待者に続《つ》ぎ来たる、朝、朝のいかに悲しき

新たにまた生るべし、われとわが身に斯く言ふ時、涙ながれき

この冬の夜に愛すべきもの、薔薇あり、つめたき紅《くれな》ゐの郵便切手あり

くつきりと秋のダリアの咲きたるに倦める心は怯えむとする
（『秋風の歌』大3）

午砲《どん》鳴るやけふは時雨れて病院のえんとつの煙濃くたちのぼる

わが如きさびしきものに仕へつつ炊《かし》ぎ水くみ笑《ゑ》むことを知らず

鶺鴒《いしたたき》しろがねの銭《ぜに》かぞへゆく冷たき声に啼《な》く真昼かな
（『砂丘』大4）

時をおき老樹《おいき》の雫《しづく》おつるごと静けき酒は朝にこそあれ

昼の井戸髪を洗ふと葉椿《はつばき》のかげのかまどに赤き火を焚《た》く

つつあくがれて行く

は、「幾山河こえさりゆかば」と直接連続しているような歌であるが、『まひる野』に収められている窪田空穂の歌で明治三十四年八月、「明星」に発表された、

　鉦《かね》鳴らし信濃の国を行き行かばありしながらの母見るらむか

の影響を見ることができるかもしれない。

　初期の牧水の歌の特色として愛誦性と感傷性を指摘することができるが、翌四十二年に刊行された『独り歌へる』にもそういった傾向の歌がある。

　いざ行かむ行きてまだ見ぬ山を見むこのさびしさに君は耐ふるや

この歌は「さあ、二人で山に出かけて、まだ見たこともない山を見ましょう。始めて見るその山の寂しさ、その寂しさにあなたは耐えられますか」と恋人を山に誘うという単純な構成のものであるが、自分の孤独と君が恋しいという感情が盛られている。

　第一歌集『海の声』、第二歌集『独り歌へる』は大きな反響を得ることはなかったが、この二冊に新たに百三十首を加えて千四首を収め、第三歌集として四十三年に刊行したのが『別離』である。その自序で「廿歳より詠んだ歌の中から一千首を

昼深み庭は光りつ吾子《あこ》ひとり真裸体《まはだか》にして鶏《とり》追ひ遊ぶ
榛《はん》の木に楢の木つづく山際の刈田の畔《くろ》ぞわが行くところ
（『朝の歌』大5）

みちのくの雪見に行くと燃え上るこころ消しつつ銭つくるわれは
つばくらめちちと飛び交ひ阿武隈《あぶくま》の峯の桃の花いま盛りなり
酒のめばなみだながるるならはしのそれもひとりの時に限れる
（『白梅集』大6）

さやさやにその音ながれつ窓ごしに見上ぐれば青葉滝とそよげり
疲れはてて帰り来れば珍しきもの見るごとくつどふ妻子ら
羽後の海朝けぶりゐき越え来れば越後の海は夕けぶりつつ
（『さびしき樹木』大7）

底なしの甕《もたひ》に水をつぐごとくすべなきものか酒やめて居れば
石越ゆる水のまろみを眺めつつこころかなしも秋の渓間に
飲む湯にも焚《たき》びのけむり匂ひたる山家の冬の夕餉《ゆふげ》なりけり
（『渓谷集』大7）

片空に朱をかき流しこがらしの上総《かづさ》だひらは夕焼けにけり
ひそまりて久しく見ればとほ山のひなたの冬木風さわぐらし
見る見るにかたちをかふる冬雲を抜きいでて高き富士の白妙
聞きゐつつたのしくもあるか松風のいまは夢ともうつつともきこゆ
をちこちに啼きうつりゆく筒鳥のさびしき声は谷にまよへり
いつしかに月のひかりのさしてをる端居《はしゐ》さびしきわが姿かも
（『くろ土』大10）

抜き、一巻に輯めて『別離』と名づけ、今度出版することにした。昨日までの自己に潔く別れ去らうとするこころに外ならぬ」と書いている。この『別離』が大きな反響を呼び、これと前後して刊行された前田夕暮の歌集『収穫』と共に自然主義的思潮の影響を受けた清新な抒情、平明な表現で自己の内部を歌った作風として讃えられた。つまり、新詩社＝「明星」の浪漫主義的傾向が退潮していくなかで、新時代を画する自然主義歌人として、恋の歌の歌人として世の注目を浴びた。この頃から大正にかけてを短歌史的には「牧水・夕暮時代」と呼んでいる。それだけ大きな反響があったのである。現在から顧みると、牧水、夕暮にしてもいくぶん浪漫的な傾向が見られるのであるが、「明星」的浪漫主義、つまり空想的な要素は少なく、より現実的であることがわかる。夕暮にしてもそうであり、『収穫』に収められた自身の祝婚歌である、

木に花咲き君わが妻とならむ日の四月なかなか遠くもあるかな

は、「春となって木には花が咲くようになった。いとしいお前が俺の妻となるこの四月、何と時間が過ぎてゆくのが遠く感じられることであるよ」という意味であるが、ここにも空想的なところは

手にとらばわが手にをりて啼きもせむそこの小鳥を手にも取らうよ
しみじみとけふ降る雨はきさらぎの春のはじめの雨にあらずや
見下《みおろ》せば八十渓《やそたに》に生《お》ふる鉾杉の秀並《ほなみ》が列《つら》に雪は降りつつ
畑なかの小径をゆくとゆくりなく見つつかなしき天の河かも

（『山桜の歌』大12）

うすべにに葉はいちはやく萌えいでて咲かむとすなり山桜花
うらうらと照れる光にけぶりあひて咲きしづもれる山ざくら花
花も葉も光りしめらひわれの上に笑みかたむける山ざくら花
かき坐る道ばたの芝は枯れたれや坐りてあふぐ山ざくら花
瀬々走るやまめうぐひのうろくづの美しき春の山ざくら花
朝づく日うるほひ照れる木がくれに水漬《みづ》けるごとき山ざくら花
椎の木の木《こ》むらに風の吹きこもりひと本咲ける山ざくら花
とほ山の峰越《をごし》の雲のかがやくや峰のこなたの山ざくら花
ひともとや春の日かげをふくみもちて野づらに咲ける山ざくら花
鉄瓶のふちに枕しねむたげに徳利かたむくいざわれも寝む
山かげの日ざしかげれば谷川のひびきも澄みて河鹿なくなり
雲雀啼く声空にみちて富士が嶺に消《け》残る雪のあはれなるかな
鴨をりて水の面あかるき山かげの沼のさなかに水皺《みじわ》よる見ゆ

なく、あくまでも現実の婚約者を対象に青年の焦燥と渇望が素直に語られている。こういった現実的な対応が牧水、夕暮にはあり、当時としては新鮮だったのである。

またこの年には東雲堂から編集を依頼された詩歌雑誌「創作」を創刊、この後中断もあったが終生その編集発行を行なった。また翌四十四年には本郷弓町に啄木を訪ねており、後に「潮音」を創刊主宰することになる太田水穂方では太田喜志子と会い、翌年に結婚することになる。

すでに気付いていると思うが、四十一年、第一歌集『海の声』刊、四十二年『独り歌へる』刊、四十三年『別離』刊と毎年歌集を刊行している。以後も変わることなく四十四年『路上』刊、大正元年『死か芸術か』刊、二年『みなかみ』刊、三年『秋風の歌』刊、四年『砂丘』刊、五年『朝の歌』刊、六年『白梅集』刊と続き、七年五月には十二歌集『渓谷集』、七月には第十一歌集『さびしき樹木』を刊行している。九年には、年来の希望であった田園生活に入るために東京を去り、静岡県沼津町（現沼津市）に移り住んだ。

かたはらに秋ぐさの花かたるらくほろびしものはなつかしきかな
白玉の歯にしみとほる秋の夜の酒はしづか

わが袖の触れつつ落つる路ばたの薄《すすき》の霜は音立てにけり
とろとろと榾火燃えつつわが寒き草鞋《わらぢ》の泥の乾き来るなり
寒しとて囲炉裡の前に厩《うまや》作り馬と飲み食ひすこの里人は
若竹に鵙《もず》とまりをりめづらしき夏のすがたをけふ見つるかも
まふ鳥の影あきらけき冬の朝のこの松原の松のそびえよ
黒松の黒みはてたる幹の色葉のいろをめづ朝見ゆふべ見
海の風荒きに耐へて老松の梢《うれ》のさびたる見ればかなしも
足音を忍ばせてゆけば台所にわが酒の壜は立ちて待ちをる
熟《う》れ麦のうれとほりたる色深し葉さへ茎さへうち染まりつつ

（『黒松』昭13）

人は自ら歌ふことによりて自ら慰み、自ら歌ふ声を聴きて自ら励む。極まりなき寂寥の路、人の生《よ》の路にありてこの歌声のみ或いは僅かにその人の実在を語るものであるかも知れぬ。歌はまつたく「自分」のためにのみ歌ふものである。自分といふものを確固《しつかり》とさせ、自分といふものを次第に生《お》ひたゝせてゆく尊い事業である。その尊い事業に対して人は如何なる態度をとるべきであるか。歌を、「歌といふものがあるから、」として第三者視し、其処に置いてあるものを取り扱ふ気で取り扱ふのが歌を誤るそも〳〵のもとであると私は思つてゐる。

（「短歌作法」大正十一年）

に飲むべかりけり
多摩川の砂にたんぽぽ咲くころは我にもおもふ人のあれかし

右の三首は『路上』の作品であるが平明で郷愁を誘うような、牧水調ともいうべき流れるようなリズムがある。しかし、父の死後、郷里に留まるべきかどうか進退に悩み、苦悶。この頃よりしだいに思索的な作風となっていき、初期の抒情的な流麗さを捨てて生活的、人生的な苦悩を表徴するかのようなきびしい破調と口語的発想による作風へと転換していく。その後、『秋風の歌』以降は本来の歌風にかえり、『くろ土』（大十）、『山桜の歌』（大十二）、『黒松』（昭十三、遺稿集）には明るくおおらかでかつ平明な寂寥感をともなった作風となっていった。

旅と酒を愛した牧水を、現在では「旅の歌人」「酒の歌人」といいならわしているが、事実旅の歌は二千余首、酒の歌三千首と多い。生涯にわたって生活苦は続いたらしく、たびたび揮毫会のため各地へ行っている。これは色紙、短冊等に歌を書き、販売するもので、生活の資にあてていた。しかし、歌にはその苦悩を表わすことは少なく、昭和三年九月十七日に自宅で死亡、四十三歳であった。

（小紋 潤）

木下利玄

きのした りげん　明治十九年、岡山県生まれ。佐佐木信綱に師事。「白樺」派唯一の歌人である。「日光」同人。歌集に『銀』『紅玉』『一路』がある。大正十四年没。

夕方に子供の遊ぶころとなり街にも下《くだ》る蒼《あお》きうす靄
（『銀』大3）

あすなろの高き梢を風わたるわれは涙の目をしばたたく

我が顔を雨後《うご》の地面に近づけてほしいままにはこべを愛す

街《まち》をゆき子供の傍《そば》を通る時蜜柑の香《か》せり冬がまた来る
（『紅玉』大8）

この花は受胎《じゆたい》のすみしところなり雌蘂《しずゐ》の根もとのふくらみを見よ

木の花の散るに梢を見あげたりその花のにほひかすかにするも

向うの山の大きな斜面彼処《かしこ》には百合咲いてをりはるかなるかも

たよりゐる声ききしゆゑ死に近き瞳をあけて母見しか汝は

およぎゆかん入江の向うの岸遠しはだかとなれる小学生徒

およげるにちがひなからん子供らの頭《あたま》見えねど太鼓はきこゆ

水底の小魚の眼玉《めだま》は寄り日にて生意気《なまいき》なれど可愛くあるも

のびあがり倒れんとする潮《うしほ》 波蒼々《なみあをあを》たてる立ちのゆゆしも

大き波たふれんとしてかたむける躊躇《ためらひ》の間《ま》もひた寄りによる

木下利玄は明治十九年一月一日、岡山県足守町（現岡山市）に生まれた。本名、利玄《としはる》。父は旧足守藩主で子爵木下利恭の弟利永で、六人兄弟の次男であった。五歳の時、利恭の養嗣子となって上京、歌人木下長嘯子の弟を二代とする家の十三代となった。学習院を経て東京帝国大学国文科卒。

歌は三十二年、学習院中等科三年、十三歳の時に佐佐木信綱を訪ね、「心の花」に入会、新井洸、川田順と共に活躍した。また、学習院時代の級友であった武者小路実篤、志賀直哉に里見弴、有島武郎らと共に四十三年、「白樺」を創刊、同人中唯一人の歌人として短歌を発表した。翌年、横尾照子と結婚、その生涯において利公《としきみ》、二郎、夏子、利福《としとみ》と四子をもうけたが、最初の三子は幼少にして失った。子供好きであった利玄にとって、自身の子供運は不運の連続であった。次男の死後、夫人の慰藉と健康回復のために大正五年に大旅行を計画、山陰、九州、奈良、京都と二年余りにわたって各地を旅し、旅信と歌を「心の花」、「白樺」に発表し続けた。八年、鎌倉に移住するが、十一年春頃から病床についた。十二年、「白樺」終刊。十三年、歌壇の大合同誌「日光」の創刊同人となる。十四年二月十五日、肺結核のため逝去。四十歳であった。

初期においては新井洸の影響を強く受け、北原

たふれんたふれんとする波の丈《たけ》をひた押しにおして来る力はも
にはとこの新芽《しんめ》ほどけぬその中にその中の芽のたたまりてゐる
今の鳥はこの樹にゐるにちがひなしひそかに枝葉の中を見上ぐる
遠足の小学生徒有頂天《うちやうてん》に大手ふりふり往来とほる
この湾の波の最中《もなか》に軍艦の入り来て場《ば》を占めさ揺ぎもせず
鼻の上に少し皺よせわが妻のいとしみし子は死ににけるかも
これやこの三人の吾子の墓どころ土のしめりに身をかがめけり
灯《ほ》あかりのほとほととどかぬくらがりに大木《たいぼく》の幹の太々《ふとぶと》とあり
足ぶみする子供の力寄《ちからよ》り集りとどろとどろと廊下が鳴るも
（『一路』大13）
卵だきじつとふくらむめん鶏のすゑゐる眼《まなこ》の深きするどさ
牡丹花《ぼたんくわ》は咲《さ》き定《さだ》まりて静かなり花の占《し》めたる位置《ゐち》のたしかさ
この室《へや》のしづもりみだるものもなく床《とこ》の牡丹のほしいままに紅き
近頃《ちかごろ》は四海波静《しかいなみしづ》かなれば軍艦もこの浦に来てどんたくをせり
手を洗ふ水つめたきに今朝の秋や身を省《かへり》みて虔《つつま》しくあり
（『みかんの木』大14）
曼珠沙華《まんじゆしやげ》一むら燃えて秋陽《あきび》つよしそこ過ぎてゐるしづかなる径《みち》
けたたましく百舌鳥《もず》が鳴くなり路ばたには曼珠沙華もえてこの里よき里
舂《うすづ》ける彼岸秋陽《ひがんあきび》に狐ばな赤々そまれりここはどこのみち

白秋の耽美、浪漫、やがて窪田空穂の人生的、現実的作風、島木赤彦の写実からの影響、さらに「白樺」的理想主義の中でつちかったヒューマニズムや「白樺」が紹介した西欧近代絵画の影響が色濃く見られる。そうした中で浄瑠璃に影響を受けたといわれる独自の四四調のリズムと口語や俗語を大胆に取り入れて用いたが、その教養と環境とがあいまって気品の高い作品となった。

歌集に『銀』（大三）、『紅玉』（大八）、『一路』（大十三）、歌文集に『李青集』（大十四、歌集『みかんの木』を含む）がある。利玄の四四調は、七拍を四拍と四拍に読み分けて独特のリズムを生みだすもので、上記三十首の最後の二首の四、五句目の八音の重なりがそれである。

根ざす地の温《ぬく》みを感じいちはやく空いろ咲けりみちばた日なたに（『紅玉』）
亡き吾子の帽子のうらの汚れみてその夭死《はやじに》をいたいけにおぼゆ
牛車《うしぐるま》のつしり重み軋《きし》みゆくにつぶれてめりこむ道路の砂利音《じやりおん》（『一路』）
大きな子供遊びて居たれ小さな子供歩《あゆ》むわすれてほとほと見惚《みと》るる

こういった四四調と共に、利玄の口語短歌史に占める役割は大きく、重要である。（**小紋 潤**）

石川啄木

いしかわ たくぼく　明治十九年岩手県生まれ。本名一《はじめ》。盛岡中学中退。歌集に『一握の砂』『悲しき玩具』がある。「時代閉塞の現状」などの評論も知られている。明治四十五年没。

東海《とうかい》の小島《こじま》の磯《いそ》の白砂《しらすな》に
われ泣《な》きぬれて
蟹《かに》とたはむる

大《だい》といふ字《じ》を百《ひやく》あまり
砂《すな》に書《か》き
死《し》ぬことをやめて帰《かへ》り来《きた》れり

たはむれに母《はは》を背負《せお》ひて
そのあまり軽《かろ》きに泣《な》きて
三歩《さんぽ》あゆまず

いと暗《くら》き
穴《あな》に心《こゝろ》を吸《す》はれゆくごとく思《おも》ひて
つかれて眠《ねむ》る

（『一握の砂』明43）

何《なに》がなしに
さびしくなれば出《で》てあるく男《をとこ》となりて
三月《みつき》にもなれり

手《て》も足《あし》も
室《へや》いつぱいに投《な》げ出《だ》して
やがて静《しづ》かに起《お》きかへるかな

実務《じつむ》に役《やく》に立《た》たざるうた人《びと》と
我《われ》を見《み》る人《ひと》に
金《かね》借《か》りにけり

剽軽《へうきん》の性《さが》なりし友《とも》の死顔《しにがほ》の
青《あを》き疲《つか》れが
いまも目《め》にあり

茂吉より、白秋より、俵万智より人気のある歌人は石川啄木である。ほとんどの人が一首や二首は口ずさむことができる。百人一首と並んで愛唱性が高いだろう。

それゆえであろうか、啄木研究は質量とも大変なレベルに達しており、まさに汗牛充棟といっていいほどだ。二十七年間の短い生涯のディテールは、微に入り細をうがった伝記的調査によってほとんど遺漏がないほどまで明らかになっている。しかし、「はたらけど／はたらけど猶わが生活楽にならざり／ぢつと手を見る」という一首の背景に、代用教員給与八円、北海道時代の記者給与十五円、朝日新聞社会部校正係給与二十五円、そして借金総額千四百円という事実を置いたからといって、作品が余計におもしろく読めるというわけではない。

事実の渉猟のなかにリズムや感傷性が消えてしまい、むしろ啄木の愛唱性が消えてしまうこともあり得るはなしかもしれない。むしろ原点にもどってなぜ啄木の作品が現代の私たちにまで、親しまれるかが大事なのではないか。

啄木の二つの歌集、『一握の砂』『悲しき玩具』（遺歌集）を通していえることなのだが、まずリズムが軽やかなことがあげられよう。はずむよう

目《め》の前《まへ》の菓子皿《くわしざら》などを
かりかりと噛《か》みてみたくなりぬ
もどかしきかな

あたらしき背広《せびろ》など着《き》て
旅《たび》をせむ
しかく今年《ことし》も思《おも》ひ過《す》ぎたる

新《あたら》しきインクのにほひ
栓抜《せんぬ》けば
餓《う》ゑたる腹《はら》に沁《し》むがかなしも

どんよりと
くもれる空《そら》を見《み》てゐしに
人《ひと》を殺《ころ》したくなりにけるかな

はたらけど
はたらけど猶《なほ》わが生活楽《くらしらく》にならざり
ぢつと手《て》を見《み》る

友《とも》がみなわれよりえらく見《み》ゆる日《ひ》よ
花《はな》を買《か》ひ来《き》て
妻《つま》としたしむ

わが抱《いだ》く思想《しさう》はすべて
金《かね》なきに因《いん》するごとし
秋《あき》の風《かぜ》吹《ふ》く

誰《た》ぞ我《われ》に
ピストルにても撃《う》てよかし
伊藤《いとう》のごとく死《し》にて見《み》せなむ

青空《あをぞら》に消《き》えゆく煙《けむり》
さびしくも消《き》えゆく煙《けむり》
われにし似《に》るか

かの旅《たび》の汽車《きしや》の車掌《しやしやう》が
ゆくりなくも
我《わ》が中学《ちゆうがく》の友《とも》なりしかな

な調子。リフレーンも多用され、だれしも口ずさみたくなる。いうまでもなく口語脈がその根幹にあるのであろう。ともかくすらっと読みとおせる。渋滞感を感じさせないのである。

現代用語でいえば、一首のなかにアイ・キャッチになることばや調子がかならず潜んでいる。それがいつのまにか愛唱させてしまう（俗にいえば覚えてしまう）要因なのであろう。近代短歌のなかでは若山牧水と双璧であろう。いずれものびやかなリズムが作品のすみずみにまでしみ通っている（このような伝統はおそらく寺山修司を経て、現代の俵万智につながる系譜なのであろう）。

一八八六（明治十九）年二月二十日、石川啄木は岩手県日戸村に生まれる。本名一（はじめ）。盛岡中学在学中に、金田一京助、及川古志郎、野村長一（胡堂）などの指導を受け、文学に志し、「明星」などに投稿。次第に学業成績が低下、試験での二度にわたる不正行為もあり退学。文学で身を立てるべく、盛岡を出発上京する。与謝野鉄幹、晶子の知遇を得る。しかし、就職は思わしくなく、失意のうちに帰郷。堀合節子との恋愛、結婚、代用教員生活、北海道での記者生活、再度上京して、朝日新聞校正係としての晩年の生活というふうに、めまぐるしい、かつ濃厚で、変化の多

教室《けうしつ》の窓より遁《に》げて
ただ一人《ひとり》
かの城址《しろあと》に寝《ね》に行《ゆ》きしかな

不来方《こずかた》のお城《しろ》の草《くさ》に寝《ね》ころびて
空《そら》に吸《す》はれし
十五《じふご》の心《こころ》

よく叱《しか》る師《し》ありき
髯《ひげ》の似《に》たるより山羊《やぎ》と名《な》づけて
口真似《くちまね》もしき

夏休《なつやす》み果《は》ててそのまま
かへり来《こ》ぬ
若《わか》き英語《えいご》の教師《けうし》もありき

石《いし》ひとつ
坂《さか》をくだるがごとくにも
我《われ》けふの日《ひ》に到《いた》り着《つ》きたる

ふるさとの訛《なまり》なつかし
停車場《ていしやば》の人《ひと》ごみの中《なか》に
そを聴《き》きにゆく

それとなく
郷里《くに》のことなど語《かた》り出《い》でて
秋《あき》の夜《よ》に焼《や》く餅《もち》のにほひかな

かにかくに渋民村《しぶたみむら》は恋《こひ》しかり
おもひでの山《やま》
おもひでの川《かは》

石《いし》をもて追《お》はるるごとく
ふるさとを出《い》でしかなしみ
消《き》ゆる時《とき》なし

やはらかに柳《やなぎ》あをめる
北上《きたかみ》の岸辺《きしべ》目《め》に見《み》ゆ
泣《な》けとごとくに

い生涯であった。その間、詩、小説、評論、短歌と多くのジャンルに挑戦したが、短歌作品と『時代閉塞の現状』などで知られる社会的関心の濃い評論がそのなかでもより高く評価されている。

一九一〇（明治四十三）年の大逆事件に衝撃を受け、以後社会主義思想に関心をもつ。一九一二（明治四十五）年四月十三日、肺結核で死去。まさに明治とともにこの世を去った。

石川啄木の短歌の大きなモチーフに故郷（望郷）がある。

ふるさとの訛なつかし
停車場の人ごみの中に
そを聴きにゆく

人口に膾炙した一首であろう。いまさら鑑賞や説明はいらないかもしれない。しかし、一八八三（明治十六）年、上野・熊谷間の開通を最初にして、鉄道網は急速に発達し、すでに現在に近いネットワークが形成されていたことは念頭に置いておいてもいいのであろう。明治半ばすぎてから、都会に人々は集まるようになる。なかには一旗揚げようと集まる人もいる。啄木もその一人であったにちがいない。才能だけを恃み、都会の荒波に身を投じたときのかなしみ、くるしみ、そして絶望。するとそこに浮かんでくるのは「故郷」であ

ふるさとの
村医《そんい》の妻《つま》のつつましき櫛巻《くしまき》なども
なつかしきかな

千代治《ちよぢ》等《ら》も長《ちやう》じて恋《こひ》し
子《こ》を挙《あ》げぬ
わが旅《たび》にしてなせしごとくに

宗次郎《そうじろ》に
おかねが泣《な》きて口説《くど》き居《を》り
大根《だいこん》の花白《はなしろ》きゆふぐれ

小心《せうしん》の役場《やくば》の書記《しよき》の
気《き》の狂《ふ》れし噂《うはさ》に立《た》てる
ふるさとの秋《あき》

酒《さけ》のめば
刀《かたな》をぬきてつまを逐《お》ふ教師《けうし》もありき
村《むら》を逐《お》はれき

馬鈴薯《ばれいしよ》のうす紫《むらさき》の花《はな》に降《ふ》る
雨《あめ》を思《おも》へり
都《みやこ》の雨《あめ》に

そのかみの神童《しんどう》の名《な》の
かなしさよ
ふるさとに来《き》て泣《な》くはそのこと

ふるさとの停車場路《ていしやばみち》の
川《かは》ばたの
胡桃《くるみ》の下《した》に小石拾《こいしひろ》へり

ふるさとの山《やま》に向《むか》ひて
言《い》ふことなし
ふるさとの山《やま》はありがたきかな

父《ちち》のごと秋《あき》はいかめし
母《はは》のごと秋《あき》はなつかし
家持《いえも》たぬ児《こ》に

旅《たび》の子《こ》の
ふるさとに来《き》て眠《ねむ》るがに
げに静《しづ》かにも冬《ふゆ》の来《き》しかな

潮《しほ》かをる北《きた》の浜辺《はまべ》の
砂山《すなやま》のかの浜薔薇《はまなす》よ
今年《ことし》も咲《さ》けるや

三度《みたび》ほど
汽車《きしや》の窓《まど》よりながめたる町《まち》の名《な》なども
したしかりけり

あはれかの
眼鏡《めがね》の縁《ふち》をさびしげに光《ひか》らせてゐし
女教師《をんなけうし》よ

函館《はこだて》の青柳町《あおやぎちやう》こそかなしけれ
友《とも》の恋歌《こひうた》
矢《や》ぐるまの花《はな》

若《わか》くして
数人《すにん》の父《ちち》となりし友《とも》
子《こ》なきがごとく酔《ゑ》へばうたひき

しんとして幅広《はばひろ》き街《まち》の
秋《あき》の夜《よ》の
玉蜀黍《たうもろこし》の焼《や》くるにほひよ

かなしきは小樽《をたる》の町《まち》よ
歌《うた》ふことなき人人《ひとびと》の
声《こゑ》の荒《あら》さよ

いささかの銭《ぜに》借《か》りてゆきし
わが友《とも》の
後姿《うしろすがた》の肩《かた》の雪《ゆき》かな

負《ま》けたるも我《われ》にてありき
あらそひの因《もと》も我《われ》なりしと
今《いま》は思《おも》へり

わが妻《つま》に着物縫《きものぬ》はせし友《とも》ありし
冬早《ふゆはや》く来《く》る
植民地《しよくみんち》かな

平手《ひらて》もて
吹雪《ふぶき》にぬれし顔《かほ》を拭《ふ》く
友共産《ともきようさん》主義《しゆぎ》とせりけり

樺太《からふと》に入《い》りて
新《あたら》しき宗教《しうけう》を創《はじ》めむといふ
友《とも》なりしかな

空知川《そらちがは》雪《ゆき》に埋《うも》れて
鳥《とり》も見《み》えず
岸辺《きしべ》の林《はやし》に人《ひと》ひとりゐき

小奴《こやつこ》といひし女《をんな》の
やはらかき
耳朶《みみたぼ》なども忘《わす》れがたかり

死《し》にたくはないかと言《い》へば
これ見《み》よと
咽喉《のんど》の疵《きず》を見《み》せし女《をんな》かな

よごれたる足袋《たび》穿《は》く時《とき》の
気味《きみ》わるき思《おも》ひに似《に》たる
思出《おもひで》もあり

手套《てぶくろ》を脱《ぬ》ぐ手《て》ふと休《やす》む
何《なに》やらむ
こころかすめし思《おも》ひ出《で》のあり

る。つまり都会がなければ、「故郷」という観念は生まれない。

それゆえに「なつかし」ということばは手放しの懐旧の念ではないことに注意しなければならない。現実の故郷はあたたかいばかりではない。村落共同体特有のさまざまな面倒な感情のもつれは必ず存在する。しかし、そこを離れてみるとどこかなつかしい。「訛」がなつかしくなるのである。そういった故郷に対するアンビバレンツな感情をこの一首に読み取る必要がある。「かにかくに渋民村は恋しかり／おもひでの山／おもひでの川」といいつつ、「石をもて追はるるごとく／ふるさとを出でしかなしみ／消ゆる時なし」なのである。

友がみなわれよりえらく見える日よ
花を買ひ来て
妻としたしむ

「雲は天才である」を書いた啄木は、自分の才能を誰よりも信じていた。金田一京助の回想などによると、年少のころの啄木は才気にみち、野心的で、どこか軽薄なところがあったという。いわば文学心と功名心がないまぜになって、上京したにちがいない。ところが現実はそれほど甘くない。その時の挫折感は神童といわれただけあって、より深刻であったにちがいない。「才」ということ

古文書《こもんじよ》のなかに見《み》いでし
よごれたる
吸取紙《すひとりがみ》をなつかしむかな

春《はる》の雪《ゆき》
銀座《ぎんざ》の裏《うら》の三階《さんがい》の煉瓦造《れんぐわづくり》に
やはらかに降《ふ》る

乾《かは》きたる冬《ふゆ》の大路《おほぢ》の
何処《いづく》やらむ
石炭酸《せきたんさん》のにほひひそめり

ひとしきり静《しづ》かになれる
ゆふぐれの
厨《くりや》にのこるハムのにほひかな

やや長《なが》きキスを交《かは》して別《わか》れ来《き》し
深夜《しんや》の街《まち》の
遠《とほ》き火事《くわじ》かな

人気《ひとけ》なき夜《よ》の事務室《じむしつ》に
けたたましく
電話《でんわ》の鈴《りん》の鳴《な》りて止《や》みたり

京橋《きやうばし》の滝山町《たきやまちやう》の
新聞社《しんぶんしや》
灯《ひ》ともる頃《ころ》のいそがしさかな

赤紙の表紙《へうし》手《て》擦《ず》れし
国禁《こくきん》の
書《ふみ》を行李《かうり》の底《そこ》にさがす日《ひ》

気弱《きよわ》なる斥候《せきこう》のごとく
おそれつつ
深夜《しんや》の街《まち》を一人《ひとり》散歩《さんぽ》す

皮膚《ひふ》がみな耳《みみ》にてありき
しんとして眠《ねむ》れる街《まち》の
重《おも》き靴音《くつおと》

夜《よる》おそく停車場《ていしやば》に入り
立《た》ち坐《すわ》り
やがて出《い》でゆきぬ帽《ばう》なき男《をとこ》

銀行《ぎんかう》の窓《まど》の下《した》なる
舗石《しきいし》の霜《しも》にこぼれし
青《あを》インクかな

マチ擦《す》れば
二尺《にしやく》ばかりの明《あか》るさの
中《なか》をよぎれる白《しろ》き蛾《が》のあり

夜《よる》おそく
つとめ先《さき》よりかへり来《き》て
今《いま》死《し》にしてふ児《こ》を抱《だ》けるかな

真白《ましろ》なる大根《だいこん》の根《ね》の肥《こ》ゆる頃《ころ》
うまれて
やがて死《し》にし児《こ》のあり

呼吸《いき》すれば、
胸《むね》の中《うち》にて鳴《な》る音《おと》あり。
凩《こがらし》よりもさびしきその音《おと》！

（『悲しき玩具』明45）

本《ほん》を買《か》ひたし、本《ほん》を買《か》ひたしと、
あてつけのつもりではなけれど、
妻《つま》に言《い》ひてみる。

みすぼらしき郷里《くに》の新聞《しんぶん》ひろげつつ、
誤植《ごしよく》ひろへり。
今朝《けさ》のかなしみ。

何《なん》となく、
今年《ことし》はよい事《こと》あるごとし。
元日《ぐわんじつ》の朝《あさ》、晴《は》れて風無《かぜな》し。

人がみな
同じ方角《はうがく》に向《む》いて行《ゆ》く。
それを横《よこ》より見《み》てゐる心《こころ》

すつぽりと蒲団《ふとん》をかぶり、
足《あし》をちゞめ、
舌《した》を出《だ》してみぬ、誰《たれ》ともなしに。

自分《じぶん》よりも年若《としわか》き人《ひと》に、
半日《はんにち》も気焔《きえん》を吐《は》きて、
つかれし心《こころ》！

古新聞《ふるしんぶん》！
おやここにおれの歌《うた》の事《こと》を賞《ほ》めて書《か》いてあり、
二、三行《ぎやう》なれど

脈《みやく》をとる看護婦《かんごふ》の手《て》の、
あたたかき日《ひ》あり、
つめたく堅《かた》き日《ひ》もあり。

病院《びやうゐん》に入《い》りて初《はじ》めての夜《よ》といふに、
すぐ寝入《ねい》りしが、
物足《ものた》らぬかな。

びつしよりと盗汗《ねあせ》出《で》てゐる
あけがたの
まだ覚《さ》めやらぬ重《おも》きかなしみ。

もう嘘《うそ》をいはじと思《おも》ひき——
それは今朝《けさ》——
今《いま》また一つ嘘《うそ》をいへるかな

ばや、貧しさ、金という問題が作品に頻出するのは、そのような啄木の自己認識のあらわれなのではないだろうか。

　自分とはいったい何なのだろうか。この一首はそのような気分が横溢していよう。自分は駄目なのかもしれない。何のために、故郷を捨て、出てきたのであろうか。そういった複雑な思いが渦まくのである。傍らに妻がいる。しかし、この妻も恋人ではないのだ。妻には妻としての立場がある。そのような複雑な状況が一首の背後に存在しているのである。

　二十四歳ごろ、上京後の行き詰まった生活に耐えかねて妻節子が娘京子を連れて家出する。そのときの精神的な打撃は大きかった。文学上の転換がそれをきっかけにして起こっているという研究者も少なくない。しかも長男である啄木に父母は頼っている。少年時代からの恋人でありながら、いま現実の生活を共有する妻。そして病気、生活の困窮。家長としての存在と文学者としてのあり方は当然衝突する。近代日本の文学者がかかえた困難に啄木もぶつかっているのである。

京橋の滝山町の
新聞社
灯ともる頃のいそがしさかな

やや遠《とほ》きものに思《おも》ひし
テロリストの悲《かな》しき心《こころ》も——
　近《ちか》づく日《ひ》のあり。

病《や》みて四月《ぐわつ》——
　その間《ま》にも、猶《なほ》、目《め》に見《み》えて、
　わが子《こ》の背丈《せたけ》のびしかなしみ。

まくら辺《べ》に子《こ》を坐《すは》らせて、
まじまじとその顔《かほ》を見《み》れば、
　逃《に》げてゆきしかな。

時《とき》として、
　あらん限《かぎ》りの声《こゑ》を出《だ》し、
唱歌《しやうか》をうたふ子《こ》をほめてみる。

五歳《さい》になる子《こ》に、何故《なぜ》ともなく、
ソニヤといふ露西亜名《ろしあな》をつけて、
　呼《よ》びてはよろこぶ。

ある日《ひ》、ふと、やまひを忘《わす》れ、
牛《うし》の啼《な》く真似《まね》をしてみぬ、——
　妻子《つまこ》の留守《るす》に。

茶《ちや》まで断《た》ちて、
わが平復《へいふく》を祈《いの》りたまふ
母《はは》の今日《けふ》また何か怒《いか》れる。

　明治の後半、灯が東京を起点として都会にひろがっていった。夜という時間が作品のテーマとなっていったのである。灯に象徴される都会風俗をあざやかに歌ったのも啄木であろう。新聞社、銀行、夜の停車場、あるいは酒場といった当時としてはモダンな場所が素材になっている。つまり、足によって取材している作品といっていいのではないだろうか。ついでにいえば、勤務するという実感も啄木がはじめて歌ったものではないだろうか。時間に縛られる勤労者の生活。その延長線上に、彼の社会主義への関心が生まれたと捉えるべきなのではないだろうか。

「滝山町」だけでなく、「函館の青柳町こそかなしけれ／友の恋歌／矢ぐるまの花」といった地名の導入も啄木の功績といっていいだろう。北海道時代の作品は地名がじつに効果的である。

　感傷的な愛唱性ゆえに啄木は誤解されつづけた歌人でもあっただろう。一方、大逆事件への関心から社会派歌人の先駆として過剰に評価されているところがないともいえない。いずれにせよ、その双方をはぎ取る必要がある。

　啄木のなかにある近代日本の矛盾。啄木は一身をもって問題提起している歌人なのではないか。

（小高　賢）

三ヶ島葭子

みかじま よしこ　明治十九年埼玉県生まれ。「女子文壇」「スバル」「青鞜」などに出詠、「アララギ」に入会、「日光」創刊に参加。歌集『吾木香』『定本三ヶ島葭子全歌集』。昭和二年没。

夜は明けぬやさしき兄が若水を汲むといでたる軒のつまより
名も知らぬ小鳥きたりて歌ふとき我もまだ見ぬ人の恋しき
洗ひ髪かわく心地に雨はれし麦のみどりをわたる春風
起きゐつつ一日とせんか寝通して一夜とせんか君を待つ三日《みか》
思はるる幸より覚めてはげしくも恋ふべきために捨てられにけん
寝にゆきし作男らが下部屋に鳴らし出でたる秋の夜の笛
君を得しよろこびなれど新しくおのれを得たる驚きぞする
恋ふるをもわがまたそれを恥づるをもあはせて高くあざわらふべき
何よりもわが子のむつき乾けるがうれしき身なり春の日あたり
まづ何をおぼえそむらむ負はれてはかまどに燃ゆる火など覗く子
相遠くへだたりてのみおもひうる君にかあらん涙流るる
答ふべきわれかと思ひ片言をふといひそめし子にをののきぬ
竹竿の朽ちて割れ目に入りし雨打ちおとしつつもの干す今朝は

（『三ヶ島葭子全歌集』平5）

三ヶ島葭子の初期の新詩社的浪漫的な作風は、「アララギ」に入会して写実を学んだことから、現実直視の境涯詠へと変わってゆく。ごく若い日から病弱であった葭子には、実人生は闘いの連続であり、歌を詠むことが生きる力でもあった。

一日にて別るる吾子のほころびを着たるままにてつくろひやれり

葭子には子どもの歌に秀作が多い。結核の感染を恐れ、幼少のころからあまり一緒に住むことはなかったが、それゆえに子を思う母の歌が切なく詠みつがれたのであろう。夫の実家に預けた子どもは、たまに来てもすぐに帰ってしまう。ほころびたままの着物を着ている娘を見るやるせなさと、それを「着たるままにて」繕ってやる母の思いはつらい。

全歌集を読むと、葭子はつくろい物だけでなく、着物の仕立てを詠んだ歌がかなりある。それによって、ある程度の生活費を得ていたこともあるらしいが、馬場あき子は近代の女性の日常を代表するかのようだといい、次のように書いている。
「葭子にうたわれることによって、かつて一度も素材とされたことのない女の日常の細部はみずやかに蘇生」したのだと。いわれてみれば、遠い母たちの生活が、葭子の歌によってあざやかに思い

雨降ればものも縫ひえず天窓《ひきまど》にがらすの板を欲しと思ひぬ
今朝見れば五軒並びのわが長屋みな青青と松かざりせり
物干の日向に靴を磨きゐる向ひの妻はもの思はざらむ
一日にて別るる吾子のほころびを着たるままにてつくろひやれり
家人はわれの子を愛づとつぎきてわれも家族の一人なりけり
働かぬきまりわろさに黙しをれば義弟はわれに話しかけくれぬ
酔へる舅がよろめきて我を押しつけし石垣暗く苔の匂す
つつみなほす舅の風呂敷けさ見れば牛引く太き綱をつつめり
わがひとり堪《こら》ふるによりて君が心安しと言はば命もて堪へむ
うつし世の夫と思へばののしりの言葉聞きつつ下にほほゑめり
障子しめてわがひとりなり厨には二階の妻の夕餉炊きつつ
この夫の心つなぐに足らはざる我とも知らでひたに待ちゐし
明日よりはよそにおきふしするといふ夫の心をしづかに思へり
わが家によらですぎゆく配達の麻地の服をとほす背の汗
苦しければ死なんと思ひたちまちにこころよければ癒えんと思ふ
ほほゐまし郵便片手に持ちながらこの配達は犬を撫でをり
この夕べ窓の板戸にはずみたるそのごむ毬は大きくあらん

出される。

　この夕べ窓の板戸にはずみたるそのごむ毬
　は大きくあらん

　死の一年ほど前の作品である。病状が悪化して寝ている。その窓の板戸に子どもの遊んでいた毬があたった。「ごむ毬」の大きさを想像したのは、板戸にあたったときの音によるものだろう。それによって、葭子は夫と住む娘を思ったかもしれないし、また子どもたちのたのしそうな遊びの場面を想像し、自分の子ども時代の思い出にふけったりしたかもしれない。

　関西へ単身で仕事に行っていた夫が、愛人を連れて帰宅し、しばらく葭子の住む二階に同居したという話はよく知られている。それによって病気だけでなく、孤独や、嫉妬といった精神的な闘いを強いられ、それはまた自分との闘いになって、苦悩はいよいよ深くなってゆく。しかし、葭子の歌を読んでいて救われるのは、自由に動けないために、内へ内へと目がゆくのは当然ながら、なお外側へも目が向けられていることだ。近隣の妻、夫の実家の家族、郵便配達、番頭、よその子どもたちなど、こまやかに目が働いて、実際には狭い世界でしかないのだが、実に豊かな感じを読者に与えてくれる。

（草田照子）

古泉千樫

こいずみ　ちかし　明治十九年千葉県生まれ。左千夫に師事し、「アララギ」の編集・発行人をつとめるが、後年「日光」に参加。歌集に『川のほとり』『屋上の土』などがある。昭和二年没。

みんなみの嶺岡山《みねをかやま》の焼くる火のこよひも赤く見えにけるかも
夕山《ゆふやま》の焼くるあかり笹の葉の影はうつれり白き障子《しやうじ》に
　隣家《となりや》に風呂《ふろ》によばれてかへるみち薄月《うすづき》ながら雪ちらつきぬ
（『川のほとり』大14）

都べにいつかも出でむ春ふかみ今日《けふ》の夕日《ゆふひ》の大きく赤しも
皐月空《さつきぞら》あかるき国にありかねて吾《あれ》はも去《い》なめ君のかなしも
うちとよむ大きみやこの入口に汽船《ふね》はしづかに入りて行くかも
あからひく日にむき立てる向日葵《ひまはり》の悲しかりとも立ちてを行かな
（『屋上の土』昭3）

ひとり身の心そぞろに思ひ立ちこの夜梅煮るさ夜ふけにつつ
提灯に手をかざしつつませの上ゆ首出す牛のまなこを見をり
かぎろひの夕棚雲《ゆふたなぐも》の心ながくながく待つべみ君のいひしを
たもとほる夕川のべの合歓の花その葉は今はねむれるらしも
ぬばたまの夜ふかき水にあはあはし白く浮き咲く睡蓮の花
石ひくくならべる墓に冬日てりひとつひとつ親しくおもほゆ

「茂吉が私を導き、赤彦が私を鞭うつとすれば、千樫はどうであろうか。それは私を憩わせる」といったのは上田三四二である（『鑑賞　古泉千樫の秀歌』）。たしかに千樫の作品はゆったりとした風景描写と品のいい感傷によって、読む人を穏やかにさせてくれ、なぐさめてくれるところが少なくない。同じアララギであっても、茂吉や赤彦と、たしかに何かがちがっている。

　古泉千樫は一八八六（明治十九）年、千葉県吉尾村（現鴨川市）に生まれた（本名幾太郎）。父に四書の素読を習い、幼いころから文芸に親しんでいたという。「心の花」や「馬酔木」に投稿、後者の選者であった伊藤左千夫に認められ、その門を叩くことになる。小学校に奉職するも、恋愛事件などもあり辞職、上京。茂吉、赤彦、長塚節などと知り合い、アララギの編集に参加する。また「心の花」の選者石榑千亦の世話で帝国水難救済会に勤務する。後年、白秋、迢空、夕暮などとともに「日光」創刊に参加し、アララギと別れることになる。

　　みんなみの嶺岡山の焼くる火のこよひも赤く
　　　見えにけるかも

　生前、唯一刊行された歌集である『川のほとり』の巻頭作品である。特別なことはなにも歌ってい

小春日の林を入れば落葉焚くにほひ沁みくもけむりは見えず
ともし火を消してあゆめば明け近み白く大きく霧うごく見ゆ
山頂《さんちやう》にたなびく雲のひとひらは垂氷《たるひ》のごとくかかりてあるかも
入りがたの月のひかりに壁の色ほのかに赤くこほろぎ鳴くも
ぬばたまの夜の海走る船の上に白きひつぎをいだきわが居り
しみじみとはじめて吾子《あこ》をいだきたり亡がらを今しみじみ抱《いだ》きたり
ふるさとにわが一族にいま逢《あ》へる汝《な》が死顔のいまだうつくしも
今はもよ小さき柩のなくなりし家ぬちに来てひとりすわれる
との曇る春のくもりに桃のはな遠くれなゐの沈みたる見ゆ
たたなづく稚柔乳《わかやはちち》のほのぬくみかなしきかもよみごもりぬらし
しみじみとまひるの海にひたりつつ身はやはらかにうち揺られ居り
みしみしと吾児《あこ》に蹠《あしうら》を踏《ふ》ませけり朝起きしなの懈《たゆ》さ堪へなくに
光のなか円《まる》く大きなる瓦斯たんくしづもり立てりこの街の上に
兵隊の帰りはてたる代々木原霧ただよひて夕さりにけり
ほろすけほう五こゑ六声郊外の夜霧に鳴きて又鳴かずけり
まひる日に潮は満ち来《く》もおもむろに材木筏《いかだ》堀を入り来も
さ夜ふかみこの街かげの坂みちをひとり下《お》り行く吾れの足音

ない。ふるさとの山が淡々と描写されている。読み下すときごつごつしたところを感じない。声調が穏やかなので、のびのびとした感じを読み手に与えるのだ。「の」のくりかえしが心地よい気分を作り上げている。視覚的な描写のなかになにかなつかしい情が浮かんでくる。自然のなかに〈私〉が溶けこんでいるからであろうか。自他の区別がなくなる。おそらく、赤彦の写実とも、茂吉のそれとも異なった把握なのであろう。

千樫の作品に典雅という印象を付与することが多い。そこには『万葉代匠記』などで独学した語彙や語法の摂取も滲んでいるのかもしれない。一方で、彼の生来の気質も少なからず関係しているという議論も多い。伊藤左千夫と文学的格闘を経た茂吉や赤彦と異なり、千樫は師としての絶対の信頼を持ちつづけていたという。後年アララギを離れ、「日光」に参加するのもそのあたりに理由があるのかもしれない。

千樫はどこか赤彦や茂吉に違和を感じていたとよくいわれる。小学校高等科卒業、教員講習所を出て準訓導の資格を得たという経歴は、ひけ目を彼らに対して感じても不思議ではない。「アララギ」の刊行遅刊について、編集責任者になった千樫の怠慢はすでに文学史的事実として知られてい

体中《たいぢゆう》にしとど汗ばみこころよく空気のかわく街をわが行く
大川尻潮涸《そこり》の泥のくろぐろと熱《ほめ》きにほひて昼たけにけり
わが児《こ》よ父がうまれしこの国の海のひかりをしまし立ち見よ
古里のここに眠れる吾子《あこ》が墓にその子の姉といままうでたり
大きなる藁ぶき屋根にふる雨のしづくの音《おと》のよろしかりけり
ふる里の雨しづかなり母も吾《あ》も悲しきことは今日はかたらず
曇り日の若葉やすらかに明るかり墓地《ぼち》を通りて湯に行くわれは
墓地下の街の小家の灯の明り子ども声だかに本よむきこゆ
日おもてに牛ひきいでて繋《つな》ぎたりこの鼻縄《はななは》の堅《かた》き手ざはり
夕寒み牛に飲まする桶《をけ》の湯に味噌《みそ》をまぜつつ手にかきまはす
茱萸《ぐみ》の葉の白くひかれる渚《なぎさ》みち牛ひとつゐて海に向き立つ
病める児《こ》を入院せしめわが戻る濠端さむく夜はふけにけり
靄《もや》ながら朝日にほへりものみなは濡《ぬ》れて静かに息するらしも
銭入《ぜにいれ》にただひとつありし白銅貨《はくどうくわ》てのひらに載せ朝湯にゆくも
二階を下《お》り妻と茶をのむ昼ふかし畳のうへに黒き蟻這へり
君が手につくりくれたる真鍮の火箸を持ちて火をいぢり居り
夜寒く帰りて来ればわが妻ら明日《あす》焚《た》かむ米の石ひろひ居《を》り

（『青牛集』昭8）

る。たしかにそのような気質がなかったとはいえないにしても、感情の微妙な齟齬について、赤彦や茂吉の方に想像する力がなかったともいえるのではないだろうか。

　大川尻潮涸の泥のくろぐろと熱きにほひて昼たけにけり

　水難救済会に職を得たこともあって、都会の、しかも下町の雰囲気をあざやかにつかんだ作品が少なくない。この一首も夏の隅田川河口の暑さと匂いが背後からただよってくる。松倉米吉などのアララギの庶民派との交友はこのような生活のなかから生まれるのである。ここにおける風景は、例えば、土屋文明「鶴見臨港」などの連作とは様相を異にしている。さきの故郷の作品と同様に、おだやかに都市の塵埃を見つめている。受け入れているところがある。

　アララギの同人として千樫に親しみを感じていた迢空はつぎのようにいっている。

　千樫には、早期から晩年に至る作品を通じて、誰にでも味ひ得る、或普遍なものがあつた事である。「若さ」「みづみづしさ」を感じさせる。「潤ひ」「人なつこさ」や「すなほさ」とも言ふべき「善良」の発露があつた。さうして、其が誰よりも、抒情気

ふるさとに父のいのちはあらなくに道に一夜《ひとよ》をやどりつるかも
病める身を静かに持ちて亀井戸のみ墓のもとにひとり来にけり
み墓べの今朝《けさ》の静けさひとりゐるわれの心は定まりにけり
おもてにて遊ぶ子どもの声きけば夕かたまけてすずしかるらし
秋空は晴れわたりたりいささかも頭《かしら》もたげてわが見つるかも
枯木みな芽ぐまむとする光かな柔らかにして息をすらしも
朝床にからだしづかに保ちつつ咳《せき》のくすりをわれのみにけり
ふるさとの秋も寒くぞなりにける門《かど》の蕎麦畑に雨のふりつつ
いつかまた会はむと思へや大川の寒き水くみ舟あらふ人
冬の日の今日あたたかし妻にいひて古き硯《すずり》を洗はせにけり
ほがらかにをさなき吾児が笑ふなべ笑はむとすれば咳いでむとす
墓原に咲けるれんげう木瓜《ぼけ》つばきしきみの花も見るべかりけり
わが子らとかくて今日歩む垣根みちぺんぺん草の花さきにけり

分に充ちた調子と、発想とを惹き出して居る。（「千樫追善記」）

おそらく千樫の愛唱性につながるところなのであろう。上田のいうような憩い、なぐさめにつながるところである。

　迢空はこのような千樫の作品は、啄木が人気を得たと同様にもっと多数の「ひいき」をもってもよかった、といっている。もし投稿時代に左千夫に見いだされ、師事しなければ、「心の花」の歌人にも、また新詩社系の歌人にもなっていただろうとも迢空はいう。またアララギ興隆期の茂吉、文明、赤彦などとの切磋琢磨の幸・不幸を千樫という歌人の生涯に見ることも可能なのである。

　千樫は一九二四（大正十三）年八月、突然喀血した。「日光」創刊が四月であったから、精神的動揺が引き金になったともいえるだろう。本人はアララギと別れて参加した積もりがなかったらしい。ややルーズに考えていたが、赤彦からは絶縁という反応が出てしまう。そのあたりにも千樫という歌人の不思議さがある。

　以後亡くなるまで三年余、「秋空は晴れわたりたりいささかも頭《かしら》もたげてわが見つるかも」といった病床詠が多く作られている。

（小高　賢）

吉井　勇

よしい　いさむ　明治十九年東京芝高輪生まれ。三十八年新詩社に入る。白秋らと「パンの会」結成。歌集に『酒ほがひ』『祇園歌集』『人間経』『寒行』など多数。昭和三十五年没。

夏は来ぬ相模の海の南風《なんぷう》にわが瞳燃ゆわがこころ燃ゆ
君がため瀟湘《せうしやう》湖南《こなん》の少女《をとめ》らはわれと遊ばずなりにけるかな
（『酒ほがひ』明43）

伊豆も見ゆ伊豆の山火も稀に見ゆ伊豆はも恋し吾妹子《わぎもこ》のごと
わが胸の鼓のひびきとうたらりとうとうたらり酔へば楽しき
人の世にふたたびあらぬわかき日の宴《うたげ》のあとを秋の風吹く
君にちかふ阿蘇のけむりの絶ゆるとも万葉集の歌ほろぶとも
鎌倉の海のごとくにひるがへる青草に寝て君を思はむ
（『昨日まで』大2）

紅燈のちまたに往きてかへらざる人をまことのわれと思ふや
夏ゆきぬ目にかなしくも残れるは君が締めたる麻の葉の帯
かにかくに祇園は恋し寝るときも枕の下を水のながるる
（『祇園歌集』大4）

一力のおあさに聴きしはなしよな身につまさるる恋がたりよな
病みあがり吉弥《きちや》がひとり河岸《かし》に出で河原蓬に見入るあはれさ
ゆるやかにだらりの帯のうごく時はれがましやと君の云ふとき

伯爵家の次男として生まれた勇の祖父は鹿児島藩士として国事に奔走した志士の一人で、名は友美。維新の功によって叙爵、後に枢密顧問官となった。父幸蔵は若くして欧米に留学、海軍士官を経て貴族院議員。勇はこういった志士、軍人の血を引いている。また父の家に出入りする芸人たちに親しみ、中学時代は寄席芸人に夢中になったりした。東京府立一中から攻玉社中学へ移り三十八年に卒業したが肋膜炎のため鎌倉へ転地療養した。

この年新詩社に入り「明星」に短歌を発表、四〇年には早稲田大学に入学、森鷗外の観潮楼歌会にも出席した。翌年、耽美派の拠点となった「パンの会」を北原白秋、木下杢太郎らと興し、四十二年には鷗外監修のもとで「スバル」を創刊、石川啄木、平野万里と共に編集を担当した。

夏は来ぬ相模の海の南風にわが瞳燃ゆわがこころ燃ゆ
君にちかふ阿蘇の煙の絶ゆるとも万葉集の歌ほろぶとも

第一歌集『酒ほがひ』には新詩社風の比喩や装飾は少なく、直情的ともいっていい感情を直截に流露している。青春の放埓の中で酒と愛欲に身を沈めた勇の絶望と享楽を歌い、この一巻によって歌人としての位置を確かなものにした耽美的な歌

島原の角屋《すみや》の塵はなつかしや元禄《げんろく》の塵享保《きやうはう》の塵
落柿舎に来てふと思ふ鎌倉の虚子の庵は何といふ名ぞ
一力のはなやかさよりこの秋はかの落柿舎の寂しさにゐむ　（『河原蓬』大9）
葛飾の紫煙草舎《しえんさうしや》の夕けむりひとすぢ靡くあはれひとすぢ
白秋とともに泊りし天草の大江の宿は伴天連《ばてれん》の宿　（『夜の心』大13）
いにしへも西行といふ法師ゐてわが世はかなみ旅に出でにき　（『人間経』昭9）
山ふかき猪野々《ゐのの》の里の星まつり芋の広葉に飯たてまつる
四国路へわたるといへばいちはやく遍路ごころとなりにけるかも
空海《くうかい》を頼みまゐらす心もてはるばる土佐の国へ来にけり
月夜よしこよひの酒のさかなには生椎茸を焼くべかりけり
来島《くるしま》の瀬戸の鯛を焼きて食ふうれしき旅の朝餉《かれ》ひかな
寂しければ酒ほがひせむこよひかも彦山天狗《ひこさんてんぐ》あらはれて来よ
大土佐の干鰯《ほしいわし》をば焼きて酌む年祝《としほ》ぎ酒はまづしけどよし　（『風雪』昭15）
夜ふかく相聞《さうもん》の歌のこと書けばほのぼのとして心和《なご》み来《く》　（『遠天』昭16）
こみ上ぐる怒りおさへて虫を聴くこの寂しさは知るひともなし　（『玄冬』昭19）
しめやかに年を迎ふる炉のほとり百済観音《くだらくわんおん》思《も》ひてわが居り
夕空を見つつ雷気《らいき》を感じゐぬ李長吉集《りちやうきちしふ》かたはらに置き　（『流離抄』昭21）

集として位置づけられている。平明な調べの中の甘美な青春性は現在もその輝きを失っていない。勇は多くの歌集を残したが、その世界は多く『酒ほがひ』を脱けることはなかったといえる。

明治の歌人たち、正岡子規、伊藤左千夫、長塚節、石川啄木、北原白秋らは単に短歌にのみ専念したのではない。詩、俳句、小説等で活躍した。勇も多くの戯曲、小説を書いたが、どれも『酒ほがひ』の雰囲気を濃厚に残している。吉井勇の名と共に記憶されているのは祇園であろう。これは、

かにかくに祇園は恋し寝るときも枕の下を水のながるる

を収めた『祇園歌集』の名声によっている。これは三十首選にあるように京坂の花街を中心に歌ったものである。その後、乱行の妻と別れ、相模野に庵《いおり》をむすび、隠棲に心を馳せた頃の作品が『人間経』で、『酒ほがひ』的世界からの脱出を試みた勇の新生歌集というべきものである。勇の中学時代から家運は傾き始めていたが、『人間経』刊行前年の昭和八年には爵位を返上した。

昭和十二年、国松孝子と再婚、土佐に住むが、翌年には京都北白川に住む。いくたびか転居をくり返したが京を離れることはなかった。晩年の歌は人間の苦悩と自己を凝視した作品が多い。　**（小紋　潤）**

小田観螢

おだ かんけい　明治十九年、久慈市生まれ。両親とともに北海道に移住。「潮音」創刊に参加、水穂に師事。「新墾」も創刊。歌集に、『隠り沼』『蒼鷹』などがある。昭和四十八年没。

ここはしもさ霧さ走る岩畳飯をくらへば岩啄木鳥《けら》の鳴く
（『隠り沼』大8）
我が肌に馴れてかはゆき寝がたりのこの子は母を忘れたるらし
片親の我が手枕き眠《ね》しをさな顔おもへることは涙となるも
ねぼけては母とやおもふちさき手に父なる我の乳《ちち》をさぐるも
亡き妻も影うつしけむこの朝の井の戸の水にみたる我が面
日は暮れて帰るか馬橇《そり》の鈴の音手足らぬわれはいまだ灯さず
今はもや子等が春着の縞柄《しまがら》も身一つに選《よ》り買はねばならず
春はまづ雪にうもれし門川のある夜の水の音に来にけり
（『忍冬』昭5）
呼子鳥鳴き鳴き山の暮れゆけばあまるおもひの身をたたずみぬ
つばくらはかへり来る日のあるものを夢にも見えで遠く病む妻
瘠せやせてもののあはれを沁ませたる冬山一つそばたちにけり
もろ木みな芽ぶけど谷は白枯れの一木の骨に沁む寒さなり
七つ星光冷えつつ鳴く夜鷹黍の葉ずれは削《そ》ぐばかりなり

「小田観螢全歌集を語る」という座談会で紹介されたエピソードがある。観螢の歌柄はすっと切れる日本刀とは違い、振り降ろしてさらに力を加えて切れる大なたであり、手堅くて、重量感があると、生涯の師であった太田水穂が評したというのである。さらに出席者のある人は、観螢作品には浴衣がけのようなくつろいだ感じはないといっている。いずれも小田観螢という歌人の特徴をあざやかにいいあてていよう。

一八八八（明治十九）年生まれであるから、観螢は啄木と一つちがいである。しかも同じ岩手県出身。おそらく生涯にわたって啄木を意識したにちがいない。十四歳のとき小樽へ移住。代用教員をつとめながら、独学で検定に合格。小学校、中学の教員を勤める。また投稿青年として名を馳せたことは、伊藤整『日本文壇史』にも記されている。伯父である元南部藩校教授小田為綱の薫陶を幼いころから受けていた。生涯にわたってその血筋の意識は強烈であったという。牧水の「創作」にも投稿し、二十九歳のとき太田水穂「潮音」創刊に参加。

ねぼけては母とやおもふちさき手に父なる
我の乳をさぐるも　（『隠《こも》り沼《ぬ》』）

観螢の名を一躍知らしめたのは、妻の死去にと

鞍馬山谷間の空を飛びむかふ鷹吹き据うる杉あらしかも　（『蒼鷹』昭19）

駒ヶ岳赭く尖れるいただきをまぢかに見せて空はいろ濃き

臨終の耳もとにして名を呼ばふわが声にややまぶた見開く

蝦夷がらす影絵のごとく逆さまに飛びて鳴きゆく食尽の昼

星座ややにうすれて消えてしののめの遠峯蒼き背ぶり見せたる　（『暁白』昭26）

樺太も見ゆらん島のいさり舟鯣百枚に潮の香を嗅ぐ

十勝岳火は生くかぎり絶えせねばけはしき路もわれは行くべし

距離感の近き銀河をあふぎ居り身は北ぐにに住みふさふらし

咆えたけり牙向けてくる浪がしら海はわが罪を嘖《ころ》ばふごとし　（『天象』昭30）

火口原摩周湖《ましうこ》暮れて永劫を鳴らすと銅鑼《どら》の月懸かりたり

月もわれもいまだ柩《ひつぎ》を持たざれば幽魂冷ゆるごとくさすらふ

丘の木々おそろしきまで風に鳴るそのほかはなき闇を見て寝る

けふ一日を努めしながら疲れなく待つには夜あり星座がありぬ　（『晩暉』昭38）

窓濛《くら》く霧笛鳴りつつあしたとも夕べともわかぬ釧路には来ぬ

雨しぶく虹の尾の幹蟬の来て一期《いちご》のいのち啼きひびかせぬ

陽のほむら天心に燃え緑陰のちひさき椅子はわがなげく箇所

息づかし路は一すじ杖立ててなほ遥けくも行かねばならず

もなう哀切きわまりない挽歌群であった。尾山篤二郎が人麿や憶良などと比較して論じたほどである。この作品にかぎらず、観螢は移住者の悲哀と境遇の不幸に耐えながら、自分を励まし、決して弱音を吐かぬ、そして自分を高めようという意志を作品のそこかしこにつらぬきとおしている。

水穂の影響による西行、芭蕉といった古典の積極的摂取、さらに自身の漢学専攻も反映して、観螢は独特の強い漢語的表現と浪漫的気分が作品に一貫してあらわれている。このことも特徴としてあげておかなければならないだろう。北国の星座を仰ぎ、広大な山川を眺め、いまだ荒々しい自然を小さな生命に対比する。その対峙のなかからエネルギーを感じとろうとしている。それはまさに男性的な浪漫主義である。

もうひとつ忘れてはいけないのは、北海道という風土との格闘である。湿潤であり、陰影の曖昧な本州と異なった風景。それをどのように三十一音にねじ伏せるか。古典世界の摂取とどのように自分のなかで関係づけるか。風土に没入する立場を採らず、作品世界のなかにどのようにくりこむか。そこに観螢の苦心があった。アイヌ伝承などの取材をとおして、多くの実験作がつくられていることも忘れてはならない。

（小高　賢）

橋田東声

はしだ とうせい　明治十九年、高知県幡多郡生まれ。本名丑吾。『覇王樹』を創刊、主宰。歌集に『地懐』、評論集に『自然と韻律』『正岡子規全伝』など多数。昭和五年没。

夕かげにおのれ揺れゐる羊歯の葉のひそやかにして山は暮れにけり

（『地懐』大10）

小夜床にいのち死にたる父の顔に揺れつゝうつる蝋燭の灯り

ふるさとの青山に月は照らせれどわがなき父にまたあはめやも

茄子もぐとあかつき露にぬれにつゝ妻のよろこぶわが茄子畑

来るともなく養鶏場に来たりけり生みたての卵買ひてかへるも

ふつかみか雪ふりつぎぬふるさとに母病みたまふこゝろはもとな

いまのこの歎きをせむと幾年を異郷《ことさと》に経しか父母をおきて

池上の山かげ小沼《をぬ》のさゝ濁り咲く花さぶし亡き母おもへば

昼深み島の荒磯の岩かげに火の燃ゆるこそかなしかりけり

いちはやく答案かきて出で行く子のそのうしろでの愛《かな》しかるはや

なかに一人《ひとり》もろ頬つめたき生徒ゐてしきりに咳す風邪なひきそね

支那街に支那の子あそぶ菅の根の永き春日は暮れずともよし

木に花さき陽はうらゝ照る眼をあげよこの天地にかなしみはあらず

橋田東声は鹿児島の旧制七高の出身であるが、このときの同級生に中村憲吉や森園天涙《てんるい》がおり、天涙の誘いで新詩社に入り、「明星」などに歌を投稿し始めたという。だが、東京帝国大学法科に入学するといったん作歌を中断する。大学卒業後、東京日日新聞に入社するが病のため退社。その後、文部省嘱託、大学講師などを勤め、最晩年には東京外国語学校教授となった。一九一三（大正二）年、大学卒業の年に同郷の川島朝子（北見志保子）と結婚している。

東声が再び作歌を始めたのは、病気療養中に斎藤茂吉の『赤光』を読んだことがきっかけであった。友人の中村憲吉の縁もあり、「アララギ」に投稿するようになる。一九一七（大正六）年に天涙らと「珊瑚礁」を創刊。廃刊後の一九年には「覇王樹」を創刊し、没年までこれを主宰する。一九二一年に歌集『地懐《ちかい》』を東雲堂書店より出版。生前の歌集はこれ一冊である。

　夕かげにおのれ揺れゐる羊歯の葉のひそやかにして山は暮れにけり

『地懐』の巻頭歌であるこの一首は、東声の代表歌として知られている。眼前の羊歯の繊細な動きのある情景を、背後に暮れていく山の大きな景色につないでいく、その広がりが魅力である。結句

風ふけば海路をわたす夕潮の揺れわたるなかに台場島見ゆ
幾山河揺られゆられて来る妻をまちをるゆゑに寂し潮騒
内海の瀬戸の浅夜に立つ浪をかなしく見つゝ独り来しか汝《なれ》は
よしきりは一つ鳴きたり青江さす若葉しげなる葦原の中に
風の音に目はさめたれどくまもおちず闇深ければ妻呼びにけり
すゝけたるらんぷの下にあつまりて親子さびしく夕餉食すらむ
ふるさとの兄をおもへば真竹藪裏山にしてさやげるきこゆ
弟と枝にのぼりて実をもぎしあの九年母の木はあるか今も
断けばいなきかへすこゑごゑの村に響きて馬市《いち》たつらしも
馬の市いまははてたれ人ごゑの夕ひそまりて水を汲む音
海峡をおとす潮はやし小夜中と夜はふけにつつ眼いやさる
われをのせて引きゆく苦力《くり》の弁髪の背に揺るる見つゝ鉄の橋渡る
兄死なばわが家の血すぢ絶えぬべしひとりの兄を死なしむべからず
にくしんは死にたへにけり現し世にちゝはゝもなしはらからも今は
つぎつぎにみな死にゆきし家にかへり洋燈《らんぷ》をとぼす夕べ寂しも
なきかはす雲雀のこゑのいや高まり空いちめんの夕焼となる
のぼり来て眼路ひらけたり目交に見おろす山はみな秋の山

（『地懐』以後）

の字余りがゆったりと伸びやかな、歌柄の大きいしらべを作り出し、古歌のような温雅な趣がある。

終生特定の師をもたなかった東声ではあるが、正岡子規、伊藤左千夫、長塚節など根岸派の歌人に心寄せが深く、影響を受けた。『土の人長塚節』『正岡子規全伝』『子規と左千夫』など、多くの評論集をも刊行している。また、『万葉集』や良寛の歌にも親しみ、特にしらべの上では『万葉集』の影響を指摘されている。引用した一首の声調にもそれが十分うかがえるだろう。作風は篤実な人柄を反映して、温和、暢達というのが大方の評価である。

東声は、自分自身も四十五歳の壮年期に腸チフスで死亡しているが、肉親の多くもまた病弱の体質であったのか、父、母、二人の甥、弟、兄が、たった五年の間に次々に死亡するという不幸を体験している。東声三十歳代前半の頃である。『地懐』には「六つの墓」という長文の自序があり、肉親六人への挽歌集という趣もある。加えて自身に子が無く、二二年に妻とも離婚する。一人残されたという深い孤独感が、作品の陰影をいよいよ深め、ときに悲愴なまでに澄んだかなしみを感じさせている。

（日高堯子）

釈 迢空

葛の花　踏みしだかれて、色あたらし。この山道を行きし人あり（『海やまのあひだ』大14）

この島に、われを見知れる人はあらず。やすしと思ふあゆみの　さびしさ

わがあとに　歩みゆるべずつゞき来る子にもの言へば、恥ぢてこたへず

鶏の子の　ひろき屋庭に出でゐるが、夕焼けどきを過ぎて　さびしも

網曳《アビ》きする村を見おろす阪のうへ　にぎはしくして、さびしくありけり

船べりに浮きて息づく　蜑が子の青き瞳は、われを見にけり

山中《ナカ》に今日はあひたる　唯ひとりのをみな　やつれて居たりけるかも

沢蟹をもてあそぶ子に　銭くれて、赤きたなそこを　我は見にけり

人も　馬も　道ゆきつかれ死にゝけり。旅寝かさなるほどのかそけさ

道に死ぬる馬は、仏となりにけり。行きとゞまらむ旅ならなくに

邑《ムラ》山の松の木《コ》むらに、日はあたり　ひそけきかもよ。旅びとの墓

ながき夜の　ねむりの後も、なほ夜なる　月おし照れり。河原菅原

水底《ミナソコ》に、うつそみの面わ　沈透《シヅ》き見ゆ。来む世も、我の　寂しくあらむ

かみそりの鋭刃《トバ》の動きに　おどろけど、目つぶりがたし。母を剃りつゝ

しゃく ちょうくう　明治二十年、大阪に生まれる。本名折口信夫。民俗学・国文学の業績は折口学と呼ばれ、多大な影響を残している。『海やまのあひだ』『倭をぐな』など。昭和二十八年没。

「折口にとって、短歌は近・現代の文学の一様式であるだけではなく、遠い遠い古代にこの世ならぬ祖先の地からもたらされた、魂のよみがえりの力のこもるしらべであり、声であった。それは古代に一度、この世に招来されただけではなく、人間が情熱をふりしぼって希求すれば、時あって彼の世界からよみがえりのひびきをとどかせてくるはずの、命のしらべであった」（岡野弘彦『折口信夫伝』）

釈迢空＝折口信夫は、近代短歌のなかで茂吉や白秋と並んで高く評価され、後進に与えた影響も大きい。彼にとっての短歌はいわゆる文学にとどまっていなかった。『折口信夫全集』『折口信夫全集ノート編』などにまとめられている膨大な民俗学、国文学の業績の根底に位置するものであった。しかし、岡野がたびたび引用する迢空の「歌は日本人のゴースト」、「歌こそ一期の病い」といった発言はいわゆる近代文学の範疇からはずれることもあって、「異風」「異端」として多くの読者から理解されにくいところがある。

作品に句点、読点をはさんだり、字間をあけたりする迢空独自の表記法の影響もあるだろう。端的にいってわかりにくい。しかし一方、作品が読み手のこころをなぜか揺さぶることも事実だ。茂

竹山に　古葉おちつくおと聞ゆ。霜夜のふけに、覚めつゝ居れば
くりや戸のがらすにうつる　こすもすの夜目のそよぎは、明け近からし
焼け原の町のもなかを行く水の　せゝらぎ澄みて、秋近づけり
遠き代の安倍《アベ》の童子《ドウジ》のふるごとを　猿はをどれり。年のはじめに
乾鮭《カラザケ》のさがり　しみゝに暗き軒　銭よみわたし、大みそかなる
めう〳〵と　あな　うまくさき湯気ふきて、朝餉白飯《アサゲシライヒ》　熟《ウ》みにけるかも
唯一人　客はわらはぬはなしかの工《タクミ》　さびしさ。われも笑はず
秋たけぬ。荒涼《スヾロサム》さを　戸によれば、枯れ野におつる　鶸《ヒワ》のひとむれ

くりやべの夜ふけ
あか〳〵　火をつけて、
　鳥を煮　魚を焼き、
　　ひとり　楽しき

（『春のことぶれ』昭5）

過ぎ行ける　左千夫の大人は、
　牛の腹の臓腑《キモぐ》を貪《マボ》り
よろこび給ひき
ふか〴〵と
柩のなかにおちつける　友のあたまの、

髪の　のびはも
深川の　冬木の池に、
　青みどろ　浮きてひそけき
　　このゆふべなり
小路《コウヂ》多き　麻布狸穴《アザブマミアナ》。
　年くれて、
　　明日の春衣《ハルギ》を着たる
子も居り

吉や白秋とちがった味わい。あるいは作品のもつ気迫。意味はとりにくいが、一首のもつ声調に動かされるところも多い。さらに付け加えれば、釈迢空のもってしまった人生や経歴の不可思議さも作品鑑賞に独特のバイアスと魅力を与えているような気がする。

迢空は一八八七（明治二十）年、父秀太郎、母こうの四男として、大阪府西成郡木津村に生まれる。この地は今宮戎神社の近くで、繁華街であるいわゆる難波の裏手に当たる。曾祖母、祖母、叔母など女性の多い家であった。幼い一時期、里子に出され、さらに双子の異母弟が七歳のとき生まれる。家系的に複雑であり、また生来、眉間に青痣があることも、少年期の折口を悩ませた。十五歳の頃、二度にわたり自殺をはかっていることもそのことと無関係ではあるまい。

天王寺中学の同級生で、後に国文学者になった武田佑吉、国史学者になった西田直二郎、岩橋小弥太らと回覧雑誌を出したりした。また一夏、蔵に籠り『国歌大観』を読破し、『玉葉集』『風雅集』の価値を発見したとも伝えられている。一九〇五（明治三十八）年、国学院に入学。二十二歳のとき、根岸短歌会に出席。そこで伊藤左千夫、古泉千樫、土屋文明などを知る。卒業後、大阪に帰り、

村の子は、
　大きとまとを　かじり居り。
　　手に持ちあまる
　　　青き　その実を

　　　遠く居て、
聞くさびしさも
　　馴れにけり。
古泉千樫　死ぬ　といふなり

なき人の
今日は、七日になりぬらむ。
　　遇ふ人も
　あふ人も、
みな　旅びと

柴負ひて
来る子　くる子も、顔よろし。
　か丶る磯わに、
なごむ村あり

ひたすらの
心なごみや
　小屋ひろし。
天井をながめ　人顔をながめ

ひたぶるに
磧の路をあゆみ行く
　ひくきこだまは、
　　われの跫《アシ》音

いやはてに、
鬼は　たけびぬ。
　怒るとき
かくこそ、
いにしへびとは　ありけれ

歳深き山の
　　かそけさ。
　人をりて、まれにもの言ふ
声きこえつ丶

今宮中学の教員となる。そのときの教え子の卒業とともに、職を辞し、彼らと上京、同宿生活に入る。教育者としての彼の倫理は、人間的接触を高め、これを持続する（池田弥三郎）ところにあった。以後、生涯独身。多くの門下生を輩出したが、一方で耐えきれず師のもとを去るものも多かった。

一九一三（大正二）年、投稿した「三郷巷談」が「郷土研究」に掲載され、柳田国男との親交が生まれ、生涯の方向が決まる。つまり、学者にして詩人、詩人にして学者であるという生涯を歩みだすことになる。

伝記的記述がいささか長いかもしれない。しかし、釈迢空という歌人を考える場合、これらの背景抜きに作品を鑑賞するのがむずかしい。

　葛の花　踏みしだかれて、色あたらし。この山道を行きし人あり

第一歌集『海やまのあひだ』の巻頭をかざった作品である。迢空は生涯多くの旅を試みている。なぜ苦しい旅を続けたのであろうか。終生のテーマである「まれびと論」とも関係していよう。この一首の意味はむずかしくない。山道を歩いていた。まだ色の鮮やかな葛の花が踏みしだかれていた。ということはすでに自分の前にこの道を歩い

山びとの　言ひ行くことのかそけさよ。きその夜、鹿の　峰をわたりし
峠三つ　越ゆる道なり。昼たけて、縣巫《イタコ》の馬を　追ひこしにけり
（『水の上』昭23）

空曇る霜月師走　日竝《ケナラ》べて、門の落ち葉を掃かせけるかも
はろ〴〵に澄みゆく空か。裾ながく　海より出づる鳥海《テウカイ》の山
この村や　屋竝《ヤナ》みそろはず。道に向き　牀踏む馬を　多く飼ひたり
なか〳〵に　鳥けだものは死なずして、餌ばみ乏しき山に　声する
東京のよき唄をひとつ教へねと　島びとは言ふ。礼《ヰヤ》深く来て
（『遠やまひこ』昭23）

藪原を深く入り来て、この村の昔の人の　白き骨を　踏む
若き日を炭焼きくらし、山出でし昨日か　既に　戦ひて死す
生きて我還らざらむと　うたひつゝ　兵を送りて　家に入りたり
たゝかひは、国をゆすれり。停車場のとよみの中に、兵を見失ふ
頬赤き一兵卒を送り来て、発《タ》つまでは見ず。泣けてならねば
山里は　桜の盛り　菜のさかり―。にぎはしきにも　兵おほく立つ
我つひに　このたゝかひに行かざらむ。よき死にをすら　せずやなりなむ
山の田に　草を刈り敷く人出でゝ　いとなむ見れど、千年過ぎたり
古き代の恋人どものなげき歌　訓《ヨ》み釈《ト》きながら　老いに到れり
旅にして聞くは　かそけし。五十戸の村　五人《イツタリ》の戦死者を迎ふ
（『天地に宣る』昭17）

車站《シヤタン》の外は　たゞちに土の原―。煙の如く　人わかれ行く
（『倭をぐな』昭30）

ていた人がいることなのだという感慨が歌われている。単純な事実から、時間を遡行し、ずっとずっと昔からこの山道を歩いていた人間がいたのだという思いに転じてゆく。迢空は何でもない人間の営みやおおらかで自然な古代への憧憬を生涯抱きつづけていたが、おそらくそこには彼が直面した現実への怒りや絶望の反措定があったのではないだろうか。生涯つづけられた全国各地へのくるしい旅も、同じような意識の反映であると思われる。

一九二五（大正十四）年に、『海やまのあひだ』が刊行されるが、その前年、迢空は「アララギ」を離れ、千樫の誘いにより「日光」に参加する。「アララギ」がもつ万葉ぶりとの懸隔感が、このような行動に走らせたのではあるまいか。一九一八（大正七）年の「茂吉への返事」という有名な文章のなかで、自分が大阪という都会に育ったことを強調し、茂吉を先頭にする「力の芸術家」との距離を語っている。それは、いわゆる短歌は「ますらをぶり」だけでなく、「たをやめぶり」にも惹かれていることを告白していた。と同時に、みずからの文学的拠点を静かで、穏やかに、かつ粘り強く主張している。

第二歌集『春のことぶれ』は多行書きのスタイ

乞食《コツジキ》の充ち来る町を歩き行く、乞食の屁の音を　聞くはや

兵隊は　若く苦しむ。草原の草より出でゝ、「さゝげつゝ」せり

たゝかひに家の子どもをやりしかば、われひとり聴く―。衢のとよみを

おのづから　いさみ来るなり。家の子をいくさにたて、ひとりねむれば

あなかしこ　やまとをぐなや―。国遠く行きてかへらず　なりましにけり

国学の末に生まれて、かひなしや―。人と争ふすべを忘れぬ

こゝろよきつどひのゝちに、たゞ一人　日ざし冬なる道を　かへりぬ

きさらぎのはつかの空の　月ふかし。まだ生きて子はたゝかふらむか

洋《ワタ》なかの島にたつ子を　ま愛《ガナ》しみ、我は撫でたり。大きかしらを

かたくなに　子を愛《メ》で痴《シ》れて、みどり子の如くするなり。歩兵士官を

大君の伴の荒夫の髄《スネ》こぶら　つかみ摩《な》でつゝ　涕ながれぬ

ひのもとの大倭《ヤマト》の民も、孤独にて老い漂零《サスラ》へむ時　いたるらし

老いの身の命のこりて　この国のたゝかひ敗くる日を　現目《マサ》に見つ

たゝかひは　過ぎにけらしも―。たゝかひに　最苦《モトモ》しく　過ぎしわが子よ

あめりかの進駐軍の弁当と　言ふを食ひしが　涙ながれぬ

次《ヨ》の代に残さむすべてを失ひし　我が晩年《イリマヘ》は、もの思ひなし

たゝかひに果てし我が子を　かへせとぞ　言ふべき時と　なりやしぬらむ

なにはびと紙屋治兵衛《カミヤヂヘエ》の行きし道　家並み時雨るゝ　焼け野となりぬ

呆《ホ》れ〴〵と　林檎の歌をうたはせて、国おこるべき時をし　待たむ

ルで、都会の風物を軽いタッチで描いた作品が多い。おそらく自らの生活の安定、方向性の確定から生じているのであろう。

　くりやべの夜ふけ
　あか〳〵　火をつけて、
　鳥を煮　魚を焼き、
　ひとり　楽しき

迢空は「自歌自註」のなかで、この一首について「焼いたり煮たりさま〴〵な男料理をこしらへたので、疲れはするものゝ、夜は楽しかった」といっている。「黒衣の旅びと」といわれるように、迢空のイメージは暗く、異風じみた印象がどうしても残ってしまう。しかし、生まれた環境による都会人のあかるさをも持っていたことは忘れてはならないだろう。「東京詠物集」「大阪詠物集」「昭和職人歌」といったいまでいうテーマ制作を読むと、余計そのように感じる。迢空もみずから「愉快な調子を持つてゐることをさとつてほしい」と書いている。

昭和に入り、慶応義塾大学教授にもなり、また『古代研究』などを刊行、文学博士の称号もうける。一九三八（昭和十三）年の小説「死者の書」の執筆なども特記される事項であろう。しかし、一九四一（昭和十六）年の太平洋戦争は迢空にと

老いの世に　かくのどかなる山河を　見るがかなしさ―。来つゝ住まねば
みむなみの常世《トコヨ》の島の　くるしさも　言ふことなかれ―。春はたのしき
愚痴蒙昧の民として　我を哭かしめよ。あまりに惨《ムゴ》く　死にしわが子ぞ
眉間《マナカヒ》の青あざひとつ　消すゝべも知らで過ぎにし　わが世と言はむ
あゝひとり　我は苦しむ。種々《シュジュ》無限《ムゲン》清らを盡す　我が望みゆゑ
祖父の顔　心にうかべ見ることあれど、唯わけもなく　すべ〱として
日本の古典は　すべてさびしとぞ人に語りて、かたり敢へなく
秋風の吹き荒るゝ道に　ひきずりて砥石を馴らす村びとに　逢ふ
汪然と涙くだりぬ。古社《フルヤシロ》の秋の相撲に　人を投げつる
大きなるらんぷ　取出《トウデ》てよろこべり。古き知識の如く　しづけき
若き人のむねに沁まざる語をもて、わがする講義　亡びはてよかし
何ごともなかりしごとく　朝さめて溲瓶の水を　くつがへしたり
耶蘇誕生会《タンジヤウエ》の宵に　こぞり来る魔《モノ》の声。少くも猫はわが髀《コブラ》吸ふ
基督の　真はだかにして血の肌《ハダヘ》、見つゝわらへり。雪の中より
よき恋をせよ　と言ひしが　処女子のなげくを見れば　悲しかるらし
人間を深く愛する神ありて　もしもの言はゞ　われの如けむ
いまははた　老いかゞまりて、誰よりもかれよりも　低き　しはぶきをする
雪しろの　はるかに来たる川上を　見つゝおもへり。斎藤茂吉

って言葉にならないほどの打撃を与えた。

迢空の死後二年たって、一九五五（昭和三十）年に刊行された最後の歌集『倭をぐな』は、「倭建」伝承を背景に、養嗣子春洋を失った深い喪失感と自らの老い、それに加えて戦時・戦後の日本人への思いがこもった一冊になっている。

ひのもとの大倭の民も、孤独にて老い漂零へむ時　いたるらし

「八月十五日の後、直に山に入り、四旬下らず。心の向ふ所を定めむとなり」という詞書きがついている。なぜ日本は敗れたのか。春洋を失った孤独に耐えながら、迢空は再生への方向をさぐってゆく。「今までにない痛切な心で、日本人の神の死と、現代におけるその復活を考えないではいられなかった」と、晩年の迢空の傍らにいた岡野はいっている。戦後神道関係の文章が少なくないのも、そのような思いからのことである。

迢空作品がもつ不思議な魅力はなかなか言葉によって解きあかせぬところがある。しかも未だ生涯に謎を多く秘めている。「人間を深く愛する神ありて　もしもの言はゞ　われの如けむ」などの遺稿の一首を舌にのせるとき、驚愕と同時に短歌の底知れぬ深さのようなものを感じるのは私ひとりではあるまい。

（小高　賢）

半田良平

はんだ りょうへい　明治二十年栃木県生まれ。窪田空穂に師事し、「国民文学」の主要同人として活躍。歌集に『野づかさ』『幸木』『半田良平全歌集』があり、歌書も多い。昭和二十年没。

ひとすぢに心《しん》澄みきたり涙しぬあらしの中に牛なくきけば
一心に喇叭吹きゐる兵隊は春日のもとに物思《おも》はざらむ
水筒をさかさにかしげ飲む水のこの味ひを人知るべしや
内海の潮退《ひ》きたれば渚とほく馬うちわたす人ひとり見ゆ
（『野づかさ』大8）

この谷の向うにてなく鶏《かけ》のこゑわれは高処《たかど》に眼をつむり居り
下かげは暮れいそぎつゝけやき木の上枝《ほつえ》しみ立つ空の明りに
宿を出でてひとり来てみる山峡の棚田の稲ははや黄ばみたり
（『旦暮』未刊）

外国《とつくに》のカルル・マルクスが書きし書《ふみ》読み親しみて我の苦しき
水の辺に歩みを運ぶ白鷺の翼がうつくし水に映りて
谷ひとつ隔つる山にゐる人はしきりに草を薙ぎてゐるかも
国こぞり人勢《きほ》ふときなにゆゑの戦ぞやと思ひ見るべし
蹶起《けつき》せる青年将校らは三日《みつか》経て反乱部隊となりをはりたり
将校らの死刑は終《を》へしことをのみ伝へて時《とき》と処《ところ》に触れず
（『幸木』昭23）

半田良平は、中学時代、新聞歌壇への投稿から空穂を中心とした十月会に参加。東京大学では英文を、大学院では美学を学ぶ。アーサー・シモンズの翻訳などを手がけるが、以後私立東京中学の英語教師をしながら、短歌に専念する。

大正八年、三十代のはじめに出版した『野づかさ』は生前唯一の歌集である。万葉集の赤人の歌からその名を取ったものであり、故郷の地勢を思わせる題名である。自然詠を多く載せるが、その景の中には人間の姿が随所に出てくる。写実と日常性を基本に据えた、穏やかな万葉調と、ヒューマンなまなざしが、この作者の歌のベースにあるといってよい。「内海の潮退きたれば渚とほく馬うちわたす人ひとり見ゆ」「小夜ふかくいまだ戸をさゝぬ店ありて灯《あかり》はさしぬ汐くさき路に」といった歌などに、この作者のそういった特徴が示されている。

未刊歌集『旦暮』の歌は、没後の全歌集に収録されている三、四十代の作である。山行や小旅行などを通して、良平は短歌という形式で自然をとらえる骨法を自らのものとしていく。とともに、自然科学や民俗学などにも関心を拡げ、それが自由主義的な精神と相まって、短歌の中に現実への批評や批判を織り込ませることとなる。

座談会《ざだんくわい》が表現形式となるまでの時のうつりをわれは見て来《き》ぬ

たたかひに召《め》さるる馬か連《つら》なりて暑き路上《ろじやう》をけふも行きけり

ウィーンより伝りきたるヒットラーの声をただ勇ましとのみ聴かず

いつよりか軍需景気といふ声を空吹く風のごとく聞きをり

死にし子は病み臥してより草花をいたく愛《め》でにきと妻のいふかも

死にし子にはじめて会ひし夢さめて夜の明方をはかなくをりぬ

ただ一首《いつしゆ》の歌にその名をとどめたるわが下野《しもつけ》の今奉部与曾布《いままつりべよそふ》

子の臨終《いまは》静かなりきと聞くだにも目頭《めがしら》熱くなりて涙す

関東の今年の稲のよき出来を誰に向ひて吾は祝はむ

晴れし日は朝より照りてあたたかきこの墓原に子らは臥《こや》せる

つはものの数は知らねど相次ぎて声を絶えたる洋中《わたなか》の島

独《ひとり》して堪へてはをれどつはものの親は悲しといはざらめやも

みんなみの空に向ひて吾子《あこ》の名を幾たび喚ばば心足りなむ

たはやすく雲のあつまる秋ぞらをみなみに渡る群鳥のこゑ

人ならば吾をさいなむ『運命』にをどりかかりて咽喉締めましを

言挙げを吾はせねどもうら深く国を憂ふる者の一人ぞ

一夜寝ば明日は明日とて新しき日の照るらむを何か嘆かむ

こういった傾向は、没後昭和二十三年に刊行され芸術院賞を受賞した『幸木』に結実する。この集は、昭和十年代という時代の中で、一人の知識人が現実に向ける鋭い眼が光っている。「蔑《さげす》めるナチスドイツと防共協定をなさねばならぬ時いたれりや」など、短歌にぎりぎりの良心を示そうとしているといえよう。

そのような良平だが、昭和十七年、十八年に次男と長男を病気で失い、十九年には三男をサイパンで失う。また自らも病の床に臥し、敗戦を待たず五月十九日に亡くなる。『幸木』の末尾近くの慟哭の歌々は、戦争の中にあって情を押さえつつ、その怒りを歌に刻む。

『幸木』の名は、生前良平が選定していたものである。「幸い木」は正月の飾り木で、一年の幸福を祈って、それに正月の食料などを吊したものという。「ただ一首の歌にその名をとどめたるわが下野の今奉部与曾布」と防人歌を背後に置く歌にあるように、良平は都市にあって農民の血の伝統を失わず、庶民の一人として自らの生を歌にとどめようとした。悲劇的な結末に『幸木』はどこか痛ましいが、その末尾に置かれている「一夜寝ば明日は明日とて新しき日の照るらむを何か嘆かむ」には、未来への希望が託されている。

（内藤　明）

九条武子

くじょう　たけこ　明治二十年、京都市生まれ。西本願寺二十一代法主、大谷光尊の次女として生まれる。九条良致と結婚。佐佐木信綱に師事。歌集に『金鈴』『薫染』『白孔雀』。昭和三年没。

緋の房の襖はかたく閉されて今日もさびしくものおもへとや
みわたせば西も東も霞むなり君はかへらずまた春や来し
もとゆひのしまらぬ朝は日ひと日わが髪さへもそむくかと思ふ
うらみごときこえむ時をまつ身にはこの玉の緒もたふとかりけり
よき月夜すあしのつまのほの青う露にぬれたり芝生にたてば
へだたりておなじ月みる君とわれ人間の身はいとかひもなし
生るるも死するも所詮ひとりぞとしかおもひ入れば煩悩もあらず
する〱と衣桁の衣のおちて又もとの沈黙《しじま》にかへる春の夜
たたけどもたたけどもわが心しらずピアノの鍵盤《きい》は氷の如し
満身の血潮は冷えて閃くは氷のごとき理の刃のみ
十年《ねん》をわびて人まつひとりゐにざれ言いはんすべも忘れし
絵ぶすまの呉春の人に冬の日がうすら〱とさすもわびしき
夜の雨にまじる虫の音わがむねに白刃の如くいたしつめたし

（『金鈴』大9）

九条武子は一八八七（明治二十）年、京都西本願寺二十一代法主の大谷光尊の次女として生まれた。彼女は庶民の生活感覚とはかけ離れた環境に包まれて育った、まさしく高貴な秘園に棲む令嬢であったが、加えてなみなみならぬ美貌であったという。二十二歳の時に男爵九条良致《よしむね》と結婚。だが、夫良致のイギリス留学が、結婚後十年もの間延々とつづき、武子は海を隔てた日本でひとり別居生活に耐えることになる。九条武子という歌人には、このような高貴な出自と美貌と孤閨の伝説が、作品よりも先に色濃くまといついている。

緋の房の襖はかたく閉されて今日もさびしくものおもへとや

第一歌集『金鈴』を上梓したのは一九二〇（大正九）年、三十三歳の時である。武子はこの四年前に佐佐木信綱の門を叩いている。『金鈴』には、夫を待ちつづける孤独の日々と、孤独を紛らすように宗教活動に献身する日々とが歌い収められている。たとえばここに上げた一首にも、武子の面影は鮮やかだろう。緋色の房のついた襖の奥に閉ざされて待つ孤立感と悲哀を内に秘め、やわらかに屈折する心理。それが流れるような文体で吐露されている。優美にういういしく、冷たい翳のあるこの愛の表情こそ、武子の歌の特徴である。

黒髪のその一すぢのふるへだにいかでみすべき見すべしやわれ
銀の鈴金の鈴ふり天上に千の小鳥は春の歌うたふ
をのここそいとはしきものそれよりもいとはしきものは女なりけれ
陶器《すゑもの》のちさきかけらも月の夜は何の玉かとわれをあざむく
ひたふるにおもひせまれば梟は山へ山へとわが魂さそふ
落日は巨人の魂かわがたまか炎の如く血汐のごとし
山たかみ空なほ高みつく〴〵と地の上のわれは悲しうなりぬ
幸うすきわが十年《ねん》のひとり居に恋しきものを父とし答ふ
駿河灘ひかりあかるういちめんに桃さく村は富士とむかへり

（『薫染』昭3）

ゆるらゆるら黒牛はゆく桜ばな散れどもちれど知らずげにゆく
一輪の薔薇《さうび》のためにわが生《せい》のひと日あたへてつくる此のつぼ
ゆふがほはゆふべの夢を命とし静かにつつみ花とぢにける
風わたれば五月《さつき》ま昼の光ちりこまかにゆるるもろ木の新葉《にひは》
われのみのある世にあらず然はあれどわれはまさしきひとりの所在
海のもの陸《くが》には悲しい照る日に黒う干されぬ浜べの藻ぐさ
死ぬまでも死にてののちもわれといふものの残せるひとすぢの路

（『白孔雀』昭4）

明日越えむ乙女峠のうしろより絶えずわきあがる午後の雲白し

だが優美な、孤独な愛の表情は、別居生活が長引くにつれて、しだいに内向性を強めていく。孤独な心を埋めるように法主の娘として布教活動に献身し、その体験を通して宗教的な思考や境地も歌に加わってくる。折から第一時世界大戦後の暗い世相でもあった。『金鈴』の後半には、そのような自他の状況を背景に、自己や自然に対する内面性や観念性が深まっていく経路が見える。

歌集『金鈴』は、九条武子というスター性を帯びた伝説の上に読まれた気配が強く、文学性という点からいえば、当時の歌壇にとくに新しいものではなかった。武子の歌の文学性については、むしろ没後の二歌集『薫染』『白孔雀』の上に見るべきである。

駿河灘ひかりあかるういちめんに桃さく村は富士とむかへり

旅の途上の風景であろうか。大きな自然のなかの春のいのちの充実が感じられる一首である。自然や生へ向ける視線を深め、素材や方法においてもより広く自在な場を獲得しはじめたところで、だが、武子は四十一歳で急逝する。

境遇や美貌がもたらす特殊な人生と、短歌とが重なった武子。その姿は柳原白蓮や原阿佐緒などと共通しているといっていい。　**（日高堯子）**

岩谷莫哀

いわや ばくあい　明治二十一年鹿児島県生まれ。尾上柴舟に師事し、「水甕」の創刊に参加。「珊瑚礁」の創刊にも加わる。昭和二年、三十九歳で没。『岩谷莫哀短歌全集』がある。

けふもまた遊びなかまを放たれて親もたぬ児はうなだれかへる
わが父は人に愛され世わたりに敗れて死にき吾れはその子ぞ
わが住める薩摩の国は行くとして明るきに過ぎよりどころなし
雲はみなとけてあとなき蒼空のそこより春のかなしみぞ湧く
帽子かぶりいそいそとして家を出でぬさていづかたへ足をはこばむ

（『春の反逆』大4）

ひきだしをなかば開きてばうぜんと机の前に物をおもへり
われ今し絶望を胸にたくらめり蝉よ来て鳴け日よ強く照れ
あめりかの小さき街に店出して淋しく兄の客を待つらむ
武装せしわれの心をとりまきて初春の風が戯れるぞや
おそろしく疲れし脳に喰ひ入りて羅宇屋の笛はいつまでも鳴る
みちばたにさゆらぐ草のなやましさ別れて来ればたそがれにけり
あきなひの前にかがめしこの腰を伸ばしてあるく夜の銀座かな
へとへとに疲れちよるがなゆつくりとその話ならあとで聴きましよ

（『仰望』大14）

歌集『春の反逆』（大正四年刊）には「みなし児」といった言葉がよく出てくる。莫哀は九歳で母を、二十二歳で父を失い、渡米した兄や親戚の援助で東京帝大法科大学経済学科を卒業するが、孤児意識は幼少年時の淋しい記憶をベースに、物語化されたものだろう。「草むらに足を埋めて夕陽の前に泣きいる春のみなし児」「さめさめと夜半のしぐれが泣いて居りかなしや孤児の夢のさめたる」といった歌には、この作者の原風景のようなものがうかがえる。

『春の反逆』は、九州から上京した青年のやや過剰な自意識が、時代の中で歌を求めていく青春歌集といってよい。啄木を思わせる諧謔や軽妙もあるが、都会の中で自分の若さをもてあましながら、時にその失っていく思いは故郷鹿児島や自然の中に解放されたりもする。決して器用な作者とはいえないが、ある意味では時代を越えて変わることのない翳りをもった青春の日々が、いくぶんの気取りと、自虐と、そして感傷をもってうたわれている。それは『春の反逆』というタイトルに象徴されているともいえよう。

大学卒業後、莫哀は自ら出版事業を始めて失敗する。第二歌集『仰望』（大正十四年刊）は、第一歌集から一転して生活臭のある現実の疲労感か

いちやうになびける竹の林見ゆ甘蔗畑のはてをくぎりて
相思樹の黄色き花をゆりこぼし白服の人通り行きたり
さくら餅たうべてあれば青あらし大東京をわたる心地す
旦夕にせまれる吾子が玉の緒のひそやかなれや泣きごゑもせぬ
逝きし子を返せと妻が狂ふさへ術なきものをただに臥り居る
堪へて来しこれの月日のわびしさも馴れてはうれし松風の音
ここをしも終の棲家とおもはねど夜を沈みゆく松風の音
松風も絶えて音なき夜の室にひそかに死地を思ひ居しかな
真夜なかの冷えに背柱《ちりけ》の冴え痛みこらへて居るに松風の音
まつかぜのたえまにひびく潮騒や心はろけくなりなむとする
ほのぼのと窓にほのめくあかときの夢ともつかず松風の音
おほけなく生きてふたたび停車場の歩廊をあよむ妻とならびて
相離《か》れて棲みし幾とせいつ知らず桐の箪笥も色ふりにけり
ねぶか汁あつきを吸へば秋ふかき町に家居して朝はうれしも
ゆがみたる細き柱や逝く年のさむさに堪へて痛むわが肩
玉子さへのんどにさやる口惜しけどやがて薬も通はぬなるべし
やすらかにあらなと切にねがへれど夜を日を悩み心とがれる

（『仰望』以後）

ら始まるが、やがて莫哀は明治精糖に入って台湾に渡ることとなる。「ここかしこ水田に光射返して日ぞ燃え狂ふ頭《あたま》にちかく」とうたわれた台湾の明るく暑い風景は、莫哀に一つの転機を与える。しかしそれもつかの間、肺を病んで療養生活に入る。東京に戻った莫哀は結婚するが、病で長女を失いもする。『仰望』は、こういった生活の変化を背後に置きながら、その作に徐々に深い陰影と生命力への憧憬を刻んでいくこととなる。とくに療養先の茅ヶ崎で作られた「堪へて来し」以下の松風六首は、感傷に流れず、絶望に陥らず、自らの生が自然の中に溶かし込まれてうたわれており、広く知られるところの作となった。

死後編まれた『岩谷莫哀短歌全集』に載る「駒込雑詠」は、茅ヶ崎から帰京した莫哀が、病を養いながら過ごした数年の日々が淡々と詠まれており、「わがために今日昼風呂を沸かすらし水をかいこむ音のあかろさ」など看病する妻との交流や食の歌など、哀愁とある存在感がにじみ出ている。若き日のことさらな言葉の斡旋や衒いから脱した平明な表現世界がそこにあるといってよい。療養を余儀なくする結核が、莫哀の短い一生の後半生の歌に、さまざまな影を落としたといえよう。

（内藤　明）

若山喜志子

わかやま きしこ　明治二十一年長野県生まれ。若山牧水と結婚。牧水亡き後「創作」を継ぐ。歌集『無花果』『白梅集』『筑摩野』『芽ぶき柳』『眺望』『若山喜志子全歌集』等。昭和四十三年没。

この家ぬちわれがうごくも背《つま》がうごくも何かさやさやうたへる如し
群集見て忘れんと子を抱き群集に入ればいよいよわが身いとしくなりぬ
にこやかに酒煮《に》ることが女らしきつとめかわれにさびしき夕ぐれ
（『無花果』大4）

朝がへりさびしき人はすずかけの落葉拾ひてほほゑみて来ぬ
しみじみと物も語らず君は君のなやみまもるかせんすべもなし
はるかなる記憶の如く夕ぐれの空より雪のまひそめしかな
身に潮《さ》しくるさてもかなしくはづかしき斎《いつき》の病《やまひ》女悲しも
わが恋はゆくて知らずて母となりぬわびしいかなや若き魂
秋ふかみ鍛冶屋《かぢや》が鎚《つち》も音にすみて朝の市街《しがい》は水うてる如し
わが好む広き額を何ごとぞかきくもらせてしづみ給ふは
やさがたのかぼそき蒼き君故に君恋ふるとは云ひ出でがたく
（『白梅集』大6）

わが背子も客人《まらうど》もいつかゐざり出で声をどらせぬまんまるの月
ふるさとの信濃を遠み秋草の竜胆《りんだう》の花は摘むによしなし
（『筑摩野』昭5）

明治三十五年、松本に県立高等女学校が設立された。教師から進学を勧められながら、女ゆえに親の許しを得ることができなかった喜志子は、その希望を絶ちがたく、悩み、終生の痛恨事としたという。しかし、十代後半から文学に親しみ、日本画を趣味としさらに、新しい時代へと目を向けていた。「女子文壇」に投稿していたころは、歌よりも詩に熱心だったが、そこで今井邦子と知り合い、同郷の太田水穂宅で若山牧水と会ったことから喜志子の運命が大きく変化する。

牧水と同棲し結婚したのは明治四十五年。牧水の亡くなる昭和三年までの十六年間に、四人の子どもを産み、結核を病み、旅の多い夫の留守を守りつつ、孤独ななかで歌を作りつづけた。後年、長男の旅人《たびと》が「母を語る」というエッセイで、母親の子らへの土産物選びについて記している。たとえば、小学生にもならぬ旅人に、地球儀を買ってきた。まだ地球が丸いという認識も世界のことも知らない子どもに、「どうだ良いだろうと言われてもぼんやりするばかりである」というのだが、その地球儀がじつは「テニスボール程の大きさでしかなかった」こと、それしか買えなかったことを思うたびに、旅人は母を深くいとしく思い、豪華な大きな地球儀を目にするたびに哀しい思いを

みづからを愚かしと思ふおもひつのり醜《しこ》の蝸牛《ででむし》ちぢこまりつつ

汝が夫《つま》は家にはおくな旅にあらば命光るとひとの言へども

やみがたき君が命の飢《うゑ》かつゑ飽き足らふまでいませ旅路に

とこしへに光る心の一すぢを育む人に添ひにけらずや

うてばひびくいのちのしらべしらべあひて世にありがたき二人なりしを

まなかひにゆららに揺るる陽炎のありと見えつつ在らぬ人はも

我は「無」を友は「有」をし目ざしつつ隔りゆけどいよよ親しむ

（『埴鈴集』昭15）

ましぐらに轟き過ぐる貨車のうちに馬と兵とが顔並べゐし

慣るるといふは浅ましきかも大活字の殲滅の文字に驚くとせぬ

あなあはれ怠けをる時わが耳に来てそそのかすラスコーリニコフ

（『芽ぶき柳』昭26）

深山にて人間は我と馬子二人馬子は戦死の子の上を語る

身をもつて逃れ来りし引揚げの婦女の一人に老のわが姉

ふり向かず頑固《かたくな》に背を見せてゆくこの必然をゆるしたまはれ

（『眺望』昭36）

四ケ村堰《せんげ》今も流れてゐるづらか南原・長者屋敷は夢のまた夢

（『眺望』以後）

君がみたま鎮まりいます古里の尾鈴の山の峯とがり見ゆ

真夜中の目ざめはたのし現とも夢ともつかずしばしばありつつ

眉逆だち三角まなこ窪みたるこの面つくるに八十年かかりし

することを述べている。

結婚しても夫婦ともに職業に就くことがなかったから、生活の苦労は絶えなかったのである。そのために、京阪地方や九州、さらにはもっと遠く北海道や朝鮮半島まで揮毫の旅を牧水とともにした。しかしそれが、喜志子にとって、牧水とともにあった思い出の大きな部分を占めていたことも確かなようだ。

　にこやかに酒煮ることが女らしきつとめか
　われにさびしき夕ぐれ

結婚したてで、「この家ぬちわれがうごくも背《つま》がうごくも何かさやさやうたへる如し」と甘やかに詠む二十代後半の女性が、一方では「女らしきつとめ」というそのことにこだわっている。明治の終わりから大正時代初めの新しい女性としての自覚をもって、歌をうたっていこうとする意志がここにある。つつましく自らを見つめていこうとする喜志子の作品には、自分のさびしさや孤独感を詠んだものが多い。それは、もちろん、夫があまり家にいることがなかったことにもよるだろう。しかし、誰もが与謝野晶子のようにはできないことを知っている、一人の女性としてのさびしさや孤独感と同時に、内へと向いてゆく人の持つ固有さと、したたかさが色濃い。

（草田照子）

原 阿佐緒

はら あさお　明治二十一年宮城県生まれ。「新詩社」から「アララギ」。石原純との恋愛問題により作歌から遠のく。歌集『涙痕』『死をみつめて』『原阿佐緒全歌集』。昭和四十四年没。

心よわくもとより君を恋ふちからなしと知りつつ思ひやまれず
吾がために死なむと云ひし男らのみなながらへぬおもしろきかな
春はよし恋しき人のかたはらによきことかたりほほゑめるごと
あたたかき人の手触れぬからたちの花の少女とみづからを見む
恨みつつ蛇となるより恋ひわびて石となりける人にならはん
かなしみの鳥はひまなくわが胸をやどり木としてなきぬ世は春
歌あらぬ日は夜も寝ず物思ふわが二十こそいとうれしけれ
われとわが胸の傷より血とともにたえず流るゝかなしみの歌
白むくげ秋来て咲きぬ末の世のわが尼姿みる心地して
月出でて庭の芒に露おけばこほろぎ啼けば戸をひきかねつ
恨みにも泣きにも六つの子をたよる親の心もあはれになりぬ
二人居て恋のなげきを見るよりも安く寂しくひとりあるべき
吾といふ一人に勝ちしあたひをばおのれ知るのみおのれ知るのみ

（『涙痕』大2）

小野勝美編『原阿佐緒全歌集』の口絵に、阿佐緒の写真が掲げられている。髷を結って、下襟を大きく出した着物姿だ。ほそやかな顔だちで美しい人だが、なかでも意志的な眼と、口許がとても印象的だ。

画家の中川一政は、若き阿佐緒について次のように書いている。ちなみに、一政の長女は、のちに阿佐緒の次男で俳優となった保美と結婚している。阿佐緒が一政の家の裏の借家へ三ケ島葭子を尋ねてくると、「暗夜に灯がともるようであり、蝶が飛んできたようであり、近所の人が出て見るのであった」。

この美しさが、歌人としての原阿佐緒にどれほどの影響を与えたことだろうか。

美術学校時代の教師との恋愛と自殺未遂、長男出産と離別につづいて、初恋の人との結婚、次男出産、離婚。さらにはよく知られた石原純との恋愛沙汰などなど……。

「新詩社」から出発した第一歌集『涙痕』（大二）は、与謝野晶子の序文があり、第二歌集『白木槿』（大五）では、すでに「アララギ」に転じている。しかし、第三歌集『死をみつめて』（大十）は、石原とのスキャンダルが島木赤彦らの怒りに触れて「アララギ」を追われたのちのものである。

静かなる夜ふけの灯蔭孤独をばよろこぶこころうるほひて来ぬ
若ければ女はかなし自らの知らぬに君を誘ひしてふ
秋づける日向に干せるほし梅の匂ひかなしもひるのこほろぎ
爪紅を揉めば泌み出し紅汁《あけしる》に吾が児の頰を染めてうれしも
枕並め寝し友も児もな覚めよこのさ夜ふけをしみ降る雨に
よわければ未だ幼なきいとし児に乳離れを強ふかなしき母かな
赤き緒の下駄はくまでになりし児の手を引けばかなし夫《つま》遙かなる

（『白木槿』大5）

春の来てつばくらのごと古き巣に君が心もかへりけるかな
ほこりかに一人ゆく身はさびしけれ打ち忍びても二人ゆかばや
うす闇に君が吸ふなる煙草の火わがかなしみをあつめて光る
寂しさのやらふかたなく旅ながらこもりて遠き児の衣を縫ふ

（『死をみつめて』大10）

馬車の馬鞭うたれつつ身じろがぬその馬の背に春日かなしも
沢蟹をここだ袂に入れもちて耳によせきく生きのさやぎを
みちのくの吾が生れし国にたえてなき木に果《な》りてゐる大き夏蜜柑
けだしくも吾しあらねばさきはひを世にまたくして生くべき君かも
夜の山路わがひとりあゆむ静けさを樹《こ》深に落つる木々の実の音

（『うす雲』昭3）

ひそめゐしわれの心を示されしおどろきに読む自殺者の手記

「際物的な発行」とみられたらしい。たしかに、時期的にはそうだったかもしれないが、現代の眼で歌集を見るかぎり、際物というイメージからは遠い。第四歌集『うす雲』（昭三）は石原の序がある。四十一歳のときのこの歌集をもって、石原との生活も破綻した阿佐緒は、歌から遠ざかり八十二歳で死去するまでの四十年間、流転の生活のなかでごくわずかの作品しか残さなかった。

　白むくげ秋来て咲きぬ末の世のわが尼姿みる心地して（『涙痕』）

　阿佐緒は、『白木槿』の中扉に、『涙痕』からのこの一首を添えている。秋になって白い木槿が咲いた。その花を見ていると、末の世の自分の尼になった姿を見るような気がする、という。二十代でありながら、このような作品を生むところに、阿佐緒の本質があったのだろう。

「若ければ女はかなし自らの知らぬに君を誘ひしてふ」とも詠まれたように、阿佐緒は美しいがゆえに、自分の意志と関わりない流れに押し流されてゆく。若くして、そのような人生の悲しみを知っていた。「尼姿」という、何もかも捨て去ったような美しさへの憧れに似た気分は、そうした背景とともに味わうのがふさわしいのではないだろうか。

（草田照子）

中村憲吉

なかむら　けんきち　明治二十二年広島県布野村生まれ。高等学校の友人堀内卓の影響で短歌を始める。歌集に赤彦との合著『馬鈴薯の花』の他、『林泉集』『軽雷集』などがある。昭和九年没。

月の夜を霧にぬれたる竹垣のひかるが上に吾が影行けり
砂をかの裾《すそ》をめぐりて川ひくく夕映《ゆふばえ》の色を海にそそげり
街《まち》とほく消えゆく音をのこしつつ我が電車いまは暗くとまりぬ
壕の上を砂吹きゆけば樹末《こぬれ》よりニコライ堂は高く見えたり

（合著歌集『馬鈴薯の花』大2）

夕まぐれ我れにうな伏す大仏は息におもたし眉間の光
篠懸樹《ぷらたぬす》かげを行く女《こ》が眼蓋《まなぶた》に血しほいろさし夏さりにけり
夜の珈琲店《カフエー》かがみの壁に燈《ひ》はふかし食卓《しよくたく》白きなかより対《む》けば
とぶらひの行きて曲れる宿《しゆく》はづれ峡《かひ》の戸口へ道はるか見ゆ
脣《くちびる》はものも言へなくおのづから死に近き眼《め》に涙はひかり
大河口《おほかはぐち》の夕焼がたの船工場《ふなこうぢやう》音をやめたりその重きおとを
身はすでに私《わたくし》ならずとおもひつつ涙おちたりまさに愛《かな》しく
岩かげの光る潮より風は吹き幽《かす》かに聞けば新妻《にひづま》のこゑ
春すぎて若葉静かになりにけり此《こ》の静けさの過ぎざらめやも

（『林泉集』大5）

中村憲吉論にかならずといっていいほど引用されていることばがある。

　要するに私の歌の道程は、固疾の拙から脱却するに努力した道程であって、いはゆる「拙修」の道を不才の私は踏んで来たのである（『中村憲吉集』巻末記）。

作歌初心の頃、指を折りながらことばを整えたとも告白している。茂吉のようにことばが溢れ出るといったタイプではなく、丁寧にかつ執拗にことばを重ねていきながら、歌をととのえてゆく。一首だけでなく、歌人としても、どこか不器用さを持ち、次第に内面に調子を沈潜させ、作品に渋みやくすみを生み出し、結果として自分のスタイルを確立していった生涯であったといえよう。

　一八八九（明治二十二）年、裕福な酒造業の次男として生まれた憲吉は、高等学校時代の友人堀内卓にすすめられ、短歌に手を染め、伊藤左千夫門下に入る。長塚節、茂吉、赤彦、千樫などと交友を重ね、アララギの有力同人として活躍した。東京大学を卒業し、大阪で新聞記者の生活を経て、実家に戻り、家督を相続した。つねにアララギに精神的・物質的な支援をつづけ、同人の結束の中軸であった。

　五月雨はまた暗くならし店の間の天井に来

土間のうへに燕《つばめ》くだれり梅雨《つゆ》ぐもり用《よう》もちて今日《けふ》は人の来たらず
砲のかげ馬のかげより徒《か》ち歩《あゆ》む兵はつかれて汗あえにけり
峡《かひ》ふかき宿駅《まや》に兵とまり馬のにほひ革《かは》の匂《にほ》ひの満ちにけるかも
大き家ふかくねむりて静かなりをりをり棟《むね》の木のしとる音
家びとの多きがなかに我《わ》が居りて昼もかなしき胸わだかまる
峡《かひ》の家《いへ》に古《ふ》りし洋燈《らんぷ》をいまも釣《つ》れり久びさに父と膳《ぜん》を並ぶる
五月雨《さみだれ》はまた暗くならし店の間の天井《てんじやう》に来て舞ひとどまる燕《つばめ》

（『しがらみ』大13）

谷ふかくのぼれば寒したまたまに家ある川べみな水ぐるま
月ケ瀬川瀬音《せおと》しづみて暗くなるは桃香野《ももがの》へ照りて月移るらむ

（『軽雷集』昭6）

朝ぎりに荷積《にづみ》ひさしき馬ぐるま馬のたてがみ霜おきにけり
春さむき梅の疎林《そりん》をゆく鶴のたかくあゆみて枝をくぐらず
収穫《とりいれ》のをはれる峡《かひ》はひそかなれ裏山の竈《かま》に炭焼きそめぬ

（『軽雷集以後』昭9）

雪かぜのひた寒くなる日ぐれより西の障子に紙帳《しちやう》をおやす
稲原《いなはら》の早稲穂《わせほ》にしろく照る月はごとに明《あか》し山の峡《かひ》にも
真むかひの山家《やまが》のなかは西日射しあからさまなる仏壇のみゆ
あづまよりはるか来給ひし君と居てこの三日間は実にみじかし
病《や》む室《へや》の窓の枯木の桜さへ枝つやづきて春はせまりぬ

て舞ひとどまる燕

　絵画の手法に影響をうけた都会風俗の描写と、生家に戻った地方生活の感慨の二つの系列が憲吉に存在している。それは都会的知識人でありながら山村生活者を余儀なくされている境涯へのやりきれなさともいえるだろう。地域に対して自分の得た知識を役立てようという使命感が存在する反面、自分はこれでいいのかというかすかな挫折感も内在しているにちがいない。

　執拗に写生しようというタッチは、その執念の発露といってもいいのかもしれない。この一首も最後までことばは軽くない。「来て舞ひとどまる」といいつづけるねばり。おそらくここに憲吉の真骨頂があるのだろう。

　新聞記者の職を得て、都会での生活に入る。しかし、それもわずかな期間でしかなかった。家業を継承しなければならないからだ。やりきれなさは次第に諦念に変わる。それが歌集『しがらみ』から『軽雷集』への推移といえるだろう。そこには病気もおそらく関係しているにちがいない。「拙」は平淡な境地に変わっていくのである。

　茂吉は昭和九年五月五日の葬儀の弔辞のなかで中村憲吉について、「重厚深切生新犀利」とのべたそうである。

（小高　賢）

岡本かの子

おかもと　かのこ　明治二十二年東京市生まれ。本名カノ。高津村二子の大地主、大貫家の長女。画家岡本一平と結婚、太郎を生む。小説家。歌集に『愛のなやみ』『浴身』など。昭和十四年没。

ともすればかろきねたみのきざし来る日かなかなしくものなど縫はん　（『かろきねたみ』明45）

多摩川の清く冷たくやはらかき水のこころを誰に語らむ
人妻をうばはむほどの強さをば持てる男のあらば奪《と》られむ
かの子よ汝《な》が枇杷の実のごと明るき瞳このごろやせて何かなげける　（『愛のなやみ』大8）

しみじみと女なる身のなつかしさかなしさ覚ゆ乳房いだけば
裸にてわれは持ちたり紅《くれない》の林檎《りんご》もちたり朝風呂のなかに
一歯あつれば林檎の紅の皮破《や》れぬ淡雪の肌ほのににじむも　（『浴身』大14）

桜ばないのち一ぱいに咲くからに生命《いのち》をかけてわが眺めたり
ひえびえと咲きたわみたる桜花《はな》のしたひえびえとせまる肉体の感じ
林檎むく幅広ないふまさやけく咲き満てる桜花《はな》の影うつしたり
しんしんと桜花《さくら》かこめる夜の家突《とつ》としてぴあの鳴りいでにけり
せちに行けかし春は桜の樹下《こした》みちかなしめりともせちに行けかし
朝ざくら討たば討たれむその時の臍《ほぞ》かためけりこの朝のさくら

岡本かの子の歌人としての名を高からしめたものに、「桜」百三十八首の連作がある。

　桜ばないのち一ぱいに咲くからに生命をかけてわが眺めたり

この桜の一首ではじまる一連である。大正十四年に刊行された第三歌集『浴身』のなかに収められている。一連は前年の「中央公論」春季特集号に、「桜百首」という依頼を受けて発表したもので、かの子はそれを一週間のうちに集中して書き上げたという。短期間に、桜にとりつくように没頭してつくられた一連には、幻想と狂気とナルシシズムとをない混ぜにしたかの子の生気が、どの一首にもみずみずしく、ときになまなましく漲っている。この大作を書き終わった直後のかの子が、上野に見にいった実物の桜を前にして、嘔吐してしまったという逸話もうなずけるところだ。後に塚本邦雄は、この「桜」連作を、かの子の畢生の快作といい、「もはや止める術もない詩人の翔り、言葉に魁けて奔りやまぬ命、天真爛漫、なりふり構はぬかの子の熱情が、玲瓏と飛び、転り、かつ漂ふ」と絶賛した。

「桜百首」の巻頭歌であるこの歌は、単にかの子の代表歌であるばかりでなく、古代から現代にいたるまでの桜名歌のなかに、必ず選ばれる歌とも

糸桜ほそき腕《かひな》がひしひしとわが真額《まひたへ》をむちうちにけり
ミケロアンゼロの憂鬱をわれ去らずけり桜花《さくら》の陰影《かげ》は疲れてぞ見ゆれ
しんしんと家をめぐりて桜さくおぞけだちたり夜半にめざめて
にほやかにさくら描《か》かむと春陽《はるひ》のもとぬばたまの墨をすり流したり
狂人のわれが見にける十年《ととせ》まへの真赤きさくら真黒きさくら
ねむれねむれ子よ汝《な》が母がきちがひのむかし怖れし桜花《はな》あらぬ春
春雪は降りかかる直ち汽灌車の黒赫《こくしや》の鉄に溶けてしたたる
（『わが最終歌集』昭4）

月よみの照りあきらけき地《つち》のうへ紅梅の影とがりて黒し
人間のましてをんなのわが肌《はだへ》ふれずあらなんすが立《だ》ちぽぷら
ひめ百合は危ふきかなや炎天の狂人《きちがひ》の眼に火をかゝげたり
大海洋《おほわだ》の果のはてなる天心か地軸にかわが生命《いのち》繋《かか》れる
さくらばな花體《くわたい》を解きて人のふむこまかき砂利に交りけるかも
（『同』拾遺）

うつし世を夢幻《ゆめまぼろし》とおもへども百合あかあかと咲きにけるかな
見廻せばわが身のあたり草奔《さうまう》の冥《くら》きがなかにもの書き沈む
わが書くはそも〳〵なにの書《ふみ》ならんおのれに問ひて顔赫らむる
すういとぴいの花のちひさきふくらみや束《たば》ねて重き量感《りやうかん》となる
年々にわが悲みは深くしていよよ華やぐ命なりけり
（『歌日記』昭5）

なっている。桜の生命力と、かの子の内なる命が呼応した無垢なことばからは、かの子自身の肉体が紛れもなく匂ってくるが、その背景にはおそらく大正生命主義の影響もあったであろう。かの子の夫岡本一平が、彼女を「生命の娘かの子」と呼んだように、「生命」は、歌から小説に創作活動を移していったかの子の、一生をかけたテーマでもあった。

かの子は二子玉川のほとりの大地主の長女として生まれ、画家岡本一平と結婚。愛人を同居させるという奇妙な夫婦生活はよく知られている。歌人として出発したかの子だが、小説を書きたいという強い意志のために歌を断念し、『わが最終歌集』を出版した後に一平に従って渡欧する。かの子は、だが、小説家としての地位が揺るぎないものとなった後も、歌を生涯捨てることはなかった。

年々にわが悲みは深くしていよよ華やぐ命
なりけり

小説『老妓抄』のなかに使ったこの一首は、女身の生命の悲しみと華やぎを、陰影深く歌ったものとして広く流布することとなった。また、かの子の晩年の歌のなかには、草木など自然の姿をとらえる静かな理知的な眼の魅力も発見できる。

（日高堯子）

矢代東村

やしろ とうそん　明治二十二年千葉県生まれ。青山師範卒後、小学校に勤務の後弁護士となる。「詩歌」「生活と芸術」等に参加。戦後「人民短歌」の選者となる。昭和二十七年没。

この心かのロシヤなるうら若きニヒリストにも通ふわりなさ
この朝のこころけはしさ人みなの顔ことごとくゆがみて見ゆる
われを見て仔牛はなきぬふるさとの土蔵の前のひともと梨の木
口吸へば口はわづかにあたたかしはかなかりけり海に来りて
人間のかなしき秘密ことごとくわれに知らしめし君と別るる
秋雨にダリヤはぬれて暮れにけりかの一日よ忘るるなかれ
力づよく生きよ地上をふみて生きよ生きの命の果し知らなく
麦の穂のかがやく中を一人《いちにん》の人間が行くぞ急いで行くぞ
教員いま教育のことを考へず生活のことばかり考へてをり
三十円の俸給をもらひ天皇陛下のありがたきことを教へ居るかも
鎌とげば鎌はましろに光りたりその鎌をなほあかずとぎゆく

（『一隅より』昭6）

矢代東村は長い歌歴にもかかわらず、まとまった歌集は三冊のみである。したがってまず、掲出歌の制作年代を記し、読者の参考としたい。『一隅より』は大正元年から四年、『飛行船に騒ぐ人々』は大正四年から十一年、『パンとバラ』は大正十二年から昭和二年（昭和二十九年に『矢代東村遺歌集として刊行）の作品である。これ以降の未刊歌集『溶鉱炉』は昭和三年から十一年、『反動時代』は昭和十二年から十七年、『早春』は昭和十八年から二十一年、『大衆と共に』は昭和二十一年から二十七年までの作品である。

矢代東村といえば、プロレタリア短歌、口語短歌の印象が強いが、出発は「詩歌」「生活と芸術」で前田夕暮、土岐善麿と、また「日光」にも参加し北原白秋らとも親交を結んだ。

『一隅より』は「詩歌」時代の「都会詩人」の筆名で発表した歌で、夕暮が「序」で「彼は啄木を愛し、尊敬し、そして己れのなかに啄木をよく生かしてゐた」と言うように石川啄木のロマンチックな面の影響が、とくに相聞歌に現れている。掲出歌以外にも「ことさらにつよき接吻《くちづけ》も別るべきいまの二人に何するものぞ」「世の常の恋のひとつを終りたる男とわれもなりにけるかな」「かき抱く君がししむらひたすらにかき抱く君がししむ

人生はもつと幸福であつていい
ある時は、さう考へて
その気にもなる。
（『飛行船に騒ぐ人々』未刊）

＊

虐げられるだけ
虐げられても、何もいはず、
働いてゐる人達の
顔。
（『パンとバラ』未刊）

断然と
いひきることが少なくなり
こんな僕ではなかつたと
思ふ。

＊

絞首台の鉄の扉は赤さびて
さはれば赤く手にさびはつく

＊

ざんざらん
ざんざらんといふ麦刈りの
鎌のひびきをききながらゆく。

＊

日が沈むと、
はつきりと浮く富士のかげ。
萱野の末に
遠く、
小さく。

麦畑だ。
楢の林だ。
高圧線の大鉄塔だ。
六月だ。
野だ。
（『溶鉱炉』未刊）

＊

検束。
検束。
また検束だ。

ら重し」など青年の激情を衒いもなく歌っている。また一方では教師としての自虐的ともいえる歌に啄木的側面がみられる。掲出歌以外では「教員はすべていやなりとりわけて師範訓導はいやでたまらず」「腰弁の下級官吏の教員とこそなり果てにけり」などである。

　また、「都会詩人」の筆名が示すように東京の風景を詠んだ東京名所と題した一連の「立ん坊は一列をなし壁に添ひ冬の太陽をあびてならべり」「朝は朝夜は夜とて聯隊の喇叭はなりてやむ時知らず」「わが心乞食のごとく旅人《たびびと》の如く観音堂をすぎて行くなり」「ペリカンは静かに赤き嘴を水に入れしかば椿落ちたり」などの歌も当時としては目新しい歌だったろう。もし、この歌集が大正初期の段階で出版されていたら東村の評価はずいぶん違ったものとなっていたろう。

　以後のプロレタリア短歌運動や口語短歌の作品はイデオロギー的な面が現れるのはやむを得ないが、教師・弁護士としての教養のゆえか、東村の作品には一貫して、どこかほのぼのとした暖かさが感じられる。なお、引用に当たっては『現代短歌全集・第六巻』（昭和二十七年・創元社）『現代短歌大系第十巻』（昭和二十八年・河出書房）等を参考とした。

（影山一男）

しかし思へ、検束しきれないものを
みなが持つてる。

＊

七月の
この炎天下に
ふりあげる
鶴嘴のさきだ。
ぐいと掘りさげろ。

（『反動時代』未刊）

「人民の友」
「われらの教師」などといふ言葉を、
今の日本にゐて
淋しく聞く。

＊

この雄大な風景の中に
車前草
風にふかれ
風にふかれて
勁《つよ》くそだつ。

裏庭に音たかだかと籾摺機はづむさなかに我が帰り来し
子がために己れ犠牲となることも楽しくあるらし日本の母は
五十をいくつか越してこれの世にいまだなすべき事なし終へず
治安維持法撤廃の記事今朝読みたりいたく疲れて我れはありたり

（『早春』昭22）

ただ一つ確かなことは、
行くさきに
待つてゐる死だけ、だと思ふ時。

＊

（『大衆と共に』未刊）

君達の
やることを見て。心づよし。
時代はまさに
新しく。

＊

医療費は、
葬儀費は、
いや冗談じや《ママ》ない。
日々の生活費さえ足らずに
あえいでいる。

宮沢賢治

みやざわ けんじ　一八九六（明治二十九）年花巻市に生まれる。詩人、児童文学者。詩集『春と修羅』、長編童話『注文の多い料理店』『グスコーブドリの伝記』『銀河鉄道の夜』などがある。盛岡高農時代から短歌をはじめ、同人誌「アゼリア」などに投稿。大正十年ごろまで作歌は続いていたと推測される。『宮沢賢治全集』（筑摩書房）第一巻より抽出。一九三三（昭和八）年没。

そらいろのへびを見しこそかなしけれ学校の春の遠足なりしが　（歌稿A）
皮とらぬ芋の煮たるを配られし兵隊たちをあはれみしかな
うす黒き暖炉のそむきひるのやすみだまつて壁のしみを見てあり
職業なきをまことかなしく墓山の麦の騒ぎをじっと聞きゐたれ
物はみなさかだちをせよそらはかく曇りてわれの脳はいためる
あけがたの黄なるダリアを盗らんとてそらにさびしき匂ひをかんず
入合の町のうしろを巨なるなめくじの銀の足が這ひ行く
霜腐れ青きトマトの実を裂けばさびしき匂ひ空に行きたり
「何の用《よ》だ」「酒の伝票」「誰《だれ》だ。名は」「高橋茂吉《ぎづ》」「よしきたり。待で」
夜をこめて硫黄つみこし馬はいま朝日にふかくものを思へり
今日もまた宿場はづれの顔赤きをんなはひとりめしを喰へるぞ　（歌稿B）

加藤楸邨

かとう しゅうそん　一九〇五（明治三十八）年東京に生まれる。俳人。水原秋桜子の門下となり、「馬酔木」に句を投じる。後に「寒雷」を主宰。句集に『寒雷』『穂高』などがある。中村草田男、石田波郷らとともに人間探求派と称せられる。短歌は少年時代から手掛けており、晩年まで折りにふれ作歌している。『加藤楸邨全集』（講談社）第四巻より抽出。一九九三（平成五）年没。

黒部五郎をつまだちのぞむ屋根の巌に四方の谷霧ひたわきのぼる
瞬間にて牡丹崩れてゐたりしが業火の中にまた散りにけむ
すこしばかり泣かせくだされと亡き友の母がわが前にゐて泣きはじむ
二三日黙しがちなる妻の起ち居金尽きしゆゑとわれはよく知る
うたふごとく本を欲しがる子を見れば煙草をやめるほかなかるべし
十日あまり病みゐる妻に林檎を買ふ考へてまた子等に買ひ足す
ヘルダーリンは狂ひて果てきわれなどは未だ感傷の域にとまどふ
原子爆弾を浴びし少女がぽつりといふ「ちかりとひかりあとは滅茶滅茶です」
明日のこと思ひ煩ふこともなく子は足のべてほしいままに寝る
大いなる汽罐車の胴体を見あげをり露はしたたるその胴体を
妻に死なれし中村草田男の息づきをはかりつつ選の速度を合はす

尾山篤二郎

おやま とくじろう　明治二十二年、石川県金沢市生まれ。大正三年「藝林」を創刊、主宰。『大伴家持の研究』にて博士号を取得。歌集に『さすらひ』『平明調』『雪客』など。昭和三十八年没。

春いまだふかからぬ地《ち》をゆくりなく去《さ》ればさびしや日《ひ》も白《しら》むかな　（『さすらひ』大2）
大声《おほごゑ》に日向《ひうが》の山の山男《やまをとこ》やよとさけべばこだまするかな
舌《した》にかろく玉《たま》なし酒《さけ》のながれ入る今宵《こよひ》は椅子《いす》もつめたかりけり
秀嶺《ほつみね》はいまあさあけの呼吸《いき》をひそむしらじら雪のはれわたりたり　（『明る妙』大4）
けうとしやまなこくらみて滾々《こんこん》と脳に水わき雪ふりしきる
大天《おほあめ》に明《あか》る妙雲《たへぐも》とのびきてほのぼの地《つち》のにほふなりけり
古妻も吾が子抱けば大天《おほあめ》の一つ星にもしかめやとおもふ
たぎつ瀬のとどろく音はこの山に降り置く露のよりあへるなり　（『草籠』大14）
竹馬《たけうま》に乗りて遊べる子等見ればわれの直樹《なほき》をおもひいでたり
刈小田《かりをだ》のすて水さむし堰《せき》はらひ落とせる水のごぼごぼと鳴り
武蔵野《むさしぬ》の丘《をか》の小薄《をすすき》しげるともなびくその穂のありがてぬかも
いふ甲斐《かひ》もあらぬわれかなとなげきつつ曼珠沙華赤き野にきたりけり
外套の襟をたてつつ酌む酒は薬鑵に煮たり寒くともよし

尾山篤二郎は十五歳の時に股関節結核のため右脚を大腿部から切断、これより後隻脚となる。生涯定職につかず、筆一本で生計を立て、わが国最初の短歌総合雑誌「短歌雑誌」を企画、編集するなど、大正・昭和前期の歌壇で大いに活躍し、その鋭い論鋒は毒舌といわれて恐れられた。

こころみに繰ってみた三省堂刊の『現代短歌大事典』には、尾山についてまずこのようなことが書かれている。記述の中にはさらに「狷介孤高」「奔放不羈」などという言葉もあり、なかなか個性の強い、不屈の精神の持ち主であったのだろうと想像される。だが、歌を読んでみると、そのような存在感とはちょっと違った表情が見えてくるのである。

いふ甲斐もあらぬわれかなとなげきつつ曼
珠沙華赤き野にきたりけり

あらためていうまでもなく、この歌の底には色濃い感傷が一筋に流れているだろう。いや、むしろその感傷の純粋さこそ、この歌のいのちといってもいい。さらに抄出した歌々をみると、尾山は自身の性ともいえるこの感傷を、生涯捨てなかったとも思われる。

一九一四（大正三）年に歌誌「異端」を、一九年に「自然」を創刊、三八年には「藝林」を創刊、

蘆原《あしはら》の根すき幹《もと》すきあかるきに水はよせたりゆたにたゆたに
かがやきてしろく照りゐる朝の海《み》に船影黒しいさりすらしも　（『白圭集』昭3）

渋民の村の街道かなたに見ゆ馬一つ通るほかに物ゆかず
淋しさに心ふたがりありし夜は幼児《をさなご》のこと夢に見にけり　（『平明調』昭7）

あたひなき常滑焼《とこなめやき》の円火鉢ぬくまりくれば独り撫でつゝ
古火桶《ふるひをけ》今日《けふ》火を入れぬ灰の中に焚《た》き忘れたる香《かう》かをりいづ
今朝《けさ》とりし太原《たいげん》といふ城の中に斯《か》く寒き雨降りてをれるや　（『清明』昭17）

水の上の氷は溶《と》けず夜もすがら吹きけむ風の水皺《みじわ》とゞめぬ
諏訪の湖《うみ》のひらけて見ゆる辺《あたり》には日は高くして山霧《き》らひたり
戦はかかるものぞと既に知れど術《すべ》なむ吾は術なかりけり　（『とふのすがごも』昭21）

みちのくの十符《とふ》の菅薦《すがごも》すがすがに心は遣りて遊び暮らさな
たましひをふかく吸ひ込む夕暮やはなだの色ぞたゆたひにける
幻想は鋼鉄《はがね》のごとし何も喰ふものもなければ風に吹かるる
空乎《くうこ》として思念の痕《あと》はたたれたり夜をこめて空を動きゆく雲
この浦の蓮《はす》の根を噛《か》むふるさとの糸曳《ひ》くはちすうら恋ひにつつ
にしのそら綾雲《あやぐも》たちてたなびけば高くしづけき水いろのそら
戦慄《ふるふ》ごとく晴れきはまりし一日をはや夕雲の色注《さ》しにけり　（『雪客』昭36）

主宰する。さらに『大伴家持の研究』によって東京大学より文学博士の学位を受けている。旅をよくし、酒を愛するその姿を、人は威風堂々とも、豪気、辛辣、またひょうきんなどとも見たようだ。

威風堂々の外見と、内面の感傷の深さ、優美さ。この相反する二つの間に、尾山という歌人はいたようだ。それは彼が隻脚であることと、どこかかかわりがあるのであろうか。あるいは生地の金沢という地が育てた気質というべきものなのだろうか。ともあれ、彼の歌はそうした個の感傷を原点にしてつくられ、そこを離れて美や思想を目指すといった傾向の歌人ではなかったと見える。

歌は日常言語を多く使って、平明と自由をこころざし、「ざっくばらん調」などという調子を自ら唱え出している。

　幻想は鋼鉄のごとし何も喰ふものもなければ風に吹かるる

晩年の歌集『雪客《さぎ》』にこのような歌がある。尾山は、雪客は己の隻脚に音が重なると語ったという。この言葉の中にも豪気と感傷がない合わされているだろう。だが、一筋に己の生き方をつらぬき通した彼の歌には、晩年この一首のような感傷性を超えた透徹した歌境があらわれている。

（日高堯子）

松村英一

まつむら えいいち　明治二十二年東京生まれ。窪田空穂の十月会に加わり、大正六年以後、亡くなるまで「国民文学」の編集の中心にいた。昭和五十六年、九十一歳で没。

厨より静かに物のかをり来て寝心にさへ秋を覚ゆる
灯ともせば赤々としも照らさるるさびしき家にわれを見出でぬ
子を抱きて歌をうたひしならはしも死にける故にかなしくなりぬ
やらじかしやらじと我の手の中に抱きし子はもとられ行きにき
（『春かへる日に』大2）

何をすべきことなき一日の生活よ、窓を明くれば春の日はあたたかし
蛇よ、青き眼は乾きたり、何を欲しきぞ、夏の日は野路に灼け居ぬ
湯もどりの杉垣くらき夜の道につめたき息をわが吸ひにけり
わが妻に抱かれ行きしその朝の生きの泣き声を再びきかず
（『やますげ』大13）

をさなきはをさなきながら五人《いつたり》が仲よく来ませけふの此の夜を
巷には秋風吹きてゐたりけり亡き子をここにかへすすべなし
仏壇に据ゑし骨壺死にし子は幼なかりければ小さし壺は
吸殻の焼けあと残れる古蒲団父やつけしとわが坐りけり
退きて見てゐむか進みて為すべきか変る世相の中に漂ふ
（『荒布』）

遺歌集である『樹氷と氷壁以後』に、

　わが歌の活字となりし一万首明治に始まり
　　七十年を経ぬ

と言う一首がある。英一は小学校を中退後、いくつかの職に就くが、短歌や小説執筆に没頭し、生涯定職を持たず、短歌雑誌の編集などに従事して一生を過ごした。『松村英一全歌集』に、歌集の形での九千四百六十八首が収められているが（『荒布』ほかの未刊歌集なども含む）、この他にも雑誌などに載せられた歌が多くある。まさに短歌一筋の人生を送った歌人である。

　大正二年に刊行された『春かへる日に』は、二十四歳の時の第一歌集である、ロマンチックな要素も持ちながら、自己の今の気分を表出しようとする意識が見られ、後半では破調、自由律の歌も多く試みられる。また集中、初めてもうけた子を亡くした時の挽歌が心を打つ。その後英一は、五人の子供を病気で失い、妻も、自らも病に臥すが、その痛切な体験は、『やますげ』の中の多くの挽歌を生んでいくのである。

　ところで『やますげ』の後記に、英一は自らの歌の「万葉調」をいう。子への挽歌も、感動をあるがままに表出したものといえるが、この頃から英一の歌は自然や自然の中の人間をうたった写実

誰からとなく貧しさを語りあひ今日ともにゆく枯山の尾根　（『河社』昭27）

草を食《は》む馬をまもりて何おもふ汗に光れるこの兵の顔

素麺をゆでて食はするわが妻に今日のあつさを単純にいふ　（『石に咲く花』）

暁と夜とのさかひの少安に水をわたりて来る鳥のこゑ

六十七歳の老のよろこびを誰に告げむ劒岳の上にけふ岩を踏む　（『雲の座』）

岩に倚り握飯《むすび》ひとつを食まんとすさびしきかなや天つ日照らす

影のある声がひびきて木の下の入日の光消え行かむとす　（『樹氷と氷壁』昭49）

椢の樹のかたむく幹を這ひのぼる蝉を見てゐき頸筋の白

岩と岩のあひの氷壁おとすみて流るる水は隠れつつ行く

空晴れてわたる白雲見ながらにひとり呟く妻なしわれは

傍の妻は死にたりまなぶたを閉ぢよと撫づるわが手知れりや

死にたらば忘れてしまへと吾言ひき忘れ難しも死の来る日まで

夢といふ意識がありて見る夢のなかにて聞きぬ亡き妻のこゑ　（『樹氷と氷壁以後』昭56）

命生きて八十四歳も終るべしさいはひはこの悲しみのなか

われの持つ未来は死なり一人の命の終りしづかにあらな

妻ありて求めし孤独妻死にて得たりし孤独口閉ぢてゐむ

左様ならが言葉の最後耳に留めて心しづかに吾を見給へ

的なものが増え、とくに旅を場とした自然詠が多くなっていく。それはやや退屈なところもあるが、対象や感動を自然体でとらえ表現することの蓄積を通して、英一は歌の形式を我が身のものとしていく。そして、そこには人間の生命と生の哀歓に触れる、この歌人ならではの一貫した庶民性がうかがえるのである。

　こういった歩みの上に、英一晩年の世界がある。多くの山岳詠は、そこに高齢者の眼と表現の自在さが加わって、独自の世界を生む。

　入方の光うすれて射すところ樹氷につづく樹氷しづかなり（『樹氷と氷壁』）

など、属目の自然を丹念に描写していきながら、どこか別世界へ連れて行かれそうだ。

　そして『樹氷と氷壁』とその後の歌は、亡くなった夫人への追慕の情と、妻に先立たれて一人で生きる者の孤独が心にしみる。「夢という意識がありて見る夢」という認識、また「われの持つ未来は死なり」というリアルな捉え方は、長年の作歌があってはじめて生まれたものだろう。長命の歌人は多く、それぞれに個性を示しているが、そのなかでも一際印象に残る世界を、英一晩年の歌は示しているといってよい。老年の文学としての短歌の一つの力が再認される。**（内藤　明）**

植松壽樹

うえまつ　ひさき　明治二十三年東京生まれ。窪田空穂門に入り、歌集に『庭燎』『光化門』など五冊。「国民文学」の創刊に参加。昭和二十一年に「沃野」を創刊主宰。昭和三十九年没。

眼を閉ぢて深きおもひにあるごとく寂寞《じやくまく》として独楽《こま》は澄めるかも
（『庭燎』大10）

皮むきて物食ふ猿の手はかなし人間の手に似たるなりけり

窓の外の秋の常磐樹ゆれてあれど人はさびしも曼陀羅見をり

西蔵《ちべつと》のはだか菩薩の絵を見れば男のなやみあへて隠さず

天地の音なき際《きは》に澄みいりつ庭燎燃えけむそのあとどころ

帰り来て何をなすとはあらねども暮れ果てぬ日のあかり楽しも

母が手にむかしせし如く今日ひとり汗疣《あせぼ》を洗ふ桃の葉を揉みて

青木賊《あをとくさ》ふかく繁れる中にしてすわり豊けき大石ひとつ

敷瓦《しきがはら》さびはてたるに一茎の薊伸びたちて赤きはな咲けり
（『光化門』昭2）

いかめしき門のうしろに韓《から》ぶりの宮のけしきは今は見がたし

息づまる土のほてりに眼を据ゑて一輪車押し苦力《クリー》来れり

重重《おもおも》と地震にゆらるる紅芙蓉大輪の花を見守りにけり

大かたの誤りたるは斯くのごと教へけらしと恥ぢて思ほゆ
（『枯山水』昭14）

壽樹の出発は早い。窪田空穂を中心とした十月会に入ったのは中学の時である。その合同歌集『黎明』には、

事ならずは寧ろ死なむと云ふ程の企てもなし飯うまく食ふ

といった歌も残されている。明治末の青年の息づかい、心の動きが、ストレートに表出されている。

第一歌集『庭燎』は二十代の作を収めるが、若さのもつきらめきや悩みと、落ち着いた対象への凝視が見られる。空穂は、若き壽樹の歌は、夢と現つとの交錯がありながら、そこに統一された状態があり、動揺のないことが一つの特徴となっているという。感情の微妙な揺れ動きをさりげなく表現しており、空穂のいう微旨に通じるものもある。日常の気分の照り翳りが、属目の物を通して歌にあらわれているといえるだろう。

第二歌集『光化門』は、朝鮮、中国の旅の歌を多く載せる。「光化門」はソウルの王宮の正門だが、建設中の日本の総督府によって遮られ、他の建物同様にその美観がそこなわれている。「いかめしき……」などの歌には、壽樹の内にある批判意識の一端がうかがえよう。

慶応大学理財科を卒業の後、壽樹は大阪で銀行や商社に勤めるが、数年で東京に帰り、没年まで

窓際にならぶ生徒の顔半ば椎の若葉の照りかへし青し
岩の面攀づる生徒の靴の底を鎖の下に立ちて仰げり
足もとより俄に崩れてなだれゆく石滝の音をいつまでも聞く
後立《うしろだて》のこごし岩尾根を南北と二つに截《き》れる裂目に立てり
鹿島槍釣尾根《かしまやりつりをね》に残る雪踏めり照る日烙《や》くごとく風の冷ゆるかな
山旅に慣れしルックサック重き負ひ出でたちし武田山には死なず
わが内に劫初《ごふしよ》より巣くふ天《あま》の邪鬼《じやく》が我に挑みて歌を詠ましむ
（『渦若葉』昭25）

けぶりつつ真鍮の屑ぞ捲きあがる旋《めぐ》り澄みたる錐の尖《さき》より
大きなる鮪《しび》の頭を買ひ得たる妻の誇りも今日のよろこび
幼くて君があそびけむ野づかさに先立《さきだ》てる子等とみ墓並ぶる
織りさして裏向く錦にいづべよりやはらぎ落つる夏の日のいろ
（『白玉の木』昭39）

昨夜の鰻完全に消化しつくされて吾は眼を開く薄明の中
大峡《おほがひ》の底よりのぼる風のけはひ岩はなに来てわが顔感ず
曇りつつ若葉冷えくる夕闇に天台烏薬《てんだいうやく》の木肌撫でゐつ
みどり児にいかなる未来乳足れば大安心《だいあんじん》のまなざしをする
松風は裏山よりぞ吹き起りうるほひいづる緑釉水瓶《りよくゆうすゐびよう》
空《から》になりしジョニーウォーカーの円き肩いとしみて撫で感触かなし

の四十年以上を芝中学の国語教師として過ごす。『光化門』以後、教師の歌が多く見られるが、そこには壽樹の人間性が滲んで、ほほえましい。そして、その教え子たちが戦争で亡くなっていくことを嘆く歌は痛切である。

　親のためはあはれひとり子わがためは惜しき教子江川彦安（昭和十六年作）

　また壽樹は生徒とともに、多くの山に登って、山岳詠をよくした。山岳詠や旅行詠は、松村英一らの歌仲間とのものも多いが、自然との対峙や親和は、都会人である壽樹にとって、新たな世界の発見と表現の錬磨や実験を試みさせる場であった。庶民の生活に立脚し、身辺や自然をうたいながら、自らの歌の技を極めていく壽樹を、その歌集にみることができる。

　壽樹は、旅行先の伊豆で、心臓麻痺のため急死した。遺歌集『白玉の木』には、自らの生と歌をゆったりと楽しんでいるような気分も見られる。その死に際して空穂は「君の高くして雅やかな詩情、その気品ある風体は、実に稀れに見るもの」であると述べている。繰り返し読んで深い味わいがある作品群である。なお抄出は『植松壽樹全歌集』による。

（内藤　明）

今井邦子

いまい　くにこ　明治二十三年、徳島県徳島市生まれ。旧姓山田。本名くにえ。その後島木赤彦に師事。昭和十一年「明日香」創刊。歌文集『姿見日記』、歌集『片々』『紫草』など。昭和二十三年没。

月光を素肌にあびつ蒼く白く湯気あげつゝも我人を思ひぬ
秋の風秋のもの鳴りそこゝにまばらに妻を感じ来たりぬ
狂ひ獅子牡丹林をゆきつくしおとなしう人にとられてゆきぬ
新しき乳のかをりのしみ〴〵と身にしむ朝の羽織の重み
（『姿見日記』大1）

ほろほろと吾子が吹きしく笛の音のわが淋しさに鳴りひゞくなる
暗き家淋しき母を持てる兒がかぶりし青き夏帽子はも
ぽつねんと此諏訪のくにの屋根石ともだしはつべき我身なりしを
物言はで十日すぎける此男女《ふたり》けものゝ如く荒《すさ》みはてける
入日《いりひ》入日まつ赤《か》な入日何か言へ一言言ひて落ちもゆけかし
ものゝ穂の遠く乱れてあきつ飛ぶ野にあかあかと生命《いのち》なげかゆ
くろ髪をなでゝ育てむいとし子《こ》の母てふわが身おそろしくなりぬ
此母が怒りに寄らむすべをなみ座敷のすみに玩具ならす兒
自らをあざけらむとて丸髷《まるまげ》をにくにくしくも結ひにけるかも
（『片々』大4）

今井邦子という歌人には、大正・昭和前期を代表する女流のなかでもひときわ強い存在感がある。文学への憧れは十代の頃から強く、「女子文壇」に詩や文章を投稿して認められていたが、一九〇六（明治三十九）年、文学を志して家出する。上京後苦しい自活をつづけながら文筆の道を求め、中央新聞記者として働いている時に、同じ新聞社の記者であった今井健彦と結婚。一二年に歌文集『姿見日記』を出版する。家出、上京、自活、結婚と、奔放なまでに己をつらぬき生きる邦子の姿が、この『姿見日記』とつづく歌集『片々』に、大胆に情熱的に歌われている。

狂ひ獅子牡丹林をゆきつくしおとなしう人にとられてゆきぬ

『姿見日記』の一首。自身の結婚をこのように歌っている。邦子は実際に美しい容姿をもっていたが、その若く華やかな自分に酔うような上句が、一転して自分をつき放すように客観視する下句につづく。奔放華麗な自己愛と自分の位置をとらえる理性的な自意識。この二つの特徴が初期の歌には鮮やかだ。

邦子の歌には、いわば女の情念や官能と自意識とが奔放に色濃く表れており、そこに魅力がある。だが、自我の強い邦子の生は日常生活に収まりき

母の顔淋しくなれば家のうちおもちやの如く捨てらるゝ子よ
うす暗くさびしき土に芽をふきし草にかも似る吾が家の兒は
針箱はなつかしきもの秋くれば針の光りの身をそゝるかも
かにかくに野に秋草の咲きいで、兒は片言を言ひそめにけり
兒を生みし女の肌のそことなき淋しさしのび鳴くかこほろぎ
とのもには雪いや深み更けぬらし身もひそやかに香油かをれる
水鳥もかすかに動き濠の水にさゞなみ光り暮れなやむかな
（『光を慕ひつつ』大5）

青草原馬子《まご》はも一人ひるげすと一本の木に馬つなぎけり
二とせぶりに松葉杖つき草履はき外に出でにけり土ふみしめて
真木ふかき谿よりいづる山水の常あたらしき生命《いのち》あらしめ
（『紫草』昭6）

土の上にはじめてい寝《ね》てあやしかも人間生来《にんげんしやうらい》の安らけさあり
うつし世に残る命を思ふなりあひ間《ま》しづけき郭公鳥《くわくこう》の声
師の君のみ孫と生《あ》れし稚兒《おさなご》をあやせばあはれ似て笑まひつる
（『明日香路』昭13）

向う谷に日かげるはやしこの山に絵島は生の心堪えにし
暑き日の石にとまりて舌をはく蜥蜴《とかげ》は秋を思ふとなけれ
年を越えながき病に伏したれば頭も小さくなりし心地す
ひそかなるいましめもちて我が埋めしさ百合芽を吹く五月来にけり
（『こぼれ梅』昭23）

れないことも当然で、次の歌集『片々』には、邦子のなかの「女」が妻として母としての現実と齟齬をきたし、屈折していく内面が赤裸々に映し出され、興味深い。とくに子供の姿に自分の心を映し出す歌の鮮烈な現実感には独自なものがある。

一六年に「アララギ」に入会し、島木赤彦に師事することになり、これ以後邦子の作風はがらりと変わる。

　真木ふかき谿よりいづる山水の常あたらしき生命あらしめ

『紫草』の一首。邦子は赤彦を師としてより、その写実的な歌風を規範として作歌に邁進する。『紫草』はその結実ともいうべき歌集である。この一首、奔放な情念やローマン性は影をひそめ、代わりに写実的な視力は強く深くなり、ことばは沈潜する。ことばの古雅な味わいとおおらかなしらべには『万葉集』の面影が感じられ、自然の生命感が清冽に神秘的に伝わってくる歌である。ここにはおそらく、信濃で幼、少女期を過ごした邦子のなかに生きていた自然感があらわれているだろう。初期の歌と後年の歌と作風を大きく変えたように見えながら、野生味というべき感性のひたむきな強さと、歌柄の大きさにおいては、いずれの歌にもまさしく邦子がいる。**（日高堯子）**

土屋文明

つちや ぶんめい　明治二十三年群馬県上郊村生まれ。東京帝大哲学科卒。大学教授。伊藤左千夫に師事し、四十二年「アララギ」に入会、長く編集人を務めた。万葉集を研究。平成二年没。

この三朝《みあさ》あさなあさなをよそほひし睡蓮《すゐれん》の花今朝《けさ》はひらかず　（『ふゆくさ』大14）
白楊《どろ》の花ほのかに房のゆるるとき遠くはるかに人をこそ思へ
夕さむき潮に浸りて吾《わ》が拾ふ牡蠣《かき》にも海苔《のり》のつきてゐるかも
霜とけてぬれうるほへる黒き土土《つちつち》はひろがるゆふぐれの国
国とほくここに来りて妻とわれ住む家《いへ》求む川にのぞみて
収穫《あき》すみて隣の人がつなぐ船阿伽《あか》は溜《たま》りて岸につきたり
旱《ひでり》つづく朝の曇《くもり》よ病める児《こ》を伴《ともな》ひていづ鶏卵《たまご》もとめに
おとろへて歩まぬ吾児《あご》を抱《いだ》きあげ今ひらくらむ蓮《はす》の花見す
休暇となり帰らずに居《ゐ》る下宿部屋思はぬところに夕影《ゆふかげ》のさす　（『往還集』昭5）
ただひとり吾《われ》より貧しき友なりき金《かね》のことにて交《まじはり》絶てり
吾《わ》がもてる貧しきものの卑しさを是《こ》の人に見て堪《た》へがたかりき
天《あま》つ日にてりつけられし湯の湛《たた》へ湯花《ゆばな》しづかに澱《よど》みつつあり
幾年《いくとせ》ぶりのことならむ子供等と落葉やくに先《ま》づ吾《わ》がうれしけれ

「アララギ」を代表する近代歌人として併称される斎藤茂吉と土屋文明は、歌人としても人間としてもまったく違った存在である。土屋文明は、昭和二十八年に茂吉が亡くなってのち、「アララギ」の代表として百歳まで生きた。よって戦後の「アララギ」の歌人たちは、そのほとんどが文明の影響を受けている。現在、「アララギ」の写実といった言い方をするとき、そこには文明の詠風が大きく影を落としている。

茂吉と文明の歌を読みくらべてみるとき、人はその違いに驚くことだろう。茂吉の歌には大きなスケールがあり、才能の閃きを感じさせるような表現がしばしば見られる。これに対して文明の歌には、自らの思考と認識をひたすら深めてゆく存在者としての重みのようなもの、それを私は感じる。才能の閃きといったような晴れの部分がないのである。文明は茂吉を「天《てん》飛ぶたましひ」とうたっているが、まさしく茂吉は歌の上では天をゆく人であり、文明は大地を踏みしめてうたう人なのであった。茂吉の歌を愛するとき、人は、どちらかと言えば浪漫的な詩人のような心情となり、逆に、文明の歌をしみじみと味わうとき、人は日々を生きる生活者としての己自身をいつくしむ、そんな気持ちになるのではなかろうか。

春の水みなぎらひつつゆく時に死にたる鯉《こひ》はかたよせられぬ
親しからぬ父と子にして過ぎて来ぬ白き胸毛《むなげ》を今日は手《た》ふれぬ
家《いへ》うちに物なげうちていら立ちつ父を思ひ遺伝《ゐでん》といふことを思ふ
父死ぬる家《いへ》にはらから集《あつま》りておそ午時《ひるどき》に塩鮭《しほさけ》を焼く
幼《おさな》かりし吾《われ》によく似て泣き虫の吾《わ》が児《こ》の泣くは見るにいまいまし
じれじれて泣きやまぬ児《こ》をつれ出《いだ》し心おさへて大川わたる
（『山谷集』昭10）
代々木野《よよぎの》を朝ふむ騎兵の列みれば戦争といふは涙ぐましき
無産主義に吾《われ》はあらねど草山《くさやま》はゴルフリンクに遮断《しやだん》されたり
ふるさとの盆も今夜《こよひ》はすみぬらむあはれ様々に人は過ぎにし
安らかに月光《つきかげ》させる吾《わ》が体《からだ》おのづから感ず屍《しかばね》のごと
罪ありて吾《われ》はゆかなくに海原《うなばら》にかがやく雪の蝦夷島《えぞしま》は見よ
地下道を上《のぼ》り来《きた》りて雨の降る薄明《はくめい》の街に時《とき》の感じなし
うつりはげしき思想につきて進めざりし寂しき心言ふ時もあらむ
新しき国興《おこ》るさまをラヂオ伝《つた》ふ亡《ほろ》ぶるよりもあはれなるかな
木場《きば》すぎて荒き道路は踏み切りゆく貨物専用線又城東電車
小工場《せうこうぢやう》に酸素熔接のひらめき立ち砂町四十町夜《すなまちしじつちやうよる》ならむとす
吾《わ》が見るは鶴見埋立地《つるみうめたてち》の一隅《いちぐう》ながらほしいままなり機械力専制は

文明は群馬県の農家に生まれ、高崎中学校在学中に村上成之《しげゆき》という国語漢文の教師と出会う。村上は俳句や短歌を作っており、交友も広かった。彼の導きにより、文明は中学卒業後の生活を伊藤左千夫の庇護のもとで送ることとなる。

　この三朝あさなあさなをよそほひし睡蓮の花今朝はひらかず（『ふゆくさ』）

『ふゆくさ』の巻頭を飾る一首。上京した文明が左千夫の家に寄宿していて見た睡蓮である。左千夫の選により初めて「アララギ」にのった歌でもある。文明はのちのちまでこの睡蓮や左千夫の牛舎を思い出して歌にしている。『ふゆくさ』に見られる歌群には、文明の感じやすい心がややロマンチックな感傷味を帯びて表現されており、初々しい青春歌集となっている。

このの ち文明は大幅に歌の世界を変貌させてゆくが、最終歌集の挽歌において、再びこの初々しい青春の抒情に戻っているというのが文明の歌を通読しての私の印象である。

『ふゆくさ』は文明三十五歳の時に出ている。早く作歌を始めたわりには遅い刊行である。大学を卒業してのち、文明は島木赤彦の紹介によって信州の諏訪や松本の高等学校で教鞭をとるようになる。そこでの人間関係や、理想と現実の食い違い

横須賀に戦争機械化を見しよりもここに個人を思ふは陰惨《いんさん》にすぐ
庭石《にはいし》のかわきて荒るる園《その》みれば物のほろぶる人よりもはやし
まをとめのただ素直にて行《ゆ》きにしを囚《とら》へられ獄《ごく》に死にき五年《いつとせ》がほどに
こころざしつつたふれし少女《をとめ》よ新しき光の中《なか》におきて思はむ
（『六月風』昭17）

引きずり出す鉄板《てつぱん》の見る見る黒く冷えゆくをたたき折《を》りぬ
降る雪を鋼條《かうでう》をもて守りたり清《すが》しとを見むただに見てすぎむ吾等《われら》は
或《あ》る権力がありのすさみに立てし寺人は住みつぐ馬鈴薯《ばれいしよ》を竝《なら》べて
時代の終《をはり》に生《うま》れあひたりと繰りかへしいく人《にん》かに話しつ
もろ人《びと》の戦ふ時に戦はず如何《いか》にか待たむ新しき世を
魯鈍《ろどん》なる或《あるひ》は病みて起《た》ちがたき来《きた》りすがりぬこの短き日本《にっぽん》の歌に
あひ共《とも》にありし三年《みとせ》のいつの日か柳《やなぎ》の絮《わた》のいたくとびにき
歌よみが幇間《ほうかん》の如く成る場合場合《ばあひばあひ》を思ひみながらしばらく休む
（『少安集』昭18）

この母を母として来《きた》るところを疑ひき自然主義渡来《とらい》の日の少年にして
意地悪《いぢわる》と卑下《ひげ》をこの母に遺伝《ゐでん》して一族《いちぞく》ひそかに拾ひあへるかも
亜炭《あたん》の煙《けむり》より食物《くひもの》を錯覚《さつかく》せし少年の空腹《くうふく》を語ることなし
方《はう》を劃《くわく》す黄なる甍《いらか》の幾百《いくひやく》ぞ一団《いちだん》の釉《うはぐすり》熔《と》けて沸《た》ぎらむとす
垢《あか》づける面《おも》にかがやく目の光民族の聡明《そうめい》を少年に見る
（『韮菁集』昭21）

などを味わうことによって文明の人間性は深められてゆく。挫折の苦しみが『ふゆくさ』時代の背後には横たわっているが、それらが歌として開花するのは『ふゆくさ』以後と言っていいだろう。

第二歌集『往還集』には、信州を去って東京での生活を始める頃からの歌が収録されている。大学の教師となり、万葉集の研究に打ち込み始めるのもこの時期からである。この仕事は後に『万葉集年表』『万葉集私注』となって達成される。

『往還集』には、人間関係や両親などを赤裸々にうたう冷静な目が光っている。自然主義の影響によるとも言われているが、根本的には文明の資質からくるものであり、信州時代の経験も根底にはあるのだろう。やや露悪的でありながら、心の底には人間に対するやさしさがこもっていると私には見える。友人や肉親などを突き放した目で冷静にうたうといった姿勢は、文明以後、一般的になったといってもいいだろう。

次の『山谷集』は、文明の存在をいっそうきわだたせた歌集である。

小工場に酸素熔接のひらめき立ち砂町四十町夜ならむとす（『山谷集』）

破調をも恐れずに対象を大きくつかみとる荒々しい表現は、当時の都市社会のめざましい変貌に

馬《うま》と驢《ろ》と騾《ら》との別《わかち》を聞き知りて驢来《ろきた》り騾来《らきた》り馬来《まきた》り騾《ら》と驢《ろ》と来《きた》る
ただの野も列車止《と》まれば人間《にんげん》あり人間あれば必ず食ふ物を売る
道のべに水わき流れえび棲《す》めば心《こころ》は和《な》ぎて綏遠《すゐゑん》にあり
ああ白き藻《も》の花の咲く水に逢《あ》ふかはける国を長く来にけり
箱舟《はこぶね》に袋も豚も投げ入れて落ちたる豚は黄河《くわうが》を泳ぐ
朝《あさ》よひに真清水《ましみづ》に採《つ》み山に採《つ》み養ふ命《いのち》は来む時のため
山の上《うへ》に吾《われ》に十坪《とつぼ》の新墾《あらき》あり蕪《かぶ》まきて食はむ饑《う》ゑ死ぬる前に
思ひいづる西湖《せいこ》のはちすきらきらし然《しか》れども日本《にほん》ほろぶとおもはず
朝々に霜にうたるる水芥子《みづがらし》となりの兎《うさぎ》と土屋とが食ふ
この谷や幾代《いくよ》の飢《うゑ》に痩《や》せ痩《や》せて道に小さなる媼行《おうなゆ》かしむ
垣山《かきやま》にたなびく冬の霞あり我《われ》にことばあり何か嘆かむ
霜いくらか少き朝日《あした》に見えて増《ま》さる泉よ春待ち得たり
春の日に白鬚《しらひげ》光る流氓一人《りうばうひとり》柳の花を前にしやがんでゐる
にんじんは明日《あす》蒔《ま》けばよし帰らむよ東一華《あづまいちげ》の花も閉ざしぬ
言葉ありこころの通《かよ》ふ現実《げんじつ》をさきはひとして少《すくな》き友等《ともら》の中《なか》
初々《うひうひ》しく立《た》ち居《ゐ》するハル子さんに会ひましたよ佐保《さほ》の山べの未亡人寄宿舎
時代ことなる父と子なれば枯山《かれやま》に腰下《こしお》ろし向《むか》ふ一つ山脈《やまなみ》に

（『山下水』昭23）

もマッチしていたと言えるのかもしれない。このような歌は即物的リアリズムとも言われ、先に見た肉親に対する視線と共に、文明が切り開いた新しい表現の世界である。

戦争へと向かう社会の動きをうたった歌は『山谷集』から見られるが、『六月風』『少安集』を経て、『韮菁集』においてピークをむかえる。それまでは日本にいて戦争のゆくえを思う歌を作っていた文明であるが、昭和十九年の七月から十二月にかけて、陸軍省の嘱託として中国大陸を旅行することとなった。その間の作が『韮菁集』である。「韮菁」はニラの花茎といった意味である。

垢づける面にかがやく目の光民族の聡明を少年に見る（『韮菁集』）

戦地をまわりながらこんな歌を作っていることに感動する。驢《ろ》や騾《ら》をうたった歌、また、豚が黄河を泳ぐといった歌には、『山谷集』以来の都市詠でつちかってきた視線が、旅行詠においても見事な達成を見せているのだと言える。

次の『山下水』『自流泉』には、主に文明の疎開生活の歌が収められている。昭和二十年になって東京の自宅が空襲によって焼失し、文明は群馬県の原町川戸という所に疎開した。以後、「川戸雑詠」と題したたくさんの農村生活詠が作られて

雨戸あけて吾は聞き居《を》り月いづる山にかへるらしき狐《きつね》のこゑを
（『自流泉』昭28）
はる山に相《あひ》よろこべる鳥の声その世界にもはや入《い》りがたきかな
吾《わ》がために君が買ふ朝《あさ》の海老《えび》五疋《ごひき》虹《にじ》のごとくに手の上《うへ》にあり
なほ深く逃ぐる場合も考へて移り来《こ》しより七年《しちねん》になる
近づけぬ近づき難《がた》きありかたも或《あ》る日思へばしをしをとして
（『青南集』昭42）
白き人間まづ自《みづか》らが滅びなば蝸牛幾億《くわぎういくおく》這《は》ひゆくらむか
月にゆく船の来《きた》らば君等《きみら》乗れ我《われ》は地上に年《とし》をかぞへむ
旗を立て愚かに道に伏すといふ若くあらば我《われ》も或《あるひ》は行かむ
一ついのち億《おく》のいのちに代《かは》るとも涙はながる我《われ》も親なれば
青き上に榛名《はるな》をとはのまぼろしに出でて帰らぬ我《われ》のみにあらじ
大雲取《おほくもとり》の道を我等《われら》が為《ため》に見てかへる処女《をとめ》は花原の中
（『続青南集』昭42）
感動をこえし変化を見下《みおろ》して称《とな》へみる茅場町《かやばちやう》三丁目十八番地
阿《おも》ねると見るらむまでに従ひき生きてるうちから天《てん》飛ぶたましひ
読みくださる人ありやなしやのさばりて我《わ》が書きつぐをとがめ給ふな
（『続々青南集』昭48）
喜びて得意《とくい》にて歌《うた》なほし下《くだ》されし左千夫先生神《かみ》の如しも
思ひ出《い》でよ夏上弦《なつじやうげん》の月の光病みあとの汝《なれ》をかにかくつれて
（『青南後集』昭59）
父に似る気弱きなかにふるまひて早く過ぐれば恥《はぢ》も少く

ゆく。文明の植物好きは有名だが、農村で生活することによって植物への思いもいっそう深まっていったように見える。文明には敗戦の悲しみをうたった歌は少なく、むしろその境遇から立ち上がっていこうとする気力に満ちた姿勢のほうが印象的である。茂吉は戦争賛美の歌をたくさん作り、また敗戦による悲傷の歌もたくさん作ったから、この点でも二人は対照的である。

文明はしばしば疎開先から上京して戦後の「アララギ」の復刊につとめ、その後の文明選歌欄からは多くの新しい歌人が輩出したから、指導者としての力量も高く評価されている。

『青南集』には昭和二十七年からの歌が収められている。東京の青山南町に生活の場を移してからの作品群で、以後、亡くなるまでこの地に住んだ。それが歌集名にも反映している。

『青南集』から抄出した「白き人間」の歌は、アメリカがビキニ島で行った水爆実験を素材としてうたわれている。「旗を立て」の歌は、昭和三十五年の安保闘争の学生をうたった歌。その次の「一ついのち」は、闘争の渦中で死んだ樺美智子をうたったものである。社会の変動を鋭く見つめてうたう姿勢は、終生かわらなかったと言えるだろう。

『青南後集』には多くの挽歌が収められているが、

亡《な》くて久しき人々をまた新しくまざまざと思ふ在《あ》るが如くに
汝《な》がことも夢に見るまで距《へだ》たりて或《あるひ》は楽し夢の中の遊び
十《じふ》といふところに段《だん》のある如き錯覚《さつかく》持ちて九十一となる
さまざまの七十年《しちじふねん》すごし今は見る最もうつくしき汝《なれ》を柩《ひつぎ》に
終りなき時に入《い》らむに束《つか》の間《ま》の後前《あとさき》ありや有りてかなしむ
九十三の手足はかう重いものなのか思はざりき労《いたは》らざりき過《す》ぎぬ
亡《な》き後《のち》を言ふにあらねど比企《ひき》の郡《こほり》槻《つき》の丘には待つ者が有る
人の世の命《いのち》のかぎり在りにしを亡《な》きを亡《な》しと思ふ境《さかひ》に至り得ず
命《いのち》すぎ何をつくろはむこともなし皮をはぎ肉をすて骨をくだけよ

（『青南後集以後』平3）

同じ生活の基盤に立つ勤労者の叫び交わす声だということを申しましたが、そういう点から見れば、このわれわれの持っている短歌のように、技巧の少ない——なくはありませんけれども技巧の部分の少ない、そして素朴な——むろん素朴が短歌の特色ではありませんけれども、めいめいの生活に密着するという点で素朴な短歌、これはいちばん望ましい文学のあり方じゃあるまいか。（中略）短歌は一つの流行作歌、英雄、天才、スターというものを予想しない文学である。そういうものはなくて、同じ平面に立つお互い同士が叫び交わすだけで成立しうる文学である。

（「短歌の現在および将来について」昭和二十二年）

この時期に文明は長男を失い、それから妻を失っている。文明は両親をあまり好意的にはうたわず、自分の故郷も愛する地としてはうたわなかった。同じことは妻や子を素材とした歌にも言えるけれど、晩年になるに従ってうたう姿勢には素直な感情の表白が見られるようになり、この二人への挽歌などは、文明の歌の最後のピークをなしていると言ってもいいだろう。

　終りなき時に入らむに束の間の後前ありや有りてかなしむ（『青南後集』）

　妻テル子の死に際してうたわれた歌である。死後の世界は永遠の時間であり、この世でのわずかな前後など問題ではないとわかっている、が、しかしこの世の人間である自分はそのわずかな差が悲しいとうたっている。私は先に文明の歌は晩年に至ってまた初期の歌の瑞々しさを取り戻していると言ったが、それはこうした挽歌に顕著に見られるように思う。文明がその本質として持っていた抒情性、人間性のようなものが最後に噴出しているとも言えるのではなかろうか。もちろん、見てきた如く青春時代にはなかった厚み、凄みが加わっていることも確かで、それは最後に抄出した一首を見てもわかる。九十九歳の時の歌である。

（大島史洋）

西村陽吉

にしむら　ようきち　明治二十五年東京生まれ。小学校高等科修了。東雲堂書店に勤め、同書店主・西村寅次郎の養子となる。口語短歌運動に参加、「芸術と自由」を発行。昭和三十四年没。

うすくらき待合室に人とあらば、
曇れる空に、
　午砲の鳴りたる。
（『都市居住者』大5）

苛まれ、
歯をむきだして、啼く猿の、
かなしきまでにこころよき面。

よしきりの鳴く声きこゆ、
　雨ふくむ、六月末の、
雲うつる河

さう言つて了へばなんでもなけれど、
さう言つて了へばなんでもなけれど、
――かく口ごもりたるわれ！

人間の言葉をまねし、九官鳥の、
やがて、
みづからの、声に鳴きたり。

なまけもの、臆病、意気地なしと、
あるかぎりの名に呼びてみれど、
　安まらざりし。

にぎやかな飾窓の前、
　人知れず、
しばらく怖い顔をしてゐる。

ときをりに、「日本」といふ言葉がある、
その日本に、
　生れし我かな。

働かねばならず、
働けばいそがはし。
憤ほろしく仕事を見入る。

四五人の女工が隅にかたまりて、
弁当食ひぬ、
　昼の工場。

空高く、
けふもスミスの飛行機の、
かかはりもなく、飛べるなりけり。

西村陽吉（旧姓・江原、本名・辰五郎）は少年時代から「文章世界」に投稿し小説に親しんだが、東雲堂書店に勤めてからその文学趣味はいよいよ増し、回覧雑誌を作り、また国木田独歩に心酔するなど、小学校高等科を終えたのみの学歴からみると独学の努力の人であったように思われる。東雲堂書店主・西村寅次郎が明治四十二年養子として陽吉を迎えたのも、そうした点が買われたのであろう。東雲堂書店の経営に参加した陽吉はやがて、若山牧水と知り合い「創作」を発行、歌人との交遊を深めた。陽吉が明治から大正にかけて果たした歌壇的役割は、創作者としてよりも、出版人として啄木の『一握の砂』『悲しき玩具』、白秋の『桐の花』、牧水の『別離』等の近代短歌史上を飾る歌集の出版と「創作」「朱欒《ザムボア》」「生活と芸術」等の発行が特記されるべきだろう。

第一歌集の『都市居住者』は「生活と芸術」叢書第七篇として発行され、土岐哀果（善麿）との交流の中で、初期「創作」の自然主義から離れ、庶民の生活の哀感を東京の本所に生まれた根っからの都会人としての陽吉の眼と、口語発想が多行書きの形式によく融和している。

第四歌集にあたる『晴れた日』は、大正十四年に一度廃刊した「生活と芸術」を陽吉主宰の口語

金があるために受けた尊敬だとそのときにふつと思つたことのさびしさ
（『晴れた日』昭2）

革命をおもふ心に遠くゐる　どんたくの日の電車の人ら

ゆふ空が低くたれさがり　吹く風がなまあたたかい　春も終るか

あたらしい世界がほしい　腐れきつた　この町筋をけふも通つて

かあんかあんと遠い工場の槌の音　真夏の昼のあてない空想

これから働きに行くまひるまの路上でなぜに「死」を思ふのか

鈴に似る――と云つてもいまだ当らない　この少女らの笑ひあふこゑ
（『舗道の歌』昭7）

あかく燃える朝のストオブ　椅子よせて思ひたのしむ一本の煙草

新しく敷かれた鉄路が伸びてゆく　この大道はどこまで行くのか

ポプラの一列の丘　その向ふは札幌の原野が海のやうに霞む

ライ麦の穂ずゐ黄ばんで　野をとほく　空知の山は夏がすみする

蒼ざめた工場の顔と押しまがつた姿勢を曝《さら》せ　街頭にさらせ

この無数の大衆はそれぞれのいのちだ　個々の人格だ　見ろごみのやうだ

わたしのあたまのなかになんにもあたらしいものがなくなつたとおもふとき家へかへる
（『緑の旗』昭14）

事実は事実としてそだちつゝあるのだとおもふときとほく電車がとどろいてすぎる

かうもたやすく戦争といふ言葉が口にされるモップの心理をおそれる

これがほんたうのくらしだとおもはれないくらしのなかで　ああもう私の老がみえる

これではどうだ　これでも弱らないかと　けふもあさから燃えさかる日なり

永遠のたつたひとときのいまにゐて眼をあいて見るあたらしい緑

短歌雑誌として復刊した直後の歌集で、多行書きの形式は改めたが、現在に到る口語短歌の先駆けとして評価される歌集だろう。

昭和に入ると新短歌協会の分裂とプロレタリア短歌同盟の結成等、口語短歌運動は激動の時代を迎えるが、その中で陽吉はマルキシズムプロレタリア短歌に対抗してアナーキズム短歌を提唱する。第五歌集『舗道の歌』はその中から生まれたものだが、正直なところ筆者にはプロレタリアとアナーキズムの差異はよく分からない。それはおそらく、現代の私達が持つプロレタリアとアナーキズムの概念が、当時とは異なっているためではないだろうか。

第六歌集『緑の旗』は昭和六年から十三年までの作品を収める。したがって時局の影が作品に投影され、「つぶやき」のような歌が目につく。その「つぶやき」が個人の力ではどうしようもない暗黒の時代へのささやかな抵抗であり、本音とも言えよう。こうした歌を読むと、結局のところ短歌は個に帰る形式のように思われてならない。

歌集は掲出の他に『街路樹』（大正八年）、『都市居住者』と『街路樹』及び『街路樹』以降の作品を収めた『第一の街』（大正十三年）がある。

（影山一男）

大熊信行

おおくま のぶゆき　明治二十六年山形県米沢市生まれ。東京商大卒。経済学博士。小樽高商、神奈川大、創価大等の教授を歴任。口語短歌の可能性を主張した。昭和五十二年没。

ときのこゑ空《そら》にどよみつとりかこむ警官隊《けいくわんたい》は草《くさ》にやすらふ
メー・デーを目守《まも》る市民《しみん》のしづかさよ緑《みどり》の蔭《かげ》に幾千《いくせん》かゐる
集団《しふだん》のなかにこもれるいちにんの深《ふか》きこころをわれは思《おも》ふも
しづかなる市民に交《まじ》り入《い》りがたき芝公園《しばこうゑん》の前《まへ》にわがをり
おほほしく見つつすべなしメー・デーの幾万人《いくまんにん》ののろき歩みを
メー・デーの列《れつ》にともなふ警官等《けいくわんら》脚絆《きやはん》をはきてしづかに歩めり
ここに見て永久《とは》に忘れじ一団《いちだん》の腕《うで》くみ固め並《な》み行《ゆ》けるさま
照る日かげ竟《つひ》にしづけし来《き》たるべき時《とき》は来《く》るべく疑《うたが》はねども
メー・デーの歌に倦《う》みたる一群《ひとむれ》や何《なに》かの唄《うた》を口《くち》ずさみつつ
見えぬものまで　みなくつがへり　下敷《したじき》と　なりをりしもの　立ちあがりくる
眼をあきて　おのれの力　覚《さと》りしもの　こぶしをかため　起きあがりくる
科学として　説きつ行ふものどもの　卑怯なるを見る　時きたるべし
のちに世は　どうならうとも　こゝにながるゝ　無辜《むこ》のなみだを　たれかつぐなふ

（『母の手』昭54）

その経歴からもわかるように、先鋭な経済学者として時代状況のあらゆる側面に対応しながら、話題性に豊んだ評論活動を生涯にわたって続け、短歌、小説、映画など文化的方面にも多くの論文を発表した。特に短歌においては優れた先見性を示し、近代短歌に対して多くの問題提起をおこない、自ら実作によってその方向性を示した。歌集としては、没後に刊行された全歌集ともいうべき『母の手』一巻のみであるが（これも昭和十一年までの作品で、戦後の作品は収録されていない）、その大正期から昭和前期の、実作と評論活動は高く評価されている。

明治四十四年、米沢中学時代に石川啄木の三行歌を知り、初めて三行歌を作ると年譜にはあるのだが、『母の手』に収録されているものは

華やかに笑ひし姉も仙台の片平町へかへりゆくかな

という、啄木調の一行歌である。翌年の作品には、

切手代少し出来たり。
あの人へやらむと思ふ、
古き絵葉書

三年《ねん》も会《あ》はずにありしに
煙管《きせる》などたくみに使う、

そこまでは　よしといひながら　そのさきは　ならぬといふぞ　そのさきを往《ゆ》け

ものいひて　うれしき人に　逢ふことも　ほとんどいまは　なくなりにけり

ひそまれる　畳のうへに　白い蛾《が》の　はばたくを抑《おさ》へ　いき凝《こ》らしゐる

こなみぢんになつた　破片から　またきづきあげて　美しい夢を　つくるこゝろか

なさけない　人の仕打を　かんがへて　ひとりめしを　かんでゐる

さびしいと思ふと　なにか白い花が　木にたくさん　さいてゐる

どんな　目にあつても　さめきらない　夢の中に　つよく生きてゐる

求めてるのは　愛ではなくて　わけのわからない　つよい　たしかなもの

わたしは　怪我《けが》をしてゐる胸を　ねぢふせる　あなたに　見られたくない

よなかに　目がさめると　胸のなかに　明《あか》るうい燭《ひ》が　点《つ》いてゐるではないか

それなら　あなたが生れたときに　わたしはたしかに　十二歳の　少年だった

おそるおそる　先生に手紙を　さしあげた　十七年前《ぜん》に　またも戻ります

笑顔《ゑがほ》が　とてもキラキラする　あなたには　くらい　みどりの木蔭《こかげ》が　きっといゝ

いまこそ　我のこゝろは　さだまるぞ　星よ　ことごとく　座《ざ》をうごくな

うぐひすが　自分の近くに　ゐるといふ　感じがすると　眼《め》がさめました

おまへの親も好《す》き　おまへの犬も好《す》き　おまへにほれた　男たちさへ　きけばみない、

ちからいつぱいの　仕事にかゝる　たのしみが　きみにわかるか　来てお茶をのめ

人となりける

といった、あからさまな啄木のエピゴーネンであったが、上京後土岐哀果の「生活と芸術」に参加、のち、反アララギの砦となった「日光」に参加した。そこに発表した「五月一日」の連作によって注文を集めることになる。つまり、

ときのこゑ空《そら》にどよみつとりかこむ警官隊《けいくわんたい》は草《くさ》にやすらふ

をはじめとする最初の三首がそれである。これらはいわゆる文語定型で信行の本意とは違うものではあるかもしれないけれど、短歌史的には高く評価されているものである。

小樽高商時代には小林多喜二や伊藤整を教えた。昭和二年創刊の「香円《まるめら》」は、のちには自ら主宰するようになり、いわゆる「まるめら調」といわれる口語非定型の作品を発表するようになる。

眼をあきて　おのれの力　覚りしもの　こぶしをかため　起きあがりくる

以下の作品がそうである。

戦中には大日本言論報国会創立にあたって理事となり、その由もあって戦後は公職追放となった。戦後は広く家庭論から国家論まで、そして本業の経済についても多く発言してジャーナリズムをにぎわした一生であった。

（**小紋　潤**）

結城哀草果

ゆうき　あいそうか　明治二十六年山形県下条町生まれ。本名光《みつ》三郎《さぶろう》。農業に従事しながら独学。大正三年「アララギ」入会、斎藤茂吉に師事。歌誌「山塊」「赤光」を創刊。昭和四十九年没。

ぐんぐんと田打《たうち》をしたれ顳顬《かめかみ》は非常《ひじやう》に早く動きけるかも

（『山麓』昭4）

ただならぬ汽笛のきこゆ大雪に行きなやむらむ汽笛の聞こゆ

妻とふたり真夜《まよ》なかに起きて来たりけり酒ふきかくる弱き蚕《かひこ》に

母が煮る夕餉《ゆふげ》の南瓜米《かぼちやこめ》搗《つ》きてひもじくなれる吾ににほひ来《く》

きぞの夜《よ》につくりし簑《みの》をながめつつ朝餉《あさげ》の飯《いひ》を食《を》しにけるかも

氷枕《こほりまくら》に朝ゆふ入るる背戸畑《せどばた》の日かげの雪も解《と》けゆくらしも

朝の庭に筵《むしろ》を敷きて売りに行く胡瓜《きうり》をかぞふ吾《あ》れとあが妻

月清《つききよ》き夜《よ》ごろとなりぬ蚕室《さんしつ》の窓をひらきて唄《うた》うたふ娘等《こら》

菜の虫をひねもすつぶしつかれたる眼《まなこ》にあかし夕焼のそら

繭《まゆ》ぐるま妻とし挽《ひ》けばおのづから睦《むつ》むこころのわきにけるかな

橋わたるわれを襲《おそ》へる赤蜂《あかばち》を敲《たた》き殺して川にながしぬ

（『すだま』昭10）

貧しさはきはまりつひに歳《とし》ごろの娘ことごとく売られし村あり

義捐金《ぎえんきん》貰ふ村人《むらびと》よたはやすくたよるこころに溺《おぼ》るるなかれ

哀草果は、幼少のころ結城家に里子としてあずけられ、のち養子となった。小学校卒業後、農作業をしながら独学で勉強をし、大正二年ごろから「文章世界」「生活と芸術」などに短歌を投稿するようになる。哀草果という筆名も、その頃に知った土岐哀果の名前を参考にしていると言われる。同じ頃の投稿家仲間に「アララギ」会員の両角《もろずみ》七美雄や飯山鶴雄がいたことから大正三年には「アララギ」に入会し、斎藤茂吉に師事する。生涯のほとんどを山形県の農村で過ごしたが、そうした立場からの素朴で堅実な生活詠が注目され、若い頃から「アララギ」の主要同人として独特の地位を築いた。

また哀草果は、地方の文化を推進する知識人としての意識も強く、それらは『村里生活記』『農村歳時記』『田園四季』といった随筆集や、啓蒙的な著作『農民道場』などによって知ることができる。哀草果は随筆家としても知られ、これらは当時の農村の生活状況や風習を知る上でも貴重なものとなっている。

第一歌集『山麓』には、大正三年から昭和二年までの作品が収められている。歌集の巻末記には「アララギ」入会の経緯から始まって、斎藤茂吉や歌友との交遊などが訥々と記されている。

南瓜《かぼちや》ばかり食《くら》ふ村人《むらびと》の面《おも》わみれば黄疸《わうだん》のごとく黄色《きいろ》になりぬ
五百匁《もんめ》の同情《どうじやう》甘薯《いも》をもらふとて隣《となり》同志《どうし》が争《あらそひ》をしぬ
雪ふりし山にのぼりて草根《くさね》ほり木《き》の実《み》をひろふ獣《けもの》のごとく
木《き》の実《み》と草根《くさね》を食《くら》ひ飯食《めしく》はぬ人らは黒き糞《ふん》たれにけり
わが村ゆ売られ売られて能登海《のとうみ》の宇出津《うしつ》港《みなと》に酌《しやく》する娘《こ》はも

（『群峰』昭21）

湯気《ゆげ》こもる手術室にあはれにも片足《かたあし》になりし吾子《あこ》生きてをり
いのちわけし吾子《あこ》生かさむとわが血しほ管《くだ》におくりて幾日《いくひ》へにけむ
刺戟《しげき》なき村に住みつき老ゆるともこころ燃《もや》して生きぬかむかも
徹夜《てつや》する寒さしのぐと蜂蜜《はちみつ》をあたためのみぬ茨《うばら》がにほふ

（『まほら』昭23）

東京の土屋のきみにドイツ産の草種子《だね》を送りひとりよろこぶ
二十日《はつか》ほど耳病《や》みをりてこの朝け雀のこゑをわすれしごとし
鉱煙《くわうえん》がくらく校舎をつつむ昼《ひる》小学児童ら噎《む》せつつ習ふ
山の湯の宴《うたげ》ゆ帰る壮年《わかもの》が馬に跨《またが》り夜霧《よぎり》ふかしも
置賜《おいたま》は国のまほろば菜種《なたね》咲き若葉茂りて雪山《ゆきやま》も見ゆ
夜《よ》の炉《ろ》べに蜜《みつ》をのみつつ眼《め》つむれば幾百幾千の蜂《はち》と花々

（『おきなぐさ』昭35）

太平洋に日は昇りつつ朝日嶽《あさひだけ》の大き影日本海のうへにさだまる
夕焼くる夏逝《ゆ》く空をうしろにし川渉《わた》り来る騎馬二頭あり

「刺戟の尠ない田舎に住んで、しかも労働しながら作歌の道に精進するといふことは、難業中の難業であらねばならぬ。しかし自分が遅いながら、かくも長い間傍目をせずに歩みつづけて来たといふのは、まさしくアララギの大きな力に據つたからにほかならぬ」。

これは巻末記の一節だが、その後の哀草果の生涯を通して言えることだろう。

『山麓』には農作業をうたった歌が多いが、妻と一緒に働く歌などには青春歌としての浪漫性もあり、単なる労働詠とは違った瑞々しい抒情の世界を作り上げている。

第二歌集『すだま』から抄出した歌の多くは昭和十年の東北飢饉の惨状をうたったものである。農村の娘の身売りなどが社会問題となった年であった。

義捐金貰ふ村人よたはやすくたよるこころに溺るるなかれ（『すだま』）

これは、義捐金によって却って農民の精神的な貧困と堕落が助長されている事態をうたったもので、随筆集などでもしばしば指摘している。

昭和三十年には茂吉の歌集名を譲り受けて歌誌「赤光」を創刊、写生を基礎とした短歌と随筆によって農村の現実を描写し続けた。**（大島史洋）**

小泉苳三

こいずみ　とうぞう　明治二十七年、横浜に生まれる。「水甕」を経て、「ポトナム」創刊。立命館大学教授など歴任。歌集に『夕潮』『くさふじ』『山西前線』がある。昭和三十一年没。

潮のけのいやしるきかもほのぼのと夕つく原に虫ききをれば

草の戸を閉しがちなる家なれば夕は早く洋灯をともす

（『夕潮』大11）

白楊《ポトナム》の直ぐ立つ枝はひそかなりひととき明き夕べの丘に

かへりみて寂《さび》しきことの多かりき心つつましく寂しさに耐《た》ふ

天《あま》づたふ月《つき》よみのひかりながれたりしらじらとして遠き草原

朝明《あ》くる時の間すがし芋《いも》の葉は露をこぼして揺《ゆ》るるかそかに

海の上に夕《ゆふべ》の雨の寂《さび》しく降《ふ》り石炭はこぶ船一《ひと》つをり

（『くさふじ』昭8）

山の上は秋早からし雁来紅の葉のくれなゐに夕日うつれる

燐寸《まち》すりて炭火をおこす暮がたの寂《さび》しさにしも馴れゆかむとす

懈《おこたり》の心にやあらむこの日頃《ひごろ》書物《ふみ》よみさしてねむる癖《くせ》つきぬ

夕《ゆうべ》となれば熱高けれど朝《あした》には家出《い》でてゆく勤人《つとめにん》われは

朝《あした》より夕《ゆう》おそくまで勤《つと》むれどうけとる俸給《ほうきふ》は生活《くらし》に足らぬ

桑畑の奥なる村はいちやうに蠶《こ》を飼ふらしき家構《いへかまへ》なり

人間小泉苳三は刻苦勉励の生涯をおくった。年譜によれば二十三歳のとき、中等学校国語国文科教員無試験検定合格、三十三歳のとき、高等学校国語科教員検定に合格する。この試験は、いまの私たちの想像をこえた難しさであったと聞く。教員生活の赴任先も全国各地におよんでいる。福井、川越、京城、東京、新潟、長野、京都、北京。さらに歌集だけでなく、その著作も多岐にわたっている。『評釈大伴家持』『新古今集』があるかと思うと、『明治大正短歌資料大成』『明治大正歌書年表』があり、さらに『勤皇志士詩歌評釈』『正岡子規』『近代短歌の性格』『日本語文の性格』といった著作まである。しかも戦後は出版社を興すなど活動範囲はおどろくべき広さである。

　歌人としての小泉苳三が近代短歌史において、それほど多く論じられてこなかったのは、おそらくその多様な仕事のせいもあるだろう。歌集が多くなく（生前は三冊）、短歌史家の業績にくらべると、印象が濃くないところに因をもっている。さらに陸軍省嘱託として一九三八年に北支・中支に従軍し、そのために戦後歌人として唯ひとりの公職追放になるといった経歴も少なからず影響していよう。

　地の涯の戦線にして妻のもと金届けたしと兵

独断専行と人はいふらししかはあれ創立のことなし遂《と》げむは誰《たれ》

進み行く隊列潮《うしほ》の湧く如く盡くることなし地隙より丘に

塹壕に最後までありて死行きし娘子軍《ぢやうしぐん》の死体まだ暖かに

地の上に横たはる敵の屍《しかばね》に犬寄り来たり顔より食ひ初《そ》む

真夏日の炎熱灼くる城壁に冬服のまま銃執りて立つ

首陽山の丘の畑に麦の芽の青ぐむ見れば世は窮みなし

最後まで壕に拠りしは河南省学生義勇軍の一隊なりき

亡骸《なきがら》は敵と味方を分ためや弾飛ぶなかに曝されてあはれ

（『山西前線』昭15）

機関銃火を噴く敵の銃眼の直下を匍匐《ほふく》しつつ寄行く

地の涯の戦線にして妻のもとに金届けたしと兵の言ひ出づ

専攻に非ざる科目を講義するは切売に似たりと我は思へり

近き日に戦線につく学徒らとたづさはり行く吉野飛鳥路

輸送船の高射砲配置につきしまま船もろともに爆《は》ぜて散りたり

身に秘めし愛しみごとも父吾に告ぐることなくしてすぎしおもほゆ

歌作による被追放者は一人のみその一人ぞと吾はつぶやく

山坂を遠く過ぎ来てかへり見る路ほそほそとかすかなるかな

人生を苦しみの場と思ひ定めかつて一度も疑はざりき

（『くさふじ以後』昭35）

の言ひ出づ（『山西前線』）

現在の「ポトナム」に繋がる「現実的新抒情主義短歌」という小泉の提唱はよく知られている。生活感に裏付けられた観察の眼は、従軍歌集の『山西前線』にもあふれている。当時の支那派遣軍総参謀長であった板垣征四郎の序文がこの歌集の位置づけを長らく曇らせているが、戦場のきびしさは見事に描かれている。初期の作品には「寂し」ということばが多出していた。その感傷性は払拭されていて、リアリズムとヒューマニズムが一本の筋となって読み手に感動を与える。太平洋戦争開始以後の短歌よりも、それ以前の、とりわけ中国大陸での作品の方が概して優れていることはつとに指摘されていることであるが、歌集『山西前線』もそのひとつの典型ではないか。戦争文学としてきちんと再評価されるべきだと思う。

一九四五年二月、長男清が輸送船団にて台湾沖にて戦死する。そのことは戦後小泉苳三を長く悲しませた。苳三死後刊行された歌集『くさふじ以後』に「悲傷集」という力作連作が収められているが、その慟哭は胸を打つ。歌人としての戦場体験、個人的な悲しみ。ここから新しい歌人小泉が出現してもよかった。しかし、追放解除のあとそのエネルギーは残っていなかったのである。（**小高　賢**）

橋本徳壽

はしもと とくじゅ　明治二十七年、神奈川県横浜市生まれ。造船技師。古泉千樫に師事し、千樫死後「青垣」を創刊。歌集に『太石集』『海峡』『桃園』『ララン草房』など。平成元年没。

荒磯辺《ありいそべ》にちりぼひ立てる小屋こして宗谷海峡の浪ひかり見ゆ

蒼浪《あをなみ》の天《あめ》に寄りあふ海とほくわがつくりたる船はゆきけむ
（『太石集』昭6）

筑波嶺《つくばね》を低しと思ふになほひくき山山ありてつづくあはれや
（『赤帝集』昭8）

うつしみのおどろきにすでになれなれて語りつつあたる人を焼く火に

さらさらといふ音のするは人の骨かわが地下足袋の下になる音

二百十日の雨瀧のごとくにおちたれば海のただなかに島は濡れゐる
（『竹院集』昭11）

たか山の霧のなかにしつくづくと命のさきにほろぶもの思ふ

あをあをとさびしき海をあてありてはしりゆくならむかの商船は
（『海峡』昭15）

子供たちひそとしづまりたる見ればコンパスにて円をかきはじめたり

たたかへば勝つとたかぶる人の子らの命無慙なる現実こそ見め

船底の釘ひとつさへ愛《かな》しめるわれこそゆかめその船に乗りて

いたどりの茂みのなかに起きあがる馬ありてほかの馬が近づく

夕づけば氷原《ひはら》にのびる影はやし氷のうへに氷は影す

工学院造船科を苦学して卒業した橋本徳壽は、造船技師として造船講習会の講師をつとめながら、戦前には日本国中の海岸を廻ったという。そのような経歴を背景にして、前半生の歌には海の歌、船の歌が多い。

また、石川啄木の歌集を読んだことがきっかけで歌をつくり始めたという彼は、初期の頃には啄木に影響され三行書の歌をつくっていた。

その後一時、土岐善麿の指導を受ける。だが、プロレタリア短歌や自由律になじめず、一九二五（大正十四）年より古泉千樫に師事するようになる。千樫の死後、その門下の人たちとともに青垣会を結成、二七（昭和二）年には「青垣」を創刊した。

　二百十日の雨瀧のごとくにおちたれば海の
　ただなかに島は濡れゐる

千樫に師事するようになってからの歌は、万葉調の歌風を自分のものとして、おおらかな調べをもつ真実味のある作風をつくり上げている。この一首においても、スケールの大きい情景を写実に徹して歌い取りながら、下句の「海のただなかに島は濡れゐる」という鋭い描写力を鮮やかに見せている。

「作歌の道は写生に徹して現実の感動を歌ひあげ

うみ草のみだれあらはに潮ひきたり臆面もなく青しうみ草　（『流域』昭17）

たくましく大谷わたりみだるれば統《す》べたる王も時のまなれや

芒穂のひかりみだるる廃道ありしづかなるかなやこの山中に

流刑といふ語の感じさながらにひとり歩み来《く》雪の荒磯《ありそ》を　（『岑』昭22）

戸口になにかあたふたあらはれし妻をし見たりしわむその顔

粥《かゆ》煮ると海にうしほをくみし日はおもひいだしてここにかなしき

花びらを食ひてしのぎし思ほへばこの春山はいまだかたしも

強制種痘に混血嬰児らつらなめりああ抱きたる日本の若き母たちよ　（『桃園』昭26）

チレボンの町にやうやくさがしあてし老眼鏡と我とながらふ

春いまださわがしからぬ空のいろに辛夷《こぶし》の花は白く咲きたり

ただよへる海しらじらとあけきつつよみがへるわが命を感ず　（『ララン草房』昭30）

娘らのかひな六本なびきあへりいきてかへりし家におぼれぬ

爆雷投げて死角にがばと伏したれど生きをるわれはふかく息をす

あしたより雨ふる空に日本機一機飛びをり涙とどまらず

ララン草干して敷きたる夜のわれのよろこびは勝ちし敵知らざらむ

しづかなる命とおもふわがまへを道よこぎりて草にゐる蛇

娘には父のおよばぬ運命ありそれをかなしむのみにもあらず

るといふ一語につきる」と自ら作歌法を語るように、日々の生活実感をつぶさに、また客観的なリアリズムの目をくもらせることなく表現するところに橋本の歌はあった。それは大正期の写実的生活派の短歌を、さらに深く熟させた世界といってもいい。

一九四二（昭和十七）年、橋本は軍属として南方に渡り、さらに終戦後、レンバン島にて俘虜生活を強いられることになる。日本に帰還したのは四六（昭和二十一）年であった。その苛酷な、なまなましい戦争、俘虜体験は、多くの歌になっている。

　　娘らのかひな六本なびきあへりいきてかへりし家におぼれぬ

帰還後の心境をこのように詠む。生きて再び娘らとともに在る現実を、現実感のない、優しい夢の時間のようにも感じているのだろう。「娘らのかひな六本なびきあへり」とは、写実の表現でありながら、あたかも夢幻の境地に漂っているかのような様を巧みに伝えてくる。

晩年の歌は、生の気息を端的にとらえつつ、さらに表現の平明さや澄明感を増していく。日常を写実する中で、心の動きの自在な、静謐な世界をつくり上げた。

（日高堯子）

渡辺順三

手のひらに堅きタコあり
　あはれわが
十六年の錐もむ仕事
（『貧乏の歌』大13）

茫然と――
日向《ひなた》に蟻の行列の
動くを見つゝしばし佇む

人々の寝息うかがひ
　起きいでて
こつそりと読む歌の本かな

人間の背丈より高くのびてゐる
たうもろこしが
風にそよいで
（『生活を歌ふ』昭5）

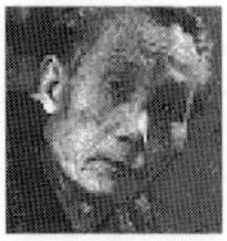

わたなべ　じゅんぞう　明治二十七年、富山市生まれ。十代後半から作歌をはじめる。治安維持法で検挙される。歌集に『貧乏の歌』『烈風の街』『日本の地図』などがある。昭和四十七年没。

一にぎり餌をまいてやれば
クヽクヽと
鶏が来る　赤い夕空

次の時代がもう来てゐると云ひたげな
若い女の
軽い足どり

節つけて
原稿を読む文撰工の
声もさびしい夜の仕事場

応召兵の
家の目印《めじるし》の日の丸が
そこにも、ここにも
　山の部落に。
（『烈風の街』昭14）

　ベルリンの壁が撤去され、ソ連の崩壊が現実の歴史となったとき、いわゆるプロレタリア短歌のリアリティはかなり失われてしまった。資本主義対社会主義、あるいは富裕対貧困といった二項対立といった発想だけで、現代という時代を掴むことは正直いってなかなかむずかしい。
　渡辺順三は一八九四（明治二十七）年、富山市に生まれた。小学校校長であった父の病死のあと、中学を退学し、母とともに上京、家具製造商に小僧として住み込む（母は女中奉公）。十六歳のとき流行性脳髄膜炎にかかり入院。その後遺症で左耳聴力不能となる。そのころから作歌を始める。「国民文学」創刊に際して同人として参加。空穂の指導を受ける。河上肇『貧乏物語』などに影響され、また『啄木歌集』に強く魅かれる。次第に作品は啄木調になってゆく。
　病気と貧困のなかで、西村陽吉と親しくなり、口語雑誌「芸術と自由」の創刊に編集委員として参加する。昭和に入り、新興歌人連盟、無産者歌人連盟、プロレタリア歌人同盟などの文学運動を経験する。「文学評論」の編集者として検挙されるが、不起訴になる。一九四一（昭和十六）年、太平洋戦争開始の翌朝逮捕され、治安維持法違反として起訴され、東京拘置所に移される。四十三

鼻をつく
汚水の匂いに馴れて住む
猿江町あたりに
人々の生活《くらし》。

檻《おり》の外から
のぞきこむ眼を見据えてやる。
負けるものかと
睨みかえしてやる。

四角な穴から
弁当が入れられ
赤いお碗の
湯が入れられる。
一人一人《ひとりひとり》に

ひけどきの臨港電車は
はちきれそうな
労働者の話声でいっぱいだ。
　その中にゐる。

大島製鋼
東洋モスリン
小倉石油と
江東の空にうづまく煤煙。

箸をくわえ
唾をのみこみ
鼻をならす
児童らの前の
稗飯の匂い。

囚はれてこの檻房の高窓に、
秋空あふぐ、
雲迅《はや》き夜の。
（『新らしき日』昭21）

風おちて
夜更けしづまる檻房に、
こほろぎ啼けり、一つ止めば一つ。

年、保釈出所。翌年の判決では懲役二年、執行猶予四年という判決を受ける。戦後は松川事件をはじめとして、内灘・砂川事件、安保闘争などをいわゆる国民運動の立場から作品化している。

　拘置所の長き廊下の／冬の朝、／身に沁みとほる手錠のひびき。

　歌人としての順三が評価されるところは、自由が弾圧されていた戦時下においても、時代迎合的な作品を一切つくっていない事実である。獄中での実感をこのように歌った作品は少なくないのではなかろうか。下町の工場街の風景や、集団学童疎開、あるいは空襲下の東京を抒情的に描き、さらに戦後の開放感を高らかに歌っているのが第四歌集『新らしき日』である。

　戦後の順三は民衆の立場に拠ろうという意識が強すぎるのだろうか、時代を忠実にフォローするが、作品に公式的発想が目につく。誠実であることが作品を保証しがたい時代になってきた。「待ち望んでいた状況が招来したにもかかわらず、それまでの蓄積や資質が活きたとは言えない」と断言したのは篠弘である。

　短歌自叙伝『烈風の中』や『定本近代短歌史』をはじめとした多くの著作がある。一九七二（昭和四十七）年、死去。七十七歳であった。（**小高　賢**）

塗りはげし弁当箱の麦飯も、
口に馴れては
うましと食ふも。

それとなき監視を
背に感じつつ、
われ差入の赤飯食ふも。

独房の窓より見ゆる中庭の、
畑の青菜
霜に萎えをり。

拘置所の長き廊下の
冬の朝、
身に沁みとほる手錠のひびき。

たのしげに
人らあゆめる街上を、
四人自動車にのりてわれゆく。

集団疎開の学童の列が
この町を、通りて行けり、
夜の十時ごろ。

高射砲唸りつづくる真夜中の
寒さ堪へ得ず、
壕の中にゐて。

敗戦を俺は喜ぶ
この日から、
圧制の鎖が断ち切られたのだ。

街路よぎる戦車の列を見ておりぬ。
　そのうえの兵の
　顔に眼をとむ。

（『日本の地図』昭29）

向日葵のゆらりと高き一茎《ひとくき》の
黄花陽に向き、
ほのお吐きおり。

日本の四つの島よ、
日本の地図よ、
点々とある飛行場軍港のマーク。

小さい東村が、
いっそう小さくなり、
平べったくなり、
あゝ、東村はついに死んだ。

さかり過ぎて乏しくなれるねむの花
三つ四つ咲けり、
内灘の浜に。

美しき砂浜つづく九十九里も、
米軍基地となりて、
　星条旗たつ。

中原中也

なかはら ちゅうや　一九〇七（明治四十）年山口県に生まれる。詩人。詩集に『山羊の歌』『在りし日の歌』がある。小林秀雄、富永太郎、大岡昇平らとの文学的交遊はよく知られている。中学時代に短歌を新聞などに投稿。親友とともに歌集『末黒野』などを編纂・刊行する。『中原中也全集』（角川書店）第一巻より抽出。一九三七（昭和十二）年没。

珍しき小春日和よ縁に出て爪を摘むなり味気なき我
怒りたるあとの怒よ仁丹の二三十個をカリ〳〵と噛む
菓子くれと母のたもとにせがみつくその子供心にもなりてみたけれ
ぬす人がはいつたならばきつてやるとおもちゃのけんを持ちて寝につく
梅の木にふりかゝりたるその雪をはらひてやれば喜びのみゆ
腹たちて紙三枚をさきてみぬ四枚目からが惜しく思はる
昼たちし砂塵もじつと落付きて淡《うす》ら悲しき春の夕よ
夏の日は偉人のごとくはでやかに今年もきしか空に大地に
みのりたる稲穂の波に雲のかげ黒くうつりて我が心うなだる
犀川《さいがわ》の冬の流れを清二郎も泣いてきゝしか僕の如くに
猫を抱きやゝに久しく撫《な》でやりぬすべての自信滅び行きし日

中島　敦

なかじま あつし　一九〇九（明治四十二）年東京に生まれる。小説家。『山月記』『李陵』などがある。持病の喘息のなか、小説執筆につとめる。短歌は私立横浜高女教諭時代に多く作られている。とりわけ「ある時は」で始まる「和歌でない歌」は昭和十二年後半に一気につくられたものと推定されている。『中島敦全集』（筑摩書房）第二巻より抽出。一九四二（昭和十七）年没。

ある時はヴェルレエヌの如雨の夜の巷に飲みて涙せりけり
ある時はカザノワのごとをみな子の肌をさびしく尋《と》め行く心
ある時は心咎めつゝ我の中のイエスを逐ひぬピラトの如く
うす紅くおほに開《ひら》ける河馬の口にキャベツ落ち込み行方知らずも
この河馬にも機嫌不機嫌ありといへばをかしけれどもなにか笑へず
これやこのナイルの河のならはしか我に尻向け河馬は糞《まり》する
象の足に太き鎖見つ春の日に心重きはわれのみならず
この象は老いてあるらし腹よごれ鼻も節立《ふしだ》ち牙は切られたり
歳末の大売出のチンドン屋氷雨に濡れて嚏《はなひ》りにけり
冬の夜の風呂より出でて裸童子《はだかどうじ》叫《をら》び跳ぬるよ拭《ふ》きもあへなくに
ガリヴァが如何になるらむと案じつゝチビは寝入りぬ仔熊をだきて

岡山 巌

おかやま　いわお　明治二十七年広島市生まれ。「水甕」を経て「歌と観照」を創刊。歌集に『思想と感情』など六冊。『現代短歌論』などの論客としても知られる。昭和四十四年没。

ま日うけて空に坐れる堂塔は大いなる発光体の如くしづけし
富み足らふ国ぶりか否《ひ》か塔堂のもとに小さく我れら立ちける
あまつ日にむらがり立てる煙突のもとに三千の生命《いのち》いきをり
兵乱はまさにまぢかに起りをれど伝へ来たらむ物音もなし
民をして知らしむ勿れといふ如くにも静けきなかに雪ふりてをり
（『思想と感情』昭11）

大いなるロダンは手のみ彫《ほ》りたれど生き生きとして全体を見す
不揃《ふそろ》ひにささくれたちし口髭《くちひげ》を我がなでにつつ暑き日くれぬ
整然たる都市体系に人みちて血脈《けちみやく》のごと流れつつをり
アスファルトに路面《ろめん》つぶせし方数里帝都の空は雲だにもなし
夕富士の残影はなほ窓にあれ視界に入りてネオン街燃ゆ
地球引力の大き不思議は天ひたす水をしづめて斯《か》く円《まど》かなり
あけの光り海に透れば衝動に充ちて馳駆《ちく》する海鳥の群れ
送気管《パイプ》の唸り裂くごとく空に消えたれば空気槌《エアハンマー》は鉄に喰ひ入る
（『帝都の情熱』昭13）

わがあとに重く扉《ドア》はひびきけり石の廊下にあゆみいづれば

第一歌集『思想と感情』の末尾にこのような歌が置かれている。逆編年順に組まれているので、最初期、大正六年の作であり、「解剖室」と題が付されている。ここには、医師として生涯を送った岡山の、ある硬質さや重厚さ、感傷を排そうとする、物そのものへ指向がうかがえる。

こういったところを出発として、『思想と感情』から『帝都の情熱』にかけての作には、科学者の怜悧な眼差しを通して、時代の現実を即物的に描こうとした作を多く見ることができる。時代は、新たな近代化が、現代につながる都市と機械の文明を構築していく昭和初期であり（それはまた戦争への道程でもある）、岡山はその中で従来の短歌的な表現とは異なったものを模索していったといってよい。それが、現実の背後をどれだけ射抜いていたかは別として、今日にあっても新鮮な試みがそこに認められる。

また一方『思想と感情』には、「文学の道と人間創造とあひ率《ゐ》つつゆくに深きこの道」といった一首もあり、岡山の志向が、短歌を閑文学となさず、全人間的な創造的営為となそうとする、哲学的志向であったことを思わせる。「大いなるロダ

天かけり原子炸裂のとどろきやたちまちにして一都市はなし
モハンダス・ガンヂーひとりあるありてゆるぎなき大印度の紐帯たりき
（『遭遇』昭30）

何かたぢろく思ひに見たり泰山木の蕾尨大にしてらうたけき白
かの月夜の山羊を追ひつつ眠りしか夢に入るいばらふかき野のみち
放任すればつけ上らむとする肉体を鞭うたむとし今日も出で行く
かかるうれしき世代もありき叡智ふかくあひ鼓舞しあひ完成したり
燃えさかるカンナのしべの奥ふかく吾はあり何の昼のまぼろし
（『混声』昭39）

やがてマスクにならむ凸凹を手にふれて顔を拭きをり人ごとのごと
ゴムのごとき時間よむちうち鼓舞すればたまゆらも果てしなき永遠
みなぎらふ湿気のなかに息づきて人間内部また雨期に入る
汝が通りし部屋々々の扉は開けつぱなし猫に似てよく猫を愛する
体質は変へむすべなし性格の曲げがたきこともあはれなるかな
（『體質』昭46）

いかに多くの末端神経の独立が我れにそむきて自律すらむか
無辺際の宇宙の一角人類の手にふれて空間すこしせばまる
絶対無の我ぞ我につきてはなれねばこの絶対の孤独をとげむ
ひそかなる物音きこゆ遠き部屋にわがかなしみをはばかる如く
夜ふけてどこからか来るほのあかり心にしみて夜嵐をきく

ンは手のみ彫《ほ》りたれど生き生きとして全体を見す」といった一首などは、そういった岡山の志向をうかがわせるものである。

当時、岡山は、批評家としても活躍した。昭和十三年に発表した「歌壇の旧派化を救へ」は大きな反響をよぶが、そこには短歌の枠組みにとらわれずに時代の現実を直視しようとする「現代の血をもつて、現代の歌を作れ」という志と、人間を深く探求しようとする「全人間・全現実・創造の立場」が一体となっていた。

さて、戦後の岡山にも、こういった志向は流れ続けている。都市の変貌や機械文明をうたったものや、哲学的な思索を歌としたものも多く見られる。しかしまた、「我」「人間」というものを、一方では医者の眼差しや触感でとらえ、一方では文学的思索として深く掘り下げていった歌が随所に見られ、この歌人独自の世界がうかがえる。また日常身辺を歌にしたものにも、率直にして微妙な味わいが感じられる。ある芯の強さや明晰さをベースとしながら、やわらかく揺れ動きのある平明さがそこに加わっている。広い視野から歌の世界を相対化しつつ、歌に執し続けて自らの世界を作りあげていった作家といえるだろう。なお抄出は『岡山巌全歌集』による。

（内藤　明）

土田耕平

つちだ こうへい　明治二十八年長野県上諏訪生まれ。島木赤彦に師事し「アララギ」入会。中学卒業後、郷里の小学校に勤めるも病気のため伊豆大島に転住。帰郷後も病すぐれず昭和十五年没。

夕渚《ゆふなぎさ》人こそ見えね間遠《まどほ》くの岩にほのかに寄する白波
夕早く潮満ちぬらし磯かげの泊り小舟《をぶね》に灯がともりたり
おしなべて光る若葉となりにけり島山かげに居啼《ゐな》く鶯《うぐひす》
山は暮れて海のおもてに暫《しば》らくのうす明りあり遠き蜩《ひぐらし》
落ちしきる木の葉のにほひいたいたしきぞの嵐《あらし》に揉《も》まれたるなり
澄む月をそがひにしつつ立ち戻る渚《なぎさ》の砂にひとつわが影
みんなみの弘法浜《こうぼふはま》にいくそ度潮鳴《たびしほなり》たちて春は来ぬらし
おもおもと梅雨《つゆ》のなごりの風吹けり夜目《よめ》には凄《すご》き蜀黍《もろこし》の畑《はた》
月させば大きく光る芋《いも》の葉に馬追《うまおひ》一つ鳴きいでにけり
帰り来てひとりし悲し灯のもとに着物をとけば砂こぼれけり
しづかなる夜《よる》とおもふに三原嶺《みはらね》の煙は高し月に映《は》えつつ
小鳥二つ逢ひつつ啼《な》けりわがかつて知らぬさきはひをそこに見にけり
仰ぎ見る夜空しづけししみじみと月の面《おも》より光流れ来《く》

（『青杉』大11）

土田耕平は少年時代に両親を亡くし、孤独な環境で育ったようだ。諏訪中学を病弱のため中退して小学校の教員になったとき、同じく小学校の教員をしていた島木赤彦を知り、以後、生涯を通して師事することとなる。

大正二年、上京して私立東京中学校に入りなおすが、翌年、長野県の郡視学をしていた赤彦が職をやめて上京。耕平はアララギ発行所に赤彦と同居して編集の手伝いなどをするようになる。

中学を卒業すると耕平は郷里に帰り再び小学校に勤めるが病気がすぐれず、大正四年療養のため伊豆大島に渡り、六年間を同地に過ごした。

第一歌集『青杉』はこの伊豆大島時代の作品を集めたものである。作品を読んでいただければわかることと思うが、透明な抒情による実に静かな自然詠が多い。歌の技巧も若いころからしっかりしていたようだ。『青杉』は大正十一年の三月十日に刊行されているが、十八日にはもう再版が出ている。つまり当時の歌集としては大変なベストセラーであったわけで、歌壇に大きな衝撃を与え、模倣歌もたくさん生まれたという。

この歌集には初々しい青春の憂いも感じられるが、また同時にとても老成したような感性も見られる。耕平二十二歳から二十七歳にかけての歌で

道のべに立てる萱《かや》の穂《ほ》ひとしきり動くと見えぬはた静まりぬ
すでにして春来《きた》るらしさわやかに山の日白《めじろ》のさへづる聞けば
降る雪は夜目《よめ》にもしるし庭檜葉《にはひば》の木《こ》ずゑたわめて積りつつあり
（『斑雪』昭8）
春さきの日癖《ひくせ》にかあらし片空は日あかりしつつ雪みだれふる
春といへば山かひとよむ川音《かはおと》のゆたにさびしくなりにけるかも
山かひをいでてはるかに行く水のしらじらさびし二分《ふたわか》れ見ゆ
身ごころの落ちおとろへてあるときに空とびかける夢などを見る
ありがてに心いぢけし日も過ぎて月澄む夜半《よは》をはかなくぞおもふ
終日《ひねもす》をしづかにをれば聞きわくる上《かみ》つ瀬の音下《おとしも》つ瀬の音
（『一塊』昭16）
稲妻《いなづま》の照らす端居《はしゐ》にひとりをり妻は野風呂《のぶろ》をもらひにゆきし
山の端《は》の澄みゆくころとなりにけり蜻蛉《あきつ》みだるる羽《はね》のかがやき
日の照ればうつろふ山の木の葉にもわれの視力はたへがてなくに
日をつぎて田植蚕飼《たうゑこがひ》の夏に入《い》る山は寂しきかつこうの声
変らざる山河《さんが》のさまをうち眺《なが》めわれのいのちもそこにあるべし
土のいろを見つつなつかしこの土の一塊《ひとかたまり》を握りたきかな
一つ家《や》に音《おと》をひそめてゐる妻よかかるあはれも十年《ととせ》ふりしか
吹きすさび止《や》むかたもなし凩《こがらし》のそらに幽《かそ》けき日輪の澄み

あるが、今はたぶん、このような歌はなかなか作れないというだけでなく、こうした歌の良さも非常にわかりにくくなっているのではなかろうか。これを今の同世代の歌とくらべ、かつ、当時は耕平の歌が多くの人に好んで読まれたということを考えると、八十年前と今の時代との違いには感慨深いものがある。

　耕平は島の生活の間に芭蕉を読み、親鸞を読んで信仰心を深めてゆく。『一塊』には、

　ありがてぬ幾日《いくひ》つづきぬあやしくも仏のみ名《な》をこふる時のま（『一塊』）

といった歌も見られる。「ありがてぬ」には病気の辛さが込められているのだろう。耕平を苦しめた病気は心臓病からくる不眠症だったようで、伊豆大島から戻った後も、療養のため各地に転住し、最後は郷里に近い下伊那で亡くなっている。『一塊』は耕平の死後に出版された。

　赤彦は『青杉』の歌の鋭敏明晰をほめ、その澄み入った境地を水晶玉にたとえたりしているが、また、「早く澄み入つたことが著者の一生を通じて幸か不幸かということは今後に実証されるべき宿題である」とも言って、歌の広がりに対する不安を示した。赤彦亡きのち、耕平は病苦のなかでひたすら己が道を進んだのであった。（**大島史洋**）

松田常憲

まつだ つねのり　明治二十八年福岡県生まれ。「水甕」に入り、昭和五年より編集発行所を担う。歌集に『ひこばえ』『三径集』『秋風抄』『凍天』、長歌集『長歌自叙伝』など。昭和三十三年没。

草鞋《わらじ》買ひてはきかへをれば海なりの音ははるかに地をつたひくる

（『ひこばえ』大15）

寂しさを心にもちてふみしむる兵隊靴の音揃ふなり

おのづから日にぬくもりて樫の木のこの静けさに実をこぼすなり

現世《うつしよ》に命寂しく生きつぐや夢にも人とあらそひにけり

妻が縫ひし衣《きぬ》のみがるさたらちねの前なりしかば言《こと》にださぬも

その命死ぬると知りて水のみてよきやと妻のわれに問ひたり

ありし日に父がひきたる大弓の紫の房は色あせにけり

口にだしておのづと読みぬ生死《いきしに》もほがらなりける古人はや

（『好日』昭5）

繰り返しおどけ笑ひの児のしぐさわが笑はずば寂しくやあらむ

ひそやかに庭木をぬらす昼の雨あひたき心しのびてをらむ

（『三径集』昭7）

聞きしままに書きて疑はぬ答案のこのすなほさは吾を笑ましむ

馬ゆきて馬のにほひのただよへる焼石原のほてりをあゆむ

別るべき生徒《こ》はいらへず糸屑の肩につけるをとりてくれたり

松田常憲の故郷は筑前国秋月。代々、黒田藩の家臣で弓道の家であった。明治九年、維新政府の腐敗を嘆いて立ち上がった、秋月の乱に祖父と父が加わったという歴史を負っている。十六歳で秋月の乱に従軍した父親は、後に秋月町長を務めたが、誠意は解されず不遇であった。そのことが、常憲の故郷への屈折した思いにつながり、歌にも影響を与えたこと。さらには歴史を負ったみずからの出自を、長歌に託すことになったのではないかと、常憲の長女である春日真木子は書いている。残された長歌は八百七十七首で、武川忠一は、和歌史上その右に出るものはないといっている。

あまり触れられないのは残念だが、『長歌自叙伝』を読むと、そのおもしろさをよく知ることができる。短歌よりも長い分、読者は五七調の韻律に酔えるし、常憲の長歌は総じてあたたかく、おかしくてやがて悲しい。

たとえば、「一日千首会」というのがある。「題二百一題五首ぞ、一分に一首宛詠め、詠むからに書きつぎゆけ」と、とにかくも、夜明けまでかかって千首を詠みあげる。「よしもなきことせしものと、思ひでて独り哀れめ、歌詠むと一生《ひとよ》過ごして、行く道の遠きは嘆け、さかしらにあげつらふ聞けば今も恐るる」で終わる。このエネルギーは、

見舞にと貰ひし菓子を父にくれとあらはにはいはずむづがる吾子《あこ》は
かみしめて歯ぐきひそかににほふものわが恋ひてゐし鮎の匂ひぞ
思ひいづれば憎々しさの募りきてやがて消えゆく吾も老いしか　（『秋風抄』昭12）
うみくれば聖芭蕉も水鶏笛ふきてやひとりたのしみぬらし
新しく建ちし野中のひとつ家にぴやのきこゆる月のふけなり
繰りかへし吾に説かせて頷かぬ生徒《こ》はあどけなき物言ひをする
掘り出され動くともせぬ冬眠の蛙のごとく生きて死なむか　（『春雷』昭16）
灯のもとにならべられて柿の大いなり静けき色をかたみにかはす
子をとれば親鯨はとれるといふ話笑ひききつつ頰こはばりぬ
開戦のニュース短くをはりたり大地きびしく霜おりにけり　（『凍天』昭18）
重り合ひて艦《ふね》は沈みつ常のごと日は照りてゐむ真珠湾の上を
馬に乗りて逃げなづみゐつ夢すらも老いてはかなき事ばかりなる　（『凍天以後』未刊）
眼据ゑて食ひたきものの数々を思ひ浮べゐしとは人知らざらむ
ひもじさは言にいはじと思へども箸揃へゐる音も身に沁む
たやすきにつきてためらふこともなし現代仮名遣といふをいぶかる
断罪のニュースつばらに聴きをへつ口噤みつつわが生きつがむ
戦争の非は皆我にありといふ飼猫よりも素直なる民

あるときは怒りともなる。怒りに立ち上がった祖父や父と同じように。
　また、全歌集を読んで気づくのは、歴史に取材した連作の多さである。秋月の乱、土屋惣蔵昌恒、長篠合戦、関ヶ原、高岳親王などだが、篠弘は「長歌の世界との関係で考えるべきであろう」といい、歴史詠も長歌も「みずからに内在した『ますらをぶり』を喚起するものであり」、それを具現化するための選択であったと見ている。

　　子をとれば親鯨はとれるといふ話笑ひききつつ頰こはばりぬ

　常憲には、家族詠が全体としてもかなりを占めている。なかでも子どもにかかわる秀作が多く、その愛情の深さは胸にしみる。掲出歌は、常憲の代表歌ではないかもしれない。しかし、その人となりと作品の性質がよく現れている。頰がこわばるのは、親子の鯨への悲しみであり、同時に人間の酷いやり方に対する怒りでもある。笑いながら聞いてはいたが、次第に許せなくなる作者がここにいる。そして怒りは、多分、その話をしている本人にも向けられているに違いない。なにもかもが、たやすく変化してゆく時代のなかで「口噤みつつ」生きる苦しさが、かねてより胃弱であった常憲の命を奪うことになった。　**（草田照子）**

松倉米吉

まつくら よねきち　明治二十八年新潟県生まれ。大正二年「アララギ」に入会。古泉千樫に師事。大正八年肺結核で没。『松倉米吉歌集』『松倉米吉全集』がある。

泥道を囚人三人過ぎければ足跡踏みて子等ののしれり
工場に仕事とぼしも吾が打つ小鎚の音は響きわたりぬ
疲れたる父は酒汲みしみじみと秘めおきし不平言ひ尽きぬ夜ぞ
仕事場にかはゆき小僧一人居りそを使ふまじと思ひけるかな
わが握る槌の柄減りて光りけり職工をやめんといくたび思ひし
胡坐して鑢する吾に朝日さし吾尊くて働く今は
半月に得たる金のこのとぼしさや語るすべなき母と吾かな
病む友と語りてこの夜更けにけり外の面の風の遠くゆく音
ふかぶかと青芝の露ふみて立てり工場は今日休みなりけり
ほのぼのと背戸の空地にこの朝も朝顔さきて静かなるかな
河岸に豚は居ならび入日さしその鳴くこゑは殊に寂しも
灯ともす街飯煮ゆる匂ひうまければ涙ながれて母に帰るも
身にそはぬ印半纏苦にしつつ青葉垣根のもとを吾がゆく

（『松倉米吉歌集』大9）

松倉米吉は、五歳のときに父を亡くし、経済的なこともあって、兄とは早くから別々の生活をする。さらには、母も再婚して、十三歳から奉公に出ざるを得なかった。幼い日から環境的に不遇であった。そんななかで、血を吐いて二十五歳で亡くなるまで、働きながら歌いつづけた。母親とは後に同居することもあったが、米吉の歌全体に流れる底深い澱のような悲しみの情は、病気とともに、肉親と心を交わすことの少なかった境遇が大きく影響しているのかもしれない。

それにしても、皮肉なことではあるが、米吉の歌の強みは、過酷ともいえる環境を、確固たる歌の現場として持っていたことだったといっていいだろう。終生の友の一人であった高田浪吉は次のように書いている。

「当時の歌壇の情勢では都会に住む一職工が、短歌に興味を持ち、且つ又情熱を傾けるといふことなどは、甚だ珍らしかつた。都会といつても、町の場末である本所の地で、短歌を作りつつあつた米吉の様子は、アララギ選歌欄中の異色として眺められた」

工場に仕事とぼしも吾が打つ小鎚の音は響きわたりぬ

時代は大正に移ったばかり、第一次世界大戦が

屋敷街の深き青葉のまがなしさ洗濯仕上げて置きに来にけり
今日の身のひもじさこらへ忘られず図書館に居て汗ぬぐふかも
貧し家に帰り来りて真裸のざこ寝の中に身をひそめ寝る
親方の声にあらねば驚けり母のかたへに今朝はさめける
独子のひとりの母よ薦《こも》に寝て今はかそかなる息もあらぬか
まはだかに母の柩はあらはれて朝風さむく吹きすぎにけり
吾が母の霊を迎へむ新盆の問はれて寂し家のあらねば
誰に忍ぶ吾にもあらず今宵の廓《くるわ》をゆくさきもちてひとり歩くも
しげしげと医師にこの顔見すゑられつつわが貧しさを明しけるかも
新妻が手に洗ひけむ牛磨の胸に今日見るま白きシャツは
とことはにこの家の父は父にあらず心さびしく年ほぎに来し
今はかも母は世になし父のへに坐れる女を呼ぶにたへめや
これの身のやまひあかすをまどひてか煙草の火見つついましし君はも
宿の者醒めはせずかと秘むれども喉にせき来る血しほのつらなり
命かぎるやまひをもちてさびしもよ妹にかそかに添寝をしつつ
窓の戸の少しのひまゆ吹く風は布団とほしてしのぶにつらき
浪吉は吾の体を警察にすがらむと行きぬなぜに自ら命を断《た》ちえぬ

始まろうとするころの歌である。社会情勢の影響は、下町の小さな工場ほど大きかった。わずかな仕事のために打つ鎚の音は、ようやくありついた仕事の喜びの音かもしれない。しかし、工場に響きわたるその音は、むしろ静かなるがゆえに、ひときわ大きく徹って、悲しみを呼び覚ますかのようにもとれるところが切ない。

独子のひとりの母よ薦に寝て今はかそかなる息もあらぬか

大正六年、米吉が二十三歳のときの母の死は精神的にも大きな痛手となった。生死もわからない兄は、いないと同じだった。独子という表現は、ここでは天涯孤独の一人という意味にとっていいだろう。米吉は病気とその孤独を抱いて、二年後に誰にも看取られることもなく死去した。

近代の影の部分を背負った歌人といえば、石川啄木がすでに明治四十五年に亡くなっている。境遇を見れば、米吉も似ている。だが、啄木のように、社会的な意識を持って歌うことはなかった。悲惨な現実を、リアリティのある言葉で表現する。それだけで、かならずしも満足していたわけではないだろうが、米吉には時間がなかった。『松倉米吉歌集』（古今書院）は、大正九年、友人たちの尽力によって刊行された。

（草田照子）

山下陸奥

やました むつ　明治二十八年、広島県尾道市に生まれる。東京高商（現一橋大）中退。「心の花」を経て「一路」創刊。歌集に『春』『純林』『生滅』などがある。昭和四十二年没。

羊歯《しだ》かげに黒き鶫《つぐみ》のかくれしを母も見たまへりわが背《せな》にして　（『春』昭6）

木洩日《こもれび》をふみつつのぼる谷浅し項《うなじ》にぬくきわが母の息

あふむけに置けばたちまちはねあがる虫と遊べり枯草なかに

母うへが磨ける釜のかがやきてわが妻来べき日は近づけり　（『霊鳥』昭12）

母上は泣きてゐたまへり新妻と二人ならびてものを申せば

風呂に汲みしあとの冷たき井戸水をコップに一つ妻のもて来ぬ

大山《だいせん》は雲の上にて海原に沈み果てたる日に照れるかな

たえまなき港の音や春ふかきこだまの中に母を埋《うづ》むる　（『平雪』昭19）

三方のうしほは月にかがやきて本殿の奥の燈火小さし

ひさびさに病みたる妻はたのしげに涙ためつつうち臥《こや》りゐる

何がなしやさしき心わき出でてやさしくすれば妻の危ぶむ

小さき岩大きなる岩そのままに耕して蕎麦の花は貧しく　（『純林』昭22）

幸福に近き心か春の夜のふけて電燈の光度増すとき

尾道の旧家に生まれた山下陸奥は、広島一中を経て東京高商（現一橋大）を中退、住友合資会社に入社して愛媛県新居浜工業所に勤務した。ここで上司であった川田順のすすめもあって「心の花」に入会、新井洸、木下利玄に私淑し影響を受けた。昭和三年に住友を辞職して上京、佐佐木信綱、石榑千亦を助けて「心の花」の編集、選歌を行なった。この頃、信綱、久松潜一から国文を学ぶ。

四年には「青栗会会報」（翌年「一路」と改題）を発行し、六年の第一歌集『春』は若々しい清新な歌風で注目を集めた。この集には羇旅歌や叙景歌も多く、微細なところに注視するなど、技法的に秀れたところも見られるが、母や妻、妹などに対するこまやかな情感が清純素朴に歌われていて注目されるのである。たとえば、

羊歯かげに黒き鶫のかくれしを母も見たまへりわが背にして

などがそうである。

十年には信綱と齟齬があり、「心の花」を離脱、独立した（三十六年に川田順、安藤寛を介して信綱との師弟関係は復活した）。陸奥について誰でもふれるのは、その『作歌随想』に書かれた「僕は参謀本部の地図のような正確な歌を作る」という言葉である。技巧的でかつ正確に対象を把握する

庭芝に坐れるわれの背中より陽炎《かげろふ》のたつといふが尊き

楓《かへるで》の葉はしづかなる日をうけて絶対信頼の中に伸びゆく

月出でて二時間ばかりと思ふとき恍惚として山重《かさ》なれり　（『冬霞』昭27）

化粧して若くはなやぎゐる妻を安からぬごと見つつ居りしか

をしみつつ使へる木炭《すみ》の幾かけは世に美しき火花を散らす

夕ぐれをひとり入り来て墓石群が放つ温《ぬく》みの中に居りたり

桃の木の幼き桃に生毛《うぶげ》あり朝日夕日をうけてかがやく

畳の上に妻が足袋よりこぼしたる小針のごとき三月の霜

カーテンをひけば幸のあるごとく銀杏《ぎんなん》を焼くにほひのこもる

螢子のこもれりといふ草の葉の白き泡《あぶく》に夕映のある

日もすがら留守居をしつつ一丁の白き豆腐の水をとりかふ　（『生滅』昭37）

考へに考へゐしが三越の商品券もちて出でゆきし妻

吾の目に入りて死にたる蚋《ぶよ》のあり蚋といへども不慮の死ありて

白毫《びやくがう》のごとくコスモスの花びらを額《ひたひ》につけし少年きたる

杭の頭《づ》に生ひし雑草のうら枯れて片寄りにゆく水の夕映

展けたる谷の川州に這ふ蔦がひたひたと黄の炎えを重ぬる　（『光体』昭44）

わが喪服妻の喪服のさがる下羽化するごとくまどろみそめつ

手法は、多く利玄の歌の流れの中にあって正統ともいうべき口語的平明さがあり、個性的である。これは雑念を排して単純に対象を純粋に見る、ということであって、これを指導理念の基本として後進の指導、育成にはげんで「一路」を有力な結社に育てあげた。第二歌集『霊鳥』に収められた、

　わが畑のすず菜すずしろ花は咲きこまかに咲きて日は近づきぬ

など同郷の中村憲吉の影響はあるものの、陸奥らしい清新さがある。これは喜美子夫人との再婚の折の歌である。

　戦後、『純林』『冬霞』『生滅』を刊行、ゆらぎながらも蒼古の風を加えていった。ひたすら短歌ひとすじの生涯であったが、二十三年、「一路」二十周年大会の後、山形義雄、岡部桂一郎、山崎方代といった優れた門下が離反していったのは、「生涯、師というものをもたなかった」と自らいう陸奥の宿命であったのかもしれない。

　陸奥の本領は、自然観照における表現の躍動感にあるのだが、戦後には次のような作品もある。

　工場残骸の間《ま》に富士山はその一物体となりて黒く低く（『純林』）

　海岸工場地帯よりよたよたと来る電車人間はさがりゐて

（**小紋　潤**）

藤沢古実

ふじさわ ふるみ　明治三十年長野県箕輪村生まれ。本名実《みのる》。別名木曽馬吉など。東京美術学校彫刻科卒。島木赤彦に師事して「アララギ」の発行に尽くした。「国土」創刊。昭和四十二年没。

たらちねの母をうづめし赤土に萱草《かんざう》ひとつ萌《も》えてありけり
山ふかく時雨《しぐれ》の後《のち》の一《ひと》つ星《ぼし》天《あめ》のおくがに光りそめつも
草を刈るわらべの前の裸馬《はだかうま》汗流しつつ立ちて居《ゐ》るかも
あかねさすま日なか暑し蜜蜂《みつばち》の巣籠《すごも》りあへる音のかそけさ
あしびきの山川《やまがわ》の瀬の鳴りとよみ朝《あした》さやけし啄木鳥《きつつき》の音
洋館の赤きに並《なら》ぶポプラの木まばゆきばかり芽ぶきたるかも
ひとりにて生くべきものと思はねどひとりに慣れし吾をかなしむ
諦念《ていねん》のこころにあらずうらふかく醒《めざ》むるものにひとり驚く
命《いのち》たちて肉体《からだ》は土にくちぬとも吾《わ》が為《せ》しことはぬぐふべからず
言はずして過ぎなば悔《くや》し言ふは苦しひたにせかるるこの心はも
げんげ田《だ》にわれら輪なりに坐《すわ》り食ふ北海道の蒸鰊《むしにしん》の味《あぢ》
みんなみの谷をへだてて雲うごく聖《ひじり》が嶽《だけ》は呼ばはひびかむ
ひむがしに夕暮るる富士や吾が立てる赤石山の陰《かげ》のびにけり

（『国原』昭2）

藤沢古実は高等小学校の頃に作歌を始め、大正三年、同郷の土田耕平をたよって上京する。そして島木赤彦を知り、赤彦が最も愛する門人の一人となった。アララギ発行所で赤彦と起居を共にして編集の事務を手伝い、同門の高田浪吉などと共に大正期の赤彦時代を支えたのであった。

赤彦の死後、その後継者として「アララギ」の発行に携わっていたが、昭和三年、モデルの女性との駆け落ち事件が新聞に報道され、それが基でアララギを離れることとなった。そんな関係で、大正から昭和初期にかけてのアララギが論じられるとき藤沢の名はよく俎上にのぼるが、その割には知られている面が非常に少ない不思議な歌人である。藤沢がアララギを去ったのは恋愛事件が原因であることは確かだが、その前後の事情については当時の人たちがあまり発言をしていないので、詳しいことは遂にわからず仕舞いである。

藤沢が去ったことによってアララギの編集は赤彦門下から斎藤茂吉や土屋文明の手に移ることとなり、結果としてアララギは赤彦風の写生とは別の新しい展開を見せることとなった。

『国原』は藤沢が出した唯一の歌集で、赤彦死後の昭和二年に刊行。大正三年から同十四年までの、赤彦と共に在った時期の作品が収録されている。

吾《わ》が村の山の粘土《ねんど》は亡き父の顔のみ像《かた》となりにけるかな
ぬかるみの山路《やまぢ》に足はすべらさじ父の柩《ひつぎ》をかつぎてぞ行く
わが作りし像にはじめて試みし漆《うるし》のかぶれ身にひろがりぬ
かなしめる心もやがてよろこびとかはる日あれよただにつとめむ
萌《も》え立たむ春はま近にうちせまり思ひぞ深し信濃の国は
飛騨の国信濃の国とふた面《おも》に雪なだれ落ちん乗鞍の山
あかあかと芽ぶく山べに小鳥らのさえづる声は光るごとしも
粘土捏《ねんどね》りて空《むな》しきまでに疲れつつ飲む寒水《かんみづ》は身にしみわたる
ただ一つの裸婦像つくる間《あひ》もあらず西に一国は亡びたるはや
ながらへしいのちかそけし岨《そま》を来てこの木《こ》がくりに山椒《さんせう》を摘む
病み呆《ほう》けし吾の悲哀を灌《すす》ぐべきかなしき泉もりあがり湧《わ》く
朝明けて雪嶺《せつれい》うるほふ信濃路に春の来向ふ水浅葱空《みづあさぎそら》
春おそき信濃のくにに胸病めば蚕《かひこ》のさなぎ炒《い》りて食ひたり
雪消えて芽ぶく信濃路ひとときに花咲く春となりにけるかも
面影に立ちくる妻は永遠《とこしへ》の座につきしかば変ることなし
亡き妻の夢はかなしも足をひきて食《しよく》運び来ぬ吾らのために
これの世にはじめて歌を詠む人に口火《くちび》をつけて生きゆく吾は

（『藤沢古実全歌集』昭52）

亡母の墓参の歌に始まって父の死の歌で終わる、全体に寂しい青春の憂いに包まれた静謐な歌集だが、郷愁をいだきながら都会で生活する若者の純朴でおおらかな感じはよく出ている。

この間に藤沢は東京美術学校彫刻科に入り、卒業制作の作品が帝展に入選したりしている。この歌集には最初に「少女の顔」と題する藤沢の彫刻の写真が載せられており、終わりには藤沢の作になる父のデスマスクの写真が載せられている。その十ヵ月後に、藤沢は赤彦のデスマスクも作ったのであった。

アララギを去った後の藤沢は『赤彦全集』の編纂に従事し、歌誌「国土」を創刊。彫刻は帝展で特選になったり文展に無鑑査で出品したりしているが、戦災で多くは焼失してしまったという。

戦後は疎開した郷里で美術の教師をしながら作歌を続けたが、大病を患ったりして生活は楽ではなく、帰京の願いはかなえられなかった。

藤沢の死後十年を経た昭和五十二年、「国土」の弟子たちによって全歌集が出版され、藤沢の歌の全貌が明らかとなった。歌風にはそれほどの変化は見られないが、郷里の自然をうたった歌には相変わらず瑞々しいものがあり、その点では初期から一貫しているとも言える。　**（大島史洋）**

早川幾忠

はやかわ　いくただ　明治三十年東京市生まれ。大正四年「行路詩社」を結成、昭和三年に「高嶺」を創刊。書、画、篆刻などをよくする。歌集に『紫塵集』『八十有八年』など。昭和五十八年没。

縁さきの杉苔おふるひと隅に雨のふりこむひとひは暮れぬ
堤《つつみ》より埃をあげて来し風の冬田の水を吹きて行きたり
岡の方《へ》に鳥のさへづりたかまりて雨すぎゆきし空は煌《きら》へり
水底に角ぐむ葦を見おろして神崎川を電車越えたり
時めきてにはかに見ゆる今日の空芽だちむらがる欅《けやき》を仰ぐ
しろじろと外濠に立つ冬浪を日暮の橋にとどまりて見る
ほほづきの赤らむるをば言ひつつぞ妻は夕《ゆふべ》の庭に降りゆく
目のさめて世間ばなしをしてをるか何か父母の笑ふ声聞ゆ
昨夜《よべ》おそく縁より掃きし蛾がひとつ靴ぬぎ石の上に息づく
寝莚《ねござ》といふもののあるをば思ひいでて街に出でゆく妻に買はしむ
遠き代《よ》の性慾の歌を解きをへて思へば癡《おろ》かなることのごとしも
木斛の秋芽の赤きいくひらのつやつやとして寒《かん》深まりぬ
風寒き畑の道をのぼり来て真冬の空の深きに対《むか》ふ

（『紫塵集』昭9）

早川幾忠は一八九七（明治三十）年に東京市城東区砂町、現在の江東区砂町に生まれた。歌を始めたのは十二歳の時と早く、大正四年には松倉米吉、高田浪吉、相坂一郎、広野三郎らと「行路詩社」を結成している。翌五年に金子薫園の門に入り、結社誌「光」の編集同人となる。そして昭和三年に「高嶺」を創刊し、主宰となった。

この間、製薬会社の社報編集や高等学校教諭などさまざまな職業についたが、そのなかの一つに、大正の初めの頃に浅草の根岸興業部で喜劇脚本を書いていた経歴があるという。早川の歌には文人風の諧謔味があるといわれるが、両者には何か関連する所があるようだ。

縁さきの杉苔おふるひと隅に雨のふりこむ
ひとひは暮れぬ

第一歌集『紫塵集』を一九三四（昭和九）年に刊行。これは巻頭歌である。歌われているのは、縁先の杉苔にふる雨。それも「ひと隅」という小景だ。小さな景、ただそれのみをとらえて、一日という時間の膨らみを伝える。まさに縁先の宇宙ともいうべき歌の世界である。文人風といわれるのは、おそらくこのような趣をいうのでもあろう。縁先は、この後もしばしば歌われ、早川にとって終生大切な景であったようだ。

清らかにわづかの水のくぐりゆく小橋《こばし》を越ゆる街よりぞ来て
抉《こじ》れたる心に妻をせきたてて昼のレビュー館へ先だち歩む
売出しの師走の衢表札屋が字を書ける見てまたしばし行く
わが家に来鳴くと同じ声をして山鳩鳴けり電線に二羽
追ひもせず逃げたりもせぬ雨蛙《あまがへる》今年も青し縁に這ひ来て
谷谷の霧が雲にまぎれゆく山を見ながら帰る郵便出して
小倉山より吹かれ来て日照雨《ひでりあめ》わが家《や》の空に光りつつ降る
萩の風たちまちにしてただ一度かくれて咲ける白き花見せつ
耳遠きわれに邯鄲《かんたん》を聞かせむと指もて招く縁にゐる妻
万葉集二一〇九の歌を知つてゐるのか梢《うれ》長く長く咲く軒の白萩
わが家の縁をひねもすあたためてをりたる冬日いま山に入る
日のあたる縁のガラス戸その外の日あたる庭に降る春の雪
七十九より八十になる除夜をいつしか睡る鐘を聞かずに
目に見えぬ道の勾配を老いわれの足が知つてゐて散歩する日日《ひび》
ああさうかここにあつたかなど言ひてまた埒《らち》もなし老いといふものは
小春日がおとつひきのふ今日《けふ》とつづき山茶花白しコスモス赤し
老人になりたるわれの人相のひとつになりぬ右の頬の黒子《ほくろ》

（『八十有八年』昭57）

『紫塵集』の歌には、赤彦や文明の影響が見られるものの、「不断着の歌」、「なだらかで味を含んだ温かい歌」という自らのことば通り、穏やかな自然観照と日常の陰影が、平易なことばで映し出されている。

歌集の数は多くなく、『紫塵集』の後は、喜寿の記念に出版した『七十有七年』と米寿記念出版の『八十有八年』のみである。だがこの記念出版の二冊は豪華本で、ここに歌作品ばかりでなく、書、画、篆刻、陶彫など、彼の多彩な才能が見事に集結されている。他に琵琶も弾くという彼が〝最後の文人〟といわれるのも頷ける。

日のあたる縁のガラス戸その外の日あたる
庭に降る春の雪

『八十有八年』には米寿にちなんで八十八首が収められている。そこに詠まれている風物は、第一歌集からさして変化しているわけではない。おおむね日常身辺の自然と時の移りの表情である。だが、歌には不思議な艶と豊かさがある。たとえばこの一首の縁先の景色、つまり「日あたる庭に降る春の雪」には永遠の時間が感じられるだろう。縁先の景に永遠を映し出す、早川の歌の世界は確かにそこにある。

（日高堯子）

中村正爾

なかむら しょうじ　明治三十年新潟市生まれ。新潟師範卒業。大正十一年アルス社出版部に入社。以後、「多磨」の編集を担当。昭和二十八年「中央線」を創刊。昭和三十九年没。

水槽の底にひそみてうごかざる山椒魚《さんせううを》はしづかなる魚
つぎつぎに流れながらふ昼の海の大き水母《くらげ》のうち歪《ゆが》む顔
（「春の音階」未刊　大10～昭10）

煮こみたる大根は舌のうへに消えてあとゆく酒の燗のよろしさ
スタートの笛《ホヰツスル》はすがし夏の夜《よ》のプールの面にひようと響きぬ
算術・代数・幾何・三角みながらにいづれうとましき分きて算術
甲と乙と旅せし時間のいきさつを夜ふけて我が数ふるなりけり
或る友のたつる鼾は夜業《よなべ》して鍛冶屋が送る鞴《ふいご》の風の音
（「海港」未刊　昭10～18）

桐は桐欅は欅あふぎ看《み》て冬は樹想のなべて厳《きび》しき
游泳《およぎ》つつ亀は喰《くら》ふか嚙み砕く栄螺の破片《かけら》水に吐き棄つ
音なべてしづみ果てたる山の夜や聴けば聴かゆる地球自転の音
照るとなきけふの朝けの日の光や蝕甚の刻のややに迫りつ
夜の焦土ひとすぢ白くつらぬきて街川のひびき何かはろけし
乏《とぼ》しかる煙草の代《しろ》によろしといふ玉蜀黍《もろこし》の垂り毛・よもぎ・蕗の葉
（「冬の星図」未刊　昭18～27）

中村正爾の歌は白秋系にあってひときわ異風をはなっている。まず初期の「春の音階」時代では作歌対象を新素材に求め、従来の短歌からの脱皮を図っている。掲出歌「水槽の」以外の動物園に取材した作には「エチオピアの牝《め》獅子牡《を》獅子が身をよせて昼のねむりのふかく久しも」「あらはなる駝鳥のくびのいただきに眼がありこちら見てゐたりけり」「かんがるの黒くちひさき糞のつぶらあまたならべり切り株の前」など独自の視点で詠まれている。他にもテニスコートや飛行場といった当時として目新しい素材を積極的に作歌している。

この傾向は「多磨」時代の「海港」でも続き、掲出した水泳競技や算数の歌、あるいは友の鼾の歌など連作として詠み続け、詠風もいわゆる「多磨」調といわれる浪漫的、象徴的なものとは一味違ったリアルな現実を素材とし、独特の個性を現出している。

「冬の星図」時代に入ると戦時下や戦後の風景が自ずから題材となるが、そうした中でも「もの」の確かな手触りを感じさせる歌で、いわゆる心理的な歌とは違っている。掲出歌の他に「夜を餮《あさ》る鼠がともも饑じきか国に厳しき冬いたりけり」「焼けあとの空に枝張る立ち枯れの黝き一樹はま

春彼岸田にも仏の来ますかやつばらに緑《あを》し仏の座いくつ
おびただしき魚の小丘《やま》におびただしき魚眼がありてことごとくかがやく
立春の卵の秘密誌《しる》したる中国の古書天賢を恋ふことしばしば
去年《こぞ》か引きし辞書の頁《ページ》に圧されゐて蚊のなきがらの浄《きよ》き薄翅よ
神無し月十三日けふ金曜日ゆるさし一万九十名の中の一人なり我は
お城いでて明るく町に恋呼ばす皇太子ありて世紀の神話

（『花合歓のある墓地』昭55）

透かし視てけだし夢殿さやに顕ち壱万円札は束の間のもの
軒に吊る白き鰈《かれひ》の日に透けて浄くただしかり魚骨の均整
日本列島創成のさま眼にまざと示して海の裂傷激し
ロダンの作あまた見つくし疲れ来てふたたびあふぐ「考へる人」を
巨き鯨の軟骨といふ歯ざはりよし松浦漬といふ粕匂ふもの
につぽんの幼少年にわが書くは杳きむかしのにつぽんの話
鱒のしらこ豆腐うかべてふつふつに湯気立つを啜る冬の羹
北国はみ冬の贄とすけとう鱈柚子かをらせて喰ふ冬の夜
雨ちかき朝の渚に咲きしらむ浜ひるがほは雨ふりの花
ここの海に獲れし鶏魚《いさき》の塩焼か夜はせせりつつ想ふ青潮
To Rain Cat & Dog 土砂降りとしも訳したる明治の空の降りのなつかし

さしく柿の木」といった佳作がある。以上の歌を通観すると、中村正爾の歌の特色は素材の発見とそれを詠嘆的に歌わずに客観視して歌うことにある。したがって詠風もややゴツゴツとした韻律で白秋の流麗な調べの亜流を免れていると言える。以上の歌を含む昭和三十三年までの作は文庫版の『中村正爾歌集』（昭和三十四年刊）に収められているが本稿では創元文庫『現代短歌全集第六巻』（昭和二十七年刊）の自選作品集を底本とした。『花合歓のある墓地』は昭和三十三年から没年までの作を収める。歌風には大幅な変化はみられないが、食べ物に関する歌が多いのが際立った特色と言える。食べ物の歌は初期からもみられるが、晩年に至ってその数を増している。現代の歌人の中でもこれほど一冊の歌集の中で食べ物の歌を収める例は稀れであろう。掲出歌以外では鯛の浜焼が送られてきたことを相撲と結びそれをテーマに長歌を作り、その反歌として「夏場所けふ千秋楽とぞ宵を酌みてひとりせせるは鯛の浜焼」と歌う。食べ物の短歌も多くはないが、長歌はさらに少ないだろう。正爾の食べ物に対する執着は、むしろユーモアすら感じさせる。正爾の歌は一貫して、ねっとりとした短歌的抒情を排し、独自の作品を展開したと言える。

（**影山一男**）

高田浪吉

たかた なみきち　明治三十一年東京本所生まれ。小学校卒業後、家業の下駄塗装職につく。松倉米吉を知り作歌、大正五年「アララギ」入会、島木赤彦に師事。「川波」創刊。昭和三十七年没。

ひとすぢに思ひはつのるひろき街《まち》の夜店《よみせ》の灯《ともし》見つつ急ぐも
いかにしても吾《わ》が身ひとりの人ならず心はがゆし春のくもりに
堪《た》へがたきのぞみを抱き夏の夜《よ》をいまだをさなき人守《ひとまも》りをり
枕辺に危篤《きとく》の端書《はがき》かきをればわれにかきよき場所《ところ》をしへし
息絶えし友の死骸《むくろ》よいち早く担架《たんか》にのせて室《へや》より出《だ》さるる
（『川波』昭4）

道《みち》にして人に踏《ふ》まるるクローバの伸びがてにして花の咲きをり
母《はは》うへよ火《ほ》なかにありて病める娘《こ》をいたはりかねてともに死にけむ
人ごゑも絶えはてにけり家焼《いへや》くる炎《ほのほ》のなかに日は沈みつつ
まがつ火《び》のみなぎりし夜《よ》や明《あ》けはてて向《むか》ひの川岸《かし》に人よぶこゑごゑ
焼け死にて人のかたちはわからねど妹《いもうと》どちか母《はは》かと思ふ
わが父の釣《つり》する夢を見たりけり動かぬ鯉のいくつも釣れぬ
（『砂浜』昭7）

少年の齢《よはひ》は過ぎて生《い》ける世に一つの道をあやぶまむかも
人ひとり生かしめてゆくあやふさをつくづく知りて世を過ぎなむか

高田浪吉は、島木赤彦の弟子として土田耕平、藤沢古実などと共に「アララギ」の一時期を支えた。浪吉の残した業績で高く評価されていいものの一つは、松倉米吉の歌を広く世に紹介したことである。結核で若くして亡くなった松倉のために『松倉米吉歌集』を何度も刊行し、自身でも『現代短歌の鑑賞』という著作のなかで大きく取り上げ、心のこもった解説をしている。

抄出した『川波』の中の「枕辺に」「息絶えし」の歌は米吉をうたったものである。

浪吉の人生における最大の出来事は大正十二年の関東大震災であろう。この震災によって浪吉は母と妹二人を失い、アララギ発行所で赤彦と起居を共にすることとなる。そして三年後には赤彦の死に会う。

第一歌集の『川波』には、アララギ入会後の初期の歌は捨てられて、大正八年から同十五年までの歌が収められている。恋愛の悩みや震災による肉親の死、赤彦の死などをうたった悲痛な雰囲気の歌集である。浪吉の震災詠は現在でもしばしば取り上げられ、高く評価されている。

昭和五年、アララギの発行名義人が土屋文明となり、浪吉は発行所を出て著述業に専念、赤彦の歌の鑑賞など沢山の本を刊行し始める。浪吉の逸

天《あま》の川あふげる夜半《よは》の庭蔭にしばらく虫の音《ね》は絶えざらむ
あかときの雲間《くもま》に啼ける鳥が音《ね》をきかしめし人のはるかなるかな
とこしへに何を希ひて逝きたまふ小花《こばな》が散ると言ひ給ひけり

（『堤防』昭11）

産室に妻とたがひにうち臥して腕の血汐《ちしほ》をとらしめにけり
うたれたるかりがねぞこれ年《とし》せまる一日《ひとひ》の朝を家《いへ》にとどきぬ
をさな子の雨に濡《ぬ》るるを歩《あゆ》ましめ片手に持てる雁《かり》のおもたき

（『家苙』昭14）

はるかなる年月《としつき》はこの家《いへ》にたちゐたり先生の室《へや》にわれら坐りぬ
老い父がつひに怒《いか》りて苦しむは一人《ひとり》の子をも捨てむとすなる
檻《をり》の中に猿のうごくを面白がるわが子とをりて寒くてならず
乏《とほ》しさはやるかたもなし書《しよ》を恋ふるこころ起こらず古本店に
幾人《いくたり》の友のまごころにふれゆきてわが貧しさのふるひ立つべし
来《こ》よと言はば飛びてもゆかむ老父《おいちち》の仕事手伝ふ日はなかりけり

（『高草』昭21）

紙不足諾《うべな》ふ世なりわが著書を言ひいづるさへ怖《お》ぢつつをりぬ
おのづからきびしく人は論《あげつら》ふ世にありて己《おの》が著書をはかなむ
頼みたる話とのはぬと来《こ》し人はわれのつむりをみつむるらしき
浮び来る人のおももち灯《ひ》のともる如くやさしくゐるかと思ふ
侵略の敵の姿にあらざるを天《あめ》のまほらに挑まむとする

（『高田浪吉歌集』昭43）

話として取り上げられることの多い文明との論争もこの昭和五年に始まっている。文明の非情ともいえる厳しいリアリズムに対して、どちらかと言えば古いタイプであった浪吉が異論を唱えたことから始まるこの論争は、結果的にはアララギが赤彦風の写生から文明的なリアリズムにとってかわる分岐点ともなっているように見える。

昭和二十年の空襲により浪吉は青梅市に疎開、昭和二十四年には歌誌「川波」を創刊する。

第五歌集『高草』から抄出した歌にも見られるように、戦中戦後を通して浪吉の著述業としての生活は苦しかった。昭和二十七年にはPL教団に勤めを得て、東京と大阪を往復する生活を送っている。浪吉の歌集には『高草』以後『生存』『木苺』の二冊があり、昭和四十三年には「川波」の弟子たちによって『高田浪吉歌集――木苺以後』が刊行されている。この歌集に序文を求められた土屋文明は、「浪吉は赤彦だけが自分を認めてくれ、自分を育ててくれたと信じてゐたやうだ」、「浪吉の議論や歌作に見える、傍若無人の我流は必ずしも素直さを欠いてゐるためではなく、何かの先入主に煩はされてゐるのかも知れない。それを除くべき人は赤彦以外になかつた」と書いている。

（大島史洋）

筏井嘉一

いかだい　かいち　明治三十二年富山県生まれ。白秋に師事。昭和十五年合同歌集『新風十人』齊に参加。歌集に『荒栲』『籬雨荘雑歌』がある。戦後、「創生」を主宰。昭和四十八年没。

路次ゆけば蒼《あを》ぶくれの児瘦せし児の物見《ものみ》るとなき眼《め》に光なし
夜は踊り一家《いつか》ささふる女生徒の授業うとうと居《ゐ》睡《ねむ》りて過ぐ
事変来の欠食児あつめひとりづつ歳暮給与の餅くばりやる
御輿もむ一団《いちだん》のなか道化《だうげ》つつ身の振《ふり》は愛《かな》し赤き褌《へこ》のひとり
うらがなし百貨店《デパート》屋上の網がこひ鶴いろ褪せて餐《あさ》りけるかも
兵おくる群聚《ぐんじゆ》のなかにさしあげて吾児《わこ》にも振らす日の丸の旗
赤襷かけてゆくのは応召兵わが眼《め》を打《う》ちて歩《ほ》のしづかなり
兵おくる万歳のこゑあがるまは悲壮に過ぎて息《いき》のくるしゑ
わが妻が千人針を結《ゆ》ふ見つつこれまとひゆく兵をおもひき
ますらをの首途《かどで》を祝ふさかづきにこれきりとおもふ酒を満《み》たしぬ
兵隊の数もおろかや地図にして支那だだびろき戦線の延《の》び
わが軍の捷《か》てりときくはたはやすし昂奮過ぎて身を省みる
いたいたし写真にも見よ傷《きず》ふかき戦友負ひて荒野ゆく兵

（『荒栲』昭15）

斎藤史、坪野哲久、佐藤佐太郎、前川佐美雄、五島美代子らとともに、一九四〇（昭和十五）年に刊行された歴史的な合同歌集『新風十人』（八雲書林）に筏井嘉一も参加した。その着実なかつ鋭い作品は、短歌史を飾るそうそうたるメンバーのなかでも評価が高かった。「この人だけが生活歌人といふやうな感じを与へるのである。あくまで自己の生活に執し、自己の感情に執して行く誠実さには誰しも打たれるのである」といったのは木俣修である。

十代に白秋の『桐の花』に感激し、作歌を志したという経歴は、初期作品に浪漫的色彩を見せている。白秋にながく同行しながら昭和初年代、新興歌人連盟の結成に加わったり、石川信夫らとモダニズム運動を展開したりする。しかし、次第に足を地につけた生活の哀感をうたいあげる作風に変化してゆく。

下町の小学校の音楽教師という環境もそのような傾向をおしすすめていった大きな要因だろう。『新風十人』とほぼ同時期に刊行された第一歌集が、庶民の現実を丹念に取材し、第二次大戦前夜の状況を鮮やかに描きだした『荒栲』である。

路次ゆけば蒼ぶくれの児瘦せし児の物見るとなき眼に光なし

支那民衆落ちゆく写真ぜひもなく敵とみながら子のあはれなり
荒るるまま世界荒れよとつひにおもふ秩序といふも戦禍ありて後《のち》
親子そろひ朝ゆふ囲《かこ》む食卓に漬茄子のいろ愛《め》づる夏来ぬ
わが子らが畳にこぼせる菓子の粉ひたすらにして運びをり蟻は
吾児《わこ》負ひて舅《ちち》の柩にしたがへば野みちをかなしく揺れいそぐなり
鳩ぐるま押しゐる吾子《あこ》のうしろ臀《じり》おむつおもたくあゆみそめたり
家《うち》へ帰るただそれだけがたのしみにてまた一日《いちにち》の勤めをはれり
冬の家にのぞみ杳《はる》かなる児のこゑやサイタサイタサクラガサイタ
しめきりし部屋のどこかに眼《め》がありて時なくわれを見るここちする
いまここにわれといふもの息づけりただそれだけとおもひけるかも
戸を繰ればいつもかはらぬ朝の光《かげ》家の隅《すみ》までさし入りにけり
国敗れすでに十年《ととせ》の歳月の大き息つく生きのびしかば
この妻と三十年の共住《ともず》みや『まあようこそ』と言ひたくもなる
消極を止むなしとする生き方のよしあしは知らずわれはつらぬく
平凡の極みに非凡があるといふ平凡なことにこころ傾く
軍国の教科書を墨で塗りつぶし罪過消ゆると誰か思はむ
先生は食へますかつてまたきかれこたへかねてるこの憐れみに

（『籬雨荘雑歌』昭40）

昭和前半の二十年間は、私たちにとってなかなか分かりにくい時間だといえる。満州事変、日華事変下にどのようなことが進行していたのか。その現実がこの一首からうかがえる。「眼に光なし」という結句は実にリアルであるし、子供は戦争の関数を見事に果していよう。

　兵隊の数もおろかや地図にして支那だだびろき戦線の延び

特別なことはうたっていない。その意味では素朴である。しかし、中国と日本の対比が地図という可視的なものを通して客観化されている。それゆえに戦争への強い不安が浮かんでくる。私たちはこのような作品が発表可能だったことにむしろ驚く。一九四一年十二月八日以前と以後では、短歌をめぐる環境がかなり変わってしまうことは、このようなところからも認識できる。

『荒栲』には作品と生活との間に激しい拮抗関係を感じるだろう。その緊張感こそが、優れた歌集になった原動力であったのではないか。しかし第一歌集以後、筏井は次第に実生活そのものを重視するようになる。それは戦争を含む新体制に飲み込まれることを意味している。戦後の彼も、生活優先の地点から大きくは踏み出さなかった。

（小高　賢）

穂積　忠

大年《おほとし》の爐火あかあかと焚きたてておもひは返る亡き母のこと
猪の遊《あそび》荒れてゐにけり沢かけて昨夜《よべ》はきびしき霜至りけむ
風花《かざばな》は浄らに霽《は》れて時のゆき空《むな》しき谿谷《たに》となりはてにけり
この洞《ほら》の榛《はん》の樹氷《きばな》に降る雨は底あかりつつ響き降るなり
隣人《となりびと》出征《いでた》つひまと刈りおける秣《まぐさ》のにほひ心打つ夜や
我が影に耳ある事を識《し》りし時警策《けいさく》ひたと肩にひびきぬ
青葉木菟《あをばづく》啼きつぐ夜さを父病めば幼かる日かしきり恋しも
直《ひた》に飛ぶ水乞鳥は眼に追うて日の軌道《みち》涼し五月《さつき》山葵田
死顔に冴ゆるほくろやこの伯母は処女《をとめ》のままに老いませしなり
汝《な》姉《ね》のみ国訪《と》ふと楽《たぬ》しと蹈鞴《たたら》踏《ふ》み雲千分《ちわ》きくれば国土《くに》震《ゆ》りにけり
ひとりかくひそむはわびし陽にすきて大綿《しろこ》も寒う草に沈みぬ
柊《ひひらぎ》の古木《こぼく》の洞《うろ》に春日さし何の落葉か朽ちてかがよふ
目《ま》一《ひと》つ神《がみ》来む夜つつしむ杣が家《や》も鶏《かけ》も鼬鼠《いたち》も土間《どま》に寝《ね》せつつ

（『雪祭』昭14）

ほづみ　きよし　明治三十四年静岡県生まれ。国学院大学卒。中学生の頃より「ザムボア」に投稿、以後「日光」「香蘭」「多磨」等、北原白秋に師事。歌集に『雪祭』『叢』。昭和二十九年没。

穂積忠は韮山中学在学中より北原白秋に師事して以後、白秋の死去までその側にあり作歌を続けたが、それと同時に折口信夫の『口訳万葉集』を読み中学卒業後、折口を慕って国学院に入学し民俗学、国文学を学んだ。この二人の師の存在が、穂積にとって生涯を決定づけるものであった。

穂積は国学院卒業後、大正十二年松本高女に赴任するが、関東大震災により帰省し三島高女に転任し、以後伊豆の地を離れることはなかった。したがって、穂積の歌は白秋の歌風と折口の民俗学、そして教師としての生活と、伊豆の地の自然と生活が大きな要素となっている。また、掲出はできなかったが『雪祭』には二十一首、『叢《くさむら》』には十一首の長歌が収められている。

生前唯一の歌集『雪祭』は早くから白秋に出版を勧められていたもので、大正十年から昭和十三年までの長い期間の歌が逆年順に収められている。歌風は基本的には白秋、とくに「多磨」風が基本だが、折口・釈迢空の影響が垣間見られる。

この歌集の特色は長い期間の歌を精選したために、「雪祭」（昭和九〜十三年）、「枯野船」（昭和一〜九年）、「水蓼の花」（大正十五年以前）の三部構成となっており、各部立ての中を長歌を含む連作や、主なる題材をまとめて群作とした構成に

初夜すぎて触《ふ》るる思のしくしくに星ゐる天《あめ》を瞻《も》りにけるかも
まよびきの二日の月に声あげてゆふべはやさし愛《かな》し妻かも
答なりてひとむきに手を挙げし子の背《せな》の陽炎をわれは観てをり
やまびとの生活《たつき》つつまし旅死《たびじに》の乞丐《かたゐ》も神も斎《いは》ひ年ふる
雪山の道おのづからあはれなり猪は猪の道杣は杣の道
年の端を、今年は旅にわれ出なむ。亡き師も旅に年越しましき
（『叢』昭30）
さびしくてひとりほほゑむ。子らをらぬ校庭にまりの　ころがるみれば
わが生命ひた瞻るがにめざめゐて、冷え凍む真夜《マ》の闇を愛《カナ》しむ
闇市に鶏卵ひとつ買はしめて、心まどけき寂しさにをり
おもひ寝む冴え凍む富士にふるるかに北斗はひくく移りたるべし
獣《ケモノ》だに形骸《カタチ》隠して死にゆくを、人は人目の中に餓ゑ臥す
天城嶺《アマギネ》は母の山かも。常仰ぎ　しかも忘れてゐつつ　心底《シタ》恋《コ》ふ
平和《ニギハヒ》のいまだかなしきはるゆゑにせめてをとめによき衣あれ
汽車知らぬこの里の子も飛行機は知悉《シ》りてゐがけり大きぷろぺら
よきたよりおこせとおもふ木守柿しみみあふけぎて出征《イデユ》きにけり
ひもときてまづ紙の質もりなげく世となりながら書籍《フミ》のかなしさ
山に見て満月虧《カ》くる静けさに兵の村葬またくをはりぬ

ある。掲出の「汝姉のみ国訪ふと楽しと蹈鞴踏み雲千分きくれば国土震りにけり」は「建速須佐之男命」と題した二十六首の連作の一首だが、初期の「多磨」の連作ブームの先駆となった一連であり、穂積の力量が遺憾なく発揮されている。しかし総体的には「小白秋」（中村正爾）と後に称されたように、白秋門下の優等生の歌といった印象は否めない。

『叢』は没後、中村正爾、市川良輔によって編集されたが、生前その大部分を編集してあり、逆年順や長歌、連作、群作といった構成はすべて『雪祭』と同様である。『雪祭』と決定的に異なるのは、迢空流の表記、つまり読み仮名のカタカナ書きや句読点、字空けを用いており、作風も迢空の影響がいっそう色濃くなっている。掲出の「年の端を、今年は旅にわれ出なむ。亡き師も旅に年越しましき」は迢空の死を悼む歌であり、「さびしくてひとりほほゑむ。子らをらぬ校庭にまりの　ころがるみれば」等はまさに迢空の歌と言ってもよいだろう。

穂積忠の栄光と不幸は白秋と迢空という二人の巨人を師に戴いた結果、歌風が二人の間を揺れ動き、独自の歌が完成されないままに終わったことにある。結局、彼は迢空の後を追うように没した。

（影山一男）

明石海人

あかし　かいじん　明治三十四年沼津市生まれ。昭和二年ハンセン病と診断され療養生活を送り長島愛生園に入院。「水甕」を経て「日本歌人」に入会。歌集に『白描』がある。昭和十四年没。

そむけたる医師の眼をにくみつつうべなひ難きこころ昂ぶる
診断を今はうたがはず春まひる癩《かたゐ》に堕《お》ちし身の影をぞ踏む
人間の類を逐はれて今日を見る狙仙《そせん》が猿のむげなる清さ
妻は母に母は父に言ふわが病襖へだててその声をきく
かたゐ等は家さへ名さへむなしけれ白米《しらよね》の飯《いひ》を珍《とも》しらに食《は》む
ソクラテスは毒をあふぎぬよき人の果は昔もかくしありけり
眼も鼻も潰《つひ》え失せたる身の果にしみつきて鳴くはなにの虫ぞも
すこやかに育てばまして歎かるる幼き命わが血をぞ曳く
思ひ出の苦しきときは声にいでて子等が名を呼ぶわがつけし名を
子をもりて終らむといふ妻が言身にはしみつつ慰まなくに
鳴き交すこゑ聴きをれば雀らの一つ一つが別のこと言ふ
捜り行く路は空地にひらけたりこのひろがりの杖にあまるも
曼珠沙華くされはてては雨みぞれそのをりふしの羽かぜ囀り

（『白描』昭14）

明石海人は、昭和十三年一月に刊行された改造社の『新万葉集』巻一に短歌十一首が入選、収録されて注目されることとなる。『新万葉集』における十一首入選はハンセン病患者としては最多であり、その特殊とされた病いの中で現代の万葉調の歌として巷間に広く喧伝され、下村海南の推奨もあって十四年に歌集『白描《はくびょう》』が刊行されるとベストセラーになった。「昭和十年代の始めはハンセン病文学の開花期ともいうべき時期で、十一年北条民雄『いのちの初夜』、十三年小川正子『小島の春』が注目を浴び、海人の活躍もまたその時期に一致している」（上田三四二）のである。

『白描』は、「第一部　白描」「第二部　翳」に分けられている。第一部は写実的、実感的な歌で、癩となった自分自身の境涯を真摯に受けとめ、第一部の巻頭には、「癩は天刑である」「癩はまた天啓でもあった」という言葉が記されている。こういった闘病詠、境涯詠が『新万葉集』に入選した。

　診断を今はうたがはず春まひる癩に堕ちし身の影をぞ踏む
　人間の類を逐はれて今日を見る狙仙が猿のむげなる清さ
　妻は母に母は父に言ふわが病襖へだててその声をきく

夏はよし暑からぬほどの夏はよし呼吸管など忘れて眠らむ

夜な夜なを夢に入りくる花苑の花さはにありてことごとく白し

かたはらに白きけものの睡る夜のゆめに入り来てしら萩みだる

われの眼のつひに見るなき世はありて昼のもなかを白萩の散る

シルレア紀の地層は杳《とほ》きそのかみを海の蠍《さそり》の我も棲みけむ

この空にいかなる太陽のかがやかばわが眼にひらく花々ならむ

ふうてんくるだつそびやくらいの染色体わが眼の闇をむげに彩る

わが指の頂にきて金花虫《たまむし》のけはひはやがて羽根ひらきたり

白き猫空に吸はれて野はいちめん夢に眺めしうすら日の照り

あかつきの夢に萌えくる歯朶わらび白き卵は我を怖れぬ

おちきたる夜鳥のこゑの遥けさの青々とこそ犯されゐたれ

まのあたり山蚕《やまご》の腹を透かしつつあるひは古き謀叛《むほん》をおもふ

暮れゆけば若葉の奥にふくみ鳴きいつそ鴉にならむと思へり

夢に見るものの象《かたち》のせつなさは古き仏の頰《ほ》にも触《さや》りぬ

残された私ばかりがここにゐてほんとの私はどこにも見えぬ

この空にいかな太陽のかがやけばわが眼《め》にひらく花花あらむ

春まひるすでに受胎のことはてて帰命をいそぐ花むらの影

眼も鼻も潰え失せたる身の果にしみつきて鳴くはなにの虫ぞも

子をもりて終らむといふ妻が言身にはしみつつ慰まなくに

このような歌で、こういった特種な境涯が多くの読者を得たのではないか。ちなみに海人は大正十二年に結婚、二女をもうける。昭和三年二十八歳の時にハンセン病と診断された。歌を始めたのは九年頃であるから右の発病時の歌は回想である。

戦後、この評価を変えたのが塚本邦雄である。

シルレア紀の地層は杳《とほ》きそのかみを海の蠍《さそり》の我も棲みけむ

を引きながら、〈歌集『白描』の存在理由はただ一つ、「翳」と題する第二部の作品群によつてのみ証されることを、ぼくはかたく信じてやまぬ。そしてこの「翳」が今日まで一度でも正当に評価されたことがあつたらうか〉と第二部の「日本歌人」に発表された幻想的な心象詠を高く評価した。

かたはらに白きけものの睡る夜のゆめに入り来てしら萩みだる

まのあたり山蚕の腹を透かしつつあるひは古き謀叛をおもふ

といった秀れた歌が第二部にはあり、前川佐美雄の強い刻印を感じるのである。

（小紋 潤）

稲森宗太郎

いなもり　そうたろう　明治三十四年三重県生まれ。窪田空穂に師事、早稲田大学文学部国文科卒。「地上」「槻の木」に参加。昭和五年、喉頭結核のため没。遺歌集に『水枕』。

いでゆくと部屋掃ききよめ窓のべに立ちがてにをれば灯のともりたり　（『水枕』昭5）
この部屋のここに人ゐし後の日のおもかげとならむそこの窓べも
水にうつる夕影寒しうつしみの人の渡ると橋かかるあたり
けふの日の思はぬ入日わが部屋の電球の面《めん》にひそかにうつれる
口あきてわらはまほしと思ひしを欠伸となしつ人のかたへに
たたきわりし茶碗のかけら見つつ我れかなしきひとのまみを感ずる
子われに親知らずとふ歯生ひしめていのちふりましぬわが父母は
青雲《あをぐも》の垂り光りたる海の上ひろらに遊ぶ雄竜と雌竜
冬空の澄み静けきにかすかにも光りてまぎれぬ太き竜の髭
埃風道なめ来てはいささかのガソリンのにほひ残して過ぎぬ
道の上のわが影法師ほのかにも帽子かむれりこの春の夜を
煙草すひて疲れゐるなり世に生きてなさむと思ふ事なき如し
狐塚わが下りゆけば向ふ側へ人も下りゆくうちだまりつつ

稲森には、唯一の遺歌集『水枕』のほかに、二冊の自筆歌集が知られている。

　熟れそめし無花果の木の夕やみに風呂据ゑて入れる色白き子よ　（『月夜の墓』）
　美しき国あるごとくひとむきに家はいでたる二人なりけり　（『痴人の歌』）

旧制の中学・高校の頃の歌を収めたもので、どこか大正ロマンを思わせる歌である。『痴人の歌』にうたわれた美津子とは同人誌を介して知り合って結婚をし、美津子は宗太郎の二十八年の短い生涯の同伴者となった。ある意味で稲森の生涯は、文学に殉じたともいえる。

『水枕』の巻頭の一連（抄出では「いでゆくと」「この部屋の」）は、大正十四年一月、梶井基次郎・中谷孝雄らの同人誌「青空」に掲載されたものである。同号には、稲森と同じ年生まれで、稲森が没した二年後に同じく結核で世を去る梶井の名短編「檸檬」が載っている。大正末から昭和初期の、モダンでまた鬱屈した時代を、稲森と梶井は共有していたといってよいだろう。

『水枕』を読むと、稲森が時代の中で、さまざまな試みをなしていることに気づかされる。感覚の鋭さや新しさは、対象を切り取り、また構成・創造するのに独自の風をなし、時代のものとしての

土の上に吹き落されてまろき目を闇にひらきてありし芋虫
しとどにも盗汗《ねあせ》をかきてめざめたり暁深く目をあきてゐる
冬空につき出してゐる青桐のにぎりこぶしに日のあたりをり
若くして立派なる顔なり信念に殉じし人の写真を見れば
赤旗に巻かれし死骸街をゆき逢ふ学生に帽を取らしむ
ツエッペリン我が前を過ぐいささかの衒気を持たず陰欝を帯びず
ふらんすぱん手もてちぎりて粕漬のすずこと共に食へばうましも
青くして角《つの》の尖れる我の鬼檻にし入れて久しくも見ぬ
水まくらうれしくもあるか耳の下に氷のかけら音立てて游《およ》ぐ
ゆたかなる水枕にし埋めをればわれの頭《あたま》は冷たくすみぬ
水枕に頭《かしら》うづめつつアルプスの雪渓の中にひとりわがゐる
しんしんとしむ冷たさよ目に耳にこごりて白き花さき玉へ
水枕に目を閉ぢをれば谷川の底ゆく石の音のきこゆる
水まくらつめたきなかに目をあけば寒鮒と我は生れ変りゐる
水枕に眠りしわれは谷川のふときすかんぽむさぼり食ひぬ
水枕にしみこごえたる目をあげて若葉やはらかき藤の花を見ぬ
枕べに白き小虫のまひ入りぬ外《と》の面《も》は春の夕べなるべし

モダニズムや諸芸術からの影響も随所に指摘できる。また刺殺された山本宣治に寄せる病床の歌（「若くして」「赤旗に」）もある。生涯職に就くことなく夭折した稲森だが、時代の雰囲気を敏感につかみ、現在を求めていた。

　しかしまた稲森は、この伝統詩の可能性を試そうとしてもいた。『水枕』には長歌、旋頭歌といった形式の歌も多く見られ、自然の凝視や自然との一体感には短歌的なものもうかがえる。おそらく、同時代のものとしてのモダンな感覚は短歌的なものを一度遮断し、しかしそれを再把握・再構築することで、稲森はこの詩形を現在に生かそうとしていたといえよう。

　『水枕』のタイトルは、巻尾の九首から取られている。没後歌集を編むに当たって編者により「初めてせる水枕を喜びて、十一日によめるもの」と注記されている作だが、結核の熱に苦しむ身体の一時の爽快感が、高原の清涼へと作者を誘い、病床の若い作者を寒鮒へと変貌させる。この一連には、時代を越えて心に響いてくる歌の魅力がある。短歌史を大きく作り上げていった歌人ではないが、微妙な光と翳が読者の心にいつまでも残る歌人、夭折したマイナーポエットとしての栄誉がそこにあるといってよい。

（内藤　明）

山口茂吉

やまぐち　もきち　明治三十五年兵庫県杉原谷村生まれ。大正十三年中央大学夜間部商学科を卒業、明治生命に入社、同年「アララギ」入会。斎藤茂吉に師事。「アザミ」創刊。昭和三十三年没。

わが顔と知りてうなづく妹のいのちはすでに迫りたるらし
（『杉原』昭17）
人焼きていまだほとぼり冷《さ》めきらぬ竈《かまど》のなかにいもうとを移しぬ
妹がくすりに焼きて食ひしとふ赤き小蜻蛉《こあきつ》はむらがり飛べり
いもうとのノート繰りつつ見いでたり我の和服の寸法書《すんぱふがき》を
山ぐにに生《うま》れし汝《なれ》や旅に死にて海見ゆる丘にけふは焼かれぬ
ひらめきて水に落ちたる鵜《う》を見れば首あげてみづの上を滑りぬ
夕づく日ひととき赤くかがやきて空わたる鵜を照らしいだしつ
群山《むらやま》をこめてしづめる雲のうへに富士の夕影とほく伸びたり
（『赤土』昭16）
葦群《あしむら》のしげみに入りし池の鯉背《せな》あらはれて行くも安けく
虎耳草《ゆきのした》のかすかなる花は咲きしまま素枯《すが》れて土に散ることもなし
この原に立つ砂埃とほくより見つつ来《きた》りてわれ近づきぬ
利根川のほとりに行かば聞こえむか軋《きし》むがごとき霜夜雁《しもよかり》が音《ね》
暗黒の一画《いつくわく》に差すガレーヂの明りのなかを横ぎるわれは

山口茂吉は師の斎藤茂吉と名前が同じであり、時に「小茂吉」などと呼ばれたこともあったらしい。二十四歳のとき斎藤茂吉に会い、それ以後、「アララギ」の仕事だけでなく、斎藤茂吉の著書の原稿整理や校正その他の手伝いをし、晩年は斎藤茂吉全集の刊行に尽力した。亡くなったのは、茂吉全集の最終巻（第五十六巻）が刊行されて一年もたたないうちで、最後の気力を奮って全集の刊行につとめたと言われている。

斎藤茂吉の弟子としてよく知られている歌人には、柴生田稔と佐藤佐太郎、そして、この山口茂吉がいるが、もっとも忠実に師につかえ、その仕事を助けたのは、この「小茂吉」であった。

山口茂吉は、小学校を卒業するとすぐ家の農業に従事し、また、父に従って樵夫《きこり》の仕事をも習ったという。十七歳のとき家を出て神戸で店員となる。十九歳で東京へ出て弁護士の家の書生となり中学校に編入。中央大学の夜間を卒業したのは大正十三年、二十三歳の時であった。そして明治生命に入社。上司には小説家の水上瀧太郎がいて、以後多くの感化を受けることとなる。

「アララギ」に入会したのも大正十三年の末であり、初めは島木赤彦の選を受けている。赤彦の死後茂吉選となる。斎藤茂吉に初めて会ったのは茂

ビルヂングの間の路地を行くときに其処に住むらむ幼児《をさなご》のこゑ

一むらの椎《しひ》の木立《こだち》がくろく見ゆひかりは既《すで》にそこより去りて

秋暑き日がつづきつつ巷《ちまた》には蚊を警《いまし》めて云ふこゑぞする

（『海日』昭21）

幾たりか人を追ひ越す街上《がいじやう》のわれの額《ひたひ》のかすかなる汗

トマトの果《くわ》すき透らむとするまでに紅《あか》くなりしを採《つ》みとる吾《われ》は

鉄塔を塗りかけしまま七日《なぬか》経《へ》てけふ来《きた》りつひに塗り終へむとす

もり上り来《きた》りて壁のごとく立つ潮《うしほ》ときの間すきて透りぬ

おとろへて草にすがれる秋蝉は吾を恐るることすでになし

（『高清水』昭26）

杉の木を見つつ思へり風やみしかかるいとまを杉ふとるらむ

朝《あした》より庭に蚯蚓《みみず》が多く出でて居りにし午後に雷《らい》鳴りわたる

裏庭に妻が落葉を寄せて焚く煙のにほひあはれなつかし

プラタナスの落葉を踏みてわが家《いへ》に人のきたるが深山《みやま》さびすも

歯みがきの粉《こな》のこぼれて居りたるも何か春めくけふの思ひに

くぐもりを透りて来《きた》るひかりとも思ひき吾と小鳥と居りて

喜びは涙のごとく吾《わ》が身よりにじみて出づる君に対《むか》へば

（『鉄線花』昭35）

寝《い》ねよ寝《い》ねよ汝《な》が寝《い》ねし間にやまひ癒ゆと云ひたまふ神のみ声を聞きつつ

あかときのすがしき音の一つにて帚《はうき》のおとがけさも聴こえつ

吉がヨーロッパでの留学から帰って来た帰朝歓迎会の席であったという。茂吉の病院が火難にあって大変な時であったが、そこへしばしば訪れて茂吉への敬慕の気持ちを深めてゆく。

歌集としては第二歌集『赤土』のほうが第一歌集『杉原』より一年ほど前に出ている。よって斎藤茂吉の序文も『赤土』に寄せられている。「山口君の歌風は、はじめより地味で手堅く余り人目を牽くといふ風のものではなかつた。（中略）質実不動の君の行為は、飽くまで子規以来の伝統に拠つて、現実に観入することを怠らず、いつしか子規・左千夫時代にもなかつたこの新風を為し遂ぐるに至つた」

茂吉はこう書いているが、「質実不動の行為」という言葉が山口の特徴をよくあらわしている。

　喜びは涙のごとく吾が身よりにじみて出づる
　君に対へば　（『鉄線花』）

この「君」は斎藤茂吉で、昭和二十二年茂吉が大石田の疎開先より帰京した喜びをうたっている。

昭和六十一年に刊行された『山口茂吉全歌集』の後記で、妻であり歌人でもあった大内豊子は、「山口は自分を表に出すことなく、斎藤先生のお役にたつことのみを念願として五十六年の生涯を終へました」と書いている。

（大島史洋）

吉野秀雄

よしの　ひでお　明治三十五年高崎市生まれ。慶応義塾大学中退。会津八一に師事。戦後、鎌倉アカデミアの教師となる。昭和三十四年『吉野秀雄歌集』で読売文学賞受賞。昭和四十二年没。

氷枕《ひようちん》に頭《かうべ》うづめて夕さればわれをめぐりて蚊帳釣らせけり

（『天井凝視』大15）

暮れなづむ窓にひびかふ蟬のこゑ明日《あす》もかくして病みにしあらむ

血吐きしは昨日《きのふ》のことと思はれず硝子戸透《とほ》す日はゆたかにて

みごもれる妹《いも》をおもへば道のべの愛《かな》しき子らは沁みて見るべし

（『苔径集』昭11）

死にし子をまつたく忘れてゐる日あり百日《ひやくにち》忌日《きじつ》にそれをしぞ嘆く

このゆふべ寒蟬《かんせん》なけりふたたびははや啼かざらむ声にあるがに

まぐはひははかなきものといはめども七日《なぬか》経《へ》ぬればわれこひにけり

朝まだき芝生を低く足長《あしなが》蜂の翅《はね》はしづけし露を吸ひゐむ

（『早梅集』昭22）

夜をこめてトルストーイ伝読みつぐやこの湧ききたるものを信ぜむ

ふかや葱深谷の駅に積まれゐて埼玉《さきたま》あがた冬に入りけり

子の柩抱《だ》きて越えゆく中山《なかやま》の若葉のひかりせつなかりにき

やみがたく清きを冀《ねが》ふこの夜半《よは》のわれは机に額《ひたひ》押し当つ

古畳を蚤のはねとぶ病室に汝《な》がたまの緒《を》は細りゆくなり

（『寒蟬集』昭22）

吉野秀雄というと「歌人」というよりも「文人」と呼んだ方がふさわしいイメージがある。それは二十三歳の時、肺を病み大学を中退してから後、戦後の一時期を鎌倉アカデミアの教師として勤めた以外は定職に就くことなく、その殆どを療養生活の中で、文筆によって生活を支えたという生涯と、その短歌の独自の韻律によるからだろう。

肺を病み故郷の家で療養していた当初は正岡子規に親しんだが、大正十四年会津八一の『南京新唱』を読んで八一を師と仰ぎ、鎌倉へ転地療養生活を始めて以降、本格的に作歌を開始する。『天井凝視』は子規の病床詠に明らかに影響された歌と言えよう。大正十五年かねてより婚約していた栗林はつと結婚、後に二男二女を得るが、この年気管支性喘息を発病、没するまで悩まされることとなる。素朴な疑問だが、肺の病の者に嫁ぐということは当時は相当な決心が必要だったろう。そして四人の子をなしたことは、秀雄とはつとの間の計り知れない絆が感じられる。「まぐはひははかなきものといはめども七日経ぬればわれこひにけり」の歌には万葉の雄々しさと、八一を通じて学んだ良寛の影響が感じとれるが、それ以上に秀雄の性への情熱が普通の人間にはない哲学をもっていたのだろう（このことは山口瞳の『小説・吉

病む妻の足頸にぎり昼寝する末の子をみれば死なしめがたし
をさな子の服のほころびを汝《な》は縫へり幾日《いくひ》か後《のち》に死ぬとふものを
葬儀用特配醤油つるしゆくむなしき我となりはてにけり
真命《まいのち》の極みに堪へてししむらを敢てゆだねしわぎも子あはれ
これやこの一期《いちご》のいのち炎立《ほむらだ》ちせよと迫りし吾妹《わぎも》よ吾妹
太白星《あかぼし》の光《かげ》増すゆふべ富士が嶺《ね》の雪は蒼めり永久《とは》の寂《しづ》けさ
われに嬬《つま》子らには母のなき家にえにしはふかしきみ来りける
（『晴陰集』昭42）

飛火野は春きはまりて山藤の花こぼれ来《く》も瑠璃の空より
これの世に二人《ふたり》の妻と婚《あ》ひつれどふたりは我に一人なるのみ
重吉の妻なりしいまのわが妻よためらはずその墓に手を置け
新しき仮名遣ひも時にむつかしく声あげて二階の子供に質《ただ》す
（『含紅集』昭43）

死の影のをりをり差すをわが知れりこよひは酒のあとにやや濃く
箱書きをしてそくばくの金得たり亡き師よわれを許させ給へ
わが病俄かなりけり肋間《ろくかん》に侏儒ら押し込み火を放つ見き
厠への三十歩往復の六十歩杖にすがりてわが喘ぐ道
冬の光濃ければ寝つつ手にすくふなほしばしわが命さきはへ
彼の世より呼び立つるにやこの世にて引き留《と》むるにや熊蟬の声

野秀雄先生』に詳しい）。秀雄を一躍世に知らしめた昭和二十一年十二月刊の「創元」創刊号の「短歌百余章」の中心となった妻はつの死に際しての「これやこの一期のいのち炎立ちせよと迫りし吾妹よ吾妹」を含む一連は愛の歌の極致として称賛されるが、まさに死と性という人間存在の最終的な課題を歌とした稀有な作といえる。また、この「短歌百余章」の中の富士山の歌「太白星の光増すゆふべ富士が嶺の雪は蒼めり永久の寂けさ」等を八一が賞賛し「ここにはじめて歌よみの一人として公然世に立ち向ふことを許された」（『寒蟬集』後記）という言葉は、現在、歌人と自称する者の多い中で、重く受け止めるべき言葉だろう。
　はつの亡き後、詩人八木重吉の妻であったとみ子と結婚し、「これの世に二人の妻と」や「重吉の妻なりし」等の歌が世上の評価を得るが、秀雄の生涯の歌は子供を含む多くの人への挽歌と二人の妻との愛、そして繰り返し歌った富士の歌が基本的なテーマであったといえよう。その中で「ニュース画面に裸子一人泣きさけぶその朝鮮に寒さ至るべし」（『晴陰集』）や「日本製即席ラーメンを携帯し戦ふや韓国派遣兵ヴェトナム兵」（『含紅集』）等の時事詠が時折見られるのも忘れてはならないだろう。
（影山一男）

金田千鶴

かなだ　ちづ　明治三十五年長野県生まれ。岡麓に師事。大正十五年「アララギ」に入会。昭和九年肺結核により没。死後『金田千鶴歌集』が刊行された。

さ庭べに蟇がしきりに啼く夜なり寂しくなりて眼をとぢてゐぬ
この貝は「浪の子貝」とはまぐりの小さきを吾に呉るる子らはも
名を問へば大島といふ波の間にゆるるごとくに浮かぶ大島
心にしくるしみ思ふことのあればこの朝々は血を咯きにけり
うららけき野ゆ帰り来て足を拭く疲れごころもたぬしかりけり
ゐろり火をかくみて夜業《よなべ》するらしき隣家人《となりびと》らはよく笑ふなり
川向う姉住む村は西山の山蔭にしてすでにかげりぬ
みなみ空雲夕焼けて果てしらぬ山のあなたの国恋ひにけり
いさぎよきこころと言はむ夕道に手もふれずして別れ来につつ
吾がこころ寂しきときにみちのくの涯まで行かむ旅をしぞ思ふ
山道にたまごをはこぶ蟻の列見てをる吾は用もたぬもの
夫婦《めをと》とし生きてさびしき兄と嫂言葉すくなく住む家の内
わが咯きし血の色なして曼珠沙華咲ける寂しさ人知れず見し

（『金田千鶴歌集』昭10）

金田千鶴は歌人としての人生を病気とともに過ごした。飯田高女卒業後、半年ばかりの短い結婚生活を経験。そのあと、東京の帝国女子専門学校に入学して、アララギの岡麓と出会い歌をつくるようになった。会員になったのは、胸を病んで退学してからである。女性としては、かなり華々しいデビューだったらしいが、作歌の時期が短かったり、信濃の山村に帰ってしまったこともあってか、のちの時代には全国的に知られるということはなかった。

みなみ空雲夕焼けて果てしらぬ山のあなたの国恋ひにけり

千鶴の作品はほとんどが病床で詠まれている。しかし、だからといって、病気の歌ばかりであるとか、作品の世界が狭いということではない。幸いなことに、ある程度、生活に恵まれた環境にあった千鶴は、信濃の山村に暮らしながらも、東京から本を取り寄せて勉強をしたり、さまざまな形で人と交わって、精神的な世界を広げることを知っていた。

「山のあなたの国」を恋うのは、カール・ブッセや、若山牧水を思わせるが、病気の千鶴の場合には観念ではなく、もっと現実的で切実なものであった。どこを見回しても、山ばかりの故郷の家に

村いでてゆく人多く病得てかへり来るものは吾のみにあらず
労《つか》れはてて遠き工場よりかへり来し房枝はあはれ血を喀きにけり
つねに来て世を語りにし少年も職を解かれて村去りにけり
生きてあらばこの身に沁むる日もあらむつひに母たりがたき歎きを
田の畦に寝かさるる子よその父母に抱きあやされて育つにあらず
食ひ詰めて村いで行きし誰彼のふたたび帰り住むことなけむ
小作争議起る噂なき村のうち事なく過ぎてゆくにはあらず
熱高きわがためとられ来し雪は涼しき気放《きはな》つ夜の灯の下《もと》に
何なさず今日も臥しをりよきことをして人のよろこびに触れたきものを
朝の駅の人混みの中に友とゐて晴々ものをいふ吾に気づく
河原に幾百の人の働くは影の如しも瀬のとどろきの中
見残ししものの一つと恋ひ念《おも》ふ水辺涼しく蓮咲くさまを
外の面《とも》にはうつつに鳥の啼きてゐてなほいく日かわが在りぬべし
あはれなりしものと一度《ひとたび》いや切に憶ひ起したまふことあらば足る
梅雨の晴間の光明るく草むらを行けばほそぼそ地虫鳴く頃
生死《いきしに》にかかはりはなし晴々と夕べの道に歌ふ子等のこゑ
有り無しの風にもそよぐ知風草のかすかに命消ゆるなるべし

寝て思うのは、学業を捨て、さらには恋をも断念せざるを得なかった東京。

しかし、やがて千鶴は農村歌人としての自覚を持ちはじめ、いかに歌うかよりも、何を歌うかを考えて歌を作るようになり、社会的な意識にも目覚めてゆく。

　村いでてゆく人多く病得てかへり来るもの
　　は吾のみにあらず

食い詰めて村を出てゆく人も多いが、一方ではまた都会から病気になって帰って来る人も自分だけではないというこの状態は、いったい何なのか――千鶴はこの作品で問うているのだろう。昭和五年に作られたものだが、世界恐慌の影響で日本の経済も深刻な打撃を受け、農村の弱いところにいっそう、激しいしわ寄せが来たのである。自分ではどうすることも出来ないながら、千鶴はそれを外からのみ詠むことをしなかった。わが身に引きつけて、女性としての思いもともに吐露した作品が少なくない。

間近に迫った死を見つめながら、あえかなものや、美しいものに敏感に反応した若き晩年の作品も、哀切で心が徹っている。生前に用意された『金田千鶴歌集』（古今書院）は、死の一年後に刊行されている。

（草田照子）

巽　聖歌

たつみ　せいか　明治三十八年岩手県日詰町生まれ。本名野村七蔵。「赤い鳥」に投稿し以後、童謡、童話、詩に活躍。短歌は「多磨」同人として活躍。昭和四十八年没。

梅雨雲のかげりたもてるいぼたの花垂れたるは子等手をさやりたり

（『巽聖歌作品集』昭52）

（「多磨」以前　昭4〜）

谷々の峻《たけ》りけはしくせまりたりここにして見る薄陽の在処《ありど》

うすもののせるの季節のほのけさよ蹠《あなうら》見せて人とほりたり

（以上「多磨」昭10〜17）

揺れ揺れて銃口の列過ぎにけり衢に残るものの饐《す》ゆる香

山毛欅《ぶな》の木に頬朱鳥《ほほあけどり》のひそみたり湯檜曽《ゆびそ》の村は見つつ遥けさ

鶏等《かけろら》はや寝につけるらし翅よせて石塔に冷《ひや》き向々《むきむき》の影

のんのんと降り積む雪は牡丹雪寒過ぐる夜をしまき降る音

おのもおのも持つ性はかなし妻は妻の子は子の性にものを言ひ居り

行く水のひとたび別れ春の日にまた逢ひてけり逢ひがたみつつ

はかなかるおもひの果のわが仕ぐさ煙草に染みし指をならすも

透かしみる卵の中の明るさよ生の緒ふれてかよふものあり

春昼を咲ききはまりし白牡丹牡丹の影は牡丹の上に

草むらに青き胡桃の実が落ちてその音だけが静かなる午後

巽聖歌の名前は知らなくとも「かきねのかきねのまがりかど」で始まる「たきび」の童謡は誰もが歌ったことがあるだろう。逆に聖歌が歌人でもあったことを知る人は少ないだろう。詩人、童話童謡作家として著名なゆえと、単行歌集がないことがその原因だろう。

聖歌は大正十三年「赤い鳥」に投稿、白秋の知遇を得、昭和四年白秋の弟鉄雄の経営していた出版社「アルス」に入社し、児童文学面の白秋の側近の一人として活躍した。短歌は仲間三人の回覧雑誌「金のべごこ」（二号のみ）や「短歌民族」に発表するが、本格的な作歌活動を行うのはやはり白秋主宰の「多磨」が創刊されてからである。

聖歌の短歌はもちろん白秋の下にあって、その歌論、歌風を礎としているが、そこには児童文学者としての独自のものの見方や芸術性が加味されていて、いわゆる「多磨」風の歌（極端に言えば白秋のエピゴーネン）とは一味違った歌が展開されている。それは「うすもののせるの季節のほのけさよ蹠見せて人とほりたり」の下句のような発見であり、「のんのんと降り積む雪は牡丹雪」のオノマトペ（擬音語）のおもしろさであり、「はつたりと風おちにける」や「ビルヂングが」の歌のような都市詠にその特色を見ることができよう。

あるときは吾《あ》をなせるものを憎みゐて死にたかりけり月夜こほろぎ

束の間の見すぐしがたき空の冴え花のやうにぞ夜はかぐはしき

ありありと川は川にて流れをりわが国原の山脈の相

日ソ交戦翳のごとくにひずむとき浜木綿の花白しゆふべを

はつたりと凪おちにける街中に目に燃ゆるもの循環交通整理島《とらふいつくさーくる》

枡形といへばそれとし見られつつただに松のみの荒れし城址

山びとは疑はなくにやがてして水漬き沈まむ神祭るなる

死ぬるときわれの指《および》に赤いんくなどつきをらばかなしからずや

崖《きりぎし》は霜かわきゐる粗々しピカソ風なる冬空ありて

恃むべき何ひとつなし見下しを蹌踉として灯の入る街々

ビルヂングがビルヂングの奥に屹立すそこの一角の夕日のたむろ

藤の落葉濡れたるままに昼闌《た》けてゆき降りつづく白き天《あめ》より

（「多磨」時代総合誌等発表）

夏にしてホロンバイルに散りしもの花のみか人らあまた帰らず

庭鶏の餌にとたびしふすまなれパンにして食《を》す恥ぢらひながら

（「新樹」）

戦犯を呼ぶこゑ消すこゑ巷には我も覚悟して人に揉まるる

たたかひに死なせたりける幾人《いくたり》の夜半のめざめに幻をなす

いなごさへ住まずなりぬと嘆くにぞ笑ひて人は耕耘機押す

（「新樹」以後）

また、「崖は霜かわきゐる」のような清新な象徴主義に拠る歌も昭和十年代の短歌として、後の戦後短歌につながる作品の一つとして記憶されなければならないだろう。その一方で生後八ヵ月で父を亡くした悲哀が「おのもおのも持つ性はかなし妻は妻の子は子の性にものを言ひ居り」や「あるときは吾をなせるものを憎みゐて死にたかりけり月夜こほろぎ」等の歌に滲み出ていることも聖歌の根本を考える時、忘れてはならない。

白秋没後の聖歌は短歌から遠ざかり、児童文学へ没頭する。そして戦後、詩と短歌の雑誌「新樹」を創刊し、短歌を発表するが、敗戦後という時代背景もあって、戦前に見られた清新でのびやかな歌は影をひそめ、時事的な歌や暗い心を詠んだ歌が多くなる。結局「新樹」は昭和二十一年から二十五年までの五年間で終刊し、以後聖歌の短歌は人目に触れることなく、彼のノートにひそかに書きとどめられてゆく。しかし、発表することはなくなっても歌を詠み続けたということは、国民的児童文学者として名をなした聖歌の心の中に、短歌という形式が燠火のように燃えていたのだろう。「いくばくの余命ならむを家ひとつ持たむ願ひの今に虚しく」。昭和四十七年十二月三日、死去の四ヵ月前の遺詠である。

（影山一男）

渡辺直己

わたなべ　なおき　明治四十一年広島県呉市生まれ。「アララギ」で土屋文明に師事。昭和十二年、陸軍歩兵少尉として応召。十四年事故死。公報では戦死。『渡辺直己歌集』が十五年刊行される。

どの兵もどの兵も石のごと硬ばれる表情をせり炎天の下に
南口戦に勇猛を謳はれし部隊長の童顔今朝の新聞にあり
戦帽をかぶれる兵が昼暑き舗道をゆけり上気しつつ
向日葵が大きく咲ける畠ありて出征兵士の家居ひそけし
幾度か逆襲せる敵をしりぞけて夜が明け行けば涙流れぬ
銃丸が打ち貫きし手帳がそのままに行李の中に収められゐぬ
隊長の死屍を焼かむと秋深む山西の野に兵は集へり
軽戦車の銃眼を射ぬかれ力竭きて自ら爆死せし敵将校もありき
照準つけしままの姿勢に息絶えし少年もありき敵陣の中に
いたく死が怖しく思はるる日がありて今宵白白とめざめて居りぬ
手榴弾に脚もがれる挘《も》がれたる正規兵に我が感情も既に荒みぬ
殪れたる戦友の爪を切りとりて秋草と共に送りけるかも
流氷の間を縫ひて死を決せし鉄舟黒く渡り行くかな

（『渡辺直己歌集』昭15）

　涙拭ひて逆襲し来る敵兵は髪長き広西学生軍なりき

渡辺直己というとかならず挙げられる一首である。戦争は体験しないものにとって、実感をもって理解することがなかなかむずかしい。戦場での恐怖、あるいは敵に対峙したときの高揚感、うまく描かれていればいるほど、逆に既視感が出てしまうことも少なくないからであろう。作品に作り上げるとき、どこか映像的になってしまう。あるいは空疎な概念詠になってしまう。戦場は短歌によってなかなかとらえにくいのである。宮柊二歌集『山西省』とならんで、『渡辺直己歌集』は戦争を見事に描いた作品集として記憶されているのもこの一首からよく理解できる。

作品の内実は複雑である。米田利昭の検証によれば、「イメージとしてはすぐれているが、その中身は、自身直接経験した事実ではあるまい」という。といってこの作品が優れていないというのではない。たんなる戦闘の一場面というより、戦争総体が一首から浮かんでくるからだ。その意味においてシンボリックな作品になっている。

戦争におけるリアリズムの問題がそこから引き出せるだろう。もちろんアララギによって訓練された写生の手法に拠っているが、渡辺の多くの作

大黄河が朝の光に見えくれば声あげて兵は足を早めぬ

慌しく逃れしあとか炕《かん》の上にふかしたるままの薩摩芋あり

剰すなき掠奪暴行の跡ならむ薬莢が落ち血に染みし上衣が投げ棄てられたり

アネモネの花紅々と咲き出でぬ戦ひて大陸の春も更けたり

集中弾が鉄板にはぬる音高し軽戦車は今向《むき》をかへたり

腹部貫通の痛みを耐へてにじり寄る兵を抱きておろおろとゐき

巧みなる日本語の反戦ポスターが堆くありき阜寧の城に

世話になりし友との別れに大餅をかじりて尽きずアララギの話

戦友が戦ひて死にし呉淞を近々と見て今宵泊らむ

新しき支那の力を感じつつ中山陵を下る暑き光に

泥づきし装具をかけておのもおのも病み臥して居り毛布の中に

教へ子の制服が視野の一角に現れしは昨夜の幻覚なりき

未だ若き捕虜をかくみて覚束なき訊問をつづく焚火の傍に

壕の中に坐せしめて撃ちし朱占匪は哀願もせず眼をあきしまま

涙拭ひて逆襲し来る敵兵は髪長き広西学生軍なりき

幾度か征服されし漢族が生きつぎて行く大河の如く

妻とゐる双葉山の写真が女学生の慰問袋に入りて来りぬ

品が体験を含んだ、さまざまな情報によって構築されていることは指摘されている通りだ。『西部戦線異状なし』という映画が、渡辺の作品に流入していることもすでに米田がいっている。

芥川龍之介などに影響をうけた文学青年であった渡辺直己は、またマルクス主義にも魅かれるところがあったようだ。高等師範卒業後、呉市立高等女学校の国語教師になり、アララギに入会。土屋文明の影響を深くうける。結婚するが、早く離婚。そして応召。中国各地を転戦。一九三九（昭和十四）年、戦死とされているが、実は戦地の事故で亡くなったという。享年三十一歳。

渡辺直己の作品が傑出しているのは、単なる写生だからというのではない。戦争への視点がしっかりと確立されていることに理由がある。その意味ですぐれて知識人の戦争詠ということができる。彼はそれほどはげしい戦闘を体験していなかったという。戦争の怖れを逃れるために短歌をつくりつづけた（だからこそフィクションや誇張があるのであろう）。戦場で作品を作りつづけるうちに、次第にこの戦争の真実がよりはっきり見えてきたのではあるまいか。反抗をけっしてやめない中国人の永遠性などにふれている歌集後半の作品などはそれを示している。

（小高　賢）

石川信夫

いしかわ のぶお　本名、信雄。明治四十一年埼玉県に生まれる。早稲田大中退後、文藝春秋に入社、応召後南京軍報道部勤務。歌集に『シネマ』『太白光』。昭和三十九年没。

春庭《はるには》は白や黄の花のまつさかりわが家《いへ》はもはやうしろに見えぬ
山の手の循環線を春のころわれもいちどは乗りまはし見き
ポオリイのはじめてのてがみは夏のころ今日はあついわと書き出されあり
わが肩によぢのぼつては踊《をど》りゐたミツキイ猿《さる》を沼に投げ込む
あやまちて野豚《のぶた》らのむれに入りてよりいつぴきの豚にまだ追はれゐる
レエルぞひにゐぞ菊の畑《はたけ》つくられある踏切番人はわれの伯父なり
しろの黄の花をちよいちよいと摘《つ》んでゆくわれはこの野をよく知つてゐる
しろい山や飛行船が描《か》かれてある箱のシガレットなど喫《す》ひてくらせる
数百のパラシユウトにのつて野の空へ白い天使等がまひおりてくる
にこにことロビンの箱になにを書くわれは詩人といはねばならぬ
あをい空のしたにまつしろい家建てるどんな花花の咲きめぐりだす
ガス栓の死をかんがへしこともある清らかさにぞ涙ながれる
パイプをばピストルのごとく覘《ねら》ふとき白き鳩の一羽地に舞ひおちぬ

（『シネマ』昭11）

大正十三年三月、「日光」が創刊され昭和短歌史の起点となった。ここには北原白秋、土岐善麿、木下利玄、前田夕暮、釈迢空ら一流歌人が結社の閉鎖性を打破しようと集まったものだが、多分に反アララギ的色彩を帯びていた。翌年には西村陽吉、渡辺順三らによって「芸術と自由」が創刊され、ここに口語派の歌人が結集、これがやがて新短歌協会へ、新興短歌運動へと発展していく。これらはやがてプロレタリア短歌とモダニズム短歌へ分化していくのだが、この間多くの方法と実験がくり返された。この試行の中でプロレタリア短歌は作品の質として豊かな結実をもたらすことはなかったが、これに対抗したモダニズム短歌の方法から自然主義リアリズムと対立した昭和初期のモダンな感覚、感性を反映した優れた作品が生み出されていった。モダニズム短歌の流れは、昭和四年、五島茂、美代子、前川佐美雄による「尖端」の創刊、翌年の前川、筏井嘉一らによる芸術派歌人クラブの結成などがあったが、口語自由律の中で前衛的な実験を行ない、強烈な芸術派としての意識で運動を推し進めていった。こういった雰囲気の中にいたのが中野嘉一、児山敬一、そして石川信夫らであった。昭和初期のこういった芸術派の収穫の一つが『シネマ』である。これは昭和十

一日ぢゆう歩きまはつて知人《しりびと》にひとりも遇はぬよき街《まち》なり
新聞よ花道よ青いドオランよパイプよタイよ遠い合図よ
ギイヨオム・アポリネエルは空色の士官さん達を空の上に見き
あの日われ微笑みを見せぬ今もまたほほゑみてゆかば殺さるならん
ま夜なかのバス一つないくらやみが何故《なぜ》かどうしても突きぬけられぬ
空の上にもひとりのわれがいつもゐて野に来れば野の空あゆみゐる
生命《いのち》さへ断《た》ちてゆかなければならぬときうつくしき野も手にのせて見る
夜なかごろ窓をあければ眼《ま》なかひの星のおしやべりに取りかこまれぬ
国やぶれ山河のもみぢかくのごと紅《あか》かりしかやとおどろきて見つ
（『太白光』昭29）
関東の霽れたる空の乾《いぬゐ》にてきれぎれの藍は妙義の波か
たはやすく心燃えたる若き日はもみぢ葉の紅《あけ》も眼に入らざりし
秋の水に子供立つてゐる波の輪がひろがつてゆき雲をくづす
断崖《だんがい》のもとせせらぎの岸に野菊咲くこの谷でいちばんやさしきところ
北空にかがやく山をよすがにて生きつぐと言はばさびしむらむか
咲きさかる桜のひまに透《す》く空の濡れてかがやくをこの年も見む
紅《あか》と白ふたいろに咲く桃の木あり向つて左の枝はくれなゐ
我が舟子《かこ》は小姑娘《こむすめ》なれば菱草《ひしぐさ》をひき上げて採る紅《あか》きその実《み》を

一年十二月一日に刊行されたものだが、内容は昭和五年から六年に制作された百二十一首が収められている。

春の夜のしづかに更けてわれのゆく道濡れてあれば虔《つつし》みぞする
山上《さんじやう》の沼にめくらの魚らゐて夜夜《よよ》みづにうつる星を恋ひにき
なにゆゑに室《へや》は四角でならぬかときちがひのやうに室を見まはす
この壁をトレドの緋《ひ》いろで塗りつぶす考へだけは昨日にかはらぬ
ぞろぞろと鳥けだものをひきつれて秋晴の街にあそび行きたし

右の五首は、前川佐美雄の歌集『植物祭』のものであるが、芸術派としての活動を共にした石川より五歳年長の前川の影響は、『シネマ』においては明らかであろう。

信夫のモダニズムには、自己表現の極みに立ち、内的世界を豊かな感受性によって表現しようという意欲に満ちた作品であり、シュールレアリズム的色彩は、方法としての暗喩によっている。

『太白光』は、中国での報道班員として取材したものや、復員後に制作した作品が中心となって纏められている。

（小紋　潤）

近代歌人系図

小高 賢・編

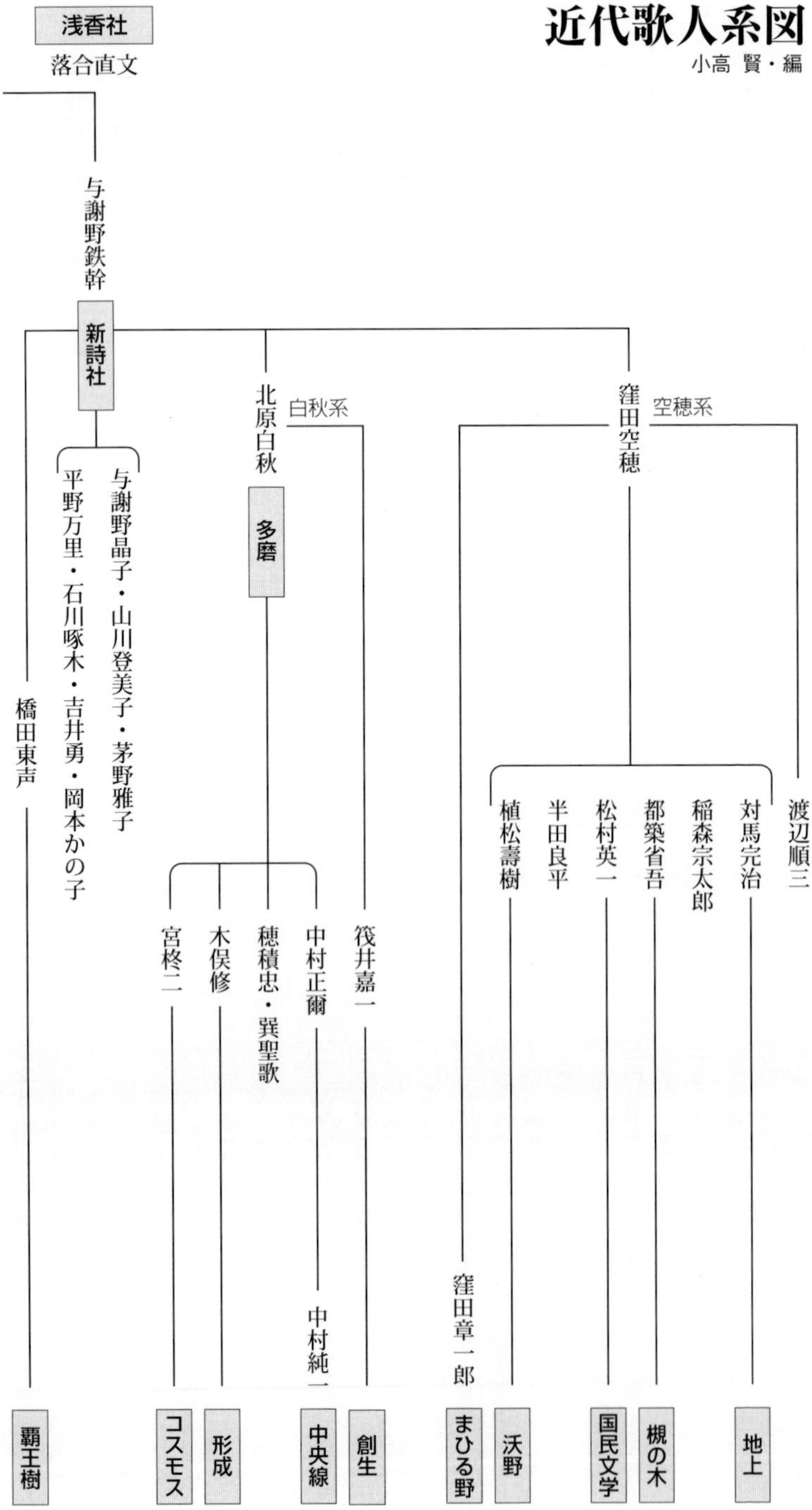

浅香社
落合直文
与謝野鉄幹
新詩社
与謝野晶子・山川登美子・茅野雅子
平野万里・石川啄木・吉井勇・岡本かの子
橋田東声
覇王樹
北原白秋
白秋系
多磨
筏井嘉一
中村正爾
穂積忠・巽聖歌
木俣修
宮柊二
中村純一
創生
中央線
形成
コスモス
窪田空穂
空穂系
渡辺順三
対馬完治
稲森宗太郎
都築省吾
松村英一
半田良平
植松壽樹
窪田章一郎
まひる野
沃野
国民文学
槻の木
地上

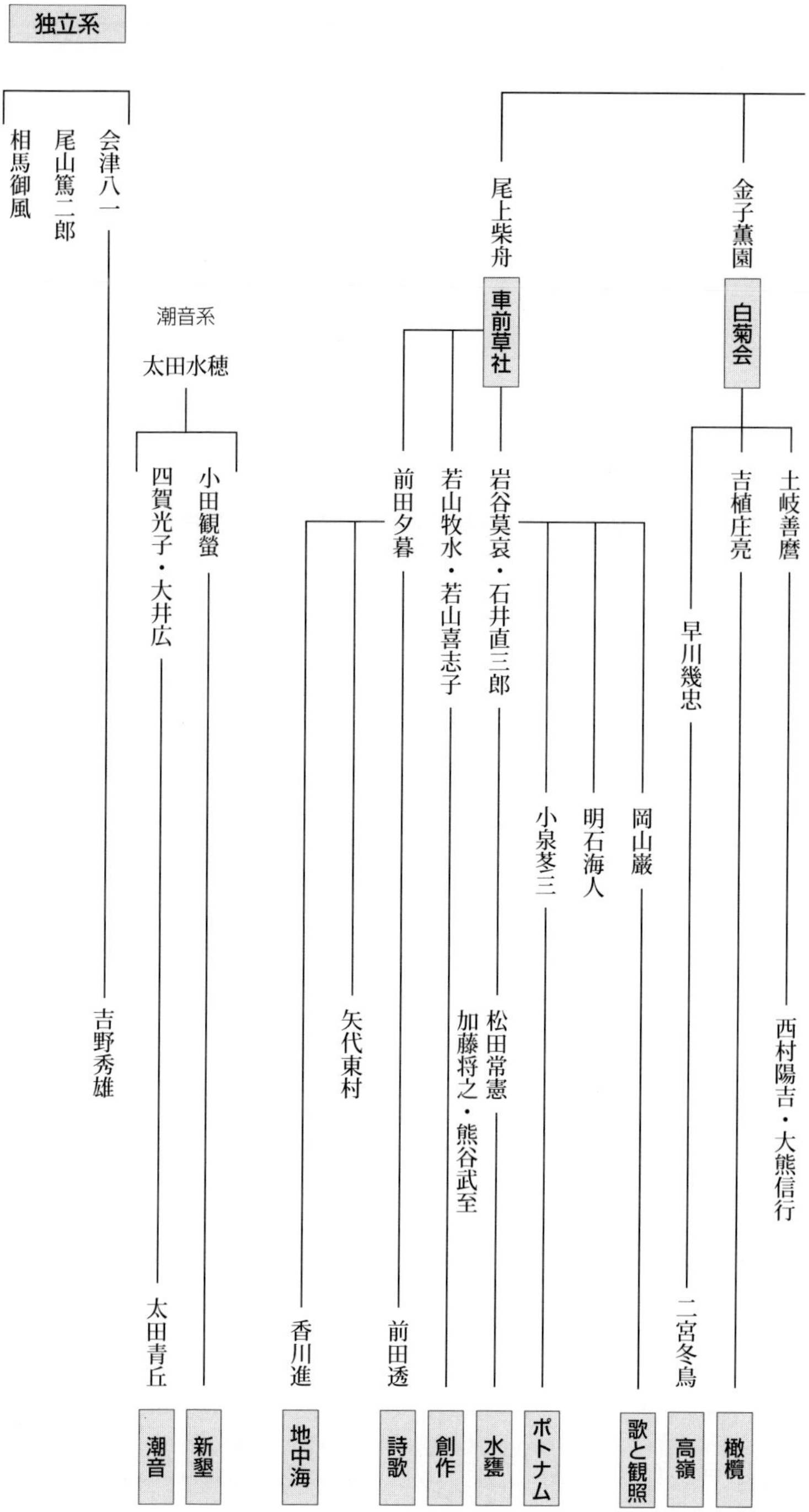
金子薫園
白菊会
土岐善麿
西村陽吉・大熊信行
吉植庄亮
橄欖
早川幾忠
二宮冬鳥
高嶺
尾上柴舟
車前草社
岩谷莫哀・石井直三郎
松田常憲
水甕
岡山巌
歌と観照
明石海人
小泉苳三
ポトナム
若山牧水・若山喜志子
加藤将之・熊谷武至
創作
前田夕暮
前田透
詩歌
矢代東村
香川進
地中海
潮音系
太田水穂
小田観螢
新墾
四賀光子・大井広
太田青丘
潮音
独立系
会津八一
吉野秀雄
尾山篤二郎
相馬御風

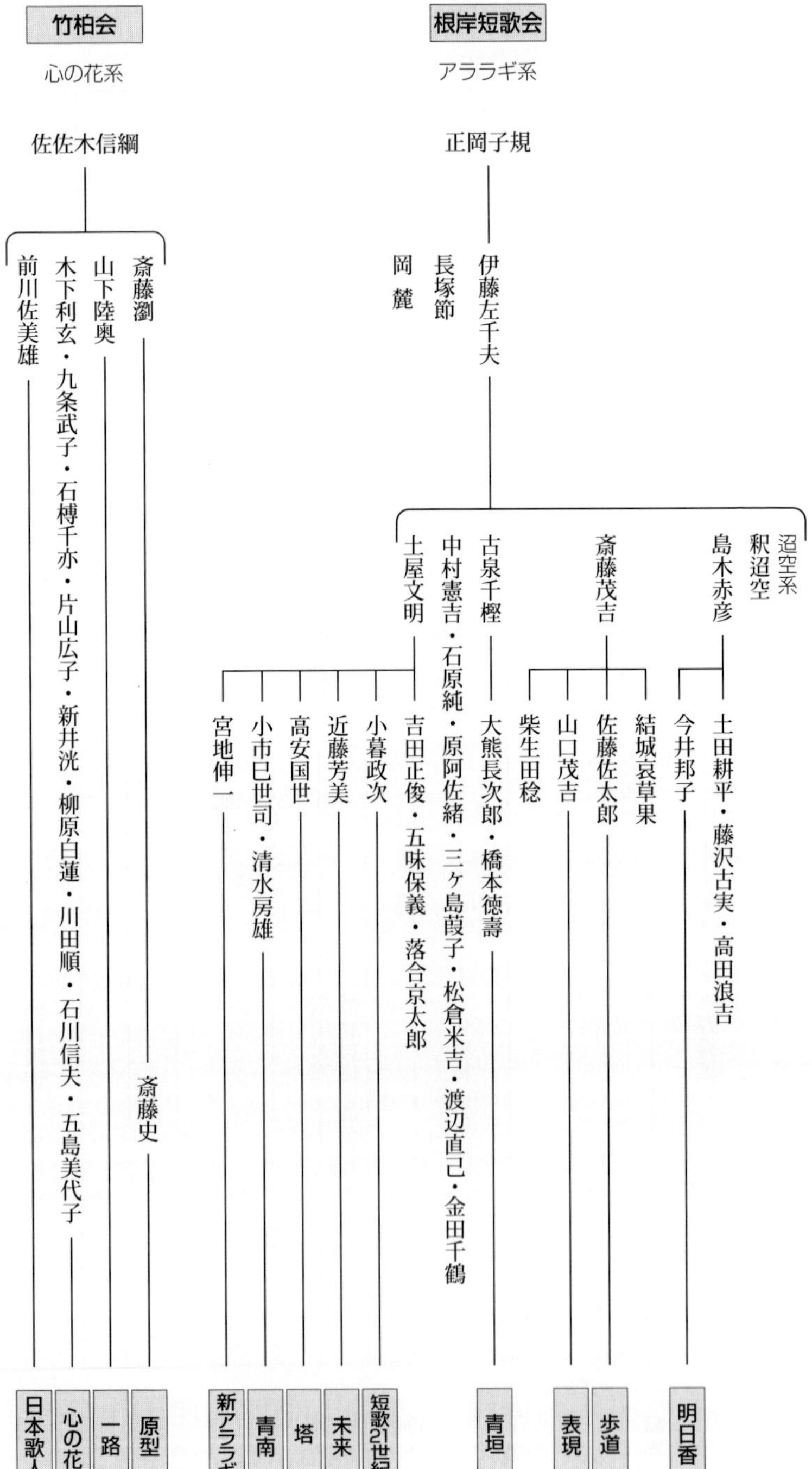

竹柏会
心の花系
佐佐木信綱
斎藤瀏
斎藤史
原型
山下陸奥
一路
木下利玄・九条武子・石榑千亦・片山広子・新井洸・柳原白蓮・川田順・石川信夫・五島美代子
心の花
前川佐美雄
日本歌人
根岸短歌会
アララギ系
正岡子規
伊藤左千夫
長塚節
岡麓
迢空系
釈迢空
島木赤彦
土田耕平・藤沢古実・高田浪吉
今井邦子
明日香
斎藤茂吉
結城哀草果
佐藤佐太郎
歩道
山口茂吉
表現
柴生田稔
古泉千樫
大熊長次郎・橋本徳壽
青垣
中村憲吉・石原純・原阿佐緒・三ヶ島葭子・松倉米吉・渡辺直己・金田千鶴
土屋文明
吉田正俊・五味保義・落合京太郎
小暮政次
短歌21世紀
近藤芳美
未来
高安国世
塔
小市巳世司・清水房雄
青南
宮地伸一
新アララギ

執筆者別・担当項目一覧（五十音順）

小高 賢

筏井嘉一 いかだい・かいち……216
石川啄木 いしかわ・たくぼく……126
小田観螢 おだ・かんけい……142
加藤楸邨 かとう・しゅうそん……169
川田 順 かわだ・じゅん……80
古泉千樫 こいずみ・ちかし……136
小泉苳三 こいずみ・とうぞう……190
釈迢空 しゃく・ちょうくう……146
高村光太郎 たかむら・こうたろう……117
中島 敦 なかじま・あつし……197
中原中也 なかはら・ちゅうや……197
中村憲吉 なかむら・けんきち……162
萩原朔太郎 はぎわら・さくたろう……117
宮沢賢治 みやざわ・けんじ……169
森 鷗外 もり・おうがい……73
柳田国男 やなぎた・くにお……73
与謝野鉄幹 よさの・てっかん……26
渡辺順三 わたなべ・じゅんぞう……194
渡辺直己 わたなべ・なおき……232

＊

大島史洋

石原 純 いしはら・じゅん……70
伊藤左千夫 いとう・さちお……12
斎藤茂吉 さいとう・もきち……82
高田浪吉 たかた・なみきち……214
土田耕平 つちだ・こうへい……200
土屋文明 つちや・ぶんめい……178
長塚 節 ながつか・たかし……60
藤沢古実 ふじさわ・ふるみ……208
正岡子規 まさおか・しき……16
山口茂吉 やまぐち・もきち……224
結城哀草果 ゆうき・あいそうか……188

影山一男

落合直文 おちあい・なおぶみ……10
金子薫園 かねこ・くんえん……32
北原白秋 きたはら・はくしゅう……100
相馬御風 そうま・ぎょふう……88
巽 聖歌 たつみ・せいか……230
中村正爾 なかむら・しょうじ……212
西村陽吉 にしむら・ようきち……184
穂積 忠 ほづみ・きよし……218
前田夕暮 まえだ・ゆうぐれ……90
矢代東村 やしろ・とうそん……166
吉野秀雄 よしの・ひでお……226

草田照子

岡 麓 おか・ふもと……44
金田千鶴 かなだ・ちづ……228
四賀光子 しが・みつこ……106
島木赤彦 しまき・あかひこ……38
原 阿佐緒 はら・あさお……160
松倉米吉 まつくら・よねきち……204
松田常憲 まつだ・つねのり……202
三ヶ島葭子 みかじま・よしこ……134
山川登美子 やまかわ・とみこ……64
吉植庄亮 よしうえ・しょうりょう……98
若山喜志子 わかやま・きしこ……158

小紋 潤

明石海人 あかし・かいじん……220
新井 洸 あらい・あきら……96
石川信夫 いしかわ・のぶお……234
石榑千亦 いしくれ・ちまた……20
大熊信行 おおくま・のぶゆき……186
片山広子 かたやま・ひろこ……52
木下利玄 きのした・りげん……124
佐佐木信綱 ささき・のぶつな……22
山下陸奥 やました・むつ……206
吉井 勇 よしい・いさむ……140
若山牧水 わかやま・ぼくすい……118

内藤 明

会津八一 あいづ・やいち……74
稲森宗太郎 いなもり・そうたろう……222
岩谷莫哀 いわや・ばくあい……156
植松壽樹 うえまつ・ひさき……174
岡山 巌 おかやま・いわお……198
尾上柴舟 おのえ・さいしゅう……30
窪田空穂 くぼた・うつぼ……46
土岐善麿 とき・ぜんまろ……112
半田良平 はんだ・りょうへい……152
平野万里 ひらの・ばんり……110
松村英一 まつむら・えいいち……172

日高堯子

今井邦子 いまい・くにこ……176
太田水穂 おおた・みずほ……34
岡本かの子 おかもと・かのこ……164
尾山篤二郎 おやま・とくじろう……170
九条武子 くじょう・たけこ……154
茅野雅子 ちの・まさこ……68
橋田東声 はしだ・とうせい……144
橋本徳壽 はしもと・とくじゅ……192
早川幾忠 はやかわ・いくただ……210
柳原白蓮 やなぎはら・びゃくれん……108
与謝野晶子 よさの・あきこ……54

執筆者紹介（五十音順）

小高　賢（こだか・けん）
一九四四年東京下町に生まれる。慶應義塾大学経済学部卒。編集者生活のなかで馬場あき子と出会い、師事。七八年「かりん」創刊に参加。現在、編集委員。歌集に『耳の伝説』『家長』『太郎坂』『本所両国』（以上雁書館）、『怪鳥《けちょう》の尾』（砂子屋書房）、評論集に『批評への意志』（雁書館）、『宮柊二とその時代』（五柳書院）、編著書に『現代短歌の鑑賞101』（新書館）などがある。二〇〇一年、第五回若山牧水賞受賞。一四年没。

＊

大島史洋（おおしま・しよう）
一九四四年岐阜県中津川市生まれ。慶應義塾大学文学部を経て、早稲田大学大学院国語学専攻修士課程修了。六〇年「未来」短歌会入会。近藤芳美、岡井隆に師事。現在編集委員、選者。歌論集『歌の基盤――短歌と人生と』（北冬舎）、『定型の力』（砂子屋書房）、『定型の視野』（雁書館）、主な歌集『幽明』（砂子屋書房）、『いらかの世界』（六法出版社）、『燠火』（雁書館）など。

影山一男（かげやま・かずお）
一九五二年東京都港区生まれ。國學院大學文学部卒。七〇年「コスモス」短歌会に入会。現在、選者、編集委員。八五年「桟橋」創刊に参加。八九年、第三十六回コスモス賞受賞。歌集『天の葉脈』（石川書房）、『空には鳥語』『空夜』（以上不識書院）。

草田照子（くさだ・てるこ）
一九四四年長野県南信濃村生まれ。静岡県立女子短期大学家政学科卒。八一年馬場あき子に師事、「かりん」に入会。現在、編集委員。歌集『飛べないキーウィ』（牧羊社）、『天《あめ》の魚』『花火と飛行船』（以上本阿弥書店）、『父の贈り物』（柊書房）、歌書『うたの信濃』（信濃毎日新聞社）など。

小紋　潤（こもん・じゅん）
一九四七年長崎県生まれ。「心の花」会員、編集委員を経て、現在選歌委員。七五年、合同歌集『男魂歌《だんこんか》　第二集』（竹柏会）に参加。共著に「近・現代短歌史年表」（『鑑賞日本現代文学第三十二巻　現代短歌』角川書店）。

内藤　明（ないとう・あきら）
一九五四年東京都大田区生まれ。早稲田大学文学部在学中の七五年に「まひる野」入会。同大学院文学研究科修了。八二年には「音」創設に参加。現在、編集委員。早稲田大学教授。『壺中の空』『海界《うなさか》の雲』（以上ながらみ書房）、評論集『うたの生成・歌のゆくえ――日本文学の基層を探る』（成文堂）など。

日高堯子（ひたか・たかこ）
一九四五年千葉県夷隅町生まれ。早稲田大学教育学部卒。七九年、「かりん」入会。現在、編集委員。歌集『野の扉』（雁書館）、『牡鹿の角の』『裂月《ほろつき》もゆら』『玉虫草子』（以上砂子屋書房）、評論集『山上のコスモロジー――前登志夫論』（砂子屋書房）、『黒髪考、そして女歌のために』（北冬舎）など。

近代短歌の鑑賞77

2002年6月5日　初版発行
2018年9月10日　第4刷

編　者　　小高 賢
発　行　　株式会社 新書館
〒113-0024　東京都文京区西片2-19-18
電話 03(3811)2966
（営業）〒174-0043　東京都板橋区坂下1-22-14
電話 03(5970)3840
FAX 03(5970)3847
装　幀　　SDR（新書館デザイン室）
印　刷　　精興社
製　本　　井上製本所

Printed in Japan ISBN978-4-403-25061-3